ELLA CORNELSEN

Was uns bleibt, ist jetzt

Roman

LIMES

MIX
Papier aus verantwortungsvollen Quellen
FSC www.fsc.org FSC® C014889

Klimaneutral*
Druckprodukt
ClimatePartner.com/14044-1912-1001

Penguin Random House Verlagsgruppe FSC® N001967

1. Auflage

Redaktion: Angela Kuepper
Abdruck des Zitats von Erich Kästner mit freundlicher Genehmigung
des Atrium Verlags: © Atrium Verlag AG, Zürich 2021
Umschlaggestaltung und -motiv: Favoritbüro, München,
unter Verwendung von Motiven von shutterstock_1175427505Vögel
©Istry Istry /Shutterstock; shutterstock_1358610791Muster
©Summer_Candy/Shutterstock
KW · Herstellung: sam
Satz: Uhl + Massopust, Aalen
Druck und Bindung: Friedrich Pustet, Regensburg
Printed in Germany
ISBN 978-3-8090-2746-1
www.limes-verlag.de

»Es gibt Erinnerungen, die man, wie einen Schatz
in Kriegszeiten, so gut vergräbt, dass man selber sie
nicht wiederfindet.«

Erich Kästner

Dienstag, 1. November 2016

»Maman! Maman, wo bist du?«

Mutter ist weg. Ich weiß es, noch bevor ich in alle Räume sehe.

Vom Brandgeruch bin ich wach geworden. Bin aus dem Bett geschossen. Die Treppe hochgerannt. Im Flur steht die Haustür offen. Aus der angelehnten Küchentür dringt Rauch. Die ganze Küche ist voller Qualm. Er kommt vom Herd. Genauer gesagt aus dem Backofen. Dort kokelt irgendetwas im Römertopf, ich kann nicht sehen, was. Es stinkt nach verbranntem Stoff. Als ich die Tür zur Bratröhre einen Spalt aufziehe, schießt innen eine Stichflamme empor. Ich schalte den Backofen aus. Kippe einen Topf mit Wasser in die Bratröhre. Schütte mehrmals Wasser nach, bis das Feuer tot ist. Ich schnappe mir zwei Topflappen und hole den Römertopf aus dem Backofen. Mehrere, fast bis zur Unkenntlichkeit verbrannte gefaltete Stoffstücke liegen darin übereinander. Geschirrtücher. Maman, die Frühaufsteherin, hat Geschirrtuchbraten gemacht, so wie sie früher in aller Herrgottsfrühe, wenn wir Kinder noch geschlafen haben, ihre Sonntagsbraten angesetzt und in die Röhre geschoben hat, wo sie dann bis zum Mittag bei kleiner Hitze gar geworden sind.

Jetzt stehe ich im Flur mit der offenen Haustür. Heißt das, dass Mutter weg ist? Ja, sage ich zu mir, das heißt es. Nachdem Maman ihren Braten auf den Weg gebracht hat, hat sie sich selbst auf den Weg gemacht und ist in den Morgen des ersten Novembers hinausgewandert. Ganz allein, ohne dass Ate, Severin, Vinzenz und ich etwas gemerkt haben. Ich stecke den Kopf aus der Tür, blicke nach rechts und links. Feiertagsstille, niemand ist unterwegs. Die Welt sieht aus wie ein verblichenes Schwarz-Weiß-Foto, eine müde, steinalte Welt, fertig mit allem und sich selbst.

Mein Gott! Nachdem ich die Küche gerettet habe, muss ich Maman retten.

Leben kommt in mich, ich mache kehrt, galoppiere die Treppe wieder hinunter ins Untergeschoss, um die anderen zu wecken. Nur meinen Sohn Rouven, der im Gästezimmer in der Einliegerwohnung übernachtet, lasse ich schlafen.

Vinzenz und Diana liegen eng umschlungen im Bett. Ich traue mich nicht, Vinz wach zu rütteln. So wie er da liegt, ist er nicht mein Bruder, sondern der Partner seiner Freundin, und ich darf ihn nicht berühren, nirgendwo, nicht einmal an der Schulter oder am Arm. Daher beschränke ich mich darauf zu verkünden: »Maman ist weg!«

Vinz fährt herum, reibt sich die Augen und sieht mich entgeistert an.

»Nach was riecht es hier?«, fragt er und setzt sich auf.

»Maman hat Geschirrtuchbraten gemacht, und jetzt ist sie verschwunden.«

»Ach du liebes Lottchen!« Vinz schwingt die Beine aus dem Bett. Beine, die zu lang sind für alles. Für das Bett, für jedes Bett, für die blaue Schlafanzughose, die er trägt, für alle Hosen. Vinz ist der Größte von uns Geschwistern, der Spätgeborene, der erst spät aufgehört hat zu wachsen.

»Verschwunden?«, fragt er mit gerunzelter Stirn. »Bist du sicher?«

Severin im Nachbarzimmer grunzt: »Schau mal auf dem Klo.«

Ich renne wieder nach oben. Ich sehe auf dem Klo nach. Maman ist nicht auf dem Klo. Sie ist nicht im Schlafzimmer und auch sonst nirgends im Haus. Mittlerweile stehen Ate, Severin und Vinz in ihren Pyjamas im Flur. Verschlafen.

»Scheiße!«, sagt Ate zu Severin. »Wir haben gestern Nacht vergessen abzuschließen.«

»Ich dachte, du machst es«, sagt Severin.

»Ich dachte, du.«

»Ihr alter Trenchcoat fehlt«, ich deute auf die Garderobe. Dort hängt nur ihre neue dunkelblaue Daunenjacke.

»Ach du liebes Lottchen«, entfährt es Vinz wieder. Als würde er erst jetzt realisieren, dass Maman tatsächlich weg ist.

»Weit kann sie nicht sein«, meint Ate nüchtern, »so ungern, wie sie läuft.«

»Sie läuft nur ungern, wenn andere wollen, dass sie läuft«, sagt Vinz. »Sie hat sich in den Kopf gesetzt, nicht zu wollen, was andere wollen. Das ist die einzige Freiheit, die ihr Kopf noch hat. Wenn andere nicht wollen, dass sie läuft, kann sie laufen wie eine frisch aufgezogene Uhr.«

»Auch ohne Gehwagen?«, fragt Ate.

Mamans Gehwagen steht brav neben der Garderobe.

»Auch ohne Gehwagen«, sagt Vinz.

»Was jetzt?«, frage ich.

»Wir suchen rund ums Haus.«

»Im Schlafanzug, ja?«

Wir jagen die Treppe hinunter in unsere alten Kinderzimmer.

Dienstag, 25. Oktober 2016

Angefangen hat es eine Woche zuvor.

Vinzenz hatte einen Rundruf gemacht. Wie jeden Dienstag hatte er unsere Eltern in ihrem Haus in Möckingen angerufen. Sie sind fünfundachtzig und sechsundachtzig, in dem Alter, in dem es für einen Menschen unsicher wird, dass der nächste Tag endet wie der letzte, dass man abends genauso zu Bett geht, wie man morgens aufgestanden ist, und dass man am nächsten Morgen wieder so aufsteht, wie man abends zuvor schlafen gegangen ist. Unsere Mutter ist seit einigen Jahren dabei, ihr Gedächtnis zu verlieren, und hat sich zu der immer größer werdenden Gemeinde der Vergesslichen gesellt, eine Gemeinde, die nicht weiß, dass es sie gibt, und in der keiner vom anderen weiß. Abgesehen von ihrem Vergessen ist meine Mutter von robuster körperlicher Konstitution, ihr Herz eine unverwüstliche Maschine, die wahrscheinlich auch noch nach ihrem Ableben weitertuckern wird. Mein Vater dagegen wird von Tag zu Tag gebrechlicher, sein Gedächtnis allerdings ist vollkommen intakt, und deswegen hat er bis dato meine Mutter gepflegt. Pflege oder was sich so nennt, bleibt immer an denen hängen, die noch bei klarem Verstand sind, die die Uhr lesen und ein Telefon bedienen können, die einen Herd ein- und zur richtigen Zeit wieder ausschalten können. Fürsorge bleibt an denen hängen, die wissen, wo in der Küche Salz und Zucker stehen, wo Salz und Zucker im Supermarkt stehen und welches der Weg zum Supermarkt ist, selbst wenn sie so schlecht zu Fuß sind, dass sie diesen Weg kaum mehr zurücklegen können. Mein Vater sorgte dafür, dass Lebensmittel im Haus waren und Essen auf den Tisch kam; er stellte unsere Mutter unter die Dusche – wenigstens gelegentlich – und begleitete sie sehr regelmäßig zur Toilette. Er wusch ihre Wäsche und sagte zu ihr, wenn sie mitten in der Nacht aufstand, um zu frühstücken oder wegzugehen: Liebling, leg dich wieder hin. (Er sagt jetzt oft Liebling zu ihr, viel häufiger, als er es früher getan hat.)

Wir telefonierten jeden Tag mit meinen Eltern in dem großen Haus in Möckingen, um uns zu vergewissern, dass alles beim Alten war, dass unsere Eltern sich dort bewegten, wie sie sich immer bewegt hatten, auch wenn sie es jetzt langsamer taten als früher. Wir wechselten uns ab mit dem Telefondienst, Sonntag und Mittwoch Severin, Montag und Donnerstag ich, Dienstag, Freitag und Samstag Vinzenz. Vinz ist Vaters Lieblingssohn. Severin ist Mutters Lieblingssohn. Ich bin niemandes Lieblingstochter. So wenig, wie Ate jemandes Lieblingstochter ist. Wir sind nur Töchter und uns als solche immer ein bisschen überflüssig vorgekommen – uns brauchte es nicht unbedingt. Ate, die Älteste von uns, ist 1958 geboren, ich kam sechs Jahre nach ihr; es war eine Zeit, in der Eltern nur auf

Söhne stolz waren, darauf, dass diese es geschafft hatten, als Jungs zur Welt zu kommen. Vielleicht waren sie auch auf sich selbst stolz, darauf, dass es ihnen gelungen war, Stammhalter zu produzieren, die einst den Namen weitertragen würden: Severin, Sandwich-Kind zwischen Ate und mir, und Vinzenz, Nesthäkchen und Nachzügler in der Geschwisterreihe. Auch wenn ich niemandes Lieblingstochter, sondern nur Tochter war, rief ich, ebenso wie meine Brüder, die Lieblingssöhne, meine Eltern zweimal in der Woche an. Ate rief nicht an. Oder doch kaum jemals. Nicht die Eltern, selten jemanden von uns Geschwistern.

Als ich Vinz vergangenen Dienstag gegen Mittag auf meiner Mailbox hatte (»Melde dich bitte bei mir, es ist dringend!«), wusste ich sofort, dass etwas passiert war. Vinzenz hatte bei seinem Anruf wohl unsere Mutter, aber nicht unseren Vater erreicht. Unsere Mutter lallte Konfuses, ehe sie den Telefonhörer nicht richtig auf die Gabel legte, und so fuhr Vinzenz, der es von seinem Wohnsitz in Karlsruhe aus weniger weit hat als wir anderen, nach Möckingen zu unserem Elternhaus, wo er unseren Vater in der Küche auf dem Fußboden kauernd vorfand, unfähig, wieder auf die Beine zu kommen – mutmaßlich mit einem Oberschenkelhalsbruch. Er rief eine Ambulanz, die feststellte, dass der mutmaßliche Oberschenkelhalsbruch ein tatsächlicher war, und Vater in die Notaufnahme des Kreiskrankenhauses brachte. Dann kümmerte sich Vinzenz um unsere Mutter. Er verständigte zuerst Severin und dann mich.

Er berichtete mir, dass Vater im Lauf des Tages operiert und der Bruch mit zwei Schrauben zusammengefügt werden sollte.

»Ich schaue später noch einmal nach ihm«, versprach er. Dann fragte er, ob ich Ates Nummer hätte.

Ich scrollte in den Kontakten meines Handys, fand zwei Mobilnummern und gab ihm beide. Es war ein halbes Jahr her, dass ich mit Ate telefoniert hatte.

»Probier's mal«, sagte ich, »keine Ahnung, ob sie nicht vielleicht schon wieder eine neue hat.«

»Wir müssen jetzt zusammenhelfen«, sagte Vinz, »wir müssen zusammenhalten, wann kannst du nach Möckingen kommen?« Vinz redet oft vom Zusammenhalten, seine Stimme bekommt einen eindringlichen, ja beschwörenden Ton dabei, als hätte er uns Geschwistern eine wichtige Erkenntnis voraus. »Wir müssen überlegen, was wir mit Maman machen.«

»Wie wäre es mit Kurzzeitpflege?«, schlug ich vor. »Sankt-Anna-Stift?« Das Möckinger Alten- und Pflegeheim mit dem markanten Turm, das früher ein Heim für schwererziehbare Jungs und noch viel früher ein Benediktinerkloster gewesen war. Dort hatten wir Mutter schon einmal für eine halbe Woche untergebracht, als Vater in die Klinik hatte einrücken müssen wegen Herzkammerflimmern.

»Ich habe dort angefragt«, erklärte Vinz, »sie haben derzeit keinen Platz. Ich kann die Woche freinehmen.«

Ich wunderte mich, wie schnell Vinz bereit war, in unserem Elternhaus die Stellung zu halten. Er ist zu jung, um so viel Zeit zu haben, mehr als wir anderen Geschwister, die schon auf ein langes Berufsleben zurückblicken. Gleichzeitig war ich dankbar für Vinz' Altruismus, der mir ermöglichte, alles zu Ende zu bringen, was auf meinem Wochenplan stand. Im Wesentlichen war das eine Konferenz mit *Flying Carpet*, dem Veranstalter, bei dem ich als Reisebegleiterin arbeite, sowie meine beiden Englischkurse an der Volkshochschule mittwochabends, weshalb ich, sagte ich Vinz, erst Donnerstag kommen könnte. Ich habe einen einundzwanzigjährigen Sohn aus zweiter Ehe. Ich bin zweimal geschieden. Ich habe einen aufreibenden Job. Und außerdem noch einen. Ich habe keine Zeit. Auch in dieser Woche hatte ich keine. Ich hatte zu tun.

Vinz brummte. Es kam dann doch raus, dass auch er nicht unbegrenzt über Zeit verfügte.

»Wie lange kannst du bleiben?«, fragte er. »Ich muss am zweiten November wieder antreten.«

Vinzenz' Spielplan ist unregelmäßig. Samstag und Sonntag sind häufig belegt bei ihm. Sein Auftritt in einem Berliner Kabarett sei abgesagt worden, erklärte er, sodass er an diesem letzten Oktober-Wochenende, das infolge des Feiertags Allerheiligen ein langes war, spielfrei hatte. Eine in diesem Fall glückliche Fügung, betonte er.

Ich überlegte. »Ich könnte bis nächste Woche Mittwoch bleiben, notfalls bis Donnerstag«, sagte ich, »maximal. Von Freitag bis Sonntag bin ich …« Ich wusste noch nicht, wo ich von Freitag bis Sonntag sein würde, mochte mich aber nicht auf so lange Zeit festlegen.

Doch der Umfang meines Angebots genügte, um Vinzenz' Laune aufzuhellen. »Okay«, sagte er, »das hört sich gut an, das ist doch was. Vielleicht ist Paps bis dahin wieder aus der Klinik. Allerdings – einfacher wird es dann wohl kaum.« Er seufzte. »Severin kann ebenfalls ab Donnerstag kommen und bis Allerheiligen bleiben, wenn Gretchen für ihn im Restaurant übernimmt. Und Ate …«, seine Stimme endete ratlos im Nichts, bevor er fortfuhr: »Bei Ate, du kennst das ja, weiß man eh nie …«

Ich nickte wortlos, was Vinzenz durchs Telefon nicht sehen konnte. Nein, bei Ate, der Künstlerseele, wusste man nie. Bei Familienfesten war nie klar, ob sie kommen würde oder nicht. Sie schneite irgendwann herein, immer zur Unzeit, nie zur Zeit, nach dem Kaffee, während des Abendessens, um dann ebenso unversehens, wie sie aufgetaucht war, wieder zu verschwinden, zu einer Ausstellungseröffnung, einer Finissage, einem Workshop oder Ferienkurs, bei dem sie Lernwillige ins Aktzeichnen oder den Umgang mit Gouache und Eitempera einführte. Ein paarmal brachte sie zu unseren Familientreffen ihren jeweiligen Freund mit, es war jedes Mal ein neuer. Was mitunter daran lag, dass der alte mittlerweile gestorben war. Der eine, ein notorischer Raucher, an einem Herzinfarkt, der andere, der exzessivem Weißweingenuss zugetan und viel älter gewesen war als sie, an Bauchspeicheldrüsenkrebs. Das erfuhren wir zwischen den Zeilen, manchmal über fünf Ecken (von denen Ate selbst keine war, sie redete nicht gern darüber). Ate redete überhaupt wenig über die Männer, die sie hatte oder verloren hatte. Außer den Lebensgefährten, die der Tod hinweggerafft hatte, war das noch Bruno, der stumme Bruno aus Berlin, einer, der nie ein Wort redete. Auch Bruno, der Ate ein, zwei Mal begleitet hatte, war wieder weggeblieben. Und schließlich hatte es da noch Rico gegeben, Ates ersten Freund, dessen Auftauchen unser Familienleben während unserer Jugendjahre einen Sommer lang aufgemischt und aus den Angeln gehoben hatte. Als er verschwunden war, war eine Weile nichts mehr wie vorher gewesen.

Donnerstag, 27. Oktober 2016

I

An jenem Nachmittag machte ich mich mit meinem Peugeot auf den Weg.

Es roch nach Regen. Bis dahin war es ein so trockener Oktober gewesen. Ein Oktober mit Sonne, Sonne, Sonne und etwas Wind. Der Wind kam noch aus dem Sommer und raschelte mit dem Laub, das die Trockenheit hart und knusprig gemacht hatte. Nur die Spinnen mit ihren Silberfäden nähten bereits am Herbst und überzogen die Welt mit einem Netz aus Nostalgie. Ohne zu trauern, begann das Jahr, sich zu vergessen.

Bevor ich losfuhr, hatte ich zu Hause in Stuttgart alles hinter mich gebracht, was ich hinter mich bringen musste, die Konferenz von *Flying Carpet* und meinen Englisch-Unterricht, den ich in den Herbst- und Wintermonaten erteile, um mein Gehalt aufzubessern, ich hatte Schreibkram erledigt und den Haushalt in Ordnung gebracht. Ich hatte meinem Sohn Rouven von dem Malheur seines Großvaters erzählt. Rouven tat der Unfall leid. Er liebt seine Großeltern; insbesondere Grandmaman, die so viel mit ihm unternommen hat, wenn er als Junge bei ihr in Ferien war, ist ihm ans Herz gewachsen. Rouven, der eine Ausbildung am

Theater macht, hatte über das lange Wochenende freibekommen. Er wollte seine Freundin Sara in Köln besuchen und vielleicht auf dem Rückweg in Möckingen vorbeikommen.

Ich fuhr vor sechzehn Uhr in Stuttgart los, um noch unbehelligt aus der Stadt zu gelangen. Aber überall, wo ich hinkam, war der Stau schon da. Donnerstagnachmittagstau. Im Stau bei Uppingen lernte ich einen Mann kennen. Er stand mit seinem Auto (Marke Volvo oder Skoda, irgendetwas Nordisches) in der Schlange auf der anderen Seite. Typisch, die Männer, die ich kennenlerne und die dann manchmal meine Männer werden, stehen immer auf der anderen Seite.

Cornelius, meinem ersten Mann, fiel ein, dass er schwul war, nachdem wir ein paar Jahre glücklichen und nicht eben spärlichen Sex gehabt hatten.

Martin, mein zweiter Mann, Rouvens Vater, wohnte in dem Hochhaus am Stuttgarter Stadtrand, in dem ich damals eine Zweizimmerwohnung hatte, auf dem gleichen Stock wie ich. Er war Landtagsabgeordneter einer Partei, die ich nicht mochte. An Martin Heitkamp gefiel mir lange Zeit nichts außer seinem Namen, ehe ich eines Nachmittags beim Nachhausekommen zusammen mit ihm im Fahrstuhl stecken blieb.

Vor und zwischen meinen beiden Ehen tat ich mich mit Männern zusammen, die in einer Bar auf der anderen Seite der Theke oder in meiner Branche in einem anderen Servicebereich arbeiteten. Eineinhalb Jahre lang war ich mit Felix, einem Busfahrer aus München, befreundet, ein paar Monate mit Maurizio, dem Restaurantmanager eines großen Hotels in Palermo.

Immer wieder bei all diesen Beziehungen habe ich versucht, die Seite zu wechseln oder doch bis zur Mitte zu gehen; die Betreffenden kamen mir entgegen, aber nie besonders weit.

Der Mann, der am Nachmittag des 27. Oktobers auf der anderen Straßenseite in der Gegenrichtung und mir genau gegenüber im Stau stand, hatte den Arm in das offene Wagenfenster gelegt und den Kopf in die linke Hand gestützt. Er hatte eine kleine Tätowierung auf dem Unterarm, ich erkannte das Wort *Jazz*. Ich mag keine Tätowierungen, auch keine kleinen. Ich mag Jazz, aber nicht als Tattoo auf dem Unterarm. Noch lieber als Jazz mag ich Blues. Der Mann im Stau auf der anderen Straßenseite hörte Jazz. Es war »Autumn Leaves«.

»Du bist hübsch«, rief er mir zu, und dann fragte er mich, ob ich ihm meine Handynummer geben würde. Ich grinste und schüttelte den Kopf. Er grinste auch, ein lausbubenhaftes, zugleich sanftes Grinsen, mehr ein Lächeln. Er hatte langes braunes, von einem Mittelscheitel geteiltes Haar und sah furchtbar jung aus – aber auf eine Art, wie die jungen Männer aussahen, als ich selbst jung war.

»Sei nicht so«, schmeichelte er, »gib mir deine Nummer.«

»Ja, vor allem.« Ich musste lachen. Und dachte plötzlich: Warum eigentlich nicht. Seine Beharrlichkeit schmeichelte mir. Und dann war da eine klitzekleine Regung in mir, die Angst, später etwas bedauern zu müssen. Der Mann gefiel mir, und ich würde ihn nie wiederfinden, wenn ich ihn jetzt abblitzen ließe.

Im Stau ging es nicht weiter. Aber mit dem Wetter

ging es weiter. Dicke Regentropfen fielen, die ersten seit mehreren Wochen.

Seit Martin Leine gezogen hat, lebe ich mit meinem Sohn Rouven allein in einer Wohnung, die zu groß ist für uns beide. Ich schlafe in einem Bett, das ebenfalls zu groß für mich ist; selbst meine Träume verlieren sich darin. Ich träume von meinen Reisen, Städtetouren in Deutschland und Italien, manchmal einem Mittelamerika-Trip. Ich träume von meinen Reiseteilnehmern, begüterten Amerikanern, die meist interessiert und unkompliziert sind, manchmal aber weder das eine noch das andere. Dann verfolgen mich ihre Beschwerden, die beleidigten Klagen, das Jammern auf hohem Niveau zuweilen noch lange, nachdem eine Reise zu Ende ist.

Wenn ich nach Hause komme, ist Rouven manchmal da, oft aber auch nicht. Ich genieße es, dass mein Sohn noch bei mir wohnt, weiß aber, dass es sich dabei um eine Frist handelt, die täglich schrumpft. Rouven soll die Lücke des nicht vorhandenen Mannes in meinem Leben nicht ausfüllen. Eines Tages wird er weggehen, wie ich einst selbst weggegangen bin aus meinem Elternhaus in Möckingen; er wird ein Zuhause haben, das nicht meines ist. Wie werde ich dann all die Räume mit Leben füllen? Ein einziges schlagendes Herz ist zu wenig dafür.

Ist Rouven bei meiner Rückkehr von einer Reise nicht daheim, dann nehme ich seinen zukünftigen Abschied vorweg und übe. Ich drehe die Heizungen hoch und lasse mir ein warmes Bad in die Wanne im Badezimmer ein, das ich mit bunten sizilianischen Fliesen von *De Simone* verschönert habe. Ich trinke heißen Tee aus bunten Mittelamerika-Tassen und lege feurige Musik in den CD-Player. Tassen, Tee und Töne wirken beruhigend auf mich und verhindern, dass ich mir in meinem Heim verlorener vorkomme als unterwegs auf Reisen.

2

Der Regen duftete nach sich selbst und war wie Erlösung. Wie Segen. Schon immer habe ich mir vorgestellt, dass Segen etwas Flüssiges ist. Kein Wunder, dass sich der Begriff auf das Wort *Regen* reimt. Auch der Stau hatte sich verflüssigt und aufgelöst. Der Mann mit dem Jazz-Tattoo auf dem Arm war in seine Richtung weitergefahren, mit meiner Mobilfunknummer in seinen Handykontakten, ich fuhr weiter in Richtung Möckingen. Ich hörte Radio, SWR 1 Hitparade. Die Moderatorin mit der Stimme, bei der man immer meint, sie hätte Schnupfen, kündigte »Love Of My Life« von Queen an. Während der Titel gespielt wurde, stellte ich mir vor, wie es wäre, mit dem fremden Mann ins Bett zu gehen, wie sich seine Hände auf meinen Hüften, auf meiner Brust anfühlen würden. Ich lachte vor mich hin. Sein Gesicht war sanft und freundlich. Dann vergaß ich ihn. Als ich Möckingen erreichte, kam mir die Begegnung mit ihm irreal vor, sodass ich nicht wusste, ob ich sie mir vielleicht nur eingebildet hatte.

Mittlerweile war es Abend. Herbst, diese Jahreszeit, die ein Geheimnis aus sich macht, die das Verschwinden übt, das Sich-Auflösen in Dunkelheit und Nebelschleiern. Der Regen hatte Dächer und Straßenbeläge schwarz lackiert. Bevor ich zur Möckinger Familienvilla auf dem Berg fuhr, stattete ich Vater im Krankenhaus einen Besuch ab. Ich mag keine Krankenhäuser. Ich mag diese Fabriken nicht, in denen am Fließband Menschen auf Tische gelegt, mit Ersatzteilen versehen und repariert werden wie kaputte Maschinen; Fabriken, in denen alles durchgetaktet ist und statt der Zeit die Zeiger von Uhren regieren.

Das Kreiskrankenhaus stand hell erleuchtet jenseits des Stadtparks von Möckingen. Es steht schon sehr lange da. Ein Kasten voller Neonlicht, welches die Gebrechen von Menschen bescheint, die davon träumen, woanders gesund zu werden als da, wo sie jetzt sind.

Vater lag in der Unfallchirurgie im Seitentrakt des zweiten Stocks. Zimmer 208. Die schwere Massivholztür ging nach außen auf. Im Zimmer standen zwei Betten, und ich sah nicht gleich, in welchem Vater lag. Schließlich erkannte ich ihn an den Augen. Er hob die Hand. Er lächelte. Er sagte nichts.

Vater redet nie viel mit mir. Als könnte man mit einer Tochter, die ständig auf Achse ist, nicht über einen stationären Alltag reden. Aber wenn ich genau nachdenke, hat er schon, als ich noch Kind und still und friedlich zu Hause war, wenig mit mir geredet und noch weniger gefragt. Die einzigen Fragen, die ich ihn, an mich gerichtet, je fragen hörte, waren: »Hast du deine Hausaufgaben gemacht?« Und: »Mädle, wann machst du Examen?«

Auch Ate und Severin fragte er so, nur Vinzenz nicht, dem stellte er andere Fragen. Von ihm wollte er wissen, wie es ihm mit seiner Ausbildung, mit seinem Beruf ging, wie ihm dieses oder jenes Buch gefiel, was er von dem und jenem Politiker hielt. Ich war oft eifersüchtig auf Vinz, der Vaters Aufmerksamkeit hatte oder doch eine andere Art von Aufmerksamkeit, als wir drei Älteren sie je von ihm bekamen.

An diesem Abend redete Vater noch weniger mit mir als sonst. Vielleicht fehlten ihm die Worte, vielleicht war er immer noch benommen von der Operation und konnte nicht, vielleicht konnte er nur die Hände heben und lächeln. Weil er nicht viel redete, redete ich mit ihm. Stellte ihm, der mich kaum je etwas gefragt hat, Fragen. Ich fragte ihn, ob er Schmerzen habe. Ob er schon rausdürfe, versucht habe zu gehen. Er schüttelte den Kopf, verneinte beides.

»Das wird schon wieder, Paps«, sagte ich und wusste nicht, ob ich damit ihm oder vor allem mir selbst Mut machen wollte. Ich fand, dass meine Stimme hätte zuversichtlicher klingen können, als sie es tat. Dabei hoffte ich wirklich, dass es wieder würde. Um seinet- und unserer Mutter willen. Um unseret- und meinetwillen, ja, darum auch, ich machte mir nichts vor. Ich mochte mir nicht vorstellen, was würde, wenn es nicht mehr würde. Vinzenz, Severin, Ate und ich, wir alle haben unser Leben, und es ist ein Leben fernab von Möckingen und unserem Elternhaus. Ich nahm Paps' Hand und streichelte sie.

»Mach dir keine Sorgen«, sagte ich, obwohl ich gar nicht wusste, ob er sich welche machte. Ich fragte ihn, ob er was brauche.

Er sagte, er brauche nichts. Er wurde plötzlich gesprächiger. Deutete auf einen Stapel Bücher auf dem Nachttisch, Vinzenz habe ihm die gebracht. Er erging sich in der Negativkritik eines Buches von Hanns-Josef Ortheil, was mich wunderte, denn normalerweise fand er alles, was von Vinz kam, gut.

»Felix, qui potuit rerum cognoscere causas«, sagte Paps. Ich wusste nicht, was das hieß. Paps hat einen Latein-Spleen; als Sohn eines altsprachlichen Gymnasiallehrers, in dessen Fußstapfen er nie trat, lag er uns Kindern zeit unserer Jugend mit der Notwendigkeit einer humanistischen Bildung in den Ohren und garnierte seine Appelle mit lateinischen Aphorismen, von denen ich nur eine behalten habe: Non scholae, sed vitae discimus.

Dass Paps so kurz nach seiner OP lateinische Sprichwörter zitierte, nahm ich als ein Zeichen, dass er den Eingriff samt Narkose gut überstanden hatte.

Ich schielte auf meine Armbanduhr und hoffte, dass Paps es nicht merkte. Obwohl ich noch nicht einmal wusste, ob ihm etwas daran lag, dass ich da war. Ich fragte ihn, ob er und Maman meine Ansichtskarte bekommen hätten, die ich ihnen vor etwa einem Monat während einer Reiseveranstaltung aus Paestum geschrieben hatte. Er nickte, sagte »Letzten Freitag, drei Wochen nachdem sie abgestempelt wurde« und fügte hinzu, es grenze an ein Wunder, wenn überhaupt mal eine Karte aus Italien in Deutschland ankäme. Ich lachte, er beließ es bei einem Lächeln. Er erinnerte sich, dass es fast sechzig Jahre her war, dass er selbst die Tempel von Paestum besucht hatte, mit Maman damals und Ate in ihrem Bauch. »Im Mai 1958.«

Ich fragte ihn nach dieser Reise, und er kam ins Erzählen. Dass er damals einen schwarzen VW Käfer mit zweigeteiltem Rückfenster gekauft hatte, den er nach der Reise wieder abstoßen wollte, wozu es dann nie gekommen war. Dass es damals noch keine Autobahn gab und Maman auf der Fahrt über die Alpenpässe gen Süden permanent übel war.

Schließlich fiel mir nichts mehr ein, was ich ihn noch hätte fragen können. Ich gähnte. Nach einer halben Stunde verabschiedete ich mich, schmatzte Paps einen Kuss auf die Wange.

»Hoffentlich kommt ihr mit Maman klar«, sagte Paps, und dass das eine schwere Aufgabe sei, wir würden das sicher bald merken, der Teufel stecke da im Detail. Er sagte nicht, welcher Teufel, welches Detail. Erst jetzt glomm etwas wie Beunruhigung in seinen Augen auf, Beunruhigung, ob wir, seine Kinder, es zusammen hinkriegen würden, Maman zu versorgen, etwas, das er sonst alleine schaffte. Beladen mit seinen Grüßen an Vinzenz, Maman und Severin (in dieser Reihenfolge), fädelte ich mich durch das Gewirr der Krankenhausgänge. Mit jedem Schritt in Richtung Ausgang wich die Bedrückung.

3

Früher war nicht alles besser, aber alles anders. In unserer Kindheit und bis vor einigen Jahren war Paps das, was man einen Patriarchen, noch mehr, was man einen Pascha nennt. Genau genommen waren die drei P-Worte Synonyme für ein und dasselbe. In unserer Kindheit war Paps das Familienoberhaupt, als welches ihm Beachtung, häusliche Bedienung und die besten Bissen am Tisch zustanden. Maman war dazu da, ihn zu beachten, zu bedienen, ihm die besten Bissen zu kredenzen und dafür zu sorgen, dass wir Kinder dasselbe taten. Sie sorgte auch dafür, dass wir die Dinge sahen, wie sie sie sah: nämlich dass Paps auf die Sonderbehandlung, mit der er gehätschelt wurde, unbedingten Anspruch hatte. Weil er nämlich für uns alle die Brötchen verdiente mit seinem aufreibenden Job, der damals noch nicht so hieß, sondern ein Beruf war – einer, den Paps nie gewollt, aber schließlich ergriffen und auszuüben begonnen hatte, als Maman nach der Hochzeit zur Unzeit mit Ate schwanger geworden war. Paps, der künstlerisches Talent hatte, wurde Textilingenieur, nachdem seine Eltern die Profession des Malers als brotlose Kunst abgetan und stattdessen die

Losung ausgegeben hatten: *Kleider braucht man immer*. In seinem Unternehmen diente er sich hoch bis zum Abteilungsleiter und prüfte dafür an sechs, später an fünf Tagen der Woche acht Stunden lang die Elastizität von aus Kunststoff gewonnenen Strickgarnen, Nylon und Polyester. Wenn er von der Arbeit kam, war er fertig mit Chemiefasern, der Welt und sich selbst. Mit Haushaltsdingen fing er zeit seines Arbeitslebens nie an, auch nicht am Wochenende, das war, ebenso wie das, was man Kindererziehung nannte, die Domäne von Maman. Früher gab es eine genaue Rollenverteilung zwischen unseren Eltern, die beinhaltete, dass mein Vater Wohnzimmersessel von innen, Küchen und Waschküchen nur von außen kannte. Meiner Mutter oblag die Aufgabe, nach der Arbeit in der Firma die Hausschuhe vor ihn hinzustellen und Probleme von ihm fernzuhalten.

Seit meine Mutter begonnen hat, sich von ihrem Gedächtnis zu verabschieden, hat sich diese Rollenverteilung geändert, und zwar radikal. Mein Vater, der früher aufgeschmissen gewesen wäre, wenn er sich ein Ei hätte kochen müssen, lernte Herd, Backofen und eine Waschmaschine bedienen; er wurde Hausfrau und beschwerte sich darüber, weil er keine sein wollte. Auf seine alten Tage wollte er nicht noch einmal einen Job machen, den er nicht gewählt hatte. Wir Kinder waren dankbar, dass er es dennoch tat, auch wenn er sich beschwerte; wir waren dankbar, dass alles weiterging, wie es bisher gegangen war, dass alles im Lot oder doch im Gleichgewicht blieb, auch wenn wir wussten, dass es ein labiles Gleichgewicht war, das jederzeit aus der

Balance geraten und in sich zusammenfallen konnte wie ein versehentlich angestoßenes Haus aus Bierdeckeln. Nicht unsere demente Mutter war der labile Teil dieses Bierdeckelhauses, sondern unser Vater mit seinem Bluthochdruck, seinen Herzproblemen, seinem Verdruss; wir zitterten davor, dass sein Körper eines Tages ebenso wie das Gedächtnis unserer Mutter keine Lust mehr hätte mitzuspielen, seine Dienste aufkündigen und ihn im Stich lassen würde.

4

Unsere Familienvilla liegt am Hang. Auf dem Haustürschild unser Name: Fröhlich.

Fröhlich, so hießen wir, Maman und Paps, Ate, Severin, Vinzenz und ich. Fröhlich, das war nicht nur unser Familienname, sondern auch der Name des Hauses, das wir bewohnten: Villa Fröhlich. Fröhlich, das war unser Familienprogramm. Wir hießen nicht nur so, sondern wir waren, wie wir hießen, gut gelaunt, fröhlich, wir waren aufgeräumt wie die Familienvilla, in der unsere Mutter mit ihrem Ordnungssinn das Zepter schwang. Bei uns war alles in Ordnung. Unsere Eltern setzten alles daran, uns Kinder in einer heilen Welt aufwachsen zu lassen, wir alle spürten das und hielten den Glauben an die heile Welt und die damit verbundene Fröhlichkeit so hoch wie möglich, wir trugen jeder auf seine Weise dazu bei, sie hochzuhalten, und wir taten es sehr lange. Bis zum Frühsommer 1976. Ich war damals gerade zwölf geworden, Severin war sechzehn, Ate siebzehneinhalb. In jenem Jahr kam alles zusammen. Severin geriet in schlechte Gesellschaft, Ate verliebte sich in Rico, einen Jungen, der unseren Eltern nicht gefiel, und Maman war zum fünften Mal schwanger. Alles geschah auf einmal. Am Ende jenes Sommers war die Fröhlichkeit eine Worthülse, die vergessen in einer Ecke der nicht mehr ganz so ordentlich aufgeräumten Wohnung lag. Nur der sechsjährige Vinzenz und ich versuchten zuweilen, sie von dort wieder in unseren Alltag zurückzuholen und mit Leben zu füllen. Ich spielte mit Vinz Kaspertheater und lauschte seinen vergnügten Gluckerlauten, wenn ich etwas Lustiges gesagt hatte. Ich genoss es, wenn er sich ausschüttete vor Lachen. Außer Vinz lachte niemand in jener Zeit. Severin lief mit verbissenem, Ate mit verheultem, Maman mit verhärmtem Gesicht herum. Ich selbst wusste nicht, mit was für einem Gesicht ich all den anderen Gesichtern begegnen sollte, und Paps war zu müde, um überhaupt ein Gesicht zu machen, wenn er abends aus der Firma kam. Den ganzen Winter blieb das so. Erst als Ate im folgenden Sommer, sofort nach dem Abitur, auf Nimmerwiedersehen verschwand, wurde es allmählich wieder besser. Ein Satz von Maman ist mir aus dieser Zeit in Erinnerung geblieben. »Man muss vergessen können«, sagte sie. Sie sagte den Satz sehr oft. Und wir vergaßen. Wir vergaßen das Jahr 1976 und wurden wieder fröhlich.

5

Ich hatte den Peugeot am Straßenrand vor der Villa abgestellt und mein Gepäck ausgeladen. Jetzt stand ich vor der Haustür. Zu faul, den Hausschlüssel an meinem Schlüsselbund zu suchen, drückte ich auf die Klingel. Vinzenz öffnete mir. Vinzenz, der größte von uns Geschwistern, der große Junge mit dunklem Lockenschopf und Augen wie Kohlenstückchen. Schon in der Schule und später an der Uni liefen ihm die Frauen in Scharen hinterher, aber Vinz schien es nicht zu merken. Alle wundern sich, dass er mit seinen sechsundvierzig Jahren immer noch nicht in festen Händen ist. Erschien Ate, wenn sie bei Familienfesten auftauchte, jedes Mal mit einem anderen Mann, so brachte Vinz selten jemanden mit, nur ein paarmal war er mit Diana gekommen, einer jungen Frau von zerbrechlicher Schönheit, ebenso dunkelhaarig wie er, mit einer Tätowierung im Ausschnitt und unendlich langen Gliedern, langen Fingern und langen Zehen. Ein Model, in deren Gegenwart ich schüchtern wurde, obwohl ich nie schüchtern war. Sie wirkte wie ein Stern, der neben Vinz aufgegangen war, und Vinz hatte nur Augen für diesen Stern. Diana hatte Vinz nur zwei, drei Mal begleitet, danach kam er wieder allein, und dabei war es geblieben. Er hatte nie ein Wort über den augenscheinlich wieder erloschenen Stern an seiner Seite verloren und auch sonst über keine andere Frau.

Vinz beugte sich zu mir herunter und küsste mich auf die Wange. »Willkommen, große Ida«, sagte er.

»Hallo, kleiner Vinz.« Ich stellte mich auf die Zehenspitzen und streichelte seinen Lockenschopf. Die Mähne unter meiner Hand fühlte sich weich und seidig an, wie früher, als Vinzenz kleiner als ich und sein Haar Kinderhaar gewesen war. Heute ist er so groß, dass er nicht in Konfektionskleidung passt, sondern Übergrößen trägt.

»Zimmerbelegungsplan wie früher«, meldete Vinz, nachdem ich meine Lederjacke auf einen Bügel an der Garderobe gehängt hatte.

Mein Koffer polterte auf der Treppe hinter mir her ins Untergeschoss, wo unsere ehemaligen Kinderzimmer liegen, alle in einer Reihe Richtung Süden, alle gleich groß. Wenigstens was die Kinderzimmergröße anging, ließen unsere Eltern Gerechtigkeit unter uns Geschwistern walten, wenn sie schon ihre Vorlieben so unterschiedlich an uns verteilten. Ich warf einen Blick in die beiden mittleren Zimmer. Im einen stand der blaue Schalenkoffer von Vinzenz, im anderen hatte Severin seine Sachen ausgebreitet. Ich nahm das Linke, mein früheres Mädchenzimmer. Ich würde hier übernachten, nicht nur eine oder eine halbe Nacht wie sonst, wenn es bei Familienfesten manchmal spät wurde, sondern mehrere Nächte am Stück, vielleicht eine ganze Woche lang.

Ich ließ den Blick im Zimmer schweifen. Der Raum wirkte unpersönlich, entkernt. In der Regalwand, in der früher meine Mädchenbücher dicht an dicht gesteckt hatten, standen Blumenvasen und ein bunt bemaltes Holzpferd. Nur zwei verblichene Elvis-Plakate über dem Bett erinnerten noch daran, dass dies einmal *mein* Zimmer gewesen war. An den unteren Rand des größeren Posters stand mit schwarzem Filzstift gekritzelt: *Für Ida, die Fröhliche, von Harry*. Als Mädchen war ich Elvis-Fan, Harry war mein Fan, später mein Freund. Darüber hinaus, dass ich Elvis-Verehrerin war, war ich »Ida, die Fröhliche«. Einige Zeit nachdem wir in unserer Familie wieder geworden waren, wie wir hießen, war mir in der Schule dieser Spitzname zugefallen. Ich mochte ihn lieber als meinen Vornamen, für den ich mich früher geniert hatte, weil er mir altmodisch und verschroben vorkam. Ich verdanke ihn meiner Großmutter Ida, die am gleichen Tag starb, an dem ich geboren worden war. Ich weiß nicht, warum meine Eltern Ate auf den Namen Beate tauften. Ich weiß nicht, warum sie uns Mädchen Namen mit so wenigen Buchstaben gaben, während sie ihre Söhne mit mehrsilbigen pittoresken Namen von Heiligen ausstatteten.

Maman saß oben im Esszimmer. Wir nennen Mutter Maman, weil sie Sprachen liebt, insbesondere Französisch. Mein Faible für Sprachen, mein gutes Sprachgefühl habe ich von Maman. Bis vor einigen Jahren, als ihr Gedächtnis sie zu verlassen begann, frischte Maman ihre Schulkenntnisse stetig an der Volkshochschule auf und lernte sogar ein bisschen Holländisch, um sich bei unseren Familienurlauben in Zandvoort verständigen zu können. Vor allem aber besuchte sie Französischkurse. Sie war frankophil, sie war Frankreich-Fan, so wie ich selbst Elvis-Fan und Harry mein Fan war, sie liebte Frankreich, Froonkroisch, die Normandie, Burgund mit seinem weiten, hohen Himmel, Gegenden, die Paps mit ihr und Vinz bereiste, nachdem wir drei Älteren aus dem Haus waren.

Am Abend meiner Ankunft begrüßte mich Maman in ihrer Lieblingssprache.

»Bonsoir, Madame«, sagte sie mit kehliger Stimme, »d'ou venez vous?«

Sie trug einen roten Nylonpullover und eine beige Nylonhose, die sie bis über den Busen hochgezogen hatte. Produkte aus Vaters früherer Firma. Sie hatte zwei Halstücher um, die sie vorne geknotet hatte, ein rot-blau kariertes und ein rosafarbenes. Manchmal trägt sie auch zwei Hosen übereinander. Oder zwei Armbanduhren am Handgelenk.

»Damit du dir die Zeit aussuchen kannst oder falls eine stehen bleibt«, sagt Vinz dann.

Ich umarmte Maman, stützte mein Kinn auf ihren Kopf mit dem schütteren grauen Haar. Haar, das schon eine Weile nicht mehr gekämmt worden war, das nach Haar roch und nach nichts sonst, nicht nach Shampoo oder Spülung.

»Hallo, Mami«, sagte ich liebevoll. »Woher ich komme? Direkt aus Stuttgart. Und du kannst ruhig Du zu mir sagen.«

»Wie überaus freundlichst«, sagte Maman, »Idamaus,

liebes Kindeldingsbums. Ist niemand, der so viel pustet. Meinst Feinstein liebel?«

»Davon gehe ich zum jetzigen Zeitpunkt mal aus«, antwortete ich und streichelte ihre Wange.

Ich ging in die Küche, um Severin zu begrüßen. Severin kochte. Er kocht immer. Er ist von Beruf Koch und kocht auch in seiner Freizeit. Er sagt, sein Beruf sei sein Hobby und sein Hobby sei sein Beruf. Severin führt, anders als Ate, Vinz und ich, ein gutbürgerliches Leben, zu dem auch sein Bauchansatz unter der Kochschürze gehört. Er führt als Einziger von uns vieren eine Ehe, die nach dreißig Jahren offenbar immer noch eine ist, und zusammen mit seiner Ehefrau ein Restaurant an einem See im Schwäbischen Wald. Seine Frau hört auf den Namen Gretchen, eine noch verschrobenere, altmodischere Wortschöpfung als mein eigener Rufname. Severin und Gretchen haben drei Kinder, die alle denselben Vater und dieselbe Mutter haben, alle erwachsen und alle was geworden sind.

Severin pfiff, während er am Herd hantierte. Er pfeift oft beim Kochen. Vielleicht pfeift er, weil er beim Kochen nicht Gitarre spielen kann. Severin spielt E-Gitarre, seit er vierzehn ist, und hat bis heute seinen Platz in verschiedenen Rockbands, obgleich er sein Talent nie anders denn als Hobby ausgeübt hat. Als Jugendlicher bespielte er die Schulschwoofs am Albert-Lotzing-Gymnasium, die damals noch »Ball« hießen, und trat an Wochenenden im Irish Pub in Möckingen auf. Wenn er nicht Gitarre spielt, hat er etwas Behäbiges, Gesetztes, obwohl er groß ist. Nicht ganz so groß wie Vinzenz, aber doch so groß, dass ich mich auch bei ihm auf die Zehenspitzen stellen musste, um ihn auf die Wange zu küssen. Die Wange duftete. Mein älterer Bruder liebt Rasierwasser. Nie hat ein Mann frischer geduftet als Severin. Auch sein kurzes Haar duftete. Severin ist brünett wie Vinzenz; die beiden haben die Haarfarbe unserer Mutter geerbt, während Ate und ich blond sind, wie Paps es früher war.

»Was gibt es, Bruderherz?« Ich steckte die Nase in eine Kasserolle, in der etwas schmorte. Es duftete köstlich. Fleisch in einer roten Sauce. Ich wusste nicht, was für ein Fleisch. Ich kenne mich da nicht aus. Ich bin keine Köchin. Ich koche nicht gern. So wenig, wie Paps gern kocht. Ich esse nur gern.

»Tajine«, erklärte Severin, »ein marokkanisches Schmorgericht aus Rindfleisch.«

»Das ist aber nicht vegetarisch«, neckte ich ihn. »Schon gar nicht vegan.« Manchmal legt Severin beim Kochen vom einen auf den anderen Tag einen Schalter um und den Ehrgeiz an den Tag, nicht nur auf Fleisch, sondern auch auf alle anderen tierischen Produkte zu verzichten. Er kreiert dann Mahlzeiten mit fremdländischen Zutaten und Namen, die ich nie zuvor gehört habe, Quinoa mit Avocadocreme, Romanesco-Pfanne mit Fregola, Teriyaki-Tofu mit Chicorée, Harissa-Minz-Suppe und Tomaten-Bulgur.

»Kennt ihr den?«, fragte Vinzenz und schlug mit einem Geschirrtuch nach etwas, vielleicht einer Fliege. »Warum können Veganer kein Hühnchen essen?«

Severin und ich zuckten die Schultern.

»Wegen dem Ei innen drin«, grinste Vinzenz.

Beim Abendessen saßen wir so wie früher, jeder an dem Platz am runden Tisch, an dem er als Kind gesessen hatte. Wir dachten nicht darüber nach, warum wir so saßen. Gewohnheiten sind langlebig. Auch Maman saß an ihrem früheren Platz. Paps' Stuhl gegenüber von ihr war leer.

Ich hatte Maman eine karierte Stoffserviette vorne in den Ausschnitt gesteckt und über ihren Pullover gebreitet. Ihr das Fleisch und den Salat klein geschnitten. Sie aß nur mit der Gabel, benutzte kein Messer, um die Happen auf das Besteck zu bekommen. Sie schob das Couscous mit der Gabel so lange in der roten Sauce auf dem Teller hin und her, bis es als Matsch über dessen Rand fiel. Ich musste mich zwingen, nicht dauernd hinzusehen.

»Hast du Ate erreicht?«, fragte ich Vinzenz.

Vinz nickte.

»Wo hast du sie erwischt?«

»Weiß nicht.« Vinz zuckte die Achseln. »Hamburg. Berlin.«

»Kommt sie?«

Er zuckte wieder mit den Schultern.

»Tja, wenn man das wüsste.«

Unsere Mutter hatte ihre Gabel auf den Teller gelegt, blickte vor sich hin und brabbelte Unverständliches.

»Abrakadabra«, sagte Vinz, »habt ihr gewusst, dass sie inkontinent ist?«

»Wer, doch nicht Ate?«

»Nein, Mutter. Sie braucht Windeln.«

»Das ist gar nicht wahr«, Maman hob plötzlich den Kopf. »Mitnichten windelstwahr. Schwindelwahr. Du schwindelst unwahr. Schlagelwupps windelwandelweich. Loixlux mindelwindelwuchs.«

»Da läuft Maman gleich zu ihrer Höchstform auf, wenn sie sich zu Unrecht gebrandmarkt fühlt«, stellte Vinz fest.

»Wir müssen jemanden organisieren, der für sie sorgt«, sagte ich.

»Sorge reicht nicht mehr, sie braucht Pflege«, sagte Severin im Ton eines Predigers. »Der Papst kann das in Zukunft auf keinen Fall mehr machen.«

Severin nennt unseren Vater den Papst. Manchmal tut es auch Vinzenz. Ich glaube sogar, es war Vinzenz, der damit anfing, als er den aufmüpfigen sechzehnjährigen Severin einmal schimpfen hörte: »Paps benimmt sich wie der Papst.« Fortan fügte Vinz der Anrede unseres Vaters noch diesen einen kleinen Buchstaben hinzu, der aus Paps einen Pontifex Maximus machte. Meine Brüder spielen sich den Titel »Papst« für unseren Vater zuweilen zu wie einen Pingpongball, wenn sie sich über unseren Vater amüsieren. Dort am Abendbrottisch amüsierten sie sich nicht, aus Severins Worten klang Kritik; schon lange machte er keinen Hehl mehr aus seiner Meinung, dass sich Paps mit der Fürsorge für Maman übernahm, stieß aber bei Paps damit auf taube Ohren.

»Natürlich kann Paps nicht so weitermachen wie bisher, wenn er aus der Klinik kommt«, sagte Vinz. »Ich habe einen Sozialdienst angerufen. Am Samstag kommt eine Mitarbeiterin, dann wird sich zeigen, wie wir unseren Vater in Zukunft daran hindern können, alles selbst in die Hand zu nehmen.«

»Allerselbst allerliebst Handschuh Mugelwupps«, plapperte Maman. »Zeig ii, lass mii, laisse moi, Zuckerwupps ssississ wiegelriegel mucks. Mucksmucksmucks simbel feist.« Ein paar Augenblicke füllte nur ihr Selbstgespräch den Raum. Wir kannten diese Monologe, die nirgends anfangen und kein Ende nehmen, Silben, halbe Sätze, ohne Punkt und Komma sinnlos aneinandergereiht in einem bäuerisch-altertümlichen schwäbischen Dialekt, den Maman früher nicht gesprochen hatte. Dazu bewegten sich ihre Finger auf dem Tisch, Finger, die in jüngeren Jahren stets etwas zu tun gehabt hatten und jetzt, da sie es nicht mehr hatten, nicht still halten konnten.

Ich spießte Fleischstücke auf Mamans Gabel und gab sie Maman in die Hand. Ich mochte die Gabel nicht zu Mamans Mund führen, ich mochte sie nicht füttern. Ich wollte Maman nicht behandeln wie ein Kind, nie und nimmer wollte ich das, sie war doch meine Mutter, selbst wenn sie sich hundertmal wie ein Kind verhielt.

6

Nach dem Abwasch prüfte Vinz, ob die Haustür abgeschlossen war. Schärfte uns ein, ebenfalls darauf zu achten.

»Mutter begibt sich manchmal auf Wanderschaft, und wenn man nicht aufpasst, endet der Ausflug nicht an der Haustür«, sagte er. »Insbesondere nachts tut sie das.«

Ich stöhnte. Das Theater mit den Schlüsseln. Für die Türen zum Klo und den Badezimmern gab es schon länger keine mehr. Maman hatte sich mehrfach eingeschlossen und hinterher die Tür nicht mehr aufbekommen, sodass man einen Schlüsseldienst holen und gleichzeitig Mutter beruhigen musste, die mutmaßte, nicht sie selbst, sondern jemand anders habe sie eingesperrt. Seit Paps die Schlüssel eingesackt hat, klopfen wir von außen an die Tür, bevor wir das Örtchen aufsuchen, um niemanden, der gerade eine Sitzung hält, in Verlegenheit zu bringen.

»Wie wäre es mit einem Glühwein?«, fragte Vinz.

Obwohl es noch Oktober war, tranken wir den ersten Glühwein aus den alten Tassen mit aufgedruckten Weihnachtsmotiven, von denen keine wie die andere war; Geschenke vom Weltspartag, Gewinne von Tombolas, Mitbringsel von Reisen oder Tassen, die man auf dem Weihnachtsmarkt beim Glühweintrinken mit Pfand hatte hinterlegen müssen und nicht zurückgegeben hatte. Tassen mit Elchen und Nikoläusen, mit Schneeflocken auf rotem Grund, mit Sternen, abermals mit Elchen oder mit Teddys, die dicke Schals umhatten.

Ende Oktober, der richtige Zeitpunkt für den ersten Glühwein.

Mutter war nach einer Tasse betrunken. Sie lallte und verlangte nach mehr.

»Früher hast du mehr vertragen, alte Süffelnase«, sagte Vinz und schenkte ihr nach. »Oder weniger gesoffen, jedenfalls warst du nie betrunken.«

»Fast nie«, rutschte es mir heraus. Vinz warf mir einen erstaunten Blick zu. »Wann denn?«

»An dem Abend, nachdem Severin von einem Auto angefahren worden ist«, sagte ich widerwillig. Am liebsten hätte ich meinen Satz zurückgenommen. Ich mochte nicht in Mamans Anwesenheit davon erzählen, wie ich sie einmal betrunken überrascht hatte.

»Ist nicht so wichtig«, sagte ich verlegen.

»Ssssoffen«, meldete sich Maman zu Wort, »sssoffen, dassississachtmannich ...«

»Stimmt«, sagte Vinz diplomatisch, »besoffen sagt man nicht, das ist man bloß. – Wann war das mit Severins Unfall?«, wollte er wissen.

»Ich war zehn, glaube ich«, sagte Severin. »Oder bin ich mit zehn von der Friedhofsmauer gestürzt und habe mir den Kiefer gebrochen?«

»Nein, das war später«, entgegnete Vinzenz, »da war

ich schon längst geboren, daran kann ich mich noch erinnern. – Was war es noch mal, das du bei dem Autounfall gebrochen hast?«

»Beide Knöchel«, sagte Severin.

Wir grinsten.

Als Junge brach sich Severin ständig irgendwas. Er fiel vom Kirschbaum im Garten und brach sich den Arm. Er lieferte sich Fahrradrennen mit seinem Freund Christoph, stürzte und brach sich das Schlüsselbein. Er machte im Freibad einen Salto vom Fünfmeterbrett, schlug bäuchlings im Wasser auf und brach sich drei Rippen. Er war ein Draufgänger, der gefährlich lebte. Manchmal aber hatte er auch einfach nur Pech. So wie damals an dem Tag, als ihn das Auto anfuhr.

»Du hast uns einen schönen Schrecken eingejagt damals«, sagte ich.

Ich weiß noch, wie an jenem Tag zur Mittagszeit eine Ambulanz mit Blaulicht vor der Tür gehalten hat, und sehe Maman vor mir, wie sie aus dem Haus stürzt mit ihrem dicken Bauch, in dem sie Vinzenz trägt, Ate und ich hinter ihr her, ich sehe ihre rasch abgeworfene Schürze, die sich in der Berberitzenhecke verfängt. Die Haustür fällt zu, und während Mutter samt ihrem Babybauch in den größeren Bauch der Ambulanz taucht und mit Severin davonfährt, stehen Ate und ich ohne Hausschlüssel da. Ate nimmt die Schürze von der Hecke und mich an der Hand. Ate ist elfeinhalb, ich werde bald sechs. Ates Hand um meine fühlt sich tröstlich an. Wir gehen hinters Haus und schauen durchs Terrassenfenster ins Esszimmer, wo der Tisch gedeckt ist und in unseren Tellern ein Gemüseeintopf dampft, der orangerot und sehr gelberübig aussieht.

Ein Gedanke lässt mich nicht in Ruhe. »Muss Severin sterben?«, frage ich und bemühe mich, die Tränen zurückzuhalten. (Schon damals war Severin mein Held.) Ate schüttelt heftig den Kopf.

»Bestimmt nicht«, sagt sie und macht dabei ein Gesicht, als wüsste sie nicht genau, wie bestimmt es nicht stimmt.

Maman kommt am Spätnachmittag zurück, allein, ohne Severin, in Tränen aufgelöst.

Sie schließt die Haustür auf, ohne Ate und mich zu beachten. Wir trotten hinter ihr her ins Esszimmer, wo sie sich an den Tisch setzt, auf dem das kalt gewordene Mittagessen steht. Sie legt das Gesicht in ihre Hände und weint in ihren Teller.

»Wo ist Severin?«, frage ich leise und zupfe an ihrem dunkelblauen Nylonärmel.

Maman antwortet nicht, sondern weint noch viel mehr. Die Tränen tropfen zwischen ihren Fingern hindurch in den Eintopf.

Ate und ich werfen uns einen ängstlichen Blick zu, wir befürchten das Schlimmste.

»Ist er tot?«, frage ich schließlich kaum hörbar und schmiege mich an sie.

Maman wimmert. Schließlich, nach einer Zeit, die uns wie eine Ewigkeit vorkommt, schüttelt sie den Kopf und schluchzt: »Nein, aber er musste im Krankenhaus bleiben.«

»Gott sei Dank«, entfährt es Ate, während Maman wieder angefangen hat zu weinen. Sie hält inne und wirft Ate einen empörten Blick zu. »Gott sei Dank? Gott sei Dank muss er im Krankenhaus bleiben?«, fragt sie. »Wie kannst du das sagen?«

Ich habe mich später oft gefragt, wie sie Ate so missverstehen konnte, wie sie falsch verstehen konnte, was sogar ich selbst mit meinen knapp sechs Jahren richtig verstand, und ob es einfach die Angst um Severin, ihren Lieblingssohn, war, die sie so reagieren ließ. Maman war ängstlich, überängstlich, und wenn es um Severin ging, der gefährlich lebte, war sie noch ängstlicher. An diesem Abend redete sie nicht mehr mit Ate und mir, sagte uns nicht einmal Gute Nacht. Weil ich nicht schlafen konnte, stand ich noch einmal auf. Ich fand Maman vor der Hausbar sitzend, mit rot geränderten Augen und einer gedrungenen Flasche auf ihrem dicken Bauch. »Cognac«, entzifferte ich das Wort auf dem Etikett mit meinen gerade erworbenen Lesekenntnissen. Maman fragte mit schwerer Zunge, was ich hier suche, und schickte mich fort. Mir war klar, dass sie betrunken war, jedoch ahnte ich nicht, wie peinlich es ihr gewesen sein muss, dass ich sie in diesem Zustand überraschte. Damals beschloss ich, sie nicht mehr zu mögen, hielt aber nicht lange durch, sondern verzieh ihr. Ich liebte Maman, ich wollte, dass sie mich liebte, und sie konnte ja auch ganz anders sein. Sie konnte ein prima Kumpel sein, mir, ihrer Tochter, auch wenn ich nicht ihre Lieblingstochter war.

Als Rouven gerade geboren war und ich mit einer Brustentzündung und vierzig Grad Fieber das Bett hütete, kam Maman mit dem Auto angefahren und half mir. Wenig später hatte ich das, was man eine postnatale Depression nennt, alles wurde mir zu viel, ich sah nicht mehr über den Rand eines einzigen Tages hinaus. Wieder kam Maman, um mich zu unterstützen. Sie ging mit Rouven spazieren und fütterte ihn. Sie stand nachts auf, um ihm das Fläschchen zu geben, damit ich durchschlafen konnte. Sie schrubbte meinen Hausflur und schickte mich ins Kino.

Als ich studierte, kam sie mich besuchen, und wir hörten in meiner Germersheimer Gartenklause direkt neben dem Hühnerstall Ella Fitzgerald und Louis Armstrong. Mit Severin hörte ich Pink Floyd, Fleetwood Mac und das Köln-Konzert von Keith Jarrett. Mit Vinz Bryan Adams und Gloria Gaynor. Ich zappte zwischen Musikstilen hin und her, wie ich es zwischen Ländern und Kontinenten bei meinen Reisen tat, in gewissen Grenzen gab es wenig, was ich nicht mochte. Mit Ate hätte ich Stones gehört und Elvis und Joan Baez und Bob Dylan. Aber Ate kam nicht. Sie besuchte mich nie.

Als ich sechzehn war, half mir Maman, die Haare rötlich zu tönen, nachdem ich meine mittelblonden Strähnen zuvor auf eigene Faust mit einem Aufheller vergewaltigt hatte und mein Haar dabei erst nach Maisgelb, dann nach Giftgrün und ich zu einem Häufchen Verzweiflung mutiert war. Mein Leben ist zu Ende, hatte ich gestöhnt und war eines Besseren belehrt worden: Das Ende des Lebens hat nichts mit dem Wechsel von Haarfarben zu tun, auch nicht mit dem Tragen einer Brille, wenn man eines Tages Mitte vierzig keine Kontaktlinsen mehr verträgt, noch nicht einmal mit weißem Hautkrebs.

Mit Vergessen schon mehr.

7

Mutter hatte ihren Glühweinbecher wieder leer.

Auffordernd streckte sie uns das Gefäß entgegen und radebrechte Silben, konnte nicht reden oder tat so, als könne sie es nicht. Manchmal habe ich sie im Verdacht, dass sie ihre Demenz nur spielt. Eines Tages wird sie vom einen auf den anderen Moment einen Schalter umlegen und wieder die Alte sein. Erklären, dass sie ein Experiment statuiert hat, mit sich, mit uns. Dass sie ausprobieren wollte, ob wir sie noch mögen und pflegen würden, wenn ihr die Kontrolle über ihr Leben entglitten und sie auf uns angewiesen wäre.

Wir schenkten Maman nicht mehr nach. Ihr Rausch verflog. Sie fing an, nach ihrem Mann zu fragen. Nach zwei Gläsern Glühwein sprach sie die ersten verständlichen Sätze an diesem Abend.

»Wo ist denn mein lieber Mann?«, fragte sie wie früher.

»Im Krankenhaus«, sagte Vinz.

»Im Krankenhaus?«, wunderte sie sich. »Besucht er jemanden? So spät am Abend?«

»Schön wär's«, seufzte Vinz, »er hat sich das Bein gebrochen und erholt sich gerade von einer Operation.«

»Das Bein gebrochen?« Sie blickte verständnislos vom einen zum anderen. »Das stimmt nicht, das wüsste ich.«

»Schön wär's!«, wiederholte Vinz. »Es ist schon ein paar Tage her, Mutterherz.«

Severin stand auf.

»Gehen wir schlafen, altes Haus«, sagte er.

»Schlafen wir hier?«, fragte sie. »Fahren wir nicht nach Hause?«

»Du bist hier zu Hause«, sagte Severin.

»Hier? Im Krankel...dings?«

»Drüben im Schlafzimmer steht dein Bett.«

Sie schaute ungläubig von Severin zu mir.

Ich nickte. Wir halfen Maman auf und begleiteten sie in den Schlaftrakt unserer Eltern.

»Und wo ist mein Mann?«, fragte Maman.

»Im Krankenhaus, er hat sich das Bein gebrochen«, sagte ich.

»Und wo schläft er?«, fragte sie.

»Dort im Krankenhaus«, sagte Severin.

»Hat er ein Bett?«, fragte sie.

Wir warteten, während Mutter auf der Toilette war, wussten nicht recht, ob sie das allein konnte – Pipi machen –, und suchten derweil nach ihrem Schlafanzug, aber da war keiner. Wir fanden, nachdem wir sämtliche Schränke geöffnet hatten, ein Fach mit sauber gefalteten und aufeinandergelegten Nachthemden und Pyjamas, die den Eindruck machten, als hätte sie schon lange niemand mehr angerührt. Ich nahm den obersten, reichte ihn Maman und bot ihr an, ihr beim Ausziehen zu helfen.

»Warum?«, fragte sie bockig.

»Sie schläft immer in Kleidern«, rief Vinz aus der Küche, »Paps hat es schon lange aufgegeben, sie zum Auskleiden zu bewegen.«

Severin und ich warfen uns einen Blick zu.

»Leg wenigstens deine Halstücher ab«, versuchte ich es, doch sie fragte wieder, diesmal auf Französisch: »Pourquoi?« Dahinter stand ein eigensinniges »Nein«, ein »Basta, jetzt nicht«.

Wir kapitulierten, halfen Maman mitsamt ihren Klamotten ins Bett und breiteten die Decke über sie. Sie blieb auf dem Rücken liegen und schaute uns an.

»Ich dankelbims euch schön«, sagte sie zufrieden. »Habt ihr alle ein Bett?«

Ich nickte.

»Du hast die Brille noch auf«, sagte ich. »Magst du sie abnehmen?«

Sie schüttelte den Kopf, und Severin meinte: »Manche Menschen schlafen mit Brille, damit sie ihre Träume besser sehen.«

Ich beugte mich über Maman und gab ihr einen Gute-Nacht-Kuss.

Wir blieben noch eine Weile vor dem Bett stehen, bis Maman eingeschlafen war. Wir standen an ihrem Bett, als wäre es ein Kinderbett, an dem wir das Wegdämmern eines Kleinkindes bewachten, das ohne die Anwesenheit eines Erwachsenen nicht einschlafen konnte.

Vinz gesellte sich zu uns und fragte: »Wann also soll Maman betrunken gewesen sein? Ich kann mir das überhaupt nicht vorstellen.«

In gedämpftem Ton, als hätte meine Stimme durch die Milchhaut von Mamans Schlaf dringen können, erzählte ich, wie ich sie an dem Abend, nachdem Severin von dem Auto angefahren worden war, im Wohnzimmersessel überrascht hatte, mit rot geränderten Augen und der Cognacflasche auf ihrem geschwollenen Bauch, in dem Vinzenz dem Tag seiner Geburt entgegenschwamm.

»Sie hat mir Cognac zu trinken gegeben?«, fragte Vinz ungläubig. »Das hätte ich ihr nicht zugetraut. War es wenigstens eine Edelmarke?«

Ich hob die Schultern und ließ sie wieder fallen. »Keine Ahnung. Ich war sechs damals, und bei Cognac kenne ich mich nicht aus.«

Vinz nagte an seiner Unterlippe, schüttelte den Kopf. Das tat er mehrmals.

»Es hat dir nicht geschadet, Bruderherz.« Ich legte ihm die Hand auf den Arm.

Severin beugte sich über Maman und nahm vorsichtig die Brille von ihrer Nase, klappte die Bügel zusammen und legte sie auf den Nachttisch.

Wir betrachteten Mamans Gesicht, das ohne Brille entblößt wirkte, ihre geschlossenen Lider, die ein wenig zitterten, ihre halb geöffneten Lippen, durch die mit ihrem Atem das Leben strömte. Leben hat so viele Ausdrucksformen: Atem, Gedanken, Worte, Sprache. Im Schlaf kommt alles zur Ruhe außer dem Atem. Im Schlaf sieht sie aus wie früher, dachte ich, im Schlaf ist sie noch die Alte.

Dienstag, 1. November 2016, später Vormittag

Paps hatte recht, als er sagte, es sei eine schwere Aufgabe, für unsere Mutter zu sorgen, und der Teufel stecke im Detail. Die Haustür der Villa Fröhlich ist heute Nacht trotz Vinzenz' Mahnung unverschlossen geblieben. Eine kleine Unachtsamkeit mit großen Folgen. Wir haben nicht gut genug auf Maman aufgepasst, und jetzt ist sie weg. *Disparue.*

Wir sind in unsere Kleider geschlüpft, haben flüchtig Toilette gemacht; nun stehen wir in Jacken und Anoraks vor dem Haus. Ate und Severin gehen nach rechts, Vinz und ich nach links. Die Straße ist leer und grau wie der Tag. Selten war eine leere graue Straße so deprimierend wie heute. Autos fahren hier in der Siedlung wenige, an diesem Morgen gar keine.

Im Gleichschritt traben Vinz und ich nebeneinanderher.

»Wie eine Patrouille, die kontrolliert, ob eine Ausgangssperre auch eingehalten wird«, murre ich. »Keine Menschenseele, die wir fragen könnten, ob sie Maman gesehen hat, noch nicht mal ein Spaziergänger, der seinen Hund Gassi führt.«

»Ich hasse diese Feiertage mit Weltuntergangsstimmung gegen Jahresende«, brummt Vinz. »Allerheiligen, Buß-und-Bettag, Totensonntag und wie sie alle heißen. Es kommt einem vor, als hätte von gestern auf heute ein kollektives Sterben eingesetzt.«

Von der Stadt her läuten Kirchenglocken. Allerheiligengebimmel. Ob Maman zum Gottesdienst gehen wollte? Früher hat sie das sonntagmorgens, während ihr Braten zu Hause bei kleiner Hitze vor sich hin schmorte, manchmal getan.

Wir trennen uns und nehmen die Seitenstraßen, die weiter bergauf ins Neubaugebiet führen, ins Visier. Zwei dem von Vinz vermuteten Massensterben entgangene Erdenbürger treffe ich dann doch noch. Eine Spaziergängerin mit einem Sibirischen Husky, der an seiner Leine reißt, und einen Jogger. Schon bevor ich sie frage, ob ihnen eine ältere Frau in einem türkisfarbenen Trenchcoat begegnet ist, weiß ich, wie sie reagieren werden. Der auf der Stelle im Leerlauf weiterjoggende Jogger hat keine Zeit und mit seiner beschlagenen Brille sowieso nichts gesehen.

Die Spaziergängerin hat auch nichts gesehen und rät mir, die Polizei einzuschalten.

»So weit ist es noch nicht«, murmele ich und hoffe, dass es nicht so weit kommt.

Nach zwanzig Minuten stehe ich wieder vor der Villa Fröhlich. Vinz ist schon da. Wenig später trudeln auch Severin und Ate ein. Ohne Maman.

Nach und nach kommen alle in die Küche. Vinz hat die Tür zur Terrasse aufgerissen. Vor dem Herd steht eine Wasserlache. Die Espressomaschine röchelt und spuckt einen Kaffee nach dem anderen aus. Zu mehr

Frühstück reicht es heute nicht. Es ist kurz vor zwölf, fast Mittag. Auch Rouven und Diana sind inzwischen auf. Diana, in weißem T-Shirt und schwarzem Lederrock, sieht aus wie aus dem Ei gepellt. Sie reicht Vinz ein Tässchen Espresso und haucht ihm einen Kuss auf die Wange. Rouven steht ungekämmt in seinem blauen Jogginganzug an die Spülmaschine gelehnt und verteilt Tabak auf einem Zigarettenpapierchen.

»Dreh mir auch eine«, sagt Ate. »Was jetzt?«

»Keine Ahnung«, sagt Vinz. »Hat eigentlich schon jemand im Garten nachgesehen?«

Severin geht mit mir auf den Balkon. Ein Südbalkon, der sich über die ganze Länge der Villa Fröhlich erstreckt und direkt über unseren vier Kinderzimmern liegt. Von hier oben aus suchen wir das Grundstück ab. Über Nacht ist wieder sehr viel Laub gefallen. Der Wind hat Löcher in das rostige Kleid von Paps' geliebter Buche gerissen; die Birken am linken unteren Gartenrand, gestern noch flammendes Gold, sind erloschen und kahl.

Die drei hohen Tannen rauschen – Paps hat sie in meiner Kindheit gepflanzt. Damals waren sie klein und niedlich, und ich sprach mit ihnen, wie ich auch mit Frühlingsblumen, der Blutpflaume und dem Haselnussstrauch sprach und zuweilen bei ihnen Rat suchte. Das würde ich auch jetzt gerne tun. Wenn ich Geduld hatte und ganz still war, gaben sie mir früher manchmal Antwort. Heute nicht. Heute ist keine Zeit für Geduld, heute ist Geduld ein Luxus, den wir uns nicht leisten können.

»Hier ist Maman auch nicht«, sage ich, und Severin

echot: »Nein. Ist auch schwer vorstellbar, was sie hier hätte wollen sollen.«

»Vielleicht Strauchbasilikum holen für ihren Salat oder Majoran oder Rosmarin für ihren Braten.« Mein Blick ist auf Mamans Kräutergarten gefallen, jetzt teils verwildert, teils verdorrt – Paps, der kein Koch ist, oder doch keiner aus Passion, und auch kein Medizinmann, kann mit Kräutern nichts anfangen.

»Vielleicht Radieschen ernten, Erdbeeren pflücken, Pflaumen auflesen«, fahre ich fort und zucke die Schultern.

»Um diese Jahreszeit?«, fragt Severin und winkt gleich darauf ab. »Ja, ich weiß, falsche Frage. Mit Logik kommen wir hier nicht weiter, logisch ist in diesem Fall gar nichts.«

»Fehlanzeige«, sage zurück in der Küche.

Ate und Rouven haben angefangen zu rauchen.

»Hier in der Wohnung?« Ich runzle die Stirn. »Indoor? Paps mag das nicht.«

»Doch egal«, schnoddert Ate. »Paps ist nicht da, und hier stinkt's eh wie nach einem Großbrand in einem Bekleidungsgeschäft.«

Ich hole einen Aufnehmer und wische die Wasserlache vor dem Backofen auf.

Vinz stochert mit einer Gabel in den verkohlten Stoffstücken im Römertopf auf dem Herd, schnüffelt und rümpft gleichzeitig die Nase.

»Lecker«, sagt er. »Ich wollte schon immer mal wissen, wie Geschirrtuchbraten schmeckt. Man gönnt sich ja sonst nichts. Schade, dass du den Röstvorgang vor dem Garwerden abgebrochen hast, große Ida.«

»Kulinarische Genüsse musst du dir für später aufheben, kleiner Vinz«, sage ich. »Wir müssen die Suche nach Maman ausdehnen.«

»Systematischer angehen«, meint Severin.

»Ich habe mal gelesen, dass dieser Drang von Demenzkranken wegzulaufen, in Wirklichkeit ein Hinlaufdrang ist«, meldet sich mein Sohn.

Vinz nickt. »Stimmt. Kluger Rouven. Hab ich auch schon gehört. Dass sie nicht einfach nur davonlaufen, sondern sich mit einem bestimmten Ziel auf den Weg machen. Dass sie einkaufen oder ins Büro wollen wie früher, jemanden besuchen oder abholen wollen.«

»Das hieße, eure Mutter ist nicht einfach ausgebüxt, nicht *irgendwohin* gegangen«, meint Diana, »sondern sie hatte einen bestimmten Ort vor Augen, an dem sie irgendwas erledigen wollte.«

»Aber was?« Vinz seufzt.

Wir überlegen: Was könnte Maman erledigen wollen? Wähnt sie sich in ihrem Hausfrauendasein und ist auf dem Weg zum Bäcker, zum Metzger oder zur Post?

»Vielleicht will sie mich vom Kindergarten abholen wie damals, als ich vier Jahre alt war«, meint Vinz.

»Vielleicht will sie auf den Sportplätzen nach mir schauen, wie früher, wenn ich bei Grandmaman zu Besuch war und dort Korbball gespielt habe«, mutmaßt Rouven.

»Vielleicht will sie Milch holen beim Hofladen von Frau Hermann.« Das sagt Ate.

Vielleicht ist sie auf dem Weg zu den Schrebergärten an der Flims, um Severin und Ate zu retten, denke ich und sage es nicht.

»Was, wenn sie ins Krankenhaus gehen wollte, um den Papst zu besuchen?«, fragt Severin.

Eher unwahrscheinlich, sind wir uns einig, da Mamans Kurzzeitgedächtnis nicht mehr funktioniert und sie mit ziemlicher Sicherheit auch nach fast einer Woche noch nicht realisiert hat, dass »ihr lieber Mann« mit einem Oberschenkelhalsbruch in der Klinik liegt.

»Paps hätte sich längst gemeldet, wenn Maman bei ihm aufgekreuzt wäre oder sie jemand im Krankenhaus aufgegabelt hätte«, meint Ate. Sie hält es für ganz unmöglich, dass unsere Mutter sich in diesem Labyrinth von Gängen zurechtfindet.

»Trotzdem könnte sie sich in Richtung Krankenhaus aufgemacht haben«, beharrt Severin. »Wir müssen auch auf Wegen suchen, wo wir sie nicht vermuten.«

Sicherheitshalber ruft Vinz bei Paps im Krankenhaus an. Natürlich sagt er nicht, dass uns Maman entwischt ist. Paps wundert sich über den Anruf und fragt, ob wir heute nicht kommen. Vinz murmelt ausweichend etwas von »noch nicht klar« und dass es zu Hause einiges zu erledigen gebe.

»Lasst uns noch mal eine Suchrunde machen«, schlägt Severin vor. »Wir nehmen die Autos. Vinz und Diana suchen hangabwärts Richtung Stadt, Ate und ich hangabwärts Richtung Flims. Ida, du durchkämmst das Wohngebiet hier oben auf dem Berg, du kennst dich da am besten aus. Mach auch einen Abstecher in die Felder! Rouven, du bleibst hier, falls Grandmaman zurückkommt.«

Freitag, 28. Oktober 2016

I

Mein erster Tag in Möckingen begann anders als zu Hause. Beim Aufwachen brauchte ich eine Weile, bis ich wusste, wo ich war. Als wäre ich im Körper meiner Kindheit ins Koma gefallen und als Erwachsene wieder aufgewacht, ohne zu wissen, was sich in der Zwischenzeit alles verändert hatte. Mein Leben zu Hause in der Stadt ist ein Gehäuse, das ich genau kenne. Ich fädele mich durch den Tag mit seinen Haken und Ösen, von denen mir jede einzelne vertraut ist.

In Möckingen war es anders. Ich kam mir ein wenig schutzlos vor, fast, als wäre ich nackt. Ich bewegte mich vorsichtig durch die Räume meines Elternhauses, als könnte ich mich im Nachhinein an meiner in ihnen gespeicherten Kindheit verletzen. An meiner Jugend. Kindheit und Jugend waren noch hier, in diesem Haus, samt dem Scharfkantigen, an das ich mich erinnerte, ich hatte sie nie mitgenommen.

Nach der Dusche im früheren Kinderbadezimmer, das wir Geschwister uns teilten, schlüpfte ich in meine Klamotten, tröstlicher Ersatz für die Schale aus Gewohntem, die mir heute fehlte. Jeans, eng geschnittenes schwarzes Shirt, darüber ein langes schwarz-grünes

Hemd im Schachbrettmuster. Eine Hülle aus Parfüm aus einem grünen Flakon, von denen ich mehrere besitze. Ich mag Grün, in der Natur und an meinem Körper, als Stoff und als Duft, der aus grünen Parfümzerstäubern steigt.

Oben im Esszimmer saß Vinzenz schon mit Maman am Frühstückstisch. Maman trug den roten Nylonpullover und die Nylonhose vom Vortag, deren Bund sie bis über den Busen hochgezogen hatte. Dazu die beiden Halstücher. Nichts deutete darauf hin, dass sie sich, um Morgentoilette zu machen, aus- und wieder angezogen hatte.

»Ich hab's versucht«, sagte Vinz auf meine Frage hin. »Sie wollte sich nicht waschen, und sie wollte sich nicht waschen lassen. Sie wollte nicht mal Zähne putzen.«

»Das geht ja so nicht«, sagte ich, ohne zu wissen, wie es ging.

»Was wollte ich nicht?«, fragte Maman streitlustig. »Mit mir kann man reden.«

»Gut, dass du es sagst«, entgegnete Vinz, »vorhin ging das nicht.«

»Wann vorhin? Was ging nicht?«, bockte Maman. »Alles geht. Das ist doch allerhand.«

»Ist ja gut«, sagte Vinz und rollte mit den Augen.

»Wenn alles geht«, sagte ich zu ihr, »dann lass uns ins Badezimmer gehen und Toilette machen.«

»Wieso uns«, fragte Mutter, »wieso lass uns? Hast du etwa nicht geduschelt, Idamaus?«

»Ich schon«, sagte ich, »aber du nicht.«

»Doch«, behauptete Maman, »ich hab ein Dingselbums, ein Dingselbad genommen, sicherlicherseits.«

»Gib's auf«, sagte Vinz zu mir und machte eine Verlorene-Liebesmüh-Handbewegung.

Ich gab es auf, setzte mich auf meinen Platz am Tisch und hielt meine Tasse unter den Strahl der Kaffeekanne, aus der Vinz mir einschenkte.

Das mit der Hygiene ist bei Maman schon länger ein Problem. Sie hatte früher einen guten Geruchssinn, liebte Parfüm wie ich selbst, ekelte sich vor Leuten, die allzu stark transpirierten oder Mundgeruch verströmten. Warum fangen Menschen, wenn sie dement werden, an zu versiffen? Ist das bei allen so? Als Maman vor zwei Jahren einmal für ein Wochenende bei mir war, weil Paps mit ehemaligen Klassenkameraden zum Wandern wollte, bemerkte ich es auch schon. Ihre Zahnbürste, das Handtuch, das ich ihr bereitlegte, blieben an beiden Tagen unberührt. Gutes Zureden half nicht. Maman fragte streitlustig, ob sie etwa stinke. So weit war es noch nicht, und ich ließ es damals auf sich beruhen, verließ mich auf Paps, der zu Hause in der gewohnten Umgebung schon dafür sorgen würde, dass Wasser und Seife auf ihren Körper und Zahnpasta auf ihre Zähne gelangte.

Ich nahm mir eins der Croissants, die Vinzenz aufgebacken hatte, aus dem uralten Brotkorb. Maman liebt französische Croissants. Ich bestrich meines mit frischer Margarine und mit Quittengelee von dem uralten Quittenbaum unten im Garten.

»Hast du diese Marmelade noch fabriziert, Mami?«, fragte ich.

»Meinst du wirklich ohne Umstände, dass?«, gab Maman zurück. »Vorstelle dir, unmöglich dass.«

»Verstehe«, sagte ich und stieß einen mitleidigen Seufzer aus. Ich hoffte, das wäre die angemessene Reaktion auf ihr Statement.

»Hab freundlicherseits«, sagte Maman, »mach Wegkunft.«

»Mach ich«, sagte ich.

»Nein«, widersprach sie unwillig, »klardeutiges Nein. Nicht du. Ich!«

»Okay«, sagte ich, »du!«

»Nicht du!«, beharrte sie. »Ich!«

»Ist ja gut«, Vinz rollte wieder die Augen zur Decke. Aber sein Mund lachte. Ich musste auch lachen. In stillschweigender Übereinkunft tauschten wir einen Blick. Wie früher, wenn wir bei Auseinandersetzungen mit unseren Eltern zu dem Schluss kamen, dass es zwecklos war, ihnen zu widersprechen. Ich hätte Vinz gern mitgeteilt, was ich dachte: Dass ich Lust hätte, für ein paar Minuten in Maman hineinzuschlüpfen, um zu wissen, was ihr Gehirn ihr meldete, bevor sie redete. Solche Stakkato-Sätze wie eben. Ich wäre gerne in Maman hineingeschlüpft, hätte gerne Mäuschen gespielt, mitbekommen, was sie wahrnahm. Um sie besser zu verstehen. Was ist das für eine Welt, in der sie sich bewegt? Gleicht sie einem Pullover, an dem jemand strickt und nach und nach alle Maschen fallen lässt? Sind Löcher darin, blinde Flecke, in die man eintaucht wie in dunkles Wasser und darin untergeht?

Kommen einem Dinge fremd vor, die einem früher vertraut waren? Ist es, als wäre Winter im Kopf, als fiele dort Schnee, der aus einer Landschaft eine andere macht, in der man sich nicht mehr auskennt?

2

Wann hat es mit Mamans Vergessen angefangen? Vor fünf, vor sechs Jahren? Ich erinnere mich an Kleinigkeiten. An eine Ansichtskarte, die sie mir geschickt hatte. In meinem Namen auf dem Adressfeld fehlte ein Buchstabe, den sie später hineingeflickt hatte: Heikamp statt Heitkamp. Das verstümmelte Wort verstörte mich. Ich zeigte die Karte meinem Hausarzt, der keinen Anlass zur Sorge sah, so ließ ich es auf sich beruhen und mich beruhigen.

Als Maman einmal ein paar Tage bei mir zu Besuch war, machte sie viele Spaziergänge, die immer bei der Aussegnungshalle am Waldrand begannen und von dort auf einem Rundweg durch den Wald führten. Von einem dieser Spaziergänge erzählte sie mir: »Stell dir vor, da gehe ich durch den Wald, und da steht doch das gleiche Gemäuer noch mal.«

Monatelang habe ich nach diesem Zwillingsgebäude im Wald geforscht, konsultierte Bekannte, die sich in der Gegend besser auskannten als ich, fragte sie, ob sie von einer derartigen Gebäudekopie wussten. Sie schüttelten den Kopf, und ich war ratlos. Erst viel später, als Mamans Demenz unübersehbar wurde, reimte ich mir zusammen, dass sie vermutlich einfach zwei identische Runden gedreht hatte statt einer, ohne es zu merken, wobei sie wieder an der Aussegnungshalle vorbeigekommen war und sie für ein weiteres Bauwerk gehalten hatte.

Es ist übrigens nicht so, dass Mamans Vergessen überraschend kam. Nicht für uns und nicht für sie selbst. Maman kündigte ihr Vergessen an. Sie sagte, ihr Gedächtnis werde immer schlechter, und grämte sich darüber. Am Telefon, wenn wir uns unterhielten, brach sie mitten im Satz ab, suchte nach einem Wort und fand es nicht. Wir nahmen ihren Gram nicht ernst, lachten darüber, bagatellisierten ihn, glaubten ihr nicht.

Von mir jedenfalls muss ich das sagen. So schlimm wird es schon nicht kommen, dachte ich. Bisher hatte es in unserem engeren Familienkreis keinen Fall von Demenz gegeben, keinen, von dem ich wusste. Bisher war niemand aus der Familie Fröhlich an einem schweren Volksleiden erkrankt, niemand war gestorben, alle waren noch da. Irgendwie hatte ich gemeint, das würde immer so weitergehen. Krebs, Schlaganfall, Herzinfarkt, Demenz, Alzheimer, all das bekamen die anderen, nicht wir. Ich weiß nicht, ob meine Geschwister oder auch Paps ebenso dachten. Oder ob sie, weniger naiv und gutgläubig als ich, das, was sich bei Maman ankündigte, kommen sahen und im Voraus in seiner ganzen Tragweite erfassten.

Einmal erzählte ich Maman, als sie am Telefon ihre Sorge über ihr nachlassendes Gedächtnis mit mir teilte, einen Witz. Der Arzt zum Patienten nach der Untersuchung: Ich habe eine gute und eine schlechte Nachricht für Sie – welche möchten Sie zuerst wissen? Patient: Die schlechte. Arzt: Sie haben Alzheimer. Patient: Und die gute? Arzt: Sie werden es sofort wieder vergessen.

Ich lachte mich kaputt über den Witz. Maman lachte auch, aber nicht so laut wie ich, dabei hatte sie sich früher vor Heiterkeit ausschütten können über die albernsten Kleinigkeiten. Anders als unser Vater hatte sie einen unschlagbaren Humor, und davon nicht zu wenig. In unserer Kindheit machte sie manchmal am Abendbrottisch, wenn Paps noch nicht da war, den Clown für uns; sie konnte umwerfend ulkig sein, beherrschte mehrere Dialekte und wechselte mühelos von einem zum anderen – eine Gabe, mit der von uns Kindern vor allem Vinz, der Kabarettist, gesegnet ist; wir anderen haben nur Mamans Lachen geerbt.

Wenn wir heute Witze erzählen, lachen weder unser Vater noch unsere Mutter. Paps lacht nicht, weil ihm irgendwann in den letzten Jahren, seit der Alltag in der Villa Fröhlich so beschwerlich geworden ist, der Humor abhandengekommen ist, Maman kann nicht mitlachen, weil sie nichts mehr versteht. Wir müssen den Witz dann so lange erklären, bis er tot ist.

3

Nach dem Frühstück sagte Vinz, er habe einen Termin mit dem Chefarzt im Krankenhaus und danach eine Audienz beim »Papst«. Severin schlief noch. Ich blieb bei Maman am Tisch sitzen. Ich wusste nicht recht, was ich tun sollte. In Maman war Zeit gefangen, mit der sie nichts mehr anfangen konnte. Da ich sie nicht einfach sich selbst überlassen wollte, fühlte ich mich ebenfalls gefangen. Sie machte schon wieder Anstalten, in ihr Papperlapapp zu verfallen. Ich ging ins Wohnzimmer und suchte in der Bücherwand nach den alten Fotoalben. Ich habe sie mir immer gerne angeschaut, früher. Damals hat mir Maman die Bilder gezeigt. Die Menschen darauf sahen alle sehr alt aus, auch die, die noch jung waren. Sie sahen aus, als wären sie nach der Geburt direkt in ihr Erwachsenenleben hineingesprungen. Die Männer, ob jungalt, altalt oder steinalt, trugen Hüte, alle, ausnahmslos. Vielleicht waren sie mit Hüten geboren worden.

Jetzt zeigte ich die Fotos Maman. Um sie an ihr Leben zu erinnern. An sich selbst.

Tatsächlich wurde Maman ganz lebhaft, während sie die Bilder betrachtete. Sie deutete auf ein Foto mit

Zackenrand und dort auf die Gestalt eines kleinen Jungen, die neben der eines kleinen Mädchens stand. »Severin«, sagte sie und strahlte, »mein lieber Bub.«

»Nein, Mami«, sagte ich sanft, »das bist du mit Günter.« Das Foto zeigte meine Mutter als Siebenjährige, ihren Bruder Günter als Fünfjährigen. An Ostern 1938 im Garten unserer Großeltern, zusammen mit ihrer Mutter, mit Oma Ida, von der ich den Vornamen habe. Sie hatte eine gestärkte weiße Bluse an, die aussah wie steif geschlagene Sahne, und die Arme um Sohn und Tochter geschlungen. Beide Kinder hielten Osternester in den Händen. Beide lachten. Maman trug die langen dunklen Haare als geflochtenen Kranz auf dem Kopf. Sie war ein sehr hübsches kleines Mädchen. Günter war ebenfalls dunkelhaarig und sah ansonsten Severin zum Verwechseln ähnlich. Sie hatten ihn Günne genannt, bevor er mit sechs Jahren an Hirnhautentzündung erkrankte, die ihn von da an in seinen Gehirnfunktionen einschränkte und auch körperlich schwächte. Er hieß nun wieder Günter entsprechend seinem Taufnamen, einen Behinderten konnte man nicht Günne nennen. Als Günne nur noch Günter war, krank, oft bettlägerig und acht Jahre alt, starb er in der Nacht, bevor ihn ein Euthanasie-Transport hätte abholen sollen. Tragischerweise, sagte Maman immer, oder auch gnädigerweise. Ich hatte mir nie Gedanken gemacht, warum Günter ausgerechnet in dieser Nacht gestorben war. Ich machte mir über solche Dinge überhaupt wenig Gedanken, nicht als Kind und auch später nicht. Bereitwillig übernahm ich Mamans Version, nach der der Zeitpunkt von Günnes Tod ein gnädiger Zufall gewesen war. Ich glaubte an gnädige Zufälle. Ich war gutgläubig, ich war ein sehr gläubiges Kind. Ich glaubte gern und an vieles. Ich glaubte an das Gute im Menschen, an den Weihnachtsmann, an die große Liebe. Ich glaubte daran, dass am Ende alles gut ausgeht. Ich glaubte an den Osterhasen und das Christkind und tat es länger als irgendeines meiner Geschwister und wahrscheinlich jedes andere Kind. Ich glaubte so sehr an Osterhase und Christkind, dass ich mir vorstellte, wie das Christkind auch den Osterhasen bescherte und der Osterhase dem Christkind was brachte. Außer an Christkind und Osterhase glaubte ich an den lieben Gott. Mit noch mehr Ausdauer und Intensität allerdings als an all diese Wesen, die man niemals zu Gesicht bekam, glaubte ich an meine Eltern. Ich glaubte, dass Mutter und Vater immer recht hatten und es richten würden. Dass es immer einen Ausweg gab, weil sie einen Ausweg wussten. Ich glaubte es auch noch in dem Sommer, in dem Severin auf Abwege geriet und Ate anfing, mit Rico zu gehen. Erst am Ende jenes Sommers hatte mein Glaube Sprünge bekommen.

Wir blätterten in dem alten Fotoalbum, bis Maman sagte, sie sei müde und wolle sich wieder hinlegen. Im Schneckentempo zuckelte sie ins Schlafzimmer, zu dem sie den Weg an diesem Morgen besser fand als am Vorabend. Nachdem ich das Album ins Regal zurückgestellt hatte, trat ich für einen Moment auf den Balkon. Es war kalt, mindestens eine Jacke kälter als gestern, gefühlt zwei. Die Natur hatte sich darauf besonnen, dass Herbst war. Vor mir der Blick auf die Neubausiedlung am Hang, dahinter die Stadt. Meine Augen wanderten über die Möckinger Silhouetten und Wahrzeichen, die mich an in die Jahre gekommenes Mobiliar in einem Wohnzimmer erinnerten, das man schon lange kennt: Da war das Gebäude des Krankenhauses, in dem Paps lag, die Stadthalle und daneben die kleine Fläche des Stadtparks, die im Sommer grün, jetzt braunrotgelb war. Dort, wo die Häuser eng beisammenstanden, der Glockenturm der Stadtkirche, in der ich konfirmiert worden war, und, auf einer kleinen Anhöhe, jener andere Turm in der Form einer Kappe: Er gehörte zum Sankt-Anna-Stift, dem ehemaligen Heim für Schwererziehbare, in dem ich nach jenem Sommer, in dem in unserer Familie die Dinge aus den Fugen gerieten, Ates Freund Rico wähnte. Das Gymnasium, ein Betonbau mit gelben Fensterrahmen, in dem wir vier Geschwister unsere Schulzeit absaßen und der damals noch neu war, lag etwas außerhalb Richtung Flims. Als wir Kinder waren, bildete der kleine Fluss so etwas wie die natürliche Begrenzung von Möckingen. Jenseits davon begannen die Schrebergärten, die mittlerweile Bauland geworden und teilweise mit Einfamilienhäusern besiedelt sind. Früher sah das Gelände von hier oben aus wie ein Flickenteppich aus länglichen grünen Streifen mit bunten Gemüsebeeten und den braunen Vierecken der Gartenhäuser darauf. Eines von ihnen gehörte damals einem Schulkameraden von Severin und war nachmittäglicher Treffpunkt für eine Gruppe illustrer Jugendlicher. In dem Schuppen, den sie sich eingerichtet hatten, gab es außer einer schmuddeligen Küchenzeile, einem abgehalfterten Sofa und ein paar ausrangierten Sesseln sogar ein altes, schiffbrüchiges Klavier und eine Verstärkeranlage. Severin ging manchmal dorthin zum Gitarrespielen und Üben. Zum Rauchen. Zum Schuleschwänzen und Trinken. Er hing da rum mit anderen, die er seine Kumpels nannte oder Freunde. Es war in jenem Jahr, als eines zum andern und schließlich alles zusammenkam, 1976.

4

»Sieht so aus, als blieben wir zu dritt«, sagte Vinz. Er war aus der Klinik zurück; vom Balkon aus hatte ich sein kleines rotes Auto den Hang hinaufkriechen sehen. Vinz fährt immer kleine rote Autos, für die er viel zu groß ist und in die er seinen Körper mit den langen Beinen hineinzwängt wie in eines der Boxautos auf der Kirmes.

Jetzt standen wir in der Küche, um Mittagessen vorzubereiten.

Vinz' Gesichtsausdruck hatte etwas Bekümmertes. »Ate kommt wohl nicht.«

»Wart's ab«, beruhigte ich ihn. »Ate kommt nie dann, wenn man es erwartet.«

»Schon als Kind ist sie immer zu spät gekommen«, pflichtete Severin bei. »Zur Schule, zur Klavierstunde, überallhin. Hat jemand irgendwann mal erlebt, dass sie pünktlich war?« Er grinste und machte sich am Herd zu schaffen.

Ich füllte eine Gießkanne und versorgte die Amaryllis auf der Fensterbank mit Wasser. Die Amaryllis war die einzige Topfpflanze im Haus und fast vertrocknet. Seit Maman dement ist, sind die Simse leer, Paps macht sich nur was aus großen Pflanzen, solchen, die Platz haben, im Freien zu wachsen, und die man nicht gießen muss.

Severin hatte vorgeschlagen, Fisch zu kochen. Weil Freitag war. Forellen.

Ich machte einen Salat. Suchte nach der Salatschleuder.

»Oben rechts über der Anrichte«, sagte Severin, ohne aufzuschauen. Niemand kennt sich in der Küche so gut aus wie er. Längst hat er das Zepter übernommen in diesem Raum, in dem noch so vieles von der Zeit kündet, als die Küche Mamans Reich war. Ihre Zettelwirtschaft an den Schranktüren über der Anrichte. Eine Armada von Haftnotizen, quadratischen hellgelben Merkzetteln, auf denen sie sich zuerst Telefonnummern und Termine notierte, dann Appelle an sich selbst: Herd ausschalten, Radio ausmachen, Wasserhahn abdrehen, Kaffeemaschine aus. Spülmaschine anstellen, Heizung aus, Rollläden runter. Später Eselsbrücken zu den Namen der Nachbarn. Hausnummer acht, Familie Pracht. Haus gegenüber, Erdgeschoss, Frau Hoss. Schließlich Erinnerungshilfen, wo sie bestimmte Dinge wie zum Beispiel ihren Schlüssel, ihre Handtasche oder ihren Geldbeutel ablegte. All diese Gedächtnisstützen halfen so lange, wie Mamans Erinnerung an ihr persönliches Schwarzes Brett noch funktionierte, an dem sie Informationen abrufen konnte, die der Treibsand ihres implodierenden Gedächtnisses verschluckt hatte. Nun hängen die Zettel schon lange nutzlos herum, niemand macht sie ab, Mamans spitze Schrift darauf ist verblichen.

Vinz erzählte von seinem Gespräch in der Klinik. Anstatt des versprochenen Chefarzt-Dates hatte es nur eines mit der Assistenzärztin gegeben.

»Sie sagt, die OP sei gut verlaufen, der Heilungsprozess zufriedenstellend. Paps muss nun schauen, dass er wieder auf die Beine kommt, und kriegt ab sofort Physiotherapie und Lauftraining … Er ist ungeduldig«, grinste Vinzenz. »Er hat die Ärztin gebeten, ihm doch ein paar Flügel zu verschreiben, mit denen er umherfliegen kann.«

Und dann war Ate plötzlich da. Noch vor dem Mittagessen. Niemand hatte sie kommen hören. Sie stand im Hausflur, ohne Ankündigung, ohne dass sie geklingelt hatte. Ich war baff, dass sie noch einen Hausschlüssel besaß. Ich hätte wetten können, dass sie ihn längst in den Mülleimer geworfen hatte oder in die Elbe oder die Spree. Ate stand da im Hausflur, ihr Blick war kurz wie ihr Haar und reichte nicht ganz bis zu uns hin, als wäre sie für sich allein hier und hätte nicht die Absicht, mit einem von uns in Kontakt zu treten. Als wäre sie nur aus Versehen gekommen oder aus Höflichkeit, aber Höflichkeit passte nicht zu Ate. Ate gleicht unserem Vater, und unser Vater ist nie höflich gewesen. Als Jugendliche war Ate zurückhaltend, oft schweigsam, manchmal einzelgängerisch, schon damals.

Wir standen alle im Flur, während Ate den Mantel auszog. Severin, Vinz und ich nebeneinander, schüchtern, wie Spielkameraden, die sich fragen, ob ein Kind, das früher mit dabei war und dann lange nicht mehr, wieder zu ihnen gehören will. Dass Ate gekommen war, hieß das, dass sie wieder bei uns mitmachen wollte? Lange Jahre hatten wir immer den Eindruck gehabt, dass sie ihr eigenes Ding durchzog, dass wir nicht sonderlich interessant, ja sogar langweilig für sie waren. Ate lebte ihr Leben anderswo; übrig von der alten Zeit waren die Bilder, die sie als Kind gemalt hatte und die Maman und Paps nie von den Flurwänden genommen hatten. Ates Werke, die weit über ihre Jugend hinaus erwachsen wirkten, waren das Einzige, mit dem Ate, nachdem sie von zu Hause weggegangen war, weiter in der Villa Fröhlich präsent war.

Nun stand unsere Schwester neben ihren Bildern und sah, nachdem sie sich aus ihrem roten Wollmantel geschält hatte, selbst aus wie eins ihrer Kindergemälde. Ihre Kleidung war genauso bunt. Ich wusste gar nicht, wohin ich zuerst sehen sollte. Auf ihre Jeansjacke mit Strickärmeln in ich weiß nicht wie vielen Farben. Oder ihren beigen Rock mit einer fröhlichen russischen Stadt darauf. Weiter abwärts trug sie lange braune Stiefel, an den Handgelenken rote Pulswärmer. Einen grünen grobmaschigen Schal um den Hals. Auf ihrem kurzen blonden Haar saß eine violette Schildkappe. Nichts von Ates Kleidung schien zusammenzupassen und bildete doch wie durch Zauberei eine Einheit an ihr. Ich starrte sie an, ich konnte nicht sprechen. Da sagte Vinz zu ihr: »Schön, dass du gekommen bist.« Vinz findet immer die richtigen Worte. Auch wenn es so einfache sind wie diese.

5

Beim Mittagessen waren wir jetzt zu fünft, vier plus eins, wir vier plus Maman.

Ate hatte Maman zur Begrüßung nur die Hand gegeben. Uns Geschwister hatte sie umarmt, flüchtig, als wüsste sie nicht, ob sie es ernst meinte. Bei Maman schien sie genau zu wissen, wie sie es meinte. In all den Jahren seit jenem Sommer, in dem Ate mit Rico und in unserer Familie alles drunter und drüber ging, habe ich Ate unsere Mutter nie mehr umarmen sehen, und auch Maman machte nie einen Versuch dazu. Sie behandelten einander nicht unfreundlich, aber mit Distanz, wie ein Liebespaar, das jetzt keines mehr ist und Missverständnissen aus dem Weg gehen will, da es neue Partner gefunden hat. Ich kannte diese neuen Partner nicht, weder Ates noch Mamans.

Als Ate Maman zur Begrüßung die Hand reichte, sagte Maman: »Kenne ich Sie?«

Ate sagte, ohne mit der Wimper zu zucken: »Das kann ich Ihnen nicht beantworten. Fest steht: Ich kenne Sie.«

»Wer bin ich?«, fragte Mama.

»Sie sind Frau Fröhlich«, sagte Ate ganz ernst.

»Kenne ich nicht«, sagte Maman ratlos.

Ich dachte: Vielleicht erkennt sie uns – und sich selbst – daran, dass wir sie umarmen. Sie kennt uns und sich selbst nicht mehr, aber indem wir uns umarmen, erkennt sie die Beziehung, Mutter und Kind, Maman und Tochter, Maman und Söhne. Ate erkennt sie nicht, weil sie sie nicht umarmt.

Ate siezte Maman auch noch während des Mittagessens.

»Möchten Sie Kartoffeln, Frau Fröhlich?«, fragte sie. Sie saß auf der einen, ich auf der anderen Seite von Maman. Wie früher. Auch Ate hatte sich wieder auf ihren alten Platz gesetzt, den sie gehabt hatte, bevor sie mit achtzehn, kurz nach dem Abitur, von Mamans Seite und aus unserem Familienleben verschwunden war. Sie hielt Maman die Schüssel mit den Kartoffeln unter die Nase: »Nehmen Sie doch, Frau Fröhlich.«

Ich ärgerte mich über Ate, darüber, dass sie Maman siezte, über die ganze Art und Weise, wie sie ihr begegnete. Obwohl Ate gerade erst angekommen war, ärgerte ich mich über sie wie früher, wenn sie mit ihren gehässigen Kommentaren aus der Rolle fiel und den gerade noch im Lot befindlichen Haussegen in Schieflage brachte, wenn sie mit Türen schmiss oder sich in sich selbst verkroch und tagelang kein Wort mit uns wechselte. Dann war es, als befände sich irgendwo in unserem Familienkorpus eine schwärende Wunde, die alle Glieder dieses Korpus in Mitleidenschaft zog, quälte und lahmlegte.

Warum musste Ate es Maman, die sich in der Realität nicht mehr zurechtfand, unnötig schwer machen?

»Reiß dich doch ein bisschen am Riemen«, hätte Paps früher zu ihr gesagt, und Maman: »Man muss vergessen können, Ate.« Heute kann sie den Satz nicht mehr sagen, weil sie ihn vergessen hat.

Ich legte Maman noch eine Kartoffel auf den Teller, zerdrückte sie mit der Gabel und schnitt ihr Fischfilet klein.

Nachdem Ate angekommen war, hatte Severin rasch noch eine Forelle in den Sud geworfen.

»Wisst ihr noch, wie wir früher Forelle gegessen haben?«, fragte ich. »Also ganz früher, als Vinz noch nicht da und wir nur zu fünft waren?«

»Es gab zwei Forellen«, erinnerte sich Severin. »Der Papst hatte Anrecht auf eine ganze, und die zweite wurde aufgeteilt: Mama bekam das eine der beiden Fischfilets, das andere wurde gedrittelt, jedes Kind bekam ein Stück.«

»Irgendwann später, als Vinz geboren war, gab es eine Forelle mehr, die viergeteilt wurde«, sagte Ate und fuhr, an Severin gewandt, fort: »Gut, dass du Fisch gemacht hast. Ich esse kein Fleisch, nur Fisch. Wenn ich Fisch esse, muss ich mir nicht das Gebrüll von Schweinen oder Rindern vor dem Sterben vorstellen. Fische sterben stumm, indem sie einfach aus dem Wasser, ihrem Element, gezogen werden.«

Wir unterhielten uns darüber, ob es ethisch vertretbarer sei, Tiere zu essen, die geräuschlos sterben, als solche, die schreien. Severin schlug sich, wie er es immer getan hat, auf Ates Seite und meinte Ja, Vinz und ich fanden Nein.

Severin brach in Gelächter aus, und wir anderen

stimmten ein. Maman fragte, warum wir lachten, wo der Witz sei. Wir versuchten erst gar nicht, es ihr zu erklären.

Vinz sagte zu ihr: »Kennst du den? Sagt ein Schwein zum anderen: Ist doch Wurst, was aus uns wird.«

»Welches Schwein?«, fragte Maman. »Was für Wurst?«

Wir ließen uns Zeit mit dem Essen, das so lange dauerte wie eins der Familienfestessen, die es früher, ehe Maman aufgehört hatte zu kochen, häufig gegeben hatte.

Weil Ate jetzt dabei war, hatten wir viel zu fragen und viel zu erzählen, auch Dinge, die wir einander schon am Vorabend erzählt hatten und jetzt noch einmal erzählten. Wir waren neugierig auf Ate. Wir wollten wissen, wo und wie sie lebte. Ob und was sich bei ihr verändert hatte, seit wir sie das letzte Mal gesehen hatten. Ate hatte einen unsichtbaren Kranz aus Reserviertheit um sich herum, deswegen waren auch wir drei, Severin, Vinzenz und ich, ein bisschen schüchtern und vorsichtig. Als wären Worte etwas Spitzes, Scharfkantiges, und wir müssten die richtigen wählen, um keine Macken in eine notdürftig aufrechterhaltene oder wieder hochgezogene Fassade aus Harmonie zu schlagen.

Ate berichtete, dass sie eine kleine Wohnung und ein etwas größeres Atelier in Hamburg habe. Im April hatte sie mehrere Bilder auf der Art Cologne ausstellen und drei verkaufen können. Auf Severins Nachfrage stand sie auf und kam mit einem Katalog wieder, der unter uns Geschwistern die Runde machte. Ates

Gemälde waren immer noch farbig, wenn auch nicht mehr so strotzend bunt wie früher: Hinter verregneten Fensterscheiben zerflossen Landschaften, Häuserfluchten und Menschen mit Regenschirmen. Obwohl sich die Konturen auflösten, erkannte man genau, was es war.

»Toll«, sagte ich. Ich habe Ate immer bewundert, früher beneidet um ihr Talent. Meine Fähigkeit zu zeichnen strebte von jeher gegen null. Während ich nicht einmal ein Haus oder ein Pferd in den richtigen Proportionen zustande brachte, skizzierte Ate in Minutenschnelle ganze Zoos, komplette Landschaften, auf denen alles stimmte. Meine Eltern waren stolz auf Ates Begabung, die ihr Paps vererbt hatte, auch wenn sie nicht seine Lieblingstochter war. Ich kenne Ate nicht ohne Stift und Pinsel. Sie wusste immer, dass sie Malerin werden wollte. Anders als ich, die zwischen Ärztin, Schauspielerin und Astronautin schwankte, ließ sie all die Stationen kindlicher Traumberufe aus und hielt daran fest, dass sie die Akademie besuchen und Künstlerin werden würde. Sie wusste auch sonst, was sie wollte. Alles ging gut, solange Ates Lebenspläne mit dem übereinstimmten, was sich Maman und Paps für sie in den Kopf gesetzt hatten. Als Rico auftauchte und Ate sich in ihn verliebte, kam es zwischen ihr und unseren Eltern zur Karambolage.

6

»Ich muss eine Weile raus, mir die Beine vertreten«, sagte Severin nach unserem langen Mittagessen. »Wer kommt mit?«

Alle wollten wir mitkommen.

Vinzenz sagte zu Maman: »Wir gehen spazieren, altes Haus. Damit du an die frische Luft kommst.«

»Wieso Haus?«, fragte Maman. »Wieso frische Luft?«

»Damit dein Gehirn Sauerstoff kriegt, Mutterherz«, erklärte Vinz.

»Wieso Sauerstoff?«

»Damit dein Gehirn funktioniert und du besser denken kannst«, wiederholte Vinz geduldig.

»Tut es das nicht?«, fragte sie. »Ist das etwa ein … Wink mit dem … Zaun…dings?«

»Pfahl mit dem Zaunwink, meinst du?«

»Ja«, sagte sie unsicher, »ja, so ähnlich heißt es. Oder?« Sie schaute Vinzenz mit einem Argwohn an, der mich an früher erinnerte, wenn uns Maman etwas nicht glaubte. »Du verkoh… verkokelst mich«, meinte sie dann.

»Oh Maman«, feixte Vinz, »verkokeln würde ich dich nie! Verkohlen meinst du oder veräppeln.«

Als wir Maman wenig später nach dem Küchenabwasch für draußen anziehen wollten, weigerte sie sich. »Wohin gehen wir?«

»Nach draußen«, sagte Vinz stoisch. »Spazieren.«

»Warum hat mir niemand etwas davon gesagt?«

»Wir haben es dir gesagt. Du hast es vergessen.«

»Ich?« Sie war indigniert. »Ich habe doch nichts vergessen. Niemand hat mir etwas davon gesagt. Niemand hat mich gefragt.«

»C stimmt«, sagte Vinz, »A stimmt nicht, B auch nicht. Wir fragen dich jetzt: Wollen wir ein bisschen rausgehen?«

Maman machte ein vornehmes Gesicht und sagte in ebenso würdevollem Tonfall: »J'ai pas envie. Eigentlich habe ich gerade jetzt kein Bedürfnis. Pas du tout.«

»Es tut dir gut, Mami«, versuchte ich sie zu überzeugen und bemühte mich um eine sanfte Stimme.

»Ihr verpäppelt mich«, sagte Maman beleidigt. »Ihr verpäppelt und verdackelt mich die ganze Zeit!«

Ihr blaugrüner Trenchcoat hing an der Garderobe. Den Trenchcoat, der mehr Jacke als Mantel und längst aus der Mode war, trug sie seit etwa dreihundert Jahren, sommers wie winters. Ich konnte mich nicht erinnern, dass Maman im Freien jemals etwas anderes angehabt hätte als dieses türkisfarbene Teil aus der Steinzeit.

»Es ist kühl, die Jacke ist zu leicht für sie«, sagte ich.

»Suchen wir was anderes«, meinte Severin, »sie hat eine ganze Schrankwand voller Klamotten, das dürfte doch kein Problem sein!«

Wir suchten in den Schränken nach einem wärmeren Parka. Wir fanden Blusen, Hosen, Hosen, Blusen,

Ausgeh-Ensembles, die Maman seit Jahrzehnten nicht mehr getragen hatte. Wir fanden in Mamans Kleidermausoleum dünne Nylonpullover und noch mehr Blusen, Hosen, Hosen, Blusen.

Wir fanden keinen Mantel. Keinen wärmeren als den, den sie besaß. Schon gar keinen warmen.

»Lasst uns einkaufen fahren«, sagte Severin. »Einen Mantel für Maman. Was mit Daunen, was man heut halt so hat.«

Im Zentrum von Möckingen war ich seit meiner Jugend so gut wie nie mehr gewesen. Ich war ein paarmal auf der Hauptstraße durch den Ort gefahren, ausgestiegen nie.

Während wir gemeinsam durch die Fußgängerzone schlenderten, musste ich feststellen, dass ich mich kaum mehr auskannte. Dunkel erinnerte ich mich an Geschäftenamen: Uhren & Schmuck Orlowski. Buchhandlung Jürgen Kranz. Moden Vögele. Metzgerei Schick. Ich wunderte mich, dass bestimmte Geschäfte sich hatten halten können in dieser Kleinstadt. Im ehemaligen Provinzkaufhaus Kuhnle, in dem ich nach dem Abitur zwei, drei Monate gejobbt hatte, hatte sich ein C&A eingenistet. Wir liefen an den Schaufenstern entlang. Es ging langsam. Mutter hing am Gehwagen. Tat, als könnte sie nicht mehr. Wir alle kennen das. Paps sagt in solchen Fällen immer, sie markiert. Maman schimpft, meckert, motzt dann. Das tat sie auch jetzt. Als ich ihr mit dem Wägelchen über eine Gehsteigkante helfen wollte, fuhr sie mich an: »Hände weg, Arschloch!«

»Danke für die offenen Worte«, entgegnete ich, »ich schätze Menschen, die Klartext reden.«

Ate hob amüsiert die Augenbrauen, Vinz und Severin grinsten.

Im C&A fanden wir eine dunkelblaue gesteppte Daunenjacke für Maman. Offenbar war ihr kalt, denn sie sträubte sich fast gar nicht beim Anprobieren. Wir ließen ihr den Parka gleich an. Severin trug den asbachuralten türkisfarbenen Trenchcoat über dem Arm und machte Anstalten, ihn beim Verlassen des Kaufhauses in einem öffentlichen Mülleimer zu entsorgen. Er packte ihn mit zwei spitzen Fingern oben am Kragen und hielt ihn, indem er uns einen vielsagenden Blick schickte, über den Papierkorb. Wir kicherten.

Da wir schon dabei waren, wollten wir Maman auch gleich noch Schuhe kaufen. Aber bei Schuhgeschäften war Fehlanzeige in Möckingen. Dafür gab es Optiker. Und Matratzengeschäfte. An jeder Ecke. Illuminiert mit dieser unsäglichen kalten Leuchtstoffröhren-Deckenbeleuchtung, die einen frieren lässt, auch wenn einem sonst nicht kalt ist. In allen war alles um fünfzig Prozent reduziert und Ausverkauf.

»Das ist schon das dritte«, stöhnte Vinz. »Wofür braucht man in so einem Provinznest solche Unmengen von Matratzen? Wird denn in Möckingen dermaßen viel geschlafen?«

Wir kicherten und konnten gar nicht mehr aufhören damit.

»Das ist lustig«, sagte ich, »nimm das in dein Kabarettprogramm auf!«

Wir gaben den Plan mit den Schuhen auf und lotsten Maman in ihren alten Tretern in Richtung Krankenhaus. Severin blieb kurz zurück und schaute auf einen Sprung im Irish Pub vorbei, in dem er als Jugendlicher oft bei Auftritten mit seiner E-Gitarre brilliert hatte. Er kannte den Kneipenwirt, einen Schulkameraden von ehemals, und wollte ihm Guten Tag sagen. Wir anderen nahmen den Weg zu Paps durch den Stadtpark. Ich war ewig nicht mehr dort gewesen.

»Auf einer dieser Bänke habe ich dich mal mit deinem Freund überrascht«, sagte ich zu Ate. Ate sagte, sie könne sich nicht erinnern, hier gesessen zu haben.

»Doch«, sagte ich, »mit Rico. Du hast mich angeherrscht und gesagt, ich dürfe nichts zu Maman sagen.«

»Wenn du meinst«, erwiderte Ate. Ihre Stimme sollte gleichmütig klingen, aber ich hörte etwas Eisiges darin, ein »Sei-still-ich-will-nicht-daran-erinnert-werden«.

Ich biss mir auf die Lippen.

7

Ates Freund hieß eigentlich Enrico Wilde, wurde aber von allen bloß Rico genannt. Rico war berühmt-berüchtigt am Gymnasium, er war ein Black Sheep; der Ruf, dass er mit Drogen zu tun hatte, eilte ihm voraus und war bis zu Maman gedrungen, die in Severins Klasse Elternsprecherin war. In der hinteren Hosentasche von Ricos Jeans steckte meist ein Suhrkamp-Taschenbuch in einer schrillen Farbe; einmal entzifferte ich den Titel: Es war *Der Steppenwolf* von Hermann Hesse. Für die Schule interessierte sich Rico weniger und war bereits einmal sitzen geblieben. Er hatte langes lockiges Haar und Bartstoppeln und war ebenso dunkel wie Ate blond. Er war etwas größer als Ate und gut gebaut, lachte gern und roch nach Patschuli. An warmen Tagen, auf meinem Weg ins Freibad, sah ich Rico manchmal mit Typen, die mir nicht geheuer vorkamen, im Park sitzen. Ich schnupperte den Rauch ihrer Glimmstängel, aber er roch anders als der von normalen Kippen, schwerer, aromatischer, fast wie Parfüm. Rico hockte dort zwischen seinen Kumpels; manchmal zupfte er auf einer Gitarre herum, die süßlich duftende Zigarette im Mundwinkel.

Eines Tages, als ich vorbeikam, saß Ate neben ihm, und mir fielen fast die Augen aus dem Kopf. Ich ging zu ihr hin, aber sie schien nicht sonderlich erfreut, mich zu sehen.

»Was machst du hier?«, fragte ich. »Zu Hause hast du gesagt, du gehst ins Schwimmbad.«

Ate zuckte die Schultern. »Bin halt hier hängen geblieben.«

»Kommst du jetzt mit?«, fragte ich hoffnungsvoll, aber Ate meinte, sie bleibe lieber noch ein bisschen hier im Schatten sitzen, im Freibad sei es eh zu voll und ich solle nichts zu Maman sagen. »Verstanden?« Sie sah mich scharf an, mit einem Blick, den sie Paps abgeguckt hatte, wenn er es ernster als ernst meinte. Es war der barsche Blick einer Älteren, die ein Verbot aussprach, nicht einer Gleichaltrigen, die mit einer Freundin ein Geheimnis teilte. Ate traute mir damals nicht, ich war zu jung, um ihre Verbündete zu sein, ein Kind, gerade mal zwölf Jahre alt, das nichts von dem verstand, was sie bewegte.

Tatsächlich habe ich erst viel später die ganze Tragweite dessen begriffen, was damals vor sich ging.

8

Der »Papst« saß auf dem Rand seines Klinikbetts. Er sah müde aus, aber seine Augen leuchteten auf, als wir hereinschneiten. Ate und er begrüßten sich herzlich, mit weniger Distanz, als Ate sie Maman gegenüber an den Tag gelegt hatte. Noch bevor wir uns gesetzt hatten, wollte Ate wissen, was es mit einem seiner Landschaftspastelle auf sich hatte, das in der Villa Fröhlich im Flur hing und das sie noch nicht kannte.

»Ich habe es kopiert«, sagte Paps.

Paps kopiert oft seine eigenen Bilder, solche, die er als junger Mann gemalt und innerhalb der Verwandtschaft verschenkt hat. Er kopiert auch Gemälde anderer Künstler, Familienerbstücke, die ihm gefallen, jedoch nicht in seinen, sondern in den Besitz seiner Brüder eingegangen sind. Einmal malte er die Ölminiatur eines eher zweitklassigen Malers mit See, Gewitterwolken und sich in die Lüfte hebendem Schwan ab, und er tat es so gut, dass die Kopie am Ende besser als das Original und der Bruder verschnupft war.

»Na, lieber Papst«, sagte Severin und gab unserem Vater einen jovialen Klaps auf die Schulter. »Machst du Fortschritte?«

»Dum spiro, spero«, sagte Paps. Mit einem Blick auf Maman fragte er: »Kommt ihr mit ihr zurecht?«

»Viribus unitis«, sagte Vinzenz. Er ist der Einzige von uns, der Latein kann und Paps' Aphorismen manchmal pariert.

Maman krähte: »Wer ist ihr? Was quasselt ihr? Mit mir kann man rödeln. Redeln!« Sie saß bei uns, eingesunken, verhutzelt, auf einem giftgrünen Kunststoffstuhl, den Severin für sie an Paps' Bett gerückt hatte. Ate und ich saßen ebenfalls, die »Jungs« Severin und Vinzenz standen. Auch Paps' Bettnachbar, ein älterer Mann mit einem riesigen Leberfleck auf der Stirn, hatte Besuch, und mit all den stehenden Menschen wirkte das Krankenzimmer, als fände gerade irgendein Festakt darin statt.

»Warum hat niemand ein Glas?«, fragte Maman.

»Wie – ein Glas?« Severin runzelte die Stirn.

»Weißt du nicht, was ein Glas ist?«, Maman schenkte ihrem Lieblingssohn einen nachsichtigen Blick. »Man nimmt es zum Pinkeln. Zum Trinkeln.« Sie räusperte sich und warf Paps einen auffordernden Blick zu. »Mein lieber Mann, willst du unseren Gästen nicht was anbieten? Alle warten. Wein und Bier, das rat ich dir. Bier und Wein, schenk mir ein. Oder so. Dings.«

»Bums«, sagte Vinz. »Maman denkt wahrscheinlich, sie schmeißt gerade eine Cocktailparty für uns«, vermutete er.

»Man weiß nie, was in ihrem Gehirn vorgeht und auf was für Ideen sie kommt«, brummte Paps.

»Was schmeiße ich?«, böllerte Maman. »Das ist doch allerhand!«

»Wein und Bier«, sagte Severin, »gibt es später zu Hause.«

»Apropos Wein und Bier«, hakte Paps ein und fuhr mit verhaltener Stimme fort: »Seid vorsichtig bei ihr mit Alkohol. Gebt ihr keinen Wein. Oder nur wenig.« Gebt, sagte er und sah, trotz der Pluralwendung, mit der er uns alle ansprach, nur Vinz an, seinen Lieblingssohn. Er erklärte, Alkohol vertrage sich nicht mit den Medikamenten, die Maman bekommt.

»Du denkst doch an die Medikamente«, sagte er und meinte wieder Vinzenz. In der Tat war Vinz derjenige, der sich mit der Medikation für Maman am besten auskannte.

»Eine halbe Apotheke«, sagte Vinz. »Braucht Maman wirklich all diese Tabletten?«

»Eine gute Frage«, meinte Paps. Er verfiel mit Vinz in eine längere Fachsimpelei über das notwendige Quantum von Mamans Medikamentenkonsum, die nicht darüber hinwegtäuschte, dass er den Überblick schon seit Langem verloren hatte.

Ich versuchte mich zu erinnern, ob Vinz immer Paps' Lieblingssohn gewesen war oder ob er es erst wurde und wenn ja, wann? Fest steht, dass es für Paps ein Freudentag war, an dem sein viertes Kind geboren wurde, und dass die Tatsache, dass dieses vierte Kind ein Sohn war, Gewicht hatte. Sogar ich mit meinen damals sechs Jahren spürte das. Paps, der keiner der Väter war, die abends, wenn sie von der Arbeit kamen, mit ihren Kindern spielten, wandte sich Vinz mit mehr Aufmerksamkeit zu, als wir drei Älteren sie von ihm bekommen hatten. Ich meinte mich zu erinnern, dass er es von Anfang an getan hatte, als Vinz noch klein gewesen war, und dass diese Aufmerksamkeit exponentiell zunahm, als Severin, ursprünglich im Status des Kronprinzen, in die Pubertät kam und die Pfade verließ, die Paps für ihn vorgesehen hatte. Paps wollte, dass Severin als zweite Fremdsprache Latein wählte, Severin nahm Französisch. Paps erwartete gute Zensuren, Severin schrieb schlechte. Paps pochte auf ein »ordentliches« Äußeres und kurze Haare; Severin trug löchrige Jeans und schmuddelige Pullis, und als er seine dunklen Locken zu einer Mähne wachsen ließ, die bis zu den Schultern reichte, fehlte nicht viel, und Paps hätte ihn verstoßen. Er bezeichnete Severins Idole aus der Rock- und Popszene als langhaarige Affen, womit das Tischtuch zwischen Vater und Sohn zerschnitten war. Severins Ankündigung, er wolle nicht studieren, sondern eine Lehre machen und Koch werden, war der letzte Tropfen, der das Fass zum Überlaufen brachte. Paps verlor das Interesse an Severin. Er übertrug all seine Wünsche auf seinen jüngsten Sohn, der damals noch ein Söhnchen war und das Kunststück vollbrachte, den Träumen seines anspruchsvollen Vaters gerechter zu werden als sein älterer Bruder – ohne jeglichen Verrat an sich selbst. Im Gegensatz zu Severin, der die Reifeprüfung mit Müh und Not geschafft hatte, lieferte Vinz ein Zweier-Abitur ab und studierte Theaterwissenschaften, ehe er an kleinen Theaterbühnen als Schauspieler anheuerte. Schon als Teenager hatte er mit Sketchen von Emil Steinberger auf Geburtstagen und Vereins-Weihnachtsfeiern brilliert; nun stellte er ein eigenes Kabarettprogramm zusammen und gab auf einer Kleinkunstbühne in Aalen sein Debüt. Mit dem Erfolg wurden die Bretter, die die Welt bedeuten, und das Salär größer, sodass Vinz schließlich ganz auf die Kabarettkarte setzte. Paps schien vernarrt zu sein in seinen jüngeren Sohn – er lobte alles, was er tat, über den grünen Klee. »Vinz kann alles«, sagte ich einmal zu Severin, »am besten Auto fahren, am weitesten wandern, am schnellsten joggen, am höchsten klettern, am freiesten reden, sich in Gesellschaft am souveränsten bewegen, einfach alles kann er besser als wir.« Und wenn schon, sagte Severin, dann sei es halt so, er habe keine Lust auf Prinzengerangel. Du hast gut reden als Mamans Lieblingssohn, dachte ich damals. Ich selbst war oft neidisch auf Vinz. Er bekam mit zehn mehr Taschengeld, als ich mit vierzehn bekommen hatte, und fuhr, anders als wir anderen, als Jugendlicher morgens mit seinem blauen Mofa, einem Geschenk von Paps, zur Schule. Nur den Wunsch nach einem Haustier, einem Hund, erfüllte unser Vater ihm nicht.

Als Vinz Tränen darüber vergoss, erzählte Paps uns eines Abends, dass er als Junge in der Notzeit nach dem Krieg hatte Hühnern den Hals umdrehen und Stallhasen schlachten müssen, die er kurz zuvor noch auf dem Arm gehalten und gestreichelt hatte. Da sich die Akademikerhände seines Vaters, des altsprachlichen Lehrers, zu fein gewesen waren, um sich mit Tierblut zu beschmutzen, war die undankbare Aufgabe an den Sechzehnjährigen gefallen. Auf Paps' Eröffnung hin schwieg Vinz stille. Severin fragte zaghaft: »Hast du später vom Braten gegessen?« Paps' Miene verschloss sich, ehe er den Mund zu einem einzigen knappen Satz öffnete: »Wir hatten Hunger.« Daraufhin blickten wir alle zu Boden. Auch wenn uns nicht ganz klar war, was die Stallhasen von damals und der ersehnte Haushund der Gegenwart gemeinsam haben sollten, da der Hund ja nicht geschlachtet, sondern gehätschelt werden sollte, verstanden wir doch, warum unser Vater die Lust am Haustier verloren hatte.

Maman hatte sich von ihrem Besucherstühlchen erhoben. »Muss in die Küche, Mittagessen kochen«, verkündete sie.

»Mittagessen ist vorbei, Mutterherz«, sagte Severin.

»Du hast es vergessen«, seufzte sie, »du hast vergessen zu kochen.«

»Es gab Forellen, Maman«, erinnerte ich sie. »Severin hat Forellen gekocht.«

»Das war damals in den Ferien in Balderschwang«, fuhr sie mir über den Mund. »Lange her. – Längstens. Wo ist meine Schürze?« Sie blickte sich suchend um. »Warum verdingst ihr immer meine Sachbändel?«

Ohne Schürze ging sie zur Tür. Öffnete sie.

»Bleib hier, Liebling«, sagte Paps. Seine Stimme klang genervt. Ich wundere mich immer, wie er es in einem solchen Tonfall hinkriegt, Liebling zu sagen.

Maman beharrte darauf, dass sie in die Küche gehen und kochen müsse. Sie steckte den Kopf aus der Tür, schaute nach rechts und links. »Kein Küchenwugel«, klagte sie, »ihr seid fiebrigst gemein.«

»Wir kochen zu Hause«, sagte ich sanft, zog Maman zurück ins Zimmer und schloss die Tür.

Als hätte Maman mit ihrer Ankündigung, kochen

zu müssen, das Stichwort gegeben, ertönte keine fünf Minuten später draußen auf dem Krankenhausflur das Geschepper von mit Geschirr beladenen Teewagen.

»Sechs Uhr«, meldete Vinz, »das Abendessen rollt an. Wir verschwinden dann mal, damit du in Ruhe schmausen kannst, lieber Papst.«

Er warf einen mitleidigen Blick auf das Tablett, das die Krankenschwester auf Paps' Nachttisch neben dem Bett abstellte. Zwei Scheiben Graubrot, zwei Scheiben Lyoner, zwei Scheiben Tilsiter. Ein spartanisches, in Goldfolie verpacktes Butterrechteck. Ein Joghurt mit Erdbeergeschmack. Dazu Früchtetee.

»Aut bibat, aut abeat«, murmelte Vinz. »Ob man davon gesund werden kann?«

»Modicus cibi, medicus sibi!«, gab Paps bärbeißig zurück.

»Ambages narras«, schnarrte Ate.

»Narri narro, der Has ist da«, plapperte Maman. Sie kann Englisch, Französisch, ein bisschen Holländisch, deutsche Dialekte. Latein kann sie nicht, kein einziges Wort.

Severin und ich warfen uns einen Blick zu. Einen Blick, der sagte: »Wussten wir nicht schon immer, dass die Mitglieder unserer Familie mit Ausnahme von uns beiden allesamt einen an der Waffel haben?« Auf einmal fühlte ich mich Severin wieder so herzlich verbunden wie einst in meiner Kindheit, als wir ein Zimmer teilten.

»Tickt ihr noch richtig?«, fragte ich. »Unterhältst du dich neuerdings auch auf Latein, Ate? Wird das jetzt die zukünftige Familiensprache? Ich ahne Schlimmes. Was heißt das, *ambages narras?*«

»Ihr sprecht in Rätseln«, Ate platzte fast vor Stolz. »Ich habe es mir als Kind gemerkt, es passt immer.«

»Narratis«, kläffte Paps und wurde plötzlich lebendig, »ambages narratis, wenn schon. Zweite Person Plural, nicht Singular.« In seinen Augen blitzte es kampflustig.

»Wenn du meinst«, sagte Ate gelangweilt, »Hauptsache, die Form stimmt, das war schon früher euer Credo, das von Maman und dir.«

Es folgte ein kurzes peinliches Schweigen. Als hätte Ate mit einer Nadel in einen Luftballon gestochen und ihn zum Platzen gebracht. Aus purer Bosheit.

Severin räusperte sich und schlug vor, das Auto zu holen, das wir im Parkhaus in der Stadtmitte geparkt hatten, damit Maman nicht so weit laufen musste.

»Ich komme mit«, sagte ich rasch, »damit ihr anderen noch eine Weile ungestört Latein labern könnt.«

»Wenn du wieder zu Hause bist, koche ich ein Fünf-Gang-Menü für dich allein«, sagte Severin zu Paps, bevor wir gingen, »Speisenfolge in Latein auf Büttenpapier inklusive, versprochen.«

»Kein Wunder, dass Maman manchmal ohne Punkt und Komma Unverständliches quasselt«, sinnierte mein Bruder auf unserem Weg zur Parkgarage. »Irgendwie muss sie ja mit Paps mithalten bei seinem Lateinspleen.«

Wir kamen am Sankt-Anna-Stift mit dem Kappenturm vorbei, der heutigen Seniorenresidenz und früheren Anstalt für schwererziehbare Jungs, hinter dessen Mauern ich 1976 Ates Freund Rico vermutete.

»Mein Latein reicht gerade mal aus, um das da oben zu übersetzen«, fuhr Severin fort und wies mit dem Kinn auf die Inschrift über dem Tor, das in den Hof des Stifts führte. »Anno Domini 1494« stand da, in einen roten Sandsteinquader gemeißelt.

»Grandios«, sagte ich, »kannst dir was drauf einbilden, ist keineswegs selbstverständlich.« Und dann erzählte ich, wie ich einmal in Rom während einer meiner Reisen Zeugin einer Diskussion zwischen einer amerikanischen Reisegruppe und ihrem Reiseleiter wurde. Von einer Teilnehmerin gefragt, was die Angabe »Anno Domini« an ich weiß nicht mehr welchem antiken Gebäude bedeutete, zuckte der Guide die Schultern, nagte an seiner Unterlippe und meinte schließlich: »Must be the architect.«

Severin lachte schallend heraus. »Mein Gott«, sagte er. »Das ist genial! Dass ich darauf noch nicht gekommen bin! Anno Domini! Das steht doch in Europa an jeder zweiten Hausmauer! Was hat Herr Domini demnach alles gebaut! In wie vielen Jahrhunderten! In wie vielen Baustilen! In wie vielen Ländern!«

»Genau«, sagte ich und hakte mich bei ihm unter. »Anno Domini ist omnipräsent, omnipotent, Anno Domini ist unsterblich!«

9

Zum Abendessen hatten wir zwei Familienpizzen belegt, dazu tranken wir Wein. Wir sind alle trinkfest. Martin, mein Ex-Mann, sagte einmal nach einem Familienfest im Hinblick auf sichtbare Symptome bezüglich unseres Alkoholkonsums zu mir: »Egal, wie viel ihr trinkt, bei euch merkt man ja nichts.« Er hatte recht. Die Trinkgewohnheiten von uns Geschwistern ähneln sich, was das Quantum angeht – in Bezug auf die Weinsorten, die wir bevorzugen, gehen sie allerdings auseinander.

Ich selbst trinke am liebsten Burgunder, Rotburgunder, Spätlese, halbtrocken, sonnendurchwärmt, würzig, im Barrique gereift. Severin ist sein Leben lang beim trockenen Weißen geblieben, während Ate eine Vorliebe für Gewürztraminer und süße Dessertweine hegt. Vinzenz, unser Youngster mit seinem neugierigen Gaumen, ist der Einzige von uns, der sich weder zwischen Wein und Bier noch für eine bestimmte Weinsorte entschieden hat.

An diesem Abend also tranken wir alle Wein. Wir hatten einen Spätburgunder und eine Flasche Silvaner aus Paps' Weinkeller geöffnet.

Maman hatten wir, entsprechend Paps' Instruktionen, keinen Wein, sondern roten Saft eingeschenkt. Traubensaft. In einem Saftglas.

Maman war schon wieder in ihre monotone Litanei verfallen.

»Sie betet ihren Rosenkranz«, sagte Severin.

»Lirum, larum, Löffelstiel«, sagte Vinz zu ihr, »trink deinen Wein!«

»Aufgepasst, aufgepasst, Kinderlein«, sagte Maman, »ihr … verkokelt, verkuttelt, verkuppelt mich dauerleinst, das ist kein Wein, das sieht nur so aus.«

Wir schauten uns an, grinsten.

»Stimmt«, sagte Vinz, stand auf, ging zum Gläserschrank und nahm ein langstieliges Weinglas heraus. Er kippte den Saft in das Weinglas und sagte: »Jetzt ist es Wein.«

»Wenn es um Alkohol geht, versteht Maman keinen Spaß«, schmunzelte Severin. »Könnt ihr euch noch an den Einbruch erinnern?« Vinz und ich lachten, Ate sagte Nein.

»Du warst damals schon eine Weile aus dem Haus«, erklärte Severin ihr. »Das war Ende der Siebziger, kurz bevor ich im Sternerestaurant Großer Kaiser bei Bad Honnef als Azubi angefangen habe.«

»Damals gab es eine Einbruchserie hier in der Siedlung«, erinnerte sich Vinz. »Eine Diebesbande hat reihum alle Villen heimgesucht und jedes Mal Alkoholika mitgehen lassen. Maman und Paps konnten sich ausrechnen, dass die Langfinger es früher oder später auch bei uns versuchen würden, und so hat Maman immer, wenn sie das Haus verließ, einen Zettel an die Tür geheftet, auf dem stand: ›Hier gibt's keinen Alkohol.‹«

Ate musste lachen. »Für so pfiffig hätte ich dich gar nicht gehalten, Maman«, sagte sie.

»Pfiffelhalter, Strumpfhalter, Buchhalter, halt, halt, halt«, radebrechte Maman.

»Eines Tages war es dann so weit«, fuhr Severin fort. »Als Maman zurückkam, war das Klofenster eingeschlagen. Die Diebe hatten den Schlaftrakt und das Wohnzimmer durchsucht, es fehlte nicht viel, die Wertsachen waren im Safe auf der Bank, und an den Büchern und Paps' Liebhaberobjekten in den Vitrinen hatten sie kein Interesse. Aber die Bar war leer geräumt bis auf den letzten Kleinen Feigling. Daneben lag Mamans Zettel mit dem Märchen vom nicht vorhandenen Alkohol, und darauf stand in Druckbuchstaben: ›Stimmt nicht!‹«

Wir prusteten los. Sogar Maman fragte ausnahmsweise nicht, wo der Witz sei, sondern stimmte in das Gelächter mit ein, ebenso wie Ate. Ate hatte aufgehört, Maman zu siezen. Leicht machte sie es ihr trotzdem nicht. Als Maman sie irgendwann zwischen zwei Bissen fragte, ob sie mit uns anderen verwandt sei, sagte Ate nicht: »Ich bin deine Tochter«, sondern: »Ich bin die Schwester von Severin, deinem Lieblingssohn.«

»Hat Severin eine Schwester?«, fragte sie ratlos.

»Sogar zwei«, sagte Severin und wies auf Ate und mich.

»Idamaus«, sagte Maman. »Und Ate.«

»Und außerdem einen Bruder«, fuhr Severin fort, wobei er auf Vinzenz deutete.

Ich betrachtete Vinz. Vinzenz schaute manchmal so vor sich hin. Abwesend. Es war mir schon beim Mittagessen und gestern Abend aufgefallen. Ich rätselte, was oder wen er dann sah. Ein Problem? Oder eine Frau? Oder etwas ganz anderes?

Ich hätte Vinz gerne gefragt, was aus Diana geworden war. Auch wenn ich mich fremd fühlte in ihrer Gegenwart, hatte ich nie das Leuchten in den Augen meines Bruders vergessen bei den wenigen Malen, als seine Freundin ihn begleitet hatte. Seit er wieder allein kam, hatte ich immer den Eindruck, dass an seiner Seite jemand fehlte, der schwer zu ersetzen war oder gar nicht. Vinz wirkte ein bisschen wie ein Gestrandeter, ein vom Leben Übriggelassener mit einem Tresor, in dem er die stillgelegte Sehnsucht nach Liebe und Leidenschaft weggeschlossen hatte. War sein Kabarettistendasein eine Art Kompensation? Hatte er sich mit dem Leben arrangiert, indem er es von der lustigen Seite nahm?

Jetzt am Abendbrottisch erzählte er wieder mal einen Witz: »Wenn Hilary Clinton und Donald Trump zusammen Boot fahren und das Boot untergeht, wer wird gerettet?«

Wir zuckten die Schultern, sahen ihn erwartungsvoll an.

»Amerika«, sagte Vinz.

Wir lachten.

Wir hatten angefangen, über Politik zu reden. Hechelten die letzten politischen Tagesereignisse durch. Die Präsidenten-Wahl in den USA, das Kopf-an-Kopf-Rennen zwischen Hillary Clinton und Donald Trump.

Ich bin politisch links, ebenso wie Ate. Vinz und vor allem Severin sind etwas gemäßigter. Bei Familienfesten zoffen wir uns manchmal. Über Themen wie Grundeinkommen, Kapitalismus, Kriegseinsätze. Über Trump zofften wir uns nicht. Trump in seiner Verfänglichkeit war unverfänglich. Bei Trump waren wir uns alle einig.

Ich redete dennoch wenig an diesem Abend beim Essen. Ich beobachtete meine Geschwister. Hörte dem Geplätscher ihrer Stimmen zu. Unsere Stimmen sind alle tief. Tiefer als früher, nicht nur die der Jungs. Warm. Auch die von Ate. Als junges Mädchen hatte Ate eine Stimme, klar und frisch wie Quellwasser. Ich hörte Ate gerne zu, wenn sie mir manchmal eine Englisch- oder Geschichts-Hausaufgabe erklärte, draußen auf dem Gehweg mit mir Rollschuhlaufen übte oder davon sprach, wie man eine Giraffe zeichnet. Sie redete bedächtig und machte Pausen zwischen ihren Sätzen, in die ich meine Gedanken hineinlegen konnte wie in einen Korb, um sie darin zu sammeln und später wiederzufinden. In dem Frühling, in dem Ate sich mit Rico anfreundete, veränderte sich ihre Stimme. Sie wurde schrill und spitz wie ein Stilett; Ate stach mit ihrer Stimme um sich, sie zerstörte die Harmonie, erdolchte den Hausfrieden und bewirkte, dass ich auf der Stelle zur Salzsäule erstarrte, wenn ich sie irgendwo im Haus hörte.

Die anderen schienen nicht mitzubekommen, dass ich schweigsam war. Und dann doch. Vinz stieß mich in die Seite. »Was ist los, große Ida? Träumst du?«

»Ich denke an früher, kleiner Vinz«, murmelte ich.

IO

»Wie viel Familienleben sich in diesem kleinen Raum rund um den Herd abspielt«, sagte Ate zu mir, während wir zusammen die Küche in Ordnung brachten. »War das früher auch schon so? Nach dem Essen ist vor dem Essen. Kochen, Essen, Abspülen, und das immer im Kreis herum.«

Da Severin und Vinzenz sich des Kochens angenommen hatten, blieb der Abwasch an Ate und mir hängen.

»Kochen und Essen hat für mich sonst einen eher untergeordneten Stellenwert«, sinnierte Ate weiter. »Es gibt so viele Dinge im Leben, die interessanter sind.«

»Welche denn?«, fragte ich neugierig.

»Malen, fotografieren, gute Musik hören.«

»Reisen«, fiel mir ein.

»Lesen.« Das sagten wir beide im Chor. Lachten. Unsere Eltern, Maman eine Leseratte, Paps ein Bücherwurm, hatten es uns vorgemacht. In unserer Kindheit gab es nie Langeweile, weil es Bücher gab.

»Schwimmen«, sagte Ate.

»Fliegen«, sagte ich.

»Auf dem Rücken liegen und Sterne gucken«, sagte Ate.

»In den Uffizien stehen und Tintoretto gucken«, sagte ich.

»Im Gras sitzen und Vollmond gucken.«

»Das hast du früher mit Rico gemacht.« Kaum hatte der Satz meinen Mund verlassen, ärgerte ich mich. Glücklicherweise klingelte im nächsten Moment mein Handy. Auf dem Display eine Nummer, die ich nicht kannte.

»Hallo«, sagte eine Männerstimme, mir ebenfalls unbekannt, sonst nichts.

»Wer ist da?«

»Stau bei Uppingen«, sagte die Stimme.

»Jazz«, sagte ich.

»Wie bitte?«

»Du bist der mit dem Jazz-Tattoo auf dem Arm.«

Er lachte. Ein Lachen, das mir gefiel.

»Das hast du dir gemerkt? Darf man daraus schließen, dass du eine Affinität zu der Art von Musik hast?«

»Könnte sein.« Deutlicher wurde ich nicht.

»Dann sollten wir uns treffen.« Seine Stimme war weder besonders hoch noch tief, er sprach langsam und überlegt, ohne Aufregung. Es klang ein bisschen, als wüsste er, was gut für mich war, und ich war mir nicht ganz sicher, ob ich das mochte.

Einen Moment lang war es still zwischen uns.

»Bist du in der Gegend?«, fragte er.

»In welcher?«, gab ich zurück.

»Dein Auto hat ein Stuttgarter Kennzeichen, und du warst auf dem Weg ins Badische.«

»Ja.«

»Heidelberg?«, fragte er aufs Geratewohl.

»Ja«, wiederholte ich. »Ist nicht weit weg von da, wo ich bin.«

»Lust auf Jazzkeller?«

»Lieber Blues«, sagte ich.

Ihm egal, meinte er. Jazz oder Blues, Hauptsache, wir würden uns treffen. Ob ich morgen Abend Zeit hätte?

»Könnte sein«, sagte ich wieder. Mein Gegenüber am anderen Ende sprach nicht laut, dennoch bekam Ate neben mir bestimmt alles mit.

»Ich suche was raus«, sagte er, »und melde mich dann wieder.«

»Na gut.« Ich lachte.

»Ich mag dein Lachen«, sagte er.

Dass es Menschen gibt, mit denen man sich sofort duzt! Ohne nachzudenken! Ich lachte wieder. Verlegen.

»Wirklich«, sagte er. »Also dann.«

»Wie heißt du eigentlich?«, fragte ich.

Er hatte schon aufgelegt.

»Verabredest du dich immer mit Leuten, deren Namen du nicht weißt?«, fragte Ate.

»Kommt vor«, parierte ich ebenso gleichmütig, wie Ate mittags geantwortet hatte: »Wenn du es sagst.« Dabei dachte ich, dass es eigentlich nicht vorkommt. In den letzten Jahren habe ich gelernt, genauer darauf zu achten, worauf ich mich einlasse und mit wem. Seit einiger Zeit scheue ich das Risiko, gehe auf Nummer sicher. Ein Blind Date wie jetzt hatte ich noch nie. Na ja, ein halbes Blind Date, ein einäugiges. Immerhin hatte ich den Mann schon mal gesehen. Und fand ihn sogar sympathisch.

Ich überlegte, ob ich Ate von der Vorgeschichte meines geplanten Rendezvous mit dem Tattoo-Mann erzählen sollte. Eine neue Ära einläuten, meine Schwester ins Vertrauen ziehen und Nähe zu ihr herstellen. Ate und ich hatten den Altersunterschied von fast sechs Jahren, der mich einst zum Kind stempelte, während sie schon eine junge Frau war, nie überbrückt, auch später nicht, als er nur noch eine Spanne, aber kein Abstand mehr war.

»Kennst du das, dass man manchmal Dinge tut, bei denen einem der Verstand sagt, dass es klüger wäre, die Finger davon zu lassen?«, fragte ich, ohne zu erwarten, dass sie mir zustimmte.

Doch Ate nickte. »Na klar.« Sie sagte nicht, woher sie das kannte.

»Ich glaube, mir passiert das dauernd«, meinte ich.

»Wann zum Beispiel?«, fragte Ate.

Ich überlegte. »Es hat schon früh angefangen«, sagte ich, »gleich nach dem Abitur.«

»Erst danach? Bei mir hat es schon vorher angefangen, vor dem Abi.«

»Ach.« Ich starrte sie an. Rico, dachte ich, sie meint die Geschichte mit Rico. Aber Ate sprach nicht weiter.

»Was war nach deinem Abitur, große Ida?«, gab sie mir den Ball zurück. Und ich gab mir einen Ruck und erzählte ihr, dass ich damals gern Germanistik und Anglistik studiert hätte, aber nicht wusste, mit welchem Berufsziel. »Ich wollte was mit Sprachen machen, aber nicht Lehrerin werden«, erklärte ich. »Weißt du, bei der Vorstellung, vor einer Klasse zu stehen und zu unterrichten, hatte ich geradezu panische Angst. Deshalb bin ich auf die Schmalspur abgebogen. Maman hat gemeint, Übersetzerin wäre doch auch nicht schlecht, da müsse ich nicht vor anderen Leuten reden, und mit etwas Glück käme ich sogar rum in der großen weiten Welt. Das hat mir gefallen.« Ich grinste. »Weitergegangen ist es dann erst mal anders, wie du weißt.«

Ate nickte, ihre Augen lachten. »Bevor du angefangen hast, in der Welt rumzukommen, bist du zum Studium in Germersheim gelandet«, sagte sie.

»Ja. Ein Kaff, an dem nur der Rhein groß ist, alles andere war überschaubar und kleinkariert. Paps hat mich zur Immatrikulation gefahren.«

Ich erzählte Ate, dass ich Germersheim anfänglich für einen Vorort von Mainz gehalten hatte. Wie ich ungläubig auf die hässlichen Gebäude einer ehemaligen Militäranlage gestarrt hatte, in denen die Hörsäle untergebracht waren. Nachdem wir einmal die Hauptstraße hinauf- und wieder hinuntergefahren waren, was etwa so lange gedauert hatte wie zweimal Blinzeln, hatte Paps gesagt: »Ja, das war's dann. Mehr ist es nicht.« Ich hatte keinen Ton herausgebracht. Dass man, um in der Welt rumzukommen, in einem Provinznest anfangen musste, das nicht größer war als das, in dem ich groß geworden war, machte mich damals bockig. Am liebsten hätte ich meine Berufspläne über Bord geworfen. Ich war mir ziemlich sicher, dass ich das Falsche gewählt hatte, brachte aber nicht die Energie auf, das Steuer herumzureißen. In der Tat geriet mein Studium in der Provinz zur Bewährungsprobe; Frauen waren quasi unter sich, von den wenigen Männern war die Hälfte schwul. Einen dieser schwulen Männer, Cornelius, der damals noch nicht wusste, dass er schwul war, habe ich als Partner abbekommen und später geheiratet.

Die Geschichte mit Cornelius erzählte ich Ate nicht mehr. So wenig wie das, was danach kam, nach unserer Trennung, diese Reihe von Männern, die auf der anderen Seite standen und von denen mein zweiter Mann Martin der nächste war. Nach meiner Trennung von Cornelius schwor ich mir, in Zukunft auf Nummer sicher zu gehen, mich in Beziehungsdingen vor Konstellationen zu schützen, die den Anstrich des Aussichtslosen vor sich hertrugen. An dem Tag, an dem ich mit Martin im Aufzug stecken blieb, warf ich meinen Schwur über Bord; zusammen mit ihm in ein Räumchen, zwei Meter auf zwei Meter, gesperrt, schnupperte ich zum ersten Mal sein Rasierwasser. Genau genommen war etwas Vergängliches wie ein Eau de Toilette daran schuld, dass Rouven entstand.

Jetzt also die Sache mit dem Tattoo-Mann, der keinen Namen hatte und mit Sicherheit viel zu jung für mich war.

»Komisch, dass man immer wieder in die alten Verhaltensmuster zurückfällt«, sagte ich zu Ate.

11

Vinz steckte den Kopf durch die Küchentür.

»Wollen wir was spielen?«, fragte er. »Wie früher?«

Wie früher – würde das zum Motto der Tage werden, die wir gemeinsam verbringen würden, wie früher?

Ate und ich blickten uns an. Gemeinsam spielen ist nach gemeinsam essen der kleinste gemeinsame Nenner für Menschen, die einmal etwas teilten, einen Tisch, eine Wohnung, eine Kindheit.

Früher haben wir viel gespielt. Kartenspiele, Brettspiele. An verregneten Sonntagnachmittagen, an Weihnachten, im Urlaub. Alle machten mit, sogar Paps, der beleidigt war wie ein kleines Kind, wenn er verlor.

»Schaut, was ich gefunden habe«, sagte Vinz im Esszimmer.

Er hielt eine Art Spielbrett aus Pappkarton hoch, beklebt mit weißem Papier, auf welches ein Weg mit weißen, gelben und violetten Feldern gezeichnet war.

»Idas Spiel«, sagte Vinz.

»Tatsächlich«, staunte ich und griff danach. »Sag bloß! Ich wusste nicht, dass es noch da ist.« Ich betrachtete es von allen vier Seiten. Als ich neun oder zehn Jahre alt gewesen war, hatte ich dieses Spiel gebastelt und meiner Familie zu Weihnachten geschenkt, ein Gemeinschaftsgeschenk.

Das Spiel war so eine Art Verschnitt von *Flaschendrehen* und *Pflicht oder Wahrheit*, aber als Brettspiel. Man würfelte und ging mit einem *Mensch-ärgere-dich-nicht*-Männchen voran; kam man auf die mit Buntstiften bemalten, jetzt verblichenen Felder, zog man gelbe oder violette Kärtchen, auf denen Fragen standen, die man beantworten, oder Aufgaben, die man erfüllen musste.

»Wollen wir das spielen?«, fragte Vinz. »Wie früher?«

Früher hatten wir dieses Spiel oft gespielt. Die gelben und violetten Kärtchen waren abgegriffen und mürbe, hatten Knicke, Fettflecken und Abdrücke von Kinderfingern.

Wir ließen uns also wieder um den Esstisch nieder und fingen an. Vinz würfelte eine Vier und ließ sein grünes Männchen auf ein violettes Feld vorrücken. Er zog ein violettes Kärtchen. »Mache einen Handstand!«, las er. »Ich kann keinen Handstand.«

Er zog das nächste Kärtchen und grinste. »Genügt es euch, wenn ich zwei Minuten auf einem Bein stehe?«

»Mindestens drei«, verlangte Severin und fuhr fort: »Ich warte ja darauf, dass die Aufgabe kommt: ›Öffne das Fenster und rufe hinaus: Ich heiße Severin und bin ein Esel.‹«

Wir lachten. Früher war diese Aufgabe gefürchtet gewesen. Gedrückt hatte sich nie einer; und eines Tages hatte mich eine Nachbarin angesprochen und im Scherz gefragt, wo denn unser Stall sei, in dem all die sprechenden Esel lebten. Ich war puterrot geworden.

Severin würfelte eine Zwei und landete auf einem gelben Feld.

»Wie möchtest du am liebsten sterben?«

»›Im Sitzen‹«, platzte ich heraus, »das hat Ate damals gesagt.«

»Wirklich?«, Ate hob amüsiert eine Augenbraue.

»Und Severin hat gepiepst: ›Überhaupt nicht‹«, erzählte ich weiter. »Was sagst du heute, Bruderherz?«

Severin dachte kurz nach und meinte dann: »Nachts, im Bett, im Vollbesitz meiner geistigen Kräfte.«

Wir schwiegen. Wir dachten an Maman, die mit uns am Tisch saß und Gläser zählte. Wir hatten alle gelesen, dass die Krankheit, mit der Maman gestempelt ist, immer zum Tod führt. Dass sie alle Organe befällt. Auch das Sprachzentrum, auch die Atmung.

Ich mochte nicht weiterdenken.

»Und ihr?«, Severin blickte in die Runde. »Wie möchtet ihr sterben?«

»Sanft«, sagte ich. »Ich wünsche mir einen sanften Tod.«

Ich wünsche Maman einen sanften Tod. Das sagte ich nur in Gedanken. Ich wünsche mir, dass Maman an etwas anderem sterben wird als an ihrer Krankheit. Dass ihr robuster Körper früh genug aufgibt, um nicht den Qualen ausgesetzt zu sein, die das Endstadium des Alzheimer-Syndroms mit sich bringen kann.

Maman zählte zum wiederholten Mal die Gläser auf dem Tisch.

Kam einmal auf sieben, dann auf elf, dann auf zehn Gläser.

Ich zählte nach. Keine Zahl stimmte.

Ate gelangte beim zweiten Mal Würfeln ebenfalls auf ein gelbes Feld.

»Was plagt dich?«, las sie. »Was beunruhigt dich? Was macht dir Sorgen?«

Auch an diese Frage, geschrieben in meiner Kinderschrift, erinnerte ich mich. Als ich sie einmal selbst gezogen hatte, hatte ich das zum Anlass genommen, von der »Gäng« zu erzählen.

»Könnt ihr euch noch an die ›Gäng‹ erinnern?«, fragte ich jetzt.

»Hör mir auf damit!« Severin rollte mit den Augen.

Die »Gäng« war eine Clique Halbwüchsiger, die, als ich elf Jahre alt war, eine Zeit lang unser Viertel terrorisierten und die jüngeren Kinder in Angst und Schrecken versetzten. Enno, Eduard und Jürgen waren zu jener Zeit nicht viel älter als ich, aber sie waren Jungs und außerdem zu dritt; sie lauerten uns auf unserem Heimweg von der Schule auf und verlangten Wegezoll. Vornehmlich waren sie auf Geld aus, weshalb ich mein Taschengeld eine Weile in Ein- und Zwei-Pfennig-Stücke tauschte, um unbehelligt passieren zu können, wenn sie mich aufhielten. Konnte jemand nicht in Münzgeld bezahlen, nahmen sie auch Größeres, Scheine, und wurden, sofern jemand nicht freiwillig gab, was er besaß, handgreiflich. Sie durchsuchten Hosen-, Rock- und Schultaschen, und wenn sie nicht fündig wurden, nahmen sie Mäppchen, Bücher oder Hefte als Pfand, das sie nur gegen Bares wieder herausrückten.

»Im Winter 1975 war das«, entsann sich Vinz. »Damals bist du ständig zu spät von der Schule nach Hause gekommen, und wir mussten mit dem Mittagessen auf dich warten. Maman hat sich gewundert, wo du bleibst, und dir vorgeworfen, dass du herumtrödelst.«

»Wundertrödel, Trödelwunder, diddeldummdei«, sagte Maman. Sie hatte aufgehört, Gläser zu zählen, nuckelte abwechselnd an dem Glas mit dem »Wein« und ihrem Saftglas.

»Ich habe mich so lange wie möglich in der Schule herumgedrückt, wenn ich erst nach der Sechsten aushatte«, erklärte ich, »und gehofft, die Jungs wären dann nicht mehr da, um mich abzupassen. Oder ich bin weite Umwege gelaufen, um ihnen nicht zu begegnen.«

»Würstchen waren das, die drei!«, Severin rümpfte die Nase. »Sie kamen gerade in die Pubertät und haben transpiriert wie die Ackergäule. Enno war ein dickes Moppelchen, Eduard hatte einen Sprachfehler und Jürgen derartige Schweißfüße, dass man vom Geruch auch dann noch fast ohnmächtig wurde, wenn sie in Winterstiefeln steckten.«

»Ich habe mich wirklich gefürchtet vor ihnen«, sagte ich. »Einmal haben sie mir mein Heft mit den Deutschdiktaten weggenommen, und ich hatte kein Geld, um es auszulösen; als die Diktathefte wieder eingesammelt wurden, konnte ich meins nicht abgeben und bekam eine Strafarbeit von Frau Zippel. Da habe ich gedacht, jetzt reicht's.« Ich wandte mich an Severin und zwinkerte ihm zu: »Ein Glück, dass ich dich hatte.«

Ich entschloss mich damals, Severin ins Vertrauen zu ziehen, nicht Heike Ukaritsch, meine Freundin, die noch viel ängstlicher war als ich, auch nicht Maman oder Paps. Maman regte sich meistens schnell auf, und Paps war nicht da oder nur abends, er kannte sich in seiner Firma und im Wohnzimmer in seinem Lesesessel aus, aber nicht auf meinem Schulweg, so entschied ich mich für Severin. Auch wenn Severin mehr zu Ate gehörte als zu mir. Ich wusste immer, dass sie Geheimnisse teilten, von denen ich keine Ahnung hatte und für die ich in ihren Augen zu klein war. Aber ich liebte Severin. Ich war ihm näher als meiner Schwester, obwohl Ate ein Mädchen war. Mit Severin zusammen erfand ich abends im Bett Geschichten, die wir uns gegenseitig erzählten, als wir noch ein Zimmer teilten, ehe meine Eltern nach Vinzenz' Geburt das Untergeschoss ausbauten und jeder von uns Kindern seine eigenen vier Wände bekam. Von da an dachte ich mir meine Geschichten alleine aus. Ich hatte Geheimnisse und teilte sie mit niemandem als den Bäumen unter meinem Kinderzimmerfenster. Dabei war ich alles andere als verschlossen, sondern das, was man einen Feger nennt. Immer im Freien, im Garten, auf der Straße, zusammen mit Kindern meines Alters über Dreckberge stromernd, in der Zeit, als das Neubaugebiet um uns her entstand. Während die Siedlung wuchs, suchte und fand ich immer neue Herausforderungen. Mit den Nachbarskindern veranstaltete ich Schlittschuhturniere im Winter, Rollschuhrennen im Frühling, olympische Spiele im Sommer, für die ich aus wertlosen Alu-, Kupfer- und manchmal Silbermünzen Medaillen bastelte. Normalerweise kam ich gut allein zurecht und brauchte niemanden. Erst als die »Gäng«

mich mit meinem Diktatheft erpresste, erinnerte ich mich an Severin und erzählte ihm alles.

»Du bist mir auf dem Heimweg gefolgt, und als die drei mich abgepasst haben, bist du plötzlich aus der Erde gewachsen und hast sie dir vorgeknöpft. ›Noch ein einziges Mal, und ich mache Wurstsalat aus euch‹, hast du gesagt.«

»Passend zu deiner späteren Karriere«, schmunzelte Vinz, und alle kicherten.

»Von da an war Ruhe«, fuhr ich fort. »Jedenfalls eine Weile.«

Wir lachten einander über den Esstisch hinweg zu, dann schwiegen wir. Ich dachte daran, was in unserer Familie während jener Zeit passiert war, in der mir nichts mehr passiert war, und ich fragte mich, ob die anderen auch daran dachten.

»War es nicht bei deinem Laternenfest, bei dem die drei noch mal aus ihrem Loch gekrochen sind?«, fragte Severin, und ich nickte.

Dieses Laternenfest mit Nachbarskindern plante ich im Herbst 1976, nach jenem Sommer, in dem bei uns zu Hause alles drunter und drüber gegangen war. Die »Gäng« hatte ich zu jener Zeit fast vergessen. Ich erinnere mich noch an mein Herzklopfen, als ich eines Nachmittags in meiner Schultasche einen zweimal gefalteten Zettel fand. In Schülerschreibschrift drohte mir eine Clique namens »Schwarze Rächer«, den Laternenumzug zu stören, sie seien viele, und ich könne mein blaues Wunder erleben. Natürlich vermutete ich sofort die »Gäng« dahinter, und auch wenn sie nicht viele, sondern nur drei ungezogene Jungs waren, brachte mich ihr Gekritzel innerlich in Aufruhr. Da Severin in jener Zeit sehr mit sich selbst beschäftigt war und ich nicht wusste, ob ich ihn wiederum ins Vertrauen ziehen und um Hilfe bitten sollte oder wollte, legte ich an einem Herbstabend, als wir nach längerer Zeit wieder einmal als komplette Familie am Tisch saßen und »mein Spiel« spielten, das gelbe Kärtchen mit der Frage, die ich gezogen hatte, auf den Tisch und erzählte von meinen Sorgen.

Ich wusste nicht, was ich mir erhoffte. Das, was meiner Schilderung folgte, war es jedenfalls nicht.

Maman sagte schrill: »Was bilden die sich ein, das sind doch Kriminelle«, und fügte hinzu, man müsse die Polizei verständigen.

Daraufhin konterte Severin: »Wieso immer gleich Polizei, tickst du noch richtig, gibt es wirklich nichts anderes, was dir einfällt, als Polizei?«

Und Ate stieß den Stuhl, auf dem sie gesessen hatte, nach hinten, stand auf und sagte mit flackernden Augen und Todesverachtung in der Stimme: »Ja, ruf nur die Polizei, mit der Polizei, da kennst du dich aus.« Sie drehte sich auf dem Absatz um, rief: »Zum Kotzen ist das, Maman, du bist einfach zum Kotzen«, verließ das Esszimmer und schmiss die Tür hinter sich zu. Severin folgte ihr.

Ich schwieg, ich war nicht gefasst auf Mamans Reaktion und noch weniger auf Ates und Severins Attacke; mir war nicht wirklich klar, sondern nur ein bisschen, warum die beiden auf das Wort Polizei reagierten, wie sie reagierten.

Statt meiner sprach Vinz, damals sechs Jahre alt, und sagte mit großen Augen, er finde Polizei aber gut und Maman finde er auch gut und gar nicht zum Kotzen, dann kletterte er auf ihren Schoß, um sie zu trösten.

Trug Maman an jenem Nachmittag in ihrem Bauch noch ihr fünftes Kind? Denn sie war mit vierundvierzig noch einmal schwanger geworden, und Paps sagte »Reg dich nicht auf« zu ihr – nicht nur, weil er fürchtete, Aufregung könne ihr und dem Kind schaden, sondern er sagte es einfach, um überhaupt etwas zu sagen und weil in jenem Jahr schon so viel Aufregung gewesen war, dass mehr davon einfach nicht zu ertragen gewesen wäre.

Das Kärtchen in meiner Mädchenschrift, das Ate vorgelesen hatte, lag noch immer offen auf dem Tisch.

»Du bist übrigens mit meinem Männchen gegangen«, monierte Vinz. Erleichtert nahmen wir seine Bemerkung zum Anlass, die Frage nach unseren Sorgen unbeantwortet zu lassen. Einander anzuvertrauen, was uns im Innersten umtrieb, dazu waren wir uns nicht nahe genug. Noch nicht. Ate reichte mir den Würfel. Eine Sechs brachte mich auf ein violettes Feld, worauf ich die Eselkarte zog und den geforderten Satz zur Balkontür hinausschrie. Severin fand mich nicht laut genug, ich brüllte mein Bekenntnis ein zweites Mal in die Dunkelheit, die anderen lachten. Ich musste noch mal würfeln und landete auf einem gelben Feld.

Vinz schob mir den gelben Kärtchenstapel hin. Die »Wahrheitskärtchen« waren weniger lustig, dafür aber interessanter als die Pflichtkärtchen. Bargen auch die größeren Herausforderungen.

»Findet etwas Gemeinsames, das euch allen Freude macht«, las ich vor.

Wir warfen uns Blicke zu, überlegten, worüber wir uns alle vier gleichermaßen freuen konnten wie Kinder, wie die unterschiedlich alten Geschwister, die wir früher waren: »Über den ersten Schnee«, schlug Ate vor, aber es schneite nicht, es war zu früh für Schnee, auch für den allerersten, auch für eine Flockenvorhut, die sich in der Zeit geirrt hatte.

»Die Frage war auch früher schon schwierig«, sagte Vinz. »Meistens haben wir uns auf Fernsehen geeinigt.«

Dazu nickten wir alle. Fernsehen war unser kleinster gemeinsamer Nenner gewesen, auch wenn es selten vorgekommen war, dass wir alle vier gleichzeitig davorgehockt hatten.

»Mit dir habe ich manchmal aus Solidarität *Sandmännchen* geschaut und später die *Muppet Show*«, sagte ich zu Vinz, »mit Severin *Raumschiff Enterprise*, mit euch beiden *Dick und Doof*. Ate, dich habe ich bei den Vorabendserien getroffen.«

»*Von Liebe keine Rede* und *Die Partridge Familie*«, erinnerte sich Ate. »David Cassidy alias Keith, den fand ich toll.«

»Ich Susan Dey, seine Fernsehschwester«, sagte ich. »Aber vor allem war es schön, neben dir auf dem Sofa zu sitzen, Ate. Wenn wir gemeinsam schmachtend auf den Bildschirm gestarrt haben, war ich nicht ›die Kleine‹, sondern fast so alt wie du. Das dauerte, bis du angefangen hast, mit Rico zu gehen. Eines Abends saß ich allein vor der Flimmerkiste. Als ich dich später gefragt habe, wo du warst, hast du gesagt, *Die Partridge Familie* sei Babykram.«

Ates Miene, vorher offen und lebhaft, verschloss sich so rasch wie ein heruntergehender Rollladen. »Ich erinnere mich nicht«, sagte sie. »Was du noch alles weißt, Ida!«

Zum dritten Mal an diesem Tag hätte ich mir am liebsten die Zunge abgebissen. Wieso drängte sich mir ständig Ates Geschichte mit Rico ins Gedächtnis und sein Name auf meine Lippen?

12

Wir gingen spät ins Bett, jeder in sein früheres Zimmer. Ich knipste die Nachtlampe über dem Kopfende aus. Ich konnte nicht einschlafen, mir ging viel zu viel im Kopf herum. Paps' Standuhren schlugen im Wohnzimmer. Es waren zwei, und sie führten dort oben ihr geschwisterliches Uhrenleben, Tag und Nacht, ob wir da waren oder nicht, sie antworteten einander in verschiedenen Tonlagen und mit verschiedenen Stundenschlägen, einem Big-Ben- und einem Westminster-Schlag. Obwohl sie unterschiedliche Dialekte sprachen, verstanden sie einander und redeten von derselben Zeit. Halb zwei. Ich stopfte mir Ohropax in die Ohren, ja, mir war schon klar, dass mein Schlafverhalten absolut neurotisch war. Wie konnte man den Singsang von zwei sympathischen musikalischen Standuhren im Stockwerk über einem als schlafstörend empfinden? Ich wälzte mich von der einen auf die andere Seite, lag da mit offenen Augen und starrte in die Nacht in meinem Zimmer. Es war eine unnatürliche, allzu schwarze dichte Nacht – wie in einem Sarg. Meine Ohren waren zu, meine Augen offen. Es war mir zu dunkel für meine offenen Augen – schon früher war es mir nachts oft zu finster in diesem Zimmer gewesen – schwarzer Nebel, dachte ich damals. Ich stand auf, zog den Rollladen hoch, öffnete das Fenster. Kalte Luft. Die schwarzen Tannen im Fensterausschnitt. Warum schießen Tannen in die Höhe wie Spargel? Nehmen alles Licht weg? Ich schloss das Fenster, ließ den Rollladen oben, legte mich wieder hin. Der Schlaf wollte nicht kommen.

Nachts um zwei traf ich Ate oben im Wohnzimmer an der Hausbar. Sie war im Schlafanzug wie ich. Ihr blondes Haar war zerdrückt und ließ mich an ein vom Wind niedergestrecktes Kornfeld denken. Ihr Haar war dunkler als früher, aber immer noch heller als meines. Als Kind habe ich Ate um ihr Haar, das den Ton von Vanille hatte und so voll war, beneidet.

Ate hatte sich ein Likörglas mit Grand Marnier gefüllt.

»Soso, auch noch wach. Das hätte ich mir denken können«, sagte ich. Schon als Jugendliche war meine Schwester die Nachtmaus unter uns Kindern gewesen.

»Das Haus ist voller Geister«, sagte Ate. »Wie soll man da schlafen?«

Sie griff in den hinteren Teil des Schranks und reichte mir den Ballantine's.

»Den willst du doch, oder?«

»Tut mir leid, dass ich von Rico angefangen habe, vorhin und heute Nachmittag«, sagte ich.

Sie winkte ab und stellte ein Glas vor mich hin.

»Mir ist das so herausgerutscht. Ich vergesse immer wieder, dass du vielleicht nicht daran erinnert werden willst.«

»Schon gut«, sagte sie; dabei starrte sie in ihr Glas, als fände darin ein chemischer Versuch mit ungewissem Ausgang statt, ein Versuch, den jemand zum ersten Mal macht.

»Was ist eigentlich aus ihm geworden?«, fragte ich.

»Aus Rico?« Sie zuckte die Schultern. »Keine Ahnung.«

»Hast du dich das nie gefragt?«

»Doch. Schon«, sagte sie und studierte weiter den Inhalt ihres Glases. »Immer mal wieder. Aber schon lange nicht mehr.«

Ich schenkte mir zwei Fingerbreit Whisky ein und nahm einen Schluck. Im Wohnzimmer setzten Paps' Standuhren einträchtig zu ihrem Viertelstundenschlag an.

»Es ist so viel Zeit vergangen seit damals«, fuhr Ate fort, als sie verstummt waren. »Ich habe die Zeit mit Rico vergessen.« Sie gähnte. »Es ist besser so. Man muss vergessen können.«

»Das ist ein Satz von Maman«, sagte ich. »Früher hast du dich dagegen gewehrt.«

»Kann sein«, sagte sie, aber ich wusste es ganz genau. Ich wusste noch, wie Maman, einige Zeit nachdem Rico aus Ates und unser aller Leben verschwunden war, einmal zu Ate gesagt hatte: »Du musst das vergessen, Ate.« Und wie Ate mit jener schrillen Stimme, die sie erst später wieder verlor, geantwortet hatte: »Vergessen, ich soll das vergessen? Machst du Witze?«

»Man muss vergessen können«, das war eines von Mamans geflügelten Worten. Sie sagte es zu uns Kindern, wenn wir lange sauer auf etwas waren oder auf sie. Wir hatten oft Grund, auf Maman sauer zu sein. Denn sie war naseweis. Neugierig. Vielleicht auch, aber nicht nur aus ihrer Ängstlichkeit heraus las sie in meinem Tagebuch, weshalb ich mir stets neue Verstecke dafür ausdachte. In Blumenvasen, hinten im Schrank, im Klavierkasten. Sie las auch unsere Briefe. Zum Beispiel meinen Brief an Omar. Omar Sharif war meine erste große Liebe, bevor ich mich in Jungs zum Anfassen aus meiner Umgebung verliebte. Ich schrieb ihm Briefe, die begannen mit »Liebster Omar«. Ich schüttete ihm mein Herz aus. Ich beklagte mich über Maman und ihren Kontrollzwang. Nachdem das mit Ate passiert war, wurde sie noch ängstlicher und kontrollierender als früher. Eines Tages durchstöberte Maman meine Schultasche und fand die Briefe. Empört stellte sie mich zur Rede und drang in mich, wer Omar sei, sie hielt ihn für einen Jungen aus meiner Schule. Sie war über die Maßen beleidigt, dass ich mich bei Omar über sie ausheulte. Sie war schnell beleidigt. Über alles und jedes. Nach Vorfällen, die ich für Lappalien hielt, schaute sie mich tagelang nicht mehr an. Redete nicht mit mir. Als ich ihr an einem ihrer Geburtstage erst mittags, als ich von der Schule kam, gratulierte, schnitt sie mich den ganzen Tag. So wie sie Ate an dem Abend geschnitten hatte, als Severin im Krankenhaus hatte bleiben müssen und Ate gesagt hatte: »Gott sei Dank!« Sie war nachtragend. Sie nahm sich für sich heraus, nachtragend zu sein, während sie von uns Kindern verlangte zu vergessen. Man muss vergessen können.

»Vielleicht hat Vergessen auch sein Gutes«, sagte Ate zu mir und schenkte sich noch einen Schluck Grand Marnier nach. »Vergessen ist genauso eine Fähigkeit, wie es ein Defizit ist.«

Ich warf ihr einen Blick zu. Vergessen hat auch sein Gutes. Woran dachte sie wohl bei diesem Satz? An die Männer, mit denen sie gelebt und die sie überlebt hatte? An ihre Leidensgeschichten, denen sie ausgesetzt war, ohne helfen zu können? An die Beerdigungen ihrer Männer und die Ansprachen, in denen Worte wie »zutiefst« und »trotz allem« vorkamen? Zutiefst betroffen, zutiefst tröstlich, zutiefst sinnvoll. Trotz aller Trauer.

Dachte Ate daran, dass sie gerne länger mit ihren Männern gelebt hätte, anstatt sie zu betrauern? Dass sie gerne Kinder mit ihnen gehabt hätte, die sie nie bekommen hat?

Ich konnte mir schon vorstellen, dass es Dinge in Ates Leben gab, die sie lieber vergessen wollte. Dann hielt ich Maman und ihre Demenz dagegen, die von ganz anderer Dimension war und in der ich keine Fähigkeit mehr sehen konnte.

»Ich finde Mamans Vergessen schrecklich«, sagte ich mit einer Heftigkeit in der Stimme, die mich selbst überraschte.

Ate entgegnete: »Vielleicht kommt es Maman auch entgegen, dass sie vergisst. Vielleicht gibt es Dinge in ihrem Leben, die sie lieber vergessen will.«

»Was denn zum Beispiel?«, fragte ich skeptisch. Die Gleichmut in Ates Stimme ärgerte, ja reizte mich.

»Denk an die Sache mit Günne«, meinte Ate.

Günne, Mutters Bruder, der mit sechs Jahren an Hirnhautentzündung erkrankt war und, kurz bevor er abgeholt und deportiert werden sollte, ganz plötzlich verstarb. Erst spät, als ich schon lange erwachsen war, habe ich meinen Glauben an gnädige Zufälle infrage gestellt. Habe manchmal gegrübelt über die Nacht vor dem Euthanasie-Transport, in der Günne gestorben ist. Ein- oder zweimal habe ich mit Ate und auch mit Severin darüber gesprochen. Genauer nachgeforscht haben wir nie. Haben lieber die Sache im Dunkeln gelassen. Wir hatten den Eindruck, dass Maman nicht darüber reden wollte.

»Du meinst, es hat jemand nachgeholfen, und Maman weiß davon?«, fragte ich Ate.

»Es liegt doch nahe, dass jemand die Hände im Spiel hatte, oder nicht?«

»Und wer soll das gewesen sein?«

Wir schwiegen.

Ate und ich hatten den Ballantine's und den Grand Marnier zurück in die Bar und die Gläser in die Küchenspüle gestellt. Als wir nacheinander die Treppe hinuntergehuscht waren wie früher nach dem Gute-Nacht-Sagen zu unseren Eltern, bevor wir im Flur abbogen, Ate nach rechts, ich nach links, jede in ihr Zimmer, sagte Ate beiläufig und zusammenhanglos: »Ricos Schwester hat den Friseursalon in der Hauptstraße. Den, den früher die Frau Schüssler hatte.«

Ich blieb stehen, wandte mich um.

Aus Severins Zimmer tönte lautes Schnarchen.

Ich fragte: »Woher weißt du das?«

»Hab ich heute Nachmittag gesehen, als wir durch die Stadt gelaufen sind.«

»Du meinst den Friseurladen, wo uns Maman früher immer zum Haareschneiden hingeschickt hat?«

Ate nickte. »Gisela Wilde. So heißt Ricos Schwester. Ihr Name stand auf dem Ladenschild.«

»Was du nicht sagst.« Ich hatte nicht gewusst, dass Rico eine Schwester hatte.

»Kann es sein, dass du dich doch dafür interessierst, was aus Rico geworden ist?«, fragte ich.

»Gute Nacht!«, sagte Ate. »Schlaf gut.«

Dienstag, 1. November 2016, Mittag

Wir sind also noch einmal ausgeschwärmt. Im Schritttempo fahre ich nacheinander alle Straßen des Neubaugebiets ab, das längst keines mehr ist. Die Siedlung auf dem Berg ist gewachsen, seit ich als Mädchen hier mit den Kindern aus der näheren und weiteren Nachbarschaft olympische Spiele und Laternenumzüge veranstaltet habe. Die von Einfamilienhäusern gesäumten Straßen haben sich vervielfacht; als lange Finger greifen sie in die Landschaft, um schließlich in Sackgassen auf freiem Feld zu enden. Dort, wo das liebliche Hügelland mit Äckern, Getreidefeldern und Waldstücken beginnt, ist Maman früher, als ihr Gedächtnis noch so gut funktioniert hat wie ihre Beine, oft spazieren gegangen. Auf einem großen Rundweg, den sie fast jeden Tag gelaufen ist. Um auf andere Gedanken zu kommen, wie sie mir einmal anvertraut hat. Ist sie also vor ihren Gedanken weggelaufen, vor Erinnerungen, die sie verfolgt haben und die sie lieber vergessen hätte? Das habe ich mich damals gefragt und frage es mich an diesem Mittag wieder. *Man muss vergessen können.* Hat Maman den Satz nicht nur zu anderen, sondern wie eine Beschwörung auch zu sich selbst gesagt? Konnte sie in

Wirklichkeit viel weniger gut vergessen, als sie uns mit der gebetsmühlenartigen Wiederholung ihres Satzes glauben machte? Irgendwann wurden ihre Spaziergänge weniger und ihr Vergessen mehr, und ich habe es versäumt, darauf zu achten, ob beides miteinander im Zusammenhang stand. Ob Maman also mit ihrer Demenz einen Fluchtweg aus ihren Gedanken gefunden hat, mit dem sich ihre Wanderungen über die Felder erübrigt haben.

Ich lasse den Peugeot über einen der Wirtschaftswege zwischen Äckern mit Wintergetreide kriechen, die auf eine Art Hochebene führen; ich bin mir ziemlich sicher, dass er zu Mamans Rundweg gehört hat, und halte Ausschau. Ob Maman hier entlanggegangen ist? So gut müsste sie diese Strecke kennen, dass ihre Beine den Weg von alleine finden, selbst wenn sich ihr Kopf nicht mehr erinnert.

Ein paarmal habe ich Maman bei meinen Besuchen in Möckingen auf ihren Spaziergängen begleitet. Anders als Ate kam ich, während ich studierte, regelmäßig nach Hause. Eine Zeit lang war Maman fast eine Freundin für mich. Während wir zusammen ihre Strecke abwanderten, erzählte ich ihr von meinem Dasein in dem Gartenhaus, das ich mir etwas außerhalb von Germersheim gemietet hatte und in dem sie mich ihrerseits manchmal besuchte. Von meinen Vorlesungen in den hässlichen Hörsälen der ehemaligen Kaserne und dem, was ich sonst aus meinem Leben für erzählbar hielt. Von Partys mit hoffnungslosem Frauenüberschuss und dem unfassbaren Glück, das ich zu haben meinte, als ich mit Cornelius einen der wenigen jungen Männer, die sich dorthin verirrten, als Freund abkriegte. An die Möglichkeit, dass es einer aus jener Hälfte sein könnte, die schwul war, verschwendete ich keinen Gedanken, denn der Sex mit Cornelius ließ nichts zu wünschen übrig; verglichen mit dem, den ich bis dahin kennengelernt hatte, war er von einem anderen Stern. Davon erzählte ich Maman allerdings nichts. So wenig wie von den Umständen, die ein paar Jahre später dazu führten, dass meine Ehe mit Cornelius in die Brüche ging.

Stattdessen redeten wir über die Bücher, die wir gelesen hatten. Maman über ihre Lieblinge von Thomas Mann – *Josef und seine Brüder, Felix Krull, Der Zauberberg* und wie sie alle hießen. Ich über *Anna Karenina*, den zwölfhundertseitigen Wälzer von Tolstoi, für den ich mir am liebsten eine Krankheit gewünscht hätte, keine schlimme, aber doch eine, die mich für mehrere Tage ans Bett gefesselt hätte, um das Buch in Ruhe am Stück lesen zu können.

Ich erzählte Maman von meinen unzähligen Reisen, sowohl denen, die ich nach meinem Studium mit Cornelius unternahm, als auch von den späteren als Reiseleiterin. Manchmal hatte ich den Eindruck, dass meine Mutter mich beneidete. Aber auch sie selbst hatte Reiseberichte auf Lager, vor allem solche aus ihrem Lieblingsland Froonkroisch.

Ich bin über den Feldweg, der zu Mamans mutmaßlicher Spazierstrecke gehört, auf die Hochebene gelangt und drossle den Motor. Von hier aus hat man einen guten Rundblick über die Gegend. Gerade als ich aussteigen will, klingelt mein Handy.

Ate, Severin oder Vinz. *Wir haben Maman gefunden.* Oder Rouven. *Entwarnung, Mama! Grandmaman ist wieder da, sie ist gerade zur Tür hereinspaziert.*

Aber nein. ER ruft an. In meinem Schlaf heute Nacht war ER die ganze Zeit dabei. Die Ereignisse seit dem Morgen haben ihn aus meinen Gedanken vertrieben, jetzt ist er wieder da. Mein Herz klopft. Regungslos starre ich auf den Namen auf dem Display, ohne dranzugehen. Schließlich wird das Display schwarz. Kurz darauf meldet das Handy den Eingang einer Sprachnachricht auf der Mailbox, die ich nicht abhöre. Ich stecke es weg und steige aus.

Der Wind pfeift hier oben ganz schön. Ich stecke die Fäuste in die Taschen meines Anoraks und bohre mit der Schuhspitze in dem Dreck, der, von Traktoren festgefahren, auf dem Weg klebt. Zwei Hasen nicht weit von mir entfernt auf dem Acker sind beim Knall der ins Schloss fallenden Autotür in Bewegung geraten, schlagen Haken und rasen davon. Schon früher, wenn ich mit Maman hier gegangen bin, haben Feldhasen unseren Weg gekreuzt, manchmal ein Reh.

Ich lasse den Blick schweifen. Die Wolken über den weichgezeichneten braunen Feldern ziehen schnell, als flüchteten sie. Ich friere. Ich bin ganz allein. Keine Spur von irgendjemandem, weder nah noch fern, keine Spur von Maman. Auf einmal halte ich es für unmöglich, dass sie sich auf ihren alten Spazierweg begeben oder es auch nur gewollt hat. Wenn es stimmt, dass Demente einen Hinlauf-Drang haben, um etwas zu erledigen, dann hat Maman auch gar keinen Grund gehabt, sich ausgerechnet auf den Weg in die Felder zu machen, denn hierher ging sie immer nur, um ihren Erinnerungen zu entfliehen.

Ich steige wieder ein und wende den Wagen. Auf dem Rückweg zur Villa Fröhlich schalte ich das Radio ein.

Nachrichten. Die Vierzehn-Uhr-Nachrichten der *Flimser Welle*, eines Regionalsenders. Eine Frauenstimme, hoch und hastig, unterlegt mit Unterhaltungsmusik, präsentiert Schlagzeilen, als moderiere sie ein Aerobic-Programm und animiere zum Mitmachen. »Nach dem erneuten starken Erdbeben in Norcia am 30. Oktober gibt es viele Obdachlose. Die Schäden sind viel gravierender als bisher angenommen. Sogar in Rom wurden Risse in historischen Bauwerken festgestellt.«

Die Erdstöße in Mittelitalien beschäftigen *Flying Carpet*, das Reiseunternehmen, für das ich arbeite, schon seit August, wir mussten sogar einige Exkursionsangebote canceln. Dennoch höre ich der Puppenstimme im Radio nur unaufmerksam zu. Ich kann diese Sprecherinnen, die im Plauderton Katastrophen bekannt geben, nicht leiden. Viel Neues gibt es an diesem Feiertag eh nicht. Ein Bundeswehr-Tornado muss im Nordirak landen, in Amerika sind die Republikaner mit der Wahl ihres Kandidaten nicht mehr zufrieden, und im Fußball kommt Sankt Pauli gegen Nürnberg nicht aus dem Keller. Rasch zoomt die Nachrichten-Mickymaus auf den neuesten Klatsch in der Region: Der mutmaßliche Mörder eines Rentnerehepaars in Lukenhard, einem Nachbarort von Möckingen, hatte es offenbar auf deren Bargeld in Höhe von mehreren 100 000 Euro abgesehen.

Schließlich – am Schluss – eine Ansage: »Die Polizei bittet um Ihre Mithilfe. Am Morgen ist eine ältere Frau auf der Möckinger Straße beim Überqueren der Fahrbahn von einem Auto erfasst und schwer verletzt worden. Die Identität der Verletzten konnte bislang nicht ermittelt werden. Sie wird auf etwa achtzig geschätzt, ist Brillenträgerin und machte einen desorientierten Eindruck. Hinweise aus der Bevölkerung nimmt jede Polizeidienststelle entgegen. Und nun zum Wetter …«

Ich bremse scharf. Drossle den Motor, schneide der Radiostimme das Wort ab. In der plötzlichen Stille höre ich mein Herz schlagen. Wie eine Urwaldtrommel. Panik steigt in mir auf.

Die Möckinger Straße streift unsere Siedlung; keine fünfhundert Meter von der Villa Fröhlich entfernt führt sie unterhalb des Hangs entlang und als Verbindungsstraße vom Neubaugebiet direkt in den Ort. Vielbefahren ist sie zu fast jeder Tageszeit. Aber heute an Allerheiligen?

Ich lasse den Kopf auf das Lenkrad sinken. Kann es sein, dass Maman in ein Auto gelaufen und nun schwerverletzt ist? Das ist doch ein böser Traum, ein Albtraum, oder?

Maman, liebe Maman, was machst du für Sachen?

Samstag, 29. Oktober 2016

I

Beim Aufwachen fühlte ich mich einsam. Ich hatte geträumt. Während mich in meinem Schlaf zu Hause meist nur meine letzten Reisen verfolgen (auf Reisen selbst träume ich selten oder nie), war dieser Traum anders. Er handelte von Martin. Von meinem alten Leben, das ich schon lange nicht mehr führte. So lange, dass ich die Trauer darum für überwunden hielt. Früher hatte ich viel Übung darin, um Verlorengegangenes nicht zu trauern, und tat es, als Martin und ich uns getrennt hatten, zum ersten Mal. Ich weiß nicht, ob ich um mich, um Martin oder unsere Dreisamkeit zusammen mit Rouven trauerte.

An diesem Samstagmorgen blieb ich eine Weile im Bett liegen und dachte an Martin. An die Art, wie er sich morgens rasierte, mit so einem reservierten Blick in den Spiegel, als hätte er einen Gegner vor sich, mit dem er eigentlich nichts zu tun haben wollte, sich aber dennoch auseinandersetzen musste, und das, ohne vorher gefrühstückt zu haben.

Ich erinnerte mich an sein Kichern, wenn er neben mir im Bett lag, wir beide lasen und er etwas lustig fand. Manchmal lag Rouven zwischen uns, ein Otfried-

Preußler-Buch zwischen seinen Kinderfingern und genau dem gleichen amüsierten Kichern in der Kehle. Rouven und sein Vater kicherten damals viel, allein und miteinander, und manchmal kicherte ich mit. Wenn auf einem Fest »Marmor, Stein und Eisen bricht« angestimmt wurde, schmetterten wir beim Refrain statt »Wir sind uns treu« »Wir sind uns drei« und fühlten uns auch so – unzertrennlich wie die Trinität. Aber es blieb nicht so, eines Tages ging es eben doch auseinander, und so war es nun schon lange.

Als Martin und ich uns trennten, konnten wir es niemandem erklären, und niemand konnte es verstehen. Alle fanden es schade. Sie fanden es schade, für Rouven, für uns beide und für sich selbst. Wir hatten so gut zusammen ins Leben gepasst, in unser eigenes, in das der anderen, als Familie, als Paar. Auch Maman war voll des Bedauerns. Martin war ihr Lieblingsschwiegersohn; er kam gleich nach Severin, ihrem Lieblingssohn; später, mit Rouvens Geburt, fiel er zurück auf Platz drei.

Scheidungen waren in Mamans Leben nicht vorgesehen, und bei mir war es schon die zweite. Ich hätte mir gern bewiesen, dass ich ehetauglich, familientauglich war; ich hätte es auch gern Maman bewiesen, zuallererst ihr, die schon eine weit längere Zeit ihres Daseins mit Paps und ihren Kindern teilte, als ich am Leben war. Es behagte mir nicht, dass ich sie in diesem Leben, in dem ständig etwas wegbrach, mehr brauchte, als ich sie früher als Kind gebraucht hatte. »Maman, *Flying Carpets* hat mir eine Extratour nach Sizilien aufgebrummt, was mache ich mit Rouven?« – »Maman, der Pickel in meinem Gesicht ist weißer Hautkrebs, ich muss in die Klinik, Rouven ist allein, kannst du kommen?« Und Maman kam. Sie war es, die mir geraten hatte, die renitente Pustel zwischen Unterlippe und Kinn, die immer wieder aufplatzte, untersuchen zu lassen. Ich hatte mir lange nichts daraus gemacht, ich war robust oder hielt mich dafür, bei mir war immer alles geheilt, körperliche und auch seelische Blessuren, die Brustentzündung nach Rouvens Geburt, die postnatale Depression und lange Jahre zuvor mein Weltbild, das nach dem Sommer 1976 Risse und Sprünge bekommen hatte. Ich hatte ein dickes Fell, ich war Ida mit Elefantenhaut, sagte Maman immer. Damals in der Klinik zog mich der Chirurg vor einen Spiegel und malte mit Kugelschreiber einen Kreis von der Größe eines Ein-Euro-Stücks rund um das Basaliom; alles innerhalb der Markierung müsse weg, eröffnete er mir. Ich wurde blass und fragte mit zittriger Stimme, ob ich danach noch ein Gesicht hätte. Der Chirurg lachte polternd und meinte, das wollen wir doch hoffen. Ich hoffte es also, ohne daran zu glauben, und als ich nach der OP wieder vor dem Spiegel stand, glaubte ich es noch viel weniger. Als hätte mich mein Zuhälter verdroschen, dachte ich und sprach es nicht aus, weil die mit einer Naht zusammengezogene Haut unter der Lippe beim Reden unerträglich spannte. Ebenso wie beim Weinen, weshalb ich auch das Heulen sein ließ, obwohl mir danach zumute war. Heute ist da, wo der weiße Hautkrebs war und später längere Zeit eine gerötete Stelle, nur noch eine winzige Kerbe.

Während ich noch im Bett lag, dachte ich an den Tattoo-Mann, dessen Namen ich nicht wusste und der mich für den Abend eingeladen hatte. Mein Chirurg von ehemals hat recht behalten: Ich habe noch ein Gesicht, und zwar eines, das trotz Narbe noch oder wieder etwas hermacht, sonst hätte mir der Namenlose nicht zugerufen, dass er mich hübsch finde. Vielleicht war ich aber auch einfach zu weit weg gewesen. Ob er es immer noch finden würde, wenn wir uns gegenüberstehen, vielleicht zusammen an einem Tisch in einem Jazzkeller sitzen würden? Falls das Date überhaupt zustande käme.

Auf meinem Handy war eine SMS von Rouven. Abends zuvor war er zu Sara nach Köln gefahren. »Hallo liebe Mama«, schrieb Rouven, wie immer mit dieser verbindlichen Wendung, nie schreibt er nur »Hallo Mama« oder ganz ohne Anrede. »Hallo liebe Mama«, las ich, »bin gut angekommen, wir waren noch in der Altstadt, es ist spät geworden. Grüße an alle, wie geht es Großvater? Und Grandmaman?« Ich freute mich über Rouvens Nachricht, die mehr war als seine Lebenszeichen, auf die er sich eine Zeit lang beschränkt hatte und über die ich dankbar gewesen war. Jetzt war ich dankbar über Rouvens Mitteilsamkeit und seine Fragen. Dankbar, dass er es nicht mehr nötig hatte, mir vorzuenthalten, wo er sich aufhielt. Die »Das-geht-dich-nichts-an-Zeit« ist vorbei. Rouven und ich haben ein entspanntes Verhältnis, das noch entspannter geworden ist, seit er am Theater arbeitet. Nach dem Abitur hat er lange herumgesucht, dies und das probiert und wieder sein lassen. Nichts schien das Richtige, und ich habe schon Angst gehabt, das Zaudern meines Sohnes sei eine Unfähigkeit, sich festzulegen und etwas zu Ende zu bringen, mit der er mir, seiner Mutter, den Spiegel vorhielte. Denn auch ich mache Dinge nicht fertig, meine Ehen zum Beispiel, unter die ich vorzeitig einen Schlussstrich gezogen habe, anstatt nach dem Vorbild unserer Eltern weiterzumachen bis zum natürlichen Finale, Scheidung durch Tod.

Fertig machte ich meine Morgentoilette und ging dann nach oben. Dort empfing mich die gleiche Szenerie wie am Vortag. Vinz saß mit Maman am Frühstückstisch. Severin hantierte in der Küche, ich hörte das metallene Hüsteln des alten Toasters, wenn er geröstete Brotscheiben ausspuckte.

Maman trug immer noch dieselben Kleider.

Ich schnupperte an ihr. »Das riecht nicht mehr gut, Maman.«

»Simbel feist«, sagte Maman. »Badel Dingswurm riechelgut.«

»Ein Badel wär nicht schlecht für riechelgut«, sagte Vinz. Er teilte ein Croissant auf Mamans Teller in mundgerechte Happen.

»Keine Ahnung, wie der Papst das hinkriegt, dass Maman sich ab und zu aus ihren alten Klamotten schält, wäscht und frische Sachen anzieht«, brummte Vinz. Severin kam aus der Küche und stellte den uralten Brotkorb mit goldbraunen, duftenden Toastscheiben auf den Tisch.

»Ich werde nachher mit Maman duschen«, verkündete ich.

Vinz und Severin widersprachen nicht.

»Es geht ein Bi-Ba-Bademann«, sang Maman, »in unserm Kreis herum.«

»Es ist eine Badefrau«, eröffnete ich Maman, »nach dem Frühstück bist du dran. Dann machen wir beide eine Badesession. Einen frisch-fröhlichen Hamam.«

»Hamham«, machte Maman, »hab Hunger.«

»Dann iss dein Croissant«, sagte Vinz freundlich, »Kirschkonfitüre, die magst du doch!«

Ate erschien. Schon früher als Kind war sie immer die Letzte am Frühstückstisch – mit Ringen unter den Augen und miesepetrigem Gesicht, als fände sie es unverzeihlich, dass die Nacht sich aus dem Staub gemacht hatte, bevor sie ausgeschlafen war. Ate setzte sich auf den Platz von Paps, schenkte sich Kaffee ein und nahm einen seufzenden Schluck.

»Danke fürs Frühstück-Machen«, sagte sie zu ihrem Teller.

»Bitte sehr«, antworteten Severin und Vinz unisono.

»Eigentlich habe ich gar keinen Hunger«, sagte Severin.

»Kein Wunder«, tönte Vinz, »das kommt davon, wenn man morgens um vier den Kühlschrank plündert.«

Ate und ich hoben fragend die Augenbrauen, eine Angewohnheit, die wir von Paps geerbt haben. Wir erfuhren, dass sich Vinz und Severin am Kühlschrank getroffen hatten, zwei Stunden nachdem Ate und ich uns an der Bar begegnet waren. Meine Schwester und ich lächelten uns an. Auch wenn es nichts zu verheimlichen gab, erzählten wir nichts von unserem nächtlichen Rendezvous.

»Ich habe«, sagte Severin, und die Kunstpause, die er einlegte, machte den Satz, der folgte, zu einer Beichte, einem Geständnis, »ich habe heute Nacht eine halbe Ringsalami und zwei hart gekochte Eier gefuttert.«

»Sagt Severin, der Veganer«, spöttelte Vinz.

»Lass Günter in Ruhe«, rügte ihn Maman, »du weißt doch, dass er krank ist.«

»Günter?« Vinz runzelte die Stirn.

Maman zeigte auf Severin. »Günter, mein lieber Bruder. Hast du keinerlei Augen im Kopfstand?«

Wir tauschten einen Blick. Als wir Kinder gewesen waren, hatte Maman manchmal betont, wie sehr ihr älterer Sohn ihrem Bruder gleiche; mit ihm verwechselt hatte sie ihn nie.

»Severin, dein lieber Sohn«, sagte Vinz sanft.

»Severin?«, fragte sie. Wir konnten sehen, wie es hinter ihrer Stirn arbeitete. »Ach, ja.«

»Rouven lässt euch grüßen«, sagte ich rasch, »er ist in Köln bei seiner Freundin.«

»Rouven«, sagte Maman, »heißt so mein lieber Mann?«

»Nein, Maman, dein lieber Enkelsohn.«

»Enkelsohn«, Maman sprach das Wort tastend aus wie ein Fremdwort. »Enkelsohn – kenne ich nicht.«

»Ich zeige dir nachher ein Foto von Rouven«, versprach ich, »dann wirst du dich erinnern.«

Ate wollte wissen, was Rouven beruflich mache, und ich sagte: »Mediengestalter am Theater.«

Als Ate ratlos guckte, erklärte ich: »Er produziert Videos als Teil des Bühnenbildes. Vor Kurzem hat ihn der Intendant nach einer Premiere zusammen mit den Schauspielern nach vorne gerufen und für seine Arbeit gelobt ...« Ich unterbrach mich. Ich kann Mütter nicht leiden, die ihre Söhne vergöttern und jeden Pups, den sie lassen, für einen Geniestreich halten. Aber ich konnte meinen Stolz auf Rouven, der mit dem von ihm gewählten Ausbildungsgang endlich das Metier gefunden hat, das ihm auf den Leib projiziert ist, nur schwer verhehlen. Rouven genießt vielleicht nicht gerade meine Anbetung, aber doch Ehrfurcht angesichts der großen Geräte, die er bedient. »Was du alles kannst«, staunte ich, als ich einmal ganz zu Anfang eine Theateraufführung besuchte, bei der er mit dem Spotlight, genannt Verfolger, aus dem Stellwerk hoch oben im Theaterraum die Bühne ausleuchtete. Auf einmal gab es viele Dinge, die Rouven besser konnte als ich. Bis dahin hatte er mich vor allem im Kochen ausgestochen, worin er nichts Besonderes und schon gar keine Kunst sah, kochen, sagte er, das kann doch jeder. »Ich nicht«, erwiderte ich, »ich kann nur essen.«

In jener Zeit, als Rouven im Theater »beim Licht« arbeitete und spät nach Hause kam, aßen wir oft mitten in der Nacht, Erdbeerkuchen, manchmal Spaghetti oder Toast Hawaii, und Rouven strahlte glückselig: »Was für ein Leben! Genau meine Kragenweite! Tagsüber frei, abends arbeiten, dann in die Bar und später schlafen bis in die Puppen! Und dabei noch Geld verdienen. Ein Studentenleben ist nichts dagegen.«

Und ich dachte, vielleicht ist Herumprobieren und Aufhören vor der Zeit weniger ein Unvermögen als ein

Ausdruck der Tatsache, dass man noch nicht das Richtige gefunden hat. Und fragte mich, ob das dann auch für mich galt. Und welche Frist mir noch blieb, um beim Richtigen zu landen. Beim Richtigen – Maskulinum wohlgemerkt.

2

»Niemand hat mich informiert«, sagte Maman störrisch. »So weit kommt es noch, dass jemand mich duscht, ich bin doch kein kleines Kind.« Sie klang fast wie früher, wenn ihr jemand blöd kam. Sie könne das allein, sagte sie.

»Also gut, mach«, forderte ich sie auf. »Leg deine Kleider ab.«

Maman machte kehrt und schickte sich an, das Badezimmer, in das ich sie gerade gelotst hatte, wieder zu verlassen.

»Ich dachte, du wolltest duschen«, sagte ich.

»Nur du wolltest das, Idamaus«, stellte Maman richtig. »J'ai pas envie. Pas du tout.«

»Alle Menschen duschen, die meisten täglich«, versuchte ich es.

»Du auch?«, fragte sie mit großen Augen.

»Ja, Mami, ich auch.«

»Oh, Idamaus«, Mamans Gesicht nahm einen mitleidigen Ausdruck an, »was bist du für ein armes Menschelchen, dass du jeden Tag duscheln musst.«

»Als wir Kinder waren, hast du uns genau das eingeprägt.«

»Ich?« Sie war die Entrüstung selbst. »Nicht fürwahr. Keinstens. Das ist doch allerhand!«

»Doch, Maman. ›Ab und zu muss der Mensch eine Grundreinigung an sich vornehmen.‹ Deine Worte, als Severin in die Pubertät kam und zu muffeln anfing.«

»Muffeln? Menschen muffeln doch nicht. Kein Severin muffelt. Bettzeug muffelt oder … Motten.«

»Motten?«

»Klamotten.«

»Wenn ungewaschene Menschen drinstecken, tun sie das erst recht. – Komm, Mami! Ich bitte dich. Lass uns duschen.«

»Ich will nicht!« Sie streckte die Nase in die Luft. »Duschen ist doof. Muffelzeug.«

»Duschen ist schön«, widersprach ich. »Warmes Wasser, Duschgel und hinterher ein buntes Badehandtuch. Komm, Maman, ich helfe dir beim Ausziehen.«

Wider Erwarten ließ sie es zu, dass ich ihr den Pulli und ihr weißes Schiesser-Unterhemd über den Kopf zog und die Knoten ihrer beiden Halstücher löste. Freiwillig stieg sie schließlich aus ihrer Hose und ihrem Schlüpfer mit der Windel, die wie geringelte Schlangenhäute unter ihr liegen blieben. »Und jetzt?«, fragte sie ratlos.

»Die Strümpfe noch«, sagte ich.

Während Maman sich bückte und die Strümpfe abstreifte, legte ich rasch ebenfalls meine Kleider ab, und dann standen meine Mutter und ich einander im Evakostüm gegenüber.

Eine Premiere. Tatsächlich sah ich an diesem Morgen Maman zum ersten Mal im Leben nackt. Ate, Severin, ich und wahrscheinlich selbst der viel jüngere Vinz gehörten zu der Generation, für die der Anblick unbekleideter Eltern tabu war. Als Kind hatte ich meine Mutter eines Abends, als ich zum Gute-Nacht-Sagen ins Wohnzimmer gekommen war, dabei ertappt, wie sie ihren Pullover hochgezogen hatte, um meinen Vater irgendetwas begutachten zu lassen, einen Ausschlag, einen Mückenstich? Für den Bruchteil einer Sekunde war mein Blick auf einen Wulst nackter Haut zwischen Brust und Bauch gefallen, ehe meine Mutter, mich gewahrend, aufgeschreckt und eilfertig den Pullover wieder heruntergezogen hatte. Mehr Nacktheit als dieses Stück Haut hatte ich von Maman, abgesehen von ihrem Gesicht und ihren Extremitäten, nie gesehen. Der Anblick von Mamans Körper dort im Bad war mir fremd; es war mir fremd, auf ihre langen, nutzlos gewordenen Brüste mit oblatengroßen Brustwarzen zu blicken, auf den schlaffen Bauch, die weißen Schenkel, ohne das beschönigende Nylon, die gnädige Baumwolle, die sie normalerweise umhüllten und in eine Form brachten. Ich wünschte mir, Maman wäre für diese meine Begegnung mit ihrem Körper nicht fünfundachtzig geworden. Ich war mir nicht sicher, ob ich mit diesem aus den Fugen gegangenen Fleisch, das sich in keine Proportionen mehr fügte, sondern wie Pudding lief, wohin es wollte, noch Bekanntschaft machen mochte.

Aber, rief ich mich zur Ordnung, erstens ist das egal, und zweitens habe ich eh keine Wahl, lasst uns also duschen! Doch das war leichter gesagt als getan. Zusammen mit mir, ihrer Tochter, kriegte Maman in der engen Duschkabine Platzangst. Ich ließ Duschgel auf

Mamans weißen Bauch tropfen und versuchte sie zu bewegen, sich einzuseifen. Sie wollte nicht. Sie wehrte sich, als ich ihre Haut berührte, um den Schaum auf ihr zu verteilen. Schlimm wurde es, als ich ihr das Haar zu waschen versuchte. Wir fochten ein Handgemenge unter der Dusche aus. Wir führten einen unerbittlichen schweigsamen Ringkampf unter dem warmen rieselnden Regen. Mamans Geduldsfaden riss als Erster. Sie biss nach mir.

»Aua!« Ich schüttelte sie. Sie fing laut und theatralisch an zu weinen.

Severin klopfte an die Badezimmertür. »Klingt ganz und gar nach frisch-fröhlichem Hamam!«, rief er. »Alles in Ordnung mit euch beiden? Prügelt ihr euch? Sagt Bescheid, bevor es Tote gibt.«

Eine Stichflamme von Zorn schoss in mir hoch. Eigentlich wäre es an Severin, Mamans Lieblingssohn, hier Dompteur zu spielen, dachte ich, ehe ich keifte: »Bescheid geben, bevor es Tote gibt? Ich hoffe, ich komme noch dazu, Maman ist gefährlich.«

Mamans Weinen verstummte auf der Stelle. »Was bin ich?«, schrillte sie. »Das ist doch allerhand!«

Ich drehte die Brause ab. »Komm raus«, sagte ich, »abtrocknen!«

»J'ai pas envie. Pas du tout.« Maman bockte. Spuckte nach mir. Traktierte mich mit allen Schimpfworten, die ihr einfielen. Angesichts ihrer Demenz waren es erstaunlich viele. Ich ließ Maman in der Duschkabine stehen, stieg selbst aus und rubbelte mich mit einem feuerroten Badetuch ab.

»Und ich?«, fragte sie beleidigt.

»Komm raus«, sagte ich. Sie tat, als verstünde sie mich nicht. Stimmte wieder ihr theatralisches Weinen an. Ihr Bibbern und Schnattern war dagegen echt und trieb sie schließlich doch aus der Kabine. Ich wickelte sie in ein Badehandtuch.

Mein Gott, ging es mir durch den Kopf, wie schaffen es Pflegekräfte, an Menschen wie Maman Tag für Tag so etwas wie Hygiene walten zu lassen? An greisen Frauen und Männern, mit denen sie weder verwandt noch befreundet sind, mit denen sie nichts verbindet außer der Pflicht, ihrem Job nachzukommen? Was für ein Glück, dass ich in einem Beruf gelandet bin, in dem ich keine Windeln wechseln, keine Hintern abwischen muss, noch nicht einmal Nasen oder den Mund; dass ich eine Arbeit habe, in der ich Menschen mit nichts anderem berühren muss als mit meinem Blick, mit Wörtern oder einem Lachen.

Ich nahm eine neue Garnitur Schiesser-Unterwäsche für Maman aus dem Schlafzimmerschrank, dazu eine maigrüne Bluse, die sie schon länger nicht mehr getragen hatte, und eine Hose in Dunkelgrün.

»Schick siehst du aus«, sagte ich versöhnlich, als Maman endlich fertig angezogen war. Sie überhörte es.

»Wo sind meine Pa…rasiten?«, fragte sie.

»Deine was?«

»Meine Haus…stöpsel?«

»Ich weiß nicht, was du meinst, Maman.« Es tut mir immer leid, wenn ich diesen Satz sagen muss, weil Mamans Defizit dadurch an Schärfe gewinnt, nicht nur für mich, sondern auch für sie selbst.

»Meine Haus…sch…, Haus…sch…, meine Haus-Scheiße!«

Ich hörte die Verzweiflung in ihrer Stimme. Früher hätte Maman nie im Leben Scheiße gesagt, das war ein Wort, das sie ebenso mied wie schlechte Gerüche und Menschen, die sie für Versager und Tunichtgute hielt.

Bei mir fiel endlich der Groschen. »Hausschuhe?«, riet ich. »Pantoffeln?«

Die Pantoffeln standen noch im Bad.

Ich stellte sie vor Maman hin und reichte ihr eine Bürste. »Hier, Mami. Magst du dich kämmen?«

Sie schüttelte den Kopf. »Mach du«, sagte sie, »ich krieg das nicht hingegondelt, nicht hinondulurt.«

Als ich die Bürste durch Mamans dünnes Haar gezogen und es geföhnt hatte, sagte sie, ihr sei schwindelig. Sie wollte sich hinlegen. Sie zog die Pantoffeln, in die sie eben erst geschlüpft war, wieder aus und legte sich auf ihr Bett. Ich blieb einen Moment bei ihr stehen, schaute auf sie hinunter. Sie deutete an die Decke.

»Wie viele Personen passen dort oben in den Kreis?«

Mein Blick folgte ihrem. Ich sah keinen Kreis.

Ich zuckte die Schultern. Überlegte.

»Vielleicht vier. Oder fünf.«

»Zehn«, sagte sie.

3

Nach dem Nahkampf mit Maman unter der Dusche hätte ich mich am liebsten wie sie wieder hingelegt. Stattdessen trat ich auf den Balkon wie am Morgen zuvor. Die Sonne ließ die Birken in intensivem Gelb flammen, während der Goldton von Paps' alter Buche über Nacht rostig geworden war. Zwei Falter hatten vergessen, rechtzeitig vor dem Winter zu sterben, und torkelten wie besoffen durch die kalte Luft des drittletzten Oktobertages. Irgendwo in einer der Nachbarvillen schrie ein Baby. Ich hörte es, obwohl die Häuser hier weit auseinanderstanden, Anwesen, Burgen mit bunten Gewändern ausladender Gärten um sich herum. Paps war einer der Ersten gewesen, der hier gebaut hatte; auf einem Grundstück voller Obstbäume hatte er »sein« Haus entworfen. Die Villa Fröhlich war seit jeher Paps' Haus: Er zeichnete damals die Pläne, hielt Konferenzen mit dem Architekten ab, wählte die Baufirmen aus; er richtete das Wohnzimmer nach seinem Geschmack ein, das fast so groß war wie die Einliegerwohnung im hinteren Teil des Untergeschosses, die wir nur zum Saunieren betraten. Paps überließ es Maman, mit säumigen Handwerkern zu streiten und später alles sauber zu halten, die Bücherregale, die Vitrinen mit Meißner Porzellan, mit Figuren aus Holz und Marmor, Tänzerinnen und Tiere, Narren und Nixen. Maman war ihrem Mann treu ergeben, bewunderte ihn und die Dinge, für die er eine Vorliebe hegte, und schenkte ihnen ebenso liebevolle Pflege wie ihren Kindern, als sie klein gewesen waren. Wir Kinder schoben uns mit eingeschränktem Interesse und hochgezogenen Schultern an den vielen musealen Gegenständen vorbei, immer bemüht, ja nirgends dagegenzustoßen und etwas kaputt zu machen.

Seit ich erwachsen bin, kann ich Paps' Freude an schönen Dingen besser nachfühlen, auch wenn sich sein und mein Geschmack höchstens peripher gleichen. Handbemalte Blumentöpfe, Muranoglas, Masken, Geschirr, farbige gewebte Kissen und Quilts, bunte Tiere aus Pappmaché oder Metall – oft platzt meine Tasche nach einer Reise aus allen Nähten. Am besten sind Mitbringsel, die vergänglich sind: Weißwürste vom Münchner Viktualienmarkt, Mandeln aus Avola, Fenchellikör und Schokolade aus Modica, Kaffee und Früchte aus San José, Quito und Bogotá.

Ate trat zu mir auf den Balkon und zündete sich eine Zigarette an.

»Schau mal, da drüben«, sagte sie und deutete auf einen tiefblauen Heißluftballon, der auf den Feldern jenseits der Flims zur Landung ansetzte. Gemeinsam beobachteten wir, wie der Ballon herunterging, begleitet von tiefen Schnaufern.

»Drachenatem«, meinte Ate. Tatsächlich hatte der

Ballon in seiner Größe etwas von einem Fabeltier oder einem UFO, er wirkte ebenso archaisch wie hypermodern. Für seine irdische Herkunft sprach nur der Werbeschriftzug für eine Sektmarke.

»Ich bin mal mitgefahren in einem«, erzählte Ate, »zusammen mit Rico. Wir sind da unten spazieren gegangen, und es waren noch Plätze frei. Der Steuermann hat uns eingeladen.«

»Wirklich?«, fragte ich neugierig. »Wie war es?« Ich, die Globetrotterin, die Weltenbummlerin, die alte Reisetante, bin noch nie im Leben in der Gondel eines Heißluftballons durch die Lüfte geglitten.

»Ruhig«, sagte Ate, »man hatte tatsächlich das Gefühl, man reiste mit einem Wundertier, das nur ab und zu Luft holen muss. Wir konnten unser Haus von oben sehen, und alles, was darin war an Stress und Streit, war plötzlich nichtig und klein. Wie in dem Lied von Reinhard Mey.« Sie lächelte mir zu; dann suchte sie das Gelände der Schrebergärten mit den Augen ab und sagte wie zu sich selbst: »Ob es das Gartenhaus noch gibt? Ach, sicher nicht mehr, es ist zu lange her ...« Sie inhalierte und blickte ins Leere.

Woran denkst du?, hätte ich sie am liebsten gefragt. Ich wusste, dass sie Rico dort im Gartenhaus nähergekommen war oder vielmehr er ihr. Severin erzählte es mir einmal, bei einem Geburtstag, es war noch nicht lange her.

4

Rico war einer der Jugendlichen, die sich damals im Gartenhaus an der Flims trafen, in dem auch Severin verkehrte. Es gab mehr Jungs als Mädchen. Alle zwischen fünfzehn und zwanzig.

Rico interessierte sich für Ate. Ate war hübsch, ihr schmales Gesicht apart mit einer feinen Nase und hohen Wangenknochen. Schön geformte dunkle Brauen standen über ausdrucksvollen Augen und bildeten einen erstaunlichen Kontrast zu Ates hellem Haar, das ihr in langen Locken auf die Schultern fiel. Manchmal trug sie es zusammengefasst zu einem Knoten oder als Zopf. Rico kannte Ate aus der Schule. Ehe er sitzenblieb, ging er in Ates Parallelklasse und seither mit Severin in die Obersekunda. Rico war nicht der Einzige, dem Ate gefiel, und er wusste es.

»Du hast doch eine Schwester«, sagte er eines Tages zu Severin.

»Das ist nicht korrekt«, hustete Severin durch den Nebel aus Zigarettenrauch. »Ich habe zwei Schwestern.«

»Ich meine die große. Die andere ist ja noch ein Baby. – Sie ist süß, deine Schwester«, sagte Rico. »Wie heißt sie noch?«

»Meinst du Ate?«, fragte Severin.

»Warum bringst du sie nicht mal mit?«, schlug Rico vor.

»Ich glaube, sie steht nicht so auf das hier«, Severin umfasste »das hier«, das schmuddelige Ambiente des Gartenhauses, mit einem Blick.

»Schade«, sagte Rico, »weil – ich steh auf deine Schwester.« Nach diesem Bekenntnis lächelte er ein bisschen verlegen. Er war, auch wenn sein Nachname es nahelegte, kein Draufgänger.

»Na ja«, sagte Severin.

»Bring sie mal mit, ja?«

»Was willst du von ihr?«

»Ich will nur mit ihr reden«, sagte Rico. »Ein bisschen mit ihr flirten. Maximal. Ehrenwort.«

Severin kriegte Ate tatsächlich rum und schleppte sie im Gartenhaus an, sehr zu Ricos Entzücken. Rico redete mit ihr, flirtete ein bisschen mit ihr, und bald flirtete er ein bisschen mehr als nur ein bisschen mit ihr. Er vergaß sein maximales Ehrenwort, drehte sich einen Joint und legte den Arm um Ate.

Ich wusste nicht genau, was Ate so sehr an ihm gefiel, dass sie sich in ihn verliebte. Vielleicht, dass er ein wenig so aussah wie Barry Gibb von den Bee Gees, deren Poster sie in ihrem Zimmer hängen hatte und deren Musik sie manchmal hörte.

5

»Was hat dir eigentlich an ihm gefallen damals?«, fragte ich Ate, während wir draußen auf dem Balkon standen.

»An Rico? Er sah gut aus«, sagte Ate, »aber das war es nicht allein.« Sie überlegte. »Mit Rico war alles anders als mit anderen Jungs. Das Leben bekam Farbe mit ihm. Ich habe alles Mögliche von ihm gelernt in der kurzen Zeit, in der wir zusammen waren. Andere Dinge als die, die Maman und Paps uns beigebracht haben. Rico war das, was unsere Eltern ›gegen alles‹ nannten. Aber er war nicht gegen alles. Nur gegen Scheinmoral und Bigotterie. Gegen die Anmaßung der Wohlstandsbürger. Sein Vater war ein alter Nazi, und Rico lehnte sich gegen all das auf, was er hochhielt, Zucht und Ordnung, Züchtigungen und Schläge. Er war ein warmer Mensch, ein guter. Sensibel und romantisch.« Sie lächelte vor sich hin. »Er hat mich Bea genannt. Ich wollte immer einen Namen haben, der weiblich klang. Einen, der, statt mit einem A anzufangen, mit einem A endete, so wie deiner.« Sie wandte mir ihr Gesicht zu und schloss: »Auch wenn du es nicht glaubst, ich habe bei Rico mehr Wärme gespürt als bei Maman und Paps.«

»Ich glaube dir«, sagte ich. Ich wusste, was Ate meinte.

Auch wenn unsere Eltern keine kühlen Menschen sind, so waren sie damals wohl zu sehr mit Lebenssicherung beschäftigt, ihrer und unserer, sie liefen im Hamsterrad von Arbeit (Paps) und dem, was man Erziehung nennt (Maman). Sie mussten ihr Haus abbezahlen und wollten uns, ihren Kindern, eine gute Ausbildung ermöglichen, aus uns sollte »was werden«, das war eine ihrer gängigen Redewendungen. Insbesondere Maman war bemüht, alles Hindernde aus dem Weg zu räumen, und scheute dafür weder Mittel noch Wege. Sie wurde vorstellig bei Lehrerinnen und Lehrern, wenn wir ungerecht benotet worden waren, war häufiger Gast im Lehrerzimmer des Gymnasiums, sie mischte sich überall ein, nicht immer zur Freude von uns Kindern. Das, was Ate Wärme nannte, blieb bei all dem Rödeln und Rudern manchmal wohl einfach auf der Strecke.

Mein Handy zirpte. Am Abend zuvor hatte ich mir einen neuen Klingelton heruntergeladen, einen Titel von ABBA, »Ring Ring«.

Ate drückte ihre Zigarette aus.

»Hallo?«, fragte ich.

»Ich bin's«, sagte eine Stimme, nichts weiter. Der Mann mit dem Tattoo.

»Hallo«, sagte ich.

»Aha, der Verehrer ohne Namen«, sagte Ate halblaut, grinste und verschwand nach drinnen.

»Ich habe eine Blues-Session gefunden. Mit einer Sängerin, die auch noch Blues-Mundharmonika spielt.« Mein Gesprächspartner lächelte bei jedem seiner Sätze, auch wenn sie kurz waren, und ich spürte es.

»Und wie heißt die Lady?«, fragte ich.

»Kat Baloun.«

»Oh, die habe ich schon öfter gehört«, freute ich mich. Ich kenne Kat Baloun von meiner Deutschlandtour und den Abenden in Berlin-Kreuzberg, wo sie in den einschlägigen Blueskellern auftritt.

»Die Session beginnt um neun«, sagte er. »Wenn wir uns um acht treffen, haben wir vorher noch ein bisschen Zeit zum Reden.«

»Wenn wir was zum Reden haben«, rutschte es mir heraus. Noch bevor ich den Satz zu Ende gesagt hatte, ärgerte ich mich.

»Entschuldige«, schob ich verlegen nach, aber er lachte. »Hast du Zweifel?«, fragte er.

Ich zuckte mit den Schultern. Da mein Gegenüber, das noch immer keinen Namen hatte, nicht hellsehen konnte, sagte ich: »Ich weiß nicht. Wir kennen uns doch nicht. Es ist ein bisschen, als würde man eine Reise ins Ungewisse antreten und wüsste nicht, ob man die passende Ausrüstung dabeihat.«

»So schlimm?«

»Fast. Bevor ich es vergesse – wie heißt du eigentlich?«

»Leonhard«, sagte er, »eigentlich Lenny. Mit Ypsilon hinten.«

Lenny, dachte ich, das passt.

»Und wie heißt du?«, fragte er.

»Ida«, sagte ich, »so wie man es schreibt, mit zwei Ii, einem dee und vier aaaa.«

Er lachte.

6

Bis zu dem Termin um die Mittagszeit mit der Sozialarbeiterin, mit der wir besprechen wollten, wie wir Paps in Zukunft entlasten könnten, waren es noch eineinhalb Stunden.

Vinz war auf einen Sprung zu Paps in die Klinik gefahren.

Severin stand auf der Terrasse und telefonierte. Er stand da ziemlich lange. »Sweetheart«, schnappte ich einmal auf und wunderte mich, dass Severin sein Gretchen nach fast dreißig Jahren Ehe immer noch mit einem solchen Kosenamen beschenkte. Ich beneidete ihn ein bisschen. Es schien sie also doch zu geben, die große, einzige, nahezu ewige Liebe.

Ich ging ins Wohnzimmer, wo sich Ate mit einem Skizzenblock niedergelassen hatte.

Auf der Suche nach einem Lesestoff schlenderte ich an den Bücherwänden entlang. Normalerweise habe ich immer eine Lektüre in meinem Reisegepäck; Bücher sind mein Zuhause, wenn ich unterwegs bin, in all den Fünf-Sterne-Hotels mit Kronleuchtern und dicken Teppichen in Palermo, Rom und Bellagio, in den Eco-Lodges mit ihren Schaukelstühlen in Ecuador und auf den Galapagosinseln – diesmal, als ich hierher nach Möckingen gefahren war, hatte ich es vergessen. Ich liebe es, vor dem Einschlafen noch zu schmökern, war aber in letzter Zeit oft zu müde dazu, vielleicht lag es daran. Kein Problem, hier in der Bibliothek meiner Eltern würde ich bestimmt einen Ersatz finden. Mein Blick glitt an Buchrücken entlang, Fontanes gesammelten Werken, Paps' Lieblingslektüre, Thomas Mann und den Gedichten von Eugen Roth, Mamans Lieblingen von früher. Sie liest schon lange nicht mehr und hat uns doch ans Lesen herangeführt. Unsere erste Erwachsenenlektüre empfingen wir von ihr aus diesen Bücherschränken, handverlesen, wohl ausgesucht, selbstverständlich jugendfrei, keusch, nichts, was auch nur im Entferntesten mit Sex zu tun hatte. Colette, *Friede bei den Tieren.* Bücher über Hunde und Katzen. Mir war diese zahme Lektüre rasch langweilig, ich machte mich selbst auf die Suche und wurde fündig mit Boccaccios *Decamerone.* Ich klemmte mein Mathebuch in die Regallücke und las, anstatt Hausaufgaben zu machen. Als Maman dahinterkam, gab es Krach. Maman, die von Paps fünfmal schwanger wurde, war in einer Weise prüde, die mir heute befremdlich vorkommt. Der Gluckenflügel ihrer Verklemmtheit schirmte mich phänomenal lange vor jeglichem Wissen über die Entstehung von Kindern ab. Ich hätte vielleicht noch als Erwachsene an den Klapperstorch geglaubt, hätte ich nicht zwei ältere Geschwister gehabt.

Ich fand Colette, blätterte in den schmalen *Claudine*-Bändchen, nicht jugendfrei; dann griff ich nach Tucholskys *Schloss Gripsholm.* Ich hatte es als Sechzehnjährige verschlungen und mich damals gewundert, dass es Mamans strenge Zensur passiert hatte und mit ihrer Erlaubnis in meine Hände gelangt war, denn den darin geschilderten »Dreier« hatte ich ungemein frivol gefunden. Ich hatte mir nicht vorstellen können, dass Maman das Buch nicht kannte, mich aber gehütet, sie auf die pornografischen Stellen darin anzusprechen.

Ich flegelte mich mit *Schloss Gripsholm* in Paps' Lesesessel.

7

»Was kann ich für Sie tun?« Die Mitarbeiterin vom Sozialdienst war eine burschikose Frau mit kurzem dunklem Haar und einem energischen Zug um den Mund.

Wir saßen mit ihr um den Esszimmertisch, samt Maman. Eine Konferenz.

Frau Bender sprach mit lauter Stimme, lauter, als ich Stimmen mag. Vielleicht tat sie es aus Gewohnheit, weil viele ihrer Patienten schwerhörig waren. Sie hob und senkte die Stimme, je nachdem, ob sie mit Maman oder mit uns Geschwistern redete. Immerhin versuchte sie Maman in das Gespräch miteinzubeziehen, redete *mit* Maman und nicht ausschließlich an ihr vorbei mit uns *über* sie. Und Maman kapierte zumindest so viel, dass es bei dieser Krisensitzung um sie ging, um sie und Paps. Was aber nicht bedeutete, dass sie mit uns kooperierte.

Schon gleich zu Anfang parierte sie Frau Benders Frage an uns alle mit einer Gegenfrage: »Was sollten Sie für uns tun? Eigentlich nichts, nichts und wieder nichts.«

Frau Bender nickte ihr freundlich zu und fragte uns

alle: »Wie alt sind denn Ihre Eltern?« Ehe jemand von uns antworten konnte, legte Maman wieder los: »Wie alt, wie alt!«, äffte sie. »Ich frage Sie doch auch nicht, wie alt Ihre Eltern sind. Meine Eltern sind tot. Verraten, verkauft und verloren gegangen.«

Wir grinsten ein bisschen verlegen. Vinz räusperte sich und beschrieb in knappen Worten die Situation. In Bezug auf Maman vermied er die Worte Alzheimer und Demenz und sprach stattdessen von ihrer Vergesslichkeit.

»Bis jetzt hat unser Vater hier alles allein gemanagt«, erklärte er. »Wenn er aus dem Krankenhaus kommt, wird er Unterstützung brauchen. So ziemlich bei allem.«

Severin ergänzte: »Beim morgendlichen Aufstehen, bei der Körperpflege, bei der Essenszubereitung, im Haushalt.«

»Das stimmt nicht«, schaltete sich Maman wieder ein. »Stimmt nicht, nicht und wieder nicht. Simbel feist. Bestreitelgut, heftigst. Wir können das mindelstgut alleinstens, mein lieber Mann und ich.« Sie sprach klar und deutlich; wären da nicht die fremden Silben in ihrem Satz gewesen, hätte man ihre Rede für völlig normal halten können.

»Paps kann im Moment gar nichts alleinstens, Maman«, sagte Ate energisch, »er kann noch nicht mal alleine laufen. Wenn er heimkommt, kann er nicht kochen, nicht abspülen, er kann weder einkaufen noch Wäsche waschen. Er kann dir nicht helfen, dich zu waschen, er braucht wahrscheinlich sogar Hilfe, um sich selbst zu waschen.«

»Ich kann ihm doch helfen«, meinte Maman. Eine Spur Ratlosigkeit hatte sich jetzt in ihre Stimme geschlichen.

»Nein, das kannst du eben nicht«, sagte Severin hitzig. »Du kannst nicht mal dir selbst helfen.«

»Lass doch«, warf ich besänftigend ein. Maman tat mir leid. Sie funkelte Severin, ihren Lieblingssohn, zornig an.

»Was kann ich nicht?«, regte sie sich auf, den letzten Rest Höflichkeit in den Wind schlagend. »Das ist doch allerhand!«

»Wie lange ist es denn schon … so?«, fragte Frau Bender uns mit einem kaum merklichen Blick auf Maman.

Wir sahen uns an.

»Fünf, sechs Jahre?« Vinz zuckte die Schultern.

»Eher sechs«, meinte ich. Severin vermutete, sieben, und seufzte.

Wie lange ist es denn schon so – ja, wenn man das sagen könnte bei dieser Krankheit, die sich ins Leben stiehlt, sodass man zunächst kaum etwas merkt und denkt, es sei Zufall, wenn der andere bei einem angefangenen Satz den Faden verliert oder einen bestimmten Begriff nicht mehr weiß oder einen Namen oder ein Geburtsdatum oder eine Geheimzahl; alles Dinge, die einem selbst schließlich auch schon passiert sind. Und sogar wenn die Aussetzer zunehmen und die Signale unübersehbar werden, macht man sich noch etwas vor, macht sich Hoffnungen, es könnte bleiben, wie es ist, man leugnet vor sich selbst, dass es ein unumkehrbarer Weg ist, den der andere geht und auf dem er nicht aufzuhalten ist, eine Einbahnstraße, die früher oder später zum Tod führt, was nicht das Schlimmste ist.

Anfangs hatten wir noch die Illusion, dass sich Mamans Vergesslichkeit auf einem bestimmten Niveau einpendeln und nicht verschlimmern würde. Wir nährten diese Hoffnung, weil sich vom einen unserer Besuche bis zum nächsten an Mamans Verhalten wenig änderte: Wie beim Mal zuvor kam Maman, wenn ich nach meiner Ankunft im Flur stand, aus dem Schlaftrakt und sagte: »Der Bub ist in der Küche«, oder: »Der Bub ist gerade im Bad«, auch wenn da kein Bub war. Mit dem »Buben« meinte sie wohl Vinzenz, ihr jüngstes Kind, das am längsten in ihrem Haushalt gelebt hatte. Oder sie sagte: »Ich weiß nicht, wo er gerade ist«, und es war unklar, ob sie Paps, Vinzenz, Severin oder gar ihren verstorbenen Bruder Günter meinte. Sie verschmolz die vier in ihrer Vorstellung, es war nur klar, dass die Person, die gerade da war oder fehlte, ein Maskulinum war.

Eines Tages, als ich sie besuchte, waren ihre Anfangssätze mutiert. »Paps – er ist weg, da gibt es diese Geschichte mit dieser Gräfin, die ihm schon lange gefällt; eine Tänzerin, mit ihr ist er beim Tanztee in Heidelberg«, sagte sie nüchtern, während ich meine Lederjacke an die Garderobe hängte.

Ich fiel aus allen Wolken. Paps mit einer Gräfin beim Tanztee? Unser arbeitsamer, spröder Vater mit seinen hohen Ansprüchen und seiner gestrengen Moral, der in den fast sechzig Jahren seines Zusammenlebens mit Maman selten einen Abend irgendwo anders als lesend zu Hause neben ihr in seinem Ledersessel verbracht hatte? Paps sollte seine hilfebedürftige Frau allein zu Hause gelassen haben, um sich mit einer anderen in Heidelberg zu treffen? Das kam mir spanisch vor.

Eine Gräfin, eine Tänzerin?

»Wie heißt sie denn?«, fragte ich vorsichtig.

»Marietta«, sagte Maman.

Natürlich, Gräfinnen haben immer Namen, die mit einem M anfangen und einem a enden. Zumal, wenn sie auch noch tanzen. Maria, Mia, Marina, Marika, Marietta. Allein schon der Name sprach für die Stichhaltigkeit von Mamans Eröffnung.

Dennoch blieb ich misstrauisch. Ich versuchte, Paps zu erreichen, wählte auf dem Handy seine Mobilfunknummer, aber die Mailbox würgte mich ab.

Ich schob Maman ins Esszimmer und machte uns einen Tee.

Kurz darauf drehte sich ein Schlüssel im Schloss, und Paps kam zur Tür herein, mit hängender Zunge und beladen mit zwei prall gefüllten Stofftaschen; er war beim Einkaufen gewesen. Ich erzählte ihm, was Maman fabuliert hatte – er schüttelte bloß den Kopf, während er konzentriert und in einer schon länger eingeübten Routine die Lebensmittelvorräte in Schrankfächer und Kühlschrank verteilte.

Ich war zugleich beruhigt und beunruhigt. Ich war beruhigt, dass sich mein Bild meines stets absolut treuen Vaters bestätigt hatte; und ich war zutiefst beunruhigt über die neue Dimension von Mamans Krankheit, die nun außer ihrer Vergesslichkeit auch noch Symptome einer Wahnpsychose erkennen ließ.

Frau Bender hatte angefangen, uns Vorschläge zu machen, welche Aufgaben ein ambulanter Pflegedienst übernehmen könnte.

»Wie wäre es mit einer Hilfe, die morgens kommt und Ihre Eltern beim Duschen und Ankleiden unterstützt? Sie könnte auch Frühstück richten.«

»Ich möchte mal sehen, wie sich Paps beim Duschen und Anziehen helfen lässt«, unkte Ate. Vinzenz meinte, der Papst könne sich dabei anstellen, wie er wolle, das interessiere ihn einen feuchten Kehricht. Er lächelte Frau Bender an und sagte: »Das hört sich gut an.«

»Für die erste Zeit, wenn Ihr Vater wieder zu Hause ist, wäre eine Haushaltshilfe denkbar«, fuhr die Sozialarbeiterin fort. »Eine oder zwei Stunden täglich zum Wäschewaschen, Putzen und um Besorgungen zu machen.«

»Das wäre sicher nicht dumm«, sagte ich.

»Dumm, dumm, warum ist die Banane krumm«, plapperte Maman. Sie hatte ihren Widerstand aufgegeben und spielte mit den Serviettenringen, die neben ihr auf dem Teewagen lagen.

»Ist auch ein Nachtdienst nötig?«

Wir sahen uns an und schüttelten dann einvernehmlich den Kopf.

»Unsere Mutter geistert zwar nächtens immer wieder herum«, meinte Severin, »aber bislang konnte unser Vater sie stets mit gutem Zureden dazu bewegen, sich wieder hinzulegen. – Nicht wahr, Maman?« Er tätschelte Mamans Arm.

»Wann Paps zum letzten Mal durchgeschlafen hat, steht auf einem anderen Blatt«, sagte Vinz. »Vielleicht hat er jetzt Gelegenheit dazu, wo er im Krankenhaus ist.«

»Wer ist im Krankenhaus?«, wollte Maman wissen.

»Dein lieber Mann«, erklärte Ate.

»Was?« Sie staunte Bauklötze. »Wie ist er dahin gekommen?«

»Mit der Ambulanz«, sagte Vinz geduldig. »Er hat sich das Bein gebrochen.«

»Warum hat mir niemand etwas davon gesagt?«, klagte sie. »Wie soll man sich denn da auskennen, wenn ihr einen stetiglich vermöbelt?«

Frau Bender warf uns einen fragenden Blick zu, und Vinz sagte rasch: »Nein, wir haben unsere Mutter nicht geschlagen, keine Sorge. – So geht das den ganzen Tag«, fuhr er fort. »Wenn ich unser Vater wäre …«, er stieß einen Seufzer aus, ohne den Satz zu beenden. »Ich glaube, ich wäre schon längst …«, wieder unterbrach er sich, seufzte wieder und machte auch diesen Satz nicht fertig.

8

Wir sparten uns das Mittagessen. Stattdessen gingen wir mit Maman spazieren. Ob sie wollte oder nicht; natürlich wollte sie nicht.

»Sie will nie das, was wir wollen«, sagte Vinz.

»Wohin mit ihr, mit uns?«

»Runter an die Flims?«

»Gute Idee, warum nicht!«

Wir quetschten uns alle zusammen in Severins Landrover. Unten am Flims-Ufer, an dem entlang wir als Kinder mit dem Rad zur Schule gefahren waren, stellten wir das Auto ab. Der ehemalige Kiesweg, dessen Knirschen unter den Rädern mir immer noch in den Ohren tönte, war mittlerweile geteert.

Die Flims redete von früher. Ich fragte mich, ob nur ich ihr Flüstern hörte oder auch die anderen. Und ob Ate und Severin, während wir am Fluss entlangspazierten, deshalb nach dem Gartengrundstück samt Schuppen suchten, wo sie sich damals mit anderen Jugendlichen getroffen hatten. Es existierte keine Spur mehr davon. Ate und Severin waren sich nicht einig, ob es nun an diesem oder jenem Knick der Flims gelegen hatte, die nur weiter stadtauswärts noch das war, was sie damals gewesen war. Wir schlenderten an dem Bach von früher entlang, dessen Gluckern wie früher sofort verstummte, wenn man bei den Getreidesilos um die Ecke bog. Angewohnheiten der Natur ändern sich nie, dachte ich, noch weniger als die von Menschen.

Wir kamen bei der »Linde« vorbei, die zugleich ein Baum und ein Gasthaus war, und Severin schlug vor, einen Kaffee zu trinken und ein Stück Kuchen zu essen. Das Gasthaus war alt und stand da schon immer. Seit Paps unser Haus gebaut hatte und wir hergezogen waren und noch viel länger. Die Linde, nach der das Gasthaus benannt war, war nicht mehr die ursprüngliche, sondern ein Nachkömmling dritter oder vierter Generation. Eine Linde, die im Sommer ein prachtvolles Blätterdach über den gekiesten Platz vor der Gaststätte breitete, auf dem eine schmiedeeiserne Bank stand.

»Hier hast du auch mal mit Rico gesessen«, sagte ich zu Ate und knuffte sie. »Er hatte seine Gitarre dabei und eine Zigarette zwischen den Lippen. Du auch.«

»Was du nicht sagst«, meinte sie, und dass sie auch das nicht mehr wisse. »Offenbar habe ich mit Rico oft unter Bäumen und auf Bänken gesessen. Im Park, hier unter der Linde, wo noch?«

»Überall, wo es grün war«, sagte ich. »Damals warst du mir böse, wenn ich mit dem Fahrrad vorbeifuhr. Als hätte ich dir absichtlich nachspioniert. Es war dir immer peinlich, wenn ich dich mit Rico gesehen habe. Irgendwann habe ich angefangen, Umwege zu fahren, wenn ich annahm, dass du mir irgendwo mit Rico begegnen könntest.«

»Ich hatte Angst, dass du mich bei Maman verpfeifst«, stellte Ate richtig. »Einmal hast du das gemacht, und es gab ein Riesentheater deswegen.«

»Tatsächlich?« Diesmal konnte ich mich weniger erinnern als Ate.

»Tut mir leid«, sagte ich. Nach vierzig Jahren entschuldigte ich mich bei Ate. Erklärte, dass ich sie nicht hatte verpfeifen, sondern sicher nur Maman beruhigen wollen.

Während wir in der »Linde« um den großen runden Tisch, den Stammtisch, Platz nahmen, grub ich in meinem Gedächtnis nach dem Ereignis, das Ate angesprochen hatte. Ich erinnerte mich dunkel an einen Frühlingsabend. Maman hatte zum Abendessen gerufen, und Ate war nicht da. Niemand wusste, wo sie war. Maman hatte einen kleinen Bauch, sie war schwanger mit ihrem fünften Kind und regte sich leicht auf, und ich sagte, um sie zu beschwichtigen, dass ich Ate mit Rico im Park oder unter der Linde oder sonst wo im Grünen gesehen hatte. »Ich glaube, Rico ist ihr Freund«, fügte ich hinzu.

Ich glaube, sagte ich. Ich wusste es wirklich nicht genau. Ich wusste damals überhaupt recht wenig.

An dem Abend, an dem ich Ate bei Maman »verpfiff«, löste dies tatsächlich ein Riesenbuhei aus. Ich erinnerte mich jetzt wieder genauer. Als Ate später, als es bereits dämmerig war, zu Hause aufschlug, nach Patschuli duftend, mit Grasflecken auf dem T-Shirt und Blättchen im Haar, stellte Maman sie zur Rede. Was ihr einfalle, so lange wegzubleiben. Ate blickte sie verständnislos an und fragte: »Spinnst du jetzt? Es ist kurz nach neun, draußen geht gerade ein super Vollmond auf, ist es verboten, den anzuschauen? Ich bin siebzehn, fast achtzehn, Maman, wo ist das Problem?«

Tatsächlich war es erst kurz nach neun, ein Abend, an dem es draußen duftete – aprilfrisch wie Mamans Weichspüler. Ich kapierte auch nicht, warum Maman sich derart aufregte, Ate durfte normalerweise schließlich bis zwölf wegbleiben und tat das oft. Aber Maman böllerte weiter, den Mond könne sich Ate schließlich auch vom Balkon aus ansehen; sie fragte, was das jetzt werden solle mit Rico, wie sie auf »den« käme, warum gerade »der«, ein Sitzenbleiber, ein Tunichtgut, was sie mit »dem« wolle, das sei doch kein Mann zum Heiraten.

»Hast du heiraten gesagt?«, erwiderte Ate schnippisch und gelangweilt. »Wer redet denn von Heiraten, ich lächle mich schlapp.«

Unsere Eltern taxierten die Freundinnen und Freunde, die wir anschleppten, tatsächlich mit dem »Heiratsblick«; alle, die ihren Fuß über die Schwelle unserer Villa setzten, galten als potenzielle Kandidaten für den Bund des Lebens. Als ich, fünfzehnjährig, Harry, meinen ersten Freund, mit nach Hause brachte, fragte mich Paps abends, was sein Vater von Beruf sei.

Meine Eltern hatten noch den altmodischen Sprachgebrauch von früher, nach der man den Jungen oder das Mädchen seiner Wahl zu Hause »vorstellte«.

»Du kannst ihn uns ja mal vorstellen«, sagte Maman an jenem Abend zu Ate, aber Ate brachte Rico nie mit nach Hause; sie sagte zu Maman, warum soll er vor euch antanzen, er hat doch in jedem Fall bei euch verloren, ich mag nicht, dass ihr ihn herunterputzt. Zu Severin sagte sie, sie habe keine Lust, sich zusammen mit Rico von unseren Eltern vorladen zu lassen. Auch ich spürte, dass es keine gute Idee war, wenn Rico in Ates Schlepp bei uns zu Hause auftauchte, so jung ich damals war und obwohl ich die tieferen Gründe nicht kannte, aus denen Maman und Paps Ates Freund ablehnten. Dass es um Drogen ging, erfuhr ich erst später.

9

Am Stammtisch in der »Linde« saßen Ate, Severin, Vinz, Maman, wie wir mittags und abends zu Hause am Tisch saßen, Ate und ich neben Maman, unsere Brüder gegenüber. Ate und Severin tauschten die Plätze, weil Ate sich weigerte, Maman zu füttern. Maman bröselte mit einem Stück trockenem Streuselkuchen vor sich hin und brabbelte.

»Rhabarber, Rhabarber«, sagte Vinz. Maman blickte auf und sagte: »Das ist kein Rhabarber, das ist Apfel.«

Wir grinsten.

In der »Linde« roch es nach einer anderen Zeit. Hier in dieser Gaststube hatte ich mir vor einem Date mit meinem ersten Freund Harry einmal Mut angetrunken. Harry war in meiner Klasse, wir gingen damals schon länger miteinander, aber an diesem Abend sollte es ernst werden mit uns. Wir hatten einander eröffnet, dass wir beide noch nie mit jemandem geschlafen hatten, es aber gerne tun wollten. Wir waren uns einig, dass wir die Richtigen füreinander seien, um es zu versuchen, und es keinen Grund gebe, es nicht zu tun. Da seine und meine Eltern etwa gleich prüde und wir noch keine achtzehn waren, konnten wir es weder zu Hause probieren noch in ein Hotel gehen – blieb nur die Möglichkeit, es im Freien zu machen. Es war ein warmer Sommerabend, ich kippte, im Nachhinein erschrocken über meine Verwegenheit, in der »Linde« ein Viertel Dornfelder in mich hinein und kam mit einer Fahne bei Harry an. Harrys Fahne roch nach Deo, mit dem er sich besprüht hatte, sodass ich mir vorkam wie in einer Parfümerie, obwohl wir draußen waren.

Wir waren furchtbar aufgeregt, obwohl wir damals schon mehrfach ausgiebig aneinander herumgefummelt hatten; ich hatte eines Abends auf einer Bank im Freien auch schon sein Glied in der Hand gehalten, ohne es zu sehen, und mich gewundert, dass ein Körperteil zugleich so zarthäutig und so fest sein konnte. An diesem Abend fummelte Harry außer an mir auch noch mit einem Kondom herum, das er schließlich über seinen Penis streifte, worauf er diesen ohne Umwege dorthin führte, wo er meine Öffnung vermutete, und in mich hineinschob. Wir lagen in einem Gerstenfeld, das noch grün und nicht sehr hoch war, und ich hatte Angst, dass man uns sehen könnte. Ich hatte nicht einmal meinen Schlüpfer ausgezogen. Harry bewegte sich ein wenig in mir, nicht lange, dann stöhnte er auf, und es war vorbei. Harrys Glied flutschte aus mir heraus, er zog das mit einer weißlichen Flüssigkeit gefüllte Kondom ab, verschloss es mit einem Knoten und schmiss es in hohem Bogen irgendwohin ins Kornfeld. Wir kicherten. Das Ganze hatte keine zwei Minuten gedauert.

Nachdem ich erlebt hatte, wie rasch Harry zur Sache kam und diese hinter sich brachte, wurde ich mutig, und wir taten es von nun an auch bei mir zu Hause in meinem Zimmer. Fast jedes Mal, wenn wir uns trafen. Maman schöpfte keinen Verdacht. Sie wähnte uns diskutierend und Schularbeiten machend in meinen vier Wänden und vertraute uns vollkommen. Um sie in ihrem Glauben zu lassen, machte ich jedes Mal, bevor Harry kam, Black-Currant-Tee, den ich hinterher ins Klo schüttete; stattdessen tranken wir Bier oder Radler und rauchten Ernte 23 zum Fenster hinaus. Die gebrauchten Kondome verstaute Harry, nachdem er den obligatorischen Knoten gemacht hatte, in seiner Schultasche und entsorgte sie später unterwegs auf dem Nachhauseweg. Maman kontrollierte uns nie. Harry entsprach ihrem Bild eines jungen Mannes, der das Zeug hatte, sich zu einem Schwiegersohn nach ihrem Gefallen zu entwickeln, und sie hätte nichts dagegen gehabt, wenn ich noch vor dem Abitur meine Verlobung mit ihm bekannt gegeben hätte. Manchmal dachte ich an Ate und das Gezeter, das unsere Mutter einst wegen Rico gemacht hatte; dann war ich hin- und hergerissen zwischen schlechtem Gewissen und meiner Erleichterung, dass mich nicht das gleiche Los traf wie meine Schwester.

Fünf Jahre zuvor, in jenem Frühling 1976, fragte ich eines Abends meinen Helden Severin: »Warum mag Maman Rico nicht?« Severin zuckte mit den Schultern und brummte etwas, was klang wie »einfach überängstlich«, »mischt sich permanent ein, steckt überall ihre Nase rein«.

»Dabei ist es gar nicht so ernst mit Rico und Ate«, fügte er hinzu, »Maman soll sich nicht so haben.« Ich glaubte es nicht, und eines Tages, als ich Ate und Rico auf dem Fohlenmarkt herumschlendern und Boxauto fahren sah, wusste ich, dass ich recht gehabt hatte, es nicht zu glauben.

Fohlenmarkt – das war ein Event, das im Jahresablauf von uns Kindern seinen festen Platz hatte und gleich hinter Weihnachten und Fasching rangierte. Wir fieberten darauf hin, obwohl es keine Geschenke gab. An drei Tagen Ende Mai blühte auf der Möckinger Festwiese hinter dem Freibad ein Jahrmarkt: das Kinderkarussell, das Kettenkarussell, der Autoscooter, ein Krämermarkt mit ein paar Ständen, Losbude, Schießbude, der Wagen, aus dem einem zwei dicke, rotwangige Frauen ebenso rotwangige glasierte Äpfel, Zuckerwatte und gebrannte Mandeln über die Theke reichten, süßes Zeug, das am Gaumen klebte, aber einen unwiderstehlichen Geruch von Abenteuer verströmte, der über dem ganzen Rummelplatz hing. Mehr Attraktionen gab es nicht, doch während ich von einer zur anderen bummelte, fühlte ich mich wie Alice im Wunderland. Bis auf die Viehweiden hinter der Kirmes, wo der eigentliche Markt stattfand, dem das Happening seinen Namen verdankte, drangen die wenigsten von uns vor. Dort wurden nicht nur wie früher Kaltblüter als Arbeitspferde, sondern auch Württembergische Warmblüter an Reitfreunde und darüber hinaus vor allem Landmaschinen verkauft.

Freitags war ab zehn Uhr schulfrei. In kleinen und großen Cliquen pilgerten wir zum Fohlenmarkt. Man kaufte sich mit Todesverachtung Zuckerwatte, zog an der Losbude Nieten oder gewann lauter Schrott. An der

Schießbude zeigte mir Severin, wie man das Gewehr durchladen, anlegen und zielen musste, um zu treffen, und schoss mir, seiner kleinen Schwester, eine winzige Plüschgiraffe als Schlüsselanhänger, ehe er für seine damalige Angebetete, ein dunkelhaariges Mädchen namens Uli, eine ganze Reihe roter und gelber Plastikrosen aufs Korn nahm und sie nacheinander abräumte. Der Streifzug über das Jahrmarktgelände endete immer bei den Boxautos. Auf dem etwas erhobenen metallenen Rand der Scooterhalle drängten sich alle – die Älteren im Bemühen, eins der Fahrzeuge zu ergattern und nicht mehr herzugeben, die Jüngeren gaffend, sich wünschend, endlich alt genug zu sein, um einen Verehrer zu haben und von diesem in eins der kleinen Autos gezerrt und herumchauffiert zu werden. Ich fand es ungerecht und unsinnig, dass man erst Boxauto fahren durfte, wenn man eigentlich zu groß dafür war und kaum mehr hineinpasste. Die Fahrfläche war so etwas wie ein Amphitheater, eine Arena, in der Hahnen- oder Stierkämpfe besonderer Art ausgetragen wurden. Lauter Jungs jenseits der fünfzehn mit Herzdame an ihrer Seite versuchten einander auszustechen; sie fuhren im Kreis und scherten aus, um jemanden Bestimmtes anzurempeln; sie prallten mit Karacho aufeinander oder wichen sich gegenseitig aus und fuhren elegant umeinander herum. Zu treffen, aber nicht getroffen zu werden – das war das Spiel.

An jenem Fohlenmarkt-Wochenende im Frühsommer 1976, in dem Ate mit Rico geht, stehe ich mit vielen anderen am Rand der Scooterhalle. Seit zwei Jahren bin ich von der Liga der Kinderkarussellpassagierin aufgestiegen in die der Kettenkarussellfahrerin. Für mehr reicht es noch nicht. Wie alle anderen verfolge ich das Schaulaufen auf der spiegelnden rechteckigen Fläche. Da ist Ate, die in Ricos Gegenwart Bea heißt, und sie sitzt neben ihrem Freund in einem metallicblauen Boxauto. Rico hat einen Arm um sie gelegt, mit der anderen Hand lenkt er, es lenken immer die Jungs, und alle lenken einhändig. Ate und Rico sind das Paar, das am häufigsten angerempelt wird. Auf eine eigenartige, nicht negative Weise stehen die beiden im Mittelpunkt, alle Aufmerksamkeit richtet sich auf sie. Rico mag ein Black Sheep sein, anders als die anderen, ein Außenseiter ist er nicht. Er genießt Respekt. Er ist beliebt, weil er freundlich und friedfertig ist. Ate und Rico sind auch diejenigen, die am meisten lachen. Während die Menge am Rand johlt und die Matadore in der Mitte anfeuert, werfen sie einander Blicke zu, die Köpfe in den Nacken und amüsieren sich köstlich. Manchmal küsst Rico Ate auf die Wange oder in ihr blondes Haar. Ich kann nicht anders, als zu finden, dass die beiden ein nettes Paar sind, anziehend, sympathisch. Im Gegensatz zu Maman, die sagt, Rico und Ate passen nicht zusammen, finde ich es schön, sie miteinander zu sehen. Nach sehr, sehr vielen Runden steigen Rico und Ate aus dem Autoscooter und schlendern unbekümmert davon, Rico mit dem Arm um Ates Schulter und einer Zigarette zwischen den Fingern. Als sie sich ein wenig entfernt haben, bleiben sie stehen, umarmen und küssen sich.

Ate und Rico küssten einander oft, ohne Scheu in aller Öffentlichkeit, und sie taten es, wie ich es manchmal in Fernsehfilmen sah, bei denen mich Maman wegschickte. Ich erhob mich dann unwillig, trödelte, den Blick am Bildschirm klebend, und blieb im Türrahmen stehen, ich starrte und starrte, und mir wurde ganz anders dabei. Damals auf dem Fohlenmarkt starrte ich auf Ate und Rico und bekam weiche Knie. Maman und Paps hatte ich einander nie so küssen sehen. Sie vermieden es, sich zu küssen, wenn wir Kinder dabei waren, und wenn sie es taten, waren es flüchtige oder auch herzhafte Küsse auf die Wange. Ich weiß nicht, ob sie sich anders küssten, wenn sie allein waren, abends im Wohnzimmer oder später im Schlafzimmer. Dennoch zweifelten wir nicht daran, dass sich unsere Eltern liebten. Sie liebten sich, wie man sich liebt in einem alten Haushalt. Maman war mehr Mutter als Frau; seit sie Vinzenz geboren hatte, hatte sie begonnen, ihr Äußeres zu vernachlässigen. Unser hochgewachsener blonder Vater sah gut aus, und er sah so aus, als wünschte er sich eine Ehefrau, die nicht nur treu und treusorgend, sondern auch aufregend war, und das war Maman nicht. So wenig aufregend sie war, so sehr regte sie sich auf – über alles und jedes. 1976, in jenem Frühsommer, in dem sie zum fünften Mal schwanger war, regte sie sich besonders rasch auf.

Kurz nachdem ich Ate mit Rico auf dem Fohlenmarkt beobachtet hatte, wie sie sich küssten, hörte ich sie mit Ate und Severin streiten. Schon seit längerer Zeit musste sie spitzgekriegt haben, dass Rico mit Drogen auf Du und Du stand, und nun hatte sie herausgefunden, dass im Gartenhaus, dem nachmittäglichen Treffpunkt, in dem er, ebenso wie Ate und Severin, ständig verkehrte, Pfeifen die Runde machten, die nicht nur mit gewöhnlichem Tabak gestopft waren.

»Ihr geht mir da nicht mehr hin«, insistierte sie eines Tages mit schriller Stimme im Hausflur, wo sie Ate und Severin abgepasst hatte. »Gut, dass Papa das nicht weiß, er wäre außer sich.«

Daraufhin sagte Ate etwas, was ich nicht verstand. Es musste etwas Freches sein, denn ich hörte das Klatschen einer Ohrfeige und Ates empörtes »Aua!«. Maman musste wirklich sehr dünnhäutig sein, wenn ihr so rasch die Hand ausrutschte. Sie zankte sich mit Ate. Sie hatte Angst um sie und ebenso um Severin, weshalb sie auch ihren Lieblingssohn ohrfeigte und mit ihm stritt. Sie stritt und tat es mit diesem Bauch, in dem ihr fünftes Kind heranwuchs. Während es in der Dunkelheit größer wurde, kämpfte Maman um ihre beiden ersten Kinder, insbesondere um ihren Sohn. Sie hatte Kraut in seiner Anoraktasche gefunden, daran geschnuppert und gemerkt, dass es kein Tabak war. Ein anderes Mal fand sie weißes Pulver. Hinter allem vermutete sie Rico als Drahtzieher, als denjenigen, der Severin mit diesen Pülverchen und Kräutchen versorgte.

»Ich habe dich nicht geboren, damit du mit Drogen rummachst und dich zugrunde richtest«, sagte sie, und so erfuhr ich es. Ich erfuhr, dass Severin mit Drogen rummachte.

»So wirst du es zu nichts bringen«, hörte ich Maman ein andermal zu ihm sagen, und ich vernahm auch Severins Antwort, die eine Frage war: »Wieso versucht man es zu etwas zu bringen in dieser Welt, aus der man früher oder später sowieso wieder verschwindet?«

Diese Frage stellte er wenig später auch mir, grinsend und mit einem Achselzucken. Ich sah ihn mit großen Augen an und wusste nicht, was ich darauf sagen sollte.

Später habe ich Mamans Sorgen verstanden. Es ist noch nicht so lange her, da machte Rouven mit Drogen rum, so wie sein Onkel Severin einst mit Drogen rumgemacht hatte. Eines Morgens kam ich in sein Zimmer, entdeckte, dass er, anstatt zur Schule zu gehen, in seinem Bett lag und, selbst als ich ihn rüttelte, kaum reagierte. Er schien vollkommen weggetreten, sah mich nur mit glasigen Augen an. Ein andermal fand ich in seiner Schultasche weißes Pulver und kleine Pillen in Frühlingsfarben, die mich zutiefst beunruhigten. Anders als Maman ohrfeigte ich meinen Sohn nie, ich rastete auch nicht aus. Stattdessen ging ich mit ihm zur Drogenberatung, argumentierte und diskutierte mit ihm, wie moderne Eltern das tun, ich versuchte Verständnis zu zeigen und Ruhe zu bewahren, das vor allem. Ich betete mir selbst vor, womit mich eine Freundin, selbst Mutter eines halbwüchsigen Sohnes, beruhigt hatte: Das ist nur eine Phase, das geht vorbei, nimm es nicht so schwer. Ich nahm es schwer, besonders als Rouven, gerade volljährig geworden, von seinem Vater ein Auto bekam und alles noch schlimmer wurde. Rouven kam, wie einst mein Bruder, nächtelang nicht nach Hause, und ich weiß noch, wie ich in einer eisigen Februarnacht mit meinem Peugeot stundenlang durch Stuttgart kurvte, in der Hoffnung, vor dem Haus irgendeines von Rouvens Freunden seinen weißen Renault Clio stehen zu sehen. Ich hatte Angst, er würde, vollgepumpt mit Ecstasy, irgendwo im Freien liegen und erfrieren. Ich versuchte, tapfer zu sein, vernünftig zu bleiben, behielt meine Sorgen für mich, plagte mich mit Magenbeschwerden herum. Ich lernte die Furcht gut kennen, mein Kind könne auf Abwege geraten und die Kurve zurück auf die Normalspur nicht mehr kriegen, eine Furcht, die auch Maman bewegt haben musste. Das ging fast zwei Jahre so und änderte sich erst, als Rouven eine Freundin fand, Sara, mit der er bis dato zusammen ist.

10

»Was war das eigentlich für Zeug, mit dem ihr damals im Gartenhaus rumgemacht habt?«, fragte ich, während wir in der »Linde« bei der zweiten Runde Cappuccino saßen. »Zeug«, sagte ich, weil ich nicht von Drogen reden wollte, solange Maman dabeisaß. Auch wenn die Ereignisse, an die ich rührte, lange her waren und sie wahrscheinlich ohnehin nicht mitbekam, wovon die Rede war. Maman war mit ihrem Rest Apfelkuchen beschäftigt, pickte Krümel auf die Gabel. Sie räumte auf ihrem Teller auf, wie sie früher die Küche aufgeräumt oder im Badezimmer Ordnung gemacht hatte – picobello.

»Zeug?«, grinste Severin auf meine Frage hin. »Was meinst du denn mit Zeug?« Er hatte sein Handy neben sich liegen und tippte irgendwas ein. Dann ließ er es in seiner Jackentasche verschwinden.

»Das weißt du ganz genau«, gab ich zurück, »tu nicht so unschuldig.«

»Unschuldig, schuldig«, sinnierte Maman, »das ist hier die Fragerei, diddeldumdei.«

Severin sagte: »Also gut, lass mal überlegen. Wir haben … an einem Sonntagnachmittag Haschisch-Muffins gebacken und gegessen, zwei oder dreimal LSD gelutscht und einmal Peyote-Tee getrunken. Ansonsten haben wir Gras geraucht. Verglichen mit dem, was heute an Drogen im Umlauf ist, war unser Konsum übersichtlich und ziemlich harmlos.«

»Das stimmt.« Ich dachte an die netten pastellfarbenen Tablettchen in Rouvens Schultasche.

»Der Zinnober, den Maman damals gemacht hat, war kropfunnötig«, behauptete Severin. »Nicht wahr, altes Haus?« Er knuffte unsere Mutter mit dem Ellbogen sanft in die Seite.

»Was habe ich? Welcher Zinnbecher? Welcher Kropf?« Maman blickte unsicher in die Runde. »Das ist doch allerhand«, fügte sie vorsichtshalber hinzu.

»Schon gut, schon gut, nicht aufregen«, Vinz tätschelte Mamans Arm.

»Aus ihrer Sicht«, nahm ich Maman in Schutz, »war ihr Verhalten verständlich. Ich meine – es ist doch normal, dass Eltern beunruhigt sind, wenn ihre Kinder mit Dingen in Berührung kommen, die sie nicht einschätzen können und die als gefährlich gelten. Und du warst früh dran, Severin! Gerade sechzehn.«

»Ich weiß.« Severin zuckte die Schultern. »Und trotzdem: Jeder probiert es mal. Heute gehört Kiffen zum guten Ton, es ist Kult. Jeder tut es, jeder weiß es, man erzählt sich mit einem Augenzwinkern davon. Was für ein Blödsinn, dass der Staat Cannabis nicht längst freigegeben hat.« Unser Bruder redete sich in Rage. »Hand aufs Herz, mal ehrlich«, fragte er, »war einer von euch abstinent? Oder andersherum: Wann habt ihr euren ersten Joint geraucht?«

Vinz hatte sich, nachdem er seinen Kuchen verspeist hatte, an der Theke noch Schokoladeneis in einem Hörnchen geholt. Er leckte an der Kugel und erzählte: »Auf einer Geburtstagsfeier im Jugendhaus hinter dem Irish Pub. Wir haben uns den Witz vom roten Elefanten erzählt und einfach über alles gelacht. Irgendwann sind wir müde geworden und eingeschlafen. Als wir wieder zu uns kamen, war es früher Morgen, das Jugendhaus abgeschlossen, und wir sind zum Fenster hinausgestiegen.«

Wir schmunzelten.

»Wie geht der Witz mit dem roten Elefanten?«, wollte ich wissen.

»Das erzähle ich euch später«, sagte Vinz. »Jetzt bist erst mal du dran, Ida!«, forderte er mich auf. »Los, erzähl uns von deinen Erfahrungen mit Dope!«

»Die sind noch ziemlich frisch«, antwortete ich. Und berichtete dann, wie mir auf einer meiner Reisen an einem späten Abend in Rom am Trevibrunnen ein charmanter Italiener einen Joint angeboten hatte und mir nach dem dritten Zug speiübel geworden war. Ich hatte in einen Abfalleimer gekotzt und mit Müh und Not eine öffentliche Toilette erreicht, die ich erst zwei Stunden später wieder verlassen hatte.

Severin lachte. Er meinte, ich müsse es noch mal versuchen, das seien Anfangswehen. Ich winkte ab.

»Eigentlich habe ich gerade jetzt kein Bedürfnis danach«, rezitierte ich Mamans Worte, wenn sie etwas nicht will.

»Ich auch nicht«, echote Maman, »kein Bedürfnis, keinstens. Pas du tout.«

»Was ist mit dir, Ate?«, fragte Vinz. »Du hast als Einzige noch nichts gesagt. Wann hast du zum ersten Mal Marihuana geraucht?«

»Noch nie«, sagte Ate.

Wir waren alle platt.

»Noch nie?«, fragte ich. »Auch damals nicht? Obwohl Rico ...?«

»Ja, denkt mal«, sagte Ate. »Auch damals nicht. Obwohl Rico. Warum kann sich niemand vorstellen, dass Menschen nicht zwangsläufig verführbar sind? Ich habe immer nur Kippen geraucht. Bis heute. Mit schlechtem Gewissen. Nie einen Joint. Noch nicht mal an einem gezogen. Rico hat das Pulver von Pantherpilzen geraucht, er hat ausprobiert, wie Fliegenpilze und Tollkirschen wirken, er hat mit Captagon und LSD experimentiert. Ich nicht. Ich war nicht empfänglich dafür, und ich hatte viel zu viel Angst davor. Einmal konnte Rico nach einem seiner Selbstversuche, so nannte er es, mehrere Tage nicht schlafen. So was brauchte ich nicht. Farben – das waren meine Drogen. Ich habe immer nur gemalt.«

Wir schwiegen.

Vinz kämpfte mit dem Rest seines Hörnchens. Das Eis darin war flüssig geworden.

»Na ja«, sagte er gewollt ernsthaft in die Stille hinein zu Ate, »vermutlich hast du beim Anrühren deiner Ölfarben den Alkohol geschnüffelt.«

Wir lachten. Das flüssige Eis in Vinz' Hörnchen tropfte auf sein Sweatshirt. Vinz fluchte.

»Ich weiß, warum ich Eishörnchen nicht mag«, sagte Ate. »Sie sind wie das Leben, sie enden immer scheiße, egal wie süß und wohlschmeckend es vorher war. Man kämpft um den Rest und ist bemüht um Schadensbegrenzung, wenn einem der Inhalt zwischen den Fingern zerrinnt.«

»Und magst du deshalb das Leben auch nicht?«, fragte Severin.

Ate zuckte mürrisch die Schultern.

Ich dachte an Ates verstorbene Männer; Ate hatte wohl schon zur Genüge Bekanntschaft mit dem Leben anderer Menschen gemacht, die scheiße endeten wie Eishörnchen. Kein Dope der Welt kann einen vor solchen Erfahrungen bewahren.

Wir bezahlten. Maman fragte nach ihrer Handtasche und ihrem Geldbeutel. Wir beruhigten sie und sagten, das sei alles zu Hause. Dabei wussten wir nicht mal, ob Maman noch so etwas wie einen Geldbeutel besaß.

»Du wolltest uns doch den Witz vom roten Elefanten erzählen«, erinnerte ich Vinzenz auf der Heimfahrt.

»Wollte ich das?«, fragte Vinz, der vorn auf dem Beifahrersitz saß, die Windschutzscheibe. »Ich weiß nicht. Der Witz ist plööt!«

Wir lachten. »Plööt« ist ein Wort, das zu Vinzenz' Kindheit gehört. »Du bist plööt!«, rief er aus, wenn ich mich über ein falsch ausgesprochenes Fremdwort oder eine altkluge Bemerkung von ihm amüsierte. Wie die meisten Kinder war er ungeduldig und leicht beleidigt. »Das ist plööt«, bockte er, wenn er Zähne putzen oder Haare kämmen sollte.

»Erzähl den Witz trotzdem«, sagte Ate, »auch wenn er plööt ist.«

»Na gut. Wie schießt man einen roten Elefanten?«

»Der Witz ist wirklich plööt«, sagte ich, »ich mag keine totgeschossenen Elefanten.«

»Zu spät, große Ida«, blökte Vinz, »da musst du jetzt durch. – Wisst ihr's?«

Wir zuckten die Schultern. »Keine Ahnung.«

»Mit dem roten Elefantengewehr«, sagte Vinz.

Wir lachten.

»Weiter: Wie schießt man einen blauen Elefanten?«

»Mit dem blauen Elefantengewehr«, rieten wir im Chor.

»Falsch«, trompetete Vinz. »Gib acht, Severin, die Ampel dort vorn wird gleich rot!«

»Ich bin doch nicht blind.« Severin bremste ab. Wir standen an der Abbiegung, die links bergauf zu unserer Siedlung führte.

»Also, was meint ihr: Wie schießt man einen blauen Elefanten?«, wiederholte Vinz geduldig.

»Mit Schießeltot«, krähte Maman, die hinten zwischen Ate und mir saß.

»Fast richtig«, sagte Vinz, »aber nur fast.« Da wir schwiegen, fuhr er fort. »Man erzählt ihm einen dreckigen Witz, bis er rot wird, und erschießt ihn mit dem roten Elefantengewehr.«

Wir lachten. Gleich darauf hielt Severin vor der Villa Fröhlich. Wir stiegen aus und halfen Maman aus dem Wagen.

»Der Witz ist aber noch nicht fertig«, sagte Vinz.

Im Elternschlafzimmer half ich Maman in ihre Hausschuhe. Ich erinnerte mich an ihre Frage nach ihrem

Geldbeutel und zog ihre Nachttischschublade auf. Tatsächlich, da lag Mamans Geldbörse, ein abgegriffenes rechteckiges Teil aus grobem braunem, etwas speckig gewordenem Kunstleder. Ich zeigte es Maman.

»Was ist das?«, fragte sie.

»Dein Geldbeutel«, erwiderte ich, und wie um ihr mit dem Inhalt zu beweisen, dass es tatsächlich ihr Geldbeutel war, öffnete ich ihn. In einem Geldbeutel ist Geld. Aus Mamans Geldbörse fielen mir Centstücke, Eurostücke, golden, silbern und kupferfarben, entgegen. Keine Scheine. Aber ihr Personalausweis, ihr Führerschein, ihre ADAC-Versicherungskarte, eine abgelaufene Euroscheckkarte. Lauter Dinge, die Maman einmal gebraucht hat und jetzt nicht mehr braucht. Oder vielleicht noch braucht, aber nicht mehr gebrauchen kann, weil sie den Umgang mit ihnen verlernt hat.

Und dann waren da noch zwei Fotos. Ich griff danach und zog sie heraus. Das eine zeigte Paps in besseren Tagen, als er halb so alt war wie heute und noch lachen konnte – ohne den bitteren Zug, den er jetzt um den Mund hat. Das andere Foto war sehr alt, eine vergilbte Schwarz-Weiß-Aufnahme mit gezacktem weißem Rand und einer Gravur links unten: *Foto Kunert.* War das Severin? Nein, das war Günne, Mutters Bruder. Auf dem Foto hielt Günne eine Schultüte mit der Aufschrift *Mein erster Schultag* an sich gepresst. Wie ähnlich er Severin sah! Ich drehte das Bild um. Auf der Rückseite stand: *Günne, 8 Jahre alt, am Tag vor seiner Einschulung,* und ein Datum, in Oma Idas Sütterlinschrift.

Kann schon sein, dass Günter später eingeschult wurde mit seiner Behinderung, dachte ich.

»Schau«, sagte ich zu Maman, »das ist Günne am Tag, bevor er in die Schule kam.«

Maman warf einen Blick auf das Bild und entgegnete düster: »Das sieht nur so aus.«

»Wie meinst du das?«, fragte ich.

Maman antwortete nicht.

Ich betrachtete das Foto. Günter trug einen Janker mit Goldknöpfen, auf seinen dunklen Locken saß eine Ballonmütze mit Fischgrätmuster. In seinen strahlenden Augen lag ein Ausdruck von triumphierendem Stolz.

Auf einmal bedauerte ich, dass ich so wenig wusste von Mamans jüngerem Bruder. Ich kramte in meinem Gedächtnis nach dem, was unsere Mutter in unserer Kinderzeit über ihn erzählt hatte. Wenn – selten genug – die Rede auf ihn kam, musste man Maman jedes Wort aus der Nase ziehen. Dann erfuhr man, Günter sei als Baby ein Wonneproppen gewesen und später ein aufgeweckter kleiner Junge, intelligent, lebhaft, pfiffig, fröhlich – bis ihn mit sechs die Meningitis ereilte. Meningitis, sagte Maman, und dass sie damals nicht gewusst habe, was das sei, auch das deutsche Wort Hirnhautentzündung habe sie nicht schlauer gemacht. Sie hatte nicht gewusst, dass das Hirn eine Haut hatte und diese so schwer geschädigt werden konnte, dass sie ein blitzgescheites Kind in ein schwerbehindertes verwandelte. Von all seinen vielversprechenden Eigenschaften hatte Günter nur die Fröhlichkeit behalten, wenn er nicht gerade einen epileptischen Anfall hatte oder ihn Kopfschmerzen plagten. Manchmal lag er tagelang im Bett, kraftlos und apathisch. Maman als ältere Schwester saß bei ihm und las ihm vor. Märchen. Am liebsten mochte Günter *Das tapfere Schneiderlein*. Maman musste das Märchen sehr laut und mit der Zeit immer lauter lesen, denn Günters Hörvermögen ließ stetig nach.

Jede von Mamans Erzählungen über ihren kleinen Bruder endete mit ihrem gebetsmühlenartig vorgetragenen Satz, Günters Tod in der Nacht vor dem Euthanasietransport sei einem tragischen, letztendlich aber gnädigen Zufall zu verdanken. Die Floskel war wie ein Schlagbaum, der regelmäßig herunterging, wenn jemand von uns Genaueres wissen wollte; danach traute sich keiner mehr nachzuhaken.

Warum haben wir nicht beharrlicher gefragt?, dachte ich. Schade, jetzt war es wahrscheinlich zu spät.

»Ist Günter gern zur Schule gegangen?«, versuchte ich es, doch Maman sah mich verständnislos an. »Schule? Günter geht nicht mehr zur Schule, oder?«

»Nein, Maman, natürlich nicht. Ich meine, früher, damals, als ihr Kinder wart.«

»Ich kann mich nicht erinnern«, Maman klang hilflos. »Keinstens. Simbel feist.«

II

Wie macht man sich für ein Date zurecht, wenn man nur legere Kleidung mithat und davon wenig? Als ich am Donnerstag in Stuttgart startete, hatte ich alles andere als ein Rendezvous auf dem Schirm. Während ich in meinem Mädchenzimmer in meinen Jeansrock schlüpfte und hoffte, dass sich der Knopf am Bund noch schließen ließ nach der Völlerei der vergangenen Tage, blickte Elvis von seinem Plakat auf mich herunter wie früher, wenn ich mich auf dem Sprung zu einer Party in Schale geworfen hatte. Und so wie früher redete ich jetzt mit Elvis. Ich fing an, aufgeregt zu werden vor dieser Verabredung.

»Mir ist mulmig«, sagte ich zu meinem ehemaligen Idol, »warum habe ich mich bloß darauf eingelassen, mich überfordert das.« Dabei stieg mir vom Zwerchfell her eine warme Druckwelle in die Brust und dann zu Kopf. Ich seufzte. In Kürze würde wohl eine Stichflamme oben aus meinem Scheitel schlagen. Ich habe diese Hitzewallungen, die mir signalisieren, dass meine besten Jahre allmählich die besten waren und nicht mehr sind, seit einigen Monaten, und den Eindruck, sie werden häufiger. Mindestens einmal, meist mehrmals am Tag herrscht plötzlich für ein paar Sekunden Hochsommer in meinem Körper, aber ich kann nicht behaupten, dass ich mich dabei sommerlich fühle. Eher herbstlich. Wie eine Blume, die nach einer Dürreperiode im August erst den Kopf hängen lässt, ehe sie die Farbe verliert und dann vertrocknet.

»Ist das nicht grotesk?«, lamentierte ich in Richtung Elvis, der da an der Wand posierte, Elvis, bevor er alt und fett geworden war und silberne Jacken getragen hatte. »Ich fühle mich wie eine Sechzehnjährige, dabei nähere ich mich den Sechzigern und treffe mich gleich mit einem Mann, der ungefähr sechsundzwanzig ist. Das ist doch absolut fou, folle, verrückt!«

Elvis lächelte auf mich herunter und sang: »Wise men say, only fools rush in, but I can't help falling in love with you…«

»Ach du«, motzte ich ihn an, »sei still, falling in love with you, davon kann keine Rede sein, so weit ist es noch lange nicht, bloß ein Date, was willst du eigentlich, du hast eh nichts mehr zu melden, du bist schon längst tot.«

Ich stieg in meine Lederpumps, ging dann ins Bad. Im Spiegel blickte mir mein Gesicht entgegen. Ich schaue es mir selten genau an, noch nicht mal morgens beim Kämmen. Schminke trage ich nur hin und wieder auf. Auch an diesem Abend hatte ich nicht vor, aus meiner Physiognomie ein Kunstwerk zu machen. Ich tupfte dezente goldbraune Schatten auf meine Lider. Meine Augen sind groß und grün. Ob mich Lenny auch mit Brille hübsch gefunden hätte? In unserer Familie sind alle kurzsichtig außer Paps und Ate. Wir gehen unterschiedlich damit um. Severin trägt eine Brille, Vinz nur beim Autofahren. Ich selbst habe mir vor sechs Jahren, als ich keine Kontaktlinsen mehr vertrug, nach einem kurzen Intermezzo als »Brillenschlange« die Augen lasern lassen, gerade noch rechtzeitig, ehe ich zu alt dafür wurde.

Ich zog mir die Lippen mit einem burgunderroten Stift nach. Parfüm aus dem grünen Flakon in der Form eines Herzens. Mit Handtasche und Lederjacke über der Schulter ging ich nach oben.

Meine Geschwister hatten es sich mit Maman auf der Sitzlandschaft beim Fernseher im Wohnzimmer bequem gemacht. Am liebsten hätte ich mein Rendezvous in den Wind geschlagen und mich zu ihnen gesetzt. Die Stehlampen zu beiden Seiten des Ecksofas brannten und verbreiteten trauliches Licht. Severin spielte mit der Fernbedienung vom Fernseher, und Ate hatte wieder ihren Skizzenblock auf dem Schoß.

Vinz fragte gerade: »Wie schießt man einen braunen Elefanten?« Da gewahrte er mich und rief: »Große Ida! So elegant!« Er runzelte die Stirn und alberte weiter: »Welch Glanz in unserer armen Hütte! Wo willst du denn zu später Stunde noch hin?«

»Ich habe eine Verabredung«, eröffnete ich meinen Geschwistern. »Gebt ihr mir den Abend frei?«

»Nun ja«, Vinz und Severin zwinkerten einander zu, »nun ja, nachdem du dich heute Morgen um Mamans Generalreinigung verdient gemacht hast, wollen wir mal nicht so sein. Bis Mitternacht hast du Ausgang, keine Sekunde länger, okay? Aber erst musst du noch raten, wie man einen braunen Elefanten schießt.«

»Mit dem braunen Elefantengewehr«, sagte ich.

»Falsch, ganz falsch«, trompetete Vinz.

»Das dachte ich mir«, meinte ich. »Sag du es, schieß los!«

»Nein!«, bellte Maman. »Nicht losschießen, sonst hole ich die Polizei!«

Ate blickte von ihrem Skizzenblock auf, runzelte die Stirn und sagte: »Mach mal, Maman! Hol die Polizei! Hol sie! So wie früher!«

Plötzlich tat sich Stille zwischen uns auf wie ein Abgrund. Wir schwiegen alle. Verlegen.

Schließlich sagte Vinz, als wäre nichts gewesen: »Man würgt den braunen Elefanten, bis er blau wird, dann erzählt man ihm einen dreckigen Witz, bis er rot wird, und schießt ihn mit dem roten Elefantengewehr.«

Wir lachten alle, erleichtert und weil es witzig war, Maman aber schrillte: »Würgen, schießen, das tut man nicht, hört auf, so zu reden!«

»Ist doch nur ein Witz, Maman«, sagte ich.

»Der Witz ist wirklich plööt«, murmelte Vinz.

»Gar nicht«, sagte ich. Dann hob ich die Hand, also bis später dann, und wandte mich in Richtung Flur.

»Vergiss nicht, deine Uhr umzustellen«, rief Vinz mir nach, »ab morgen ist Winterzeit! Auch plööt.«

12

In Heidelberg bin ich häufiger, es ist, zusammen mit Berlin, München und Neuschwanstein, eine der vier Stationen meiner Deutschlandstädtetour. Vier- oder fünfmal im Jahr führe ich eine amerikanische Reisegruppe aufs Heidelberger Schloss und durch die Altstadt, zeige ihnen den Studentenkarzer und gehe mit ihnen durch die Hauptstraße zur Heiliggeistkirche, um die sich Andenkenläden angesiedelt haben und ein Käthe-Wohlfahrt-Geschäft, wo sich die Teilnehmer unter Marvelous- und Gorgeous-Rufen mit Weihnachtsartikeln eindecken – auch dann, wenn gerade Hochsommer ist.

Der Jazzkeller, in dem der Tattoo-Mann namens Lenny und ich uns verabredet hatten, lag außerhalb der Altstadt. Jazz höre ich mit meinen Reiseteilnehmern nur in Berlin, nicht in Heidelberg. Ich musste ein wenig suchen. Schließlich fand ich das Etablissement und gleich um die Ecke ein Parkhaus. Mit etwas Herzklopfen machte ich mich auf den Weg.

Der Tattoo-Mann wartete am Eingang. Aus der Nähe sah er älter aus als neulich von ferne im Stau, aber immer noch viel zu jung für mich. Mindestens zehn

Jahre, dachte ich und hoffte, dass es weniger wären. Gleichzeitig ging mir durch den Kopf, dass Lenny jetzt, da er mich von Nahem sah, wahrscheinlich dasselbe dachte, nur mit umgekehrten Vorzeichen. Nämlich: Mein Gott, sie ist so viel älter als ich.

Aber Lenny sagte: »Schön, dich aus der Nähe zu sehen.«

»Tatsächlich«, sagte ich mit einem Fragezeichen am Schluss und freute mich ohne Fragezeichen.

Lenny half mir aus meiner Lederjacke, und ich war erstaunt. Es gefiel mir, auch wenn es nicht zu einem Mann in seinem Alter passte, einer Frau Jacke oder Mantel abzunehmen. Er ist zu jung – auch dafür, dachte ich, nicht nur für mich. Er ist zu jung für so vieles.

Lenny hängte seinen eigenen schwarzen Blouson an die Garderobe; darunter kam ein grünes Leinenhemd mit bis zu den Ellbogen hochgeschlagenen Ärmeln zum Vorschein. Grün!, schnurrte es entzückt in mir. Als hätte Lenny geahnt, was meine Lieblingsfarbe war. Ob ich es als ein gutes Omen nehmen durfte?

In der Bar war es laut und voll. Ein Glück, dass Lenny reserviert hatte – zwei Plätze im hinteren Teil des Raums in der Mitte.

Wie fängt man ein Gespräch an mit einem Menschen, den man nicht kennt? In Small Talk bin ich nicht gut, ich rede nicht gern über Dinge, die nichts mit mir zu tun haben, nur damit es nicht still ist zwischen mir und dem anderen. Ich blickte auf sein grünes Hemd und begann Fragen zu stellen – unter der Lampe an dem kleinen Tisch, an dem wir über Eck saßen, um uns besser verständigen zu können.

»Was hat es also auf sich mit diesem – Schmuck?«, fragte ich und deutete auf das Wort auf seinem Unterarm.

»Nun ja, ich mag Jazz«, sagte er.

»So sehr, dass du ihn als Tattoo in dein Leben prägen musst?«

»Nun ja«, sagte er, »Jazz prägt mein Leben.«

Saxofon spiele er, teilte er mir mit. In mehreren Bands.

Dass er, um sich mit mir zu treffen, eine Jamsession abgesagt habe, in der er an diesem Abend hätte mitspielen können, verriet er mir. Dass es leichter gewesen wäre, eine Lokalität zu finden, in der Jazz, als eine, in der Blues gespielt werde.

Lenny sprach trotz des Geräuschpegels nicht laut, auch das gefiel mir. Ich mag es nicht, wenn Menschen ihr Leben in die Öffentlichkeit hinausposaunen, als müssten sich Gott und die Welt dafür interessieren.

»Und was machst du, wenn du nicht Saxofon spielst?«, fragte ich. »Ich meine, beruflich.«

»Ich spiele Fagott«, sagte er.

»Wie – Fagott?«, fragte ich.

»Na, mit allen zehn Fingern«, erläuterte er ernsthaft. Als ich ihn verständnislos ansah, sagte er rasch: »Spaß«, und legte mir die Hand auf den Arm. »In einem Sinfonie-Orchester«, erklärte er, ganz ohne zu grinsen, weil ich so begriffsstutzig war. Er grinste überhaupt wenig und lächelte viel. Am Donnerstag, als er mir im Stau zugelächelt hatte, war er auf dem Weg zu einem Beethoven-Konzert in Mannheim gewesen.

»Fagott«, sagte ich, »das ist das Instrument aus *Peter*

und der Wolf, das den Großvater wiedergibt.« Ich war froh, dass ich etwas Schlaues sagen konnte.

»Bravo«, schmunzelte er, »du kennst dich aus.«

»Na ja«, sagte ich.

Er wohne in einem Kaff nördlich von Karlsruhe, weil Musikergehälter nicht hoch und die Wohnungsmieten dort günstig seien, erzählte er mir. Während er redete, überlegte ich, was es ist, das in der Mimik eines Gesichts den Unterschied zwischen Lächeln und Grinsen ausmacht. Sind es die Augen? Lennys Augen blickten warm, obwohl sie grau waren oder hellblau, so genau konnte ich das bei dem funzeligen Licht nicht sehen. Sein langes, in der Mitte gescheiteltes Haar glänzte in diesem funzeligen Licht, und wenn er sprach, kamen schöne, ebenmäßige Zähne zum Vorschein. Seine Mundwinkel zeigten nach oben, nicht nur, wenn er lächelte. Ob das ein Zeichen war, dass er Humor, oder nur, dass er viel zu lachen hatte? War womöglich beides dasselbe? Bei Menschen, die wenig lachen, zumal wenn sie alt werden, krümmen sich Mundwinkel meist nach unten. Nach oben weisende Mundwinkel sind dagegen ein Zeichen, dass ein Mensch jung oder jung geblieben ist. Ich hoffe, ich habe in meinem Leben bisher genügend gelacht, sodass meine Mundwinkel für alle Zeiten davor gefeit sind, nach unten zu zeigen.

»Von Beethoven kenne ich nur *Für Elise*«, sagte ich zu Lenny, »sonst nichts. Aus meiner Kinderzeit, als ich Klavier gespielt habe.«

Lenny schaute mich so ungläubig an, dass ich nachsetzte: »Und Beethovens *Fünfte* natürlich.« Paps, der gerne Klassik hört, hat *Die Fünfte* früher oft sonntagmorgens beim Frühstück auf dem Plattenspieler laufen lassen. Nach einem Brötchen und zwei Tassen Kakao vor Beethovens Klangkulisse war man für den Rest des Tages bedient. Lieber hörte ich zu, wenn die *Brandenburgischen Konzerte* oder Klavierkonzerte von Chopin oder Rachmaninow vom Plattenteller ertönten. Letztere allerdings gehörten eher zum Sonntagabend als zum -morgen.

»Vielleicht hat mein Vater dich schon mal spielen gehört«, sagte ich, »er hatte ein Konzertabonnement in Mannheim.«

»Hatte?«, fragte Lenny. »Und jetzt nicht mehr?«

»Doch. Aber bis auf Weiteres ist Pause mit Konzerten. Mein Vater hat sich das Bein gebrochen.« Ich erzählte von Paps' Unfall, von Mamans Demenz, von meinen Geschwistern und unserem Erste-Hilfe-Familientreffen in Möckingen.

»Dann warst du am Donnerstag nach dorthin unterwegs«, stellte Lenny fest.

»Bingo. Man weiß nicht, was wird. Paps hat Maman stets mitgenommen zu seinen Konzertabenden, er nahm sie überallhin mit. Jetzt ist erst mal Essig damit. Schade auch für sie.«

»Was hast du sonst noch auf dem Klavier gespielt außer *Für Elise*?«, wollte Lenny wissen.

»Ich zuckte mit den Schultern. »Das Übliche. Den *Fröhlichen Landmann* von Schumann und später die *Träumerei*. Sonatinen, Scherzos, Präludien. – Weihnachtslieder. ›Alle Jahre wieder‹.« Ich lachte, und Lenny lachte mit mir.

Als Kind war ich keine besonders begabte Klavierschülerin gewesen. Auch keine ehrgeizige. Dennoch war ich jedes Weihnachten dran gewesen. Wenn ich eine Weile gestümpert hatte und mein Repertoire erschöpft war, setzte sich Ate ans Klavier, später, als sie aus dem Haus war, Vinzenz. Sie konnten es beide besser als ich, was vielleicht damit zu tun hatte, dass ich gerne Unterhaltungsmusik gespielt hätte statt Klassik, mich mit meinem Willen bei Maman aber nicht durchsetzen konnte. Ich beneidete Severin, der als Zwölfjähriger mit Bestimmtheit sagte, er wolle nicht Klavier, sondern Gitarre lernen und spielen wie Jimi Hendrix. Jimi Hendrix, wer ist das denn?, fragte Maman, und als Severin antwortete, einer, der Rockmusik spielt und in Woodstock aufgetreten ist, war sie dagegen. Woodstock, nie gehört, meinte sie pikiert, und Rock, das sei doch nur laut und keine Musik. Abends setzte Paps noch einen drauf. Im Gegensatz zu Maman hatte er von Woodstock gehört und sagte naserümpfend, die Hippies von Woodstock seien ungepflegte Arbeitsscheue, sie sollten ihre ungewaschenen langen Haare abschneiden, die Ärmel hochkrempeln und einem Beruf nachgehen, anstatt auf Festivals rumzugammeln. Severin wollte wissen, was das jetzt damit zu tun habe, dass er lieber ein anderes Instrument lernen wolle als Klavier, und meinte, er habe Paps noch nie mit hochgekrempelten Ärmeln gesehen. Obwohl auf Paps' Stirn daraufhin eine Ader bedrohlich anschwoll, blieb Severin stur und verkündete, er spiele entweder Gitarre oder gar nichts. Von dem Geld, das er zu seiner Konfirmation bekam, kaufte er sich eine E-Gitarre der Marke Fender Stratocaster zu einem sündhaften Preis. Trotzig ließ er in seinem Zimmer das Instrument quietschen, heulen und jammern, wie er es sich bei seinem Idol Hendrix abgeguckt hatte; das tat er so lange, bis unsere Eltern ihren Widerstand aufgaben und ihn bei der Musikschule anmeldeten. Als er bei seinem Abi-Ball als Leader der Schulband vorgestellt wurde und bei der Nummer »Hey Joe« mit einem vierminütigen Solo brillierte, konnten sie nicht anders, als in die allgemeine Euphorie des Publikums miteinzustimmen. Später verwandelte sich geheuchelte Begeisterung in echte, zumindest bei Maman.

»Mein Bruder spielt E-Gitarre«, sagte ich wie zu meiner Ehrenrettung zu Lenny.

»Aha«, sagte Lenny.

»Meine Schwester Ate malt.«

»Aha«, wiederholte Lenny.

»Mein Bruder Vinz ist Kabarettist.«

»Mhm«, sagte Lenny.

»Lauter Künstler«, versuchte ich es.

»Und du?«, fragte Lenny. »Was bist du?«

»Das dritte von vier Kindern«, antwortete ich. »Ein Sandwich-Kind. Mitläuferin. Ich bin immer mitgelaufen. Die anderen bringen was hervor, sind alle bühnentauglich. Rampensäue brauchen Publikum. Malerinnen brauchen Betrachter, Musiker Zuhörerinnen, Kabarettisten brauchen Lacher. Ich klatsche, lache, bewundere Ates Bilder und bin hingerissen von Severins Gitarrenkunst.«

»Und sonst?«, bohrte Lenny. »Was bist du, wenn du das nicht bist?«

»Zweimal geschieden«, sagte ich. »Mutter. Reiseleiterin. Weinliebhaberin. Leseratte.«

»Hübsch«, sagte Lenny.

»Ja, das ist hübsch. Hübsch, aber nichts Besonderes.«

»Du bist hübsch. Besonders.«

»Reine Spekulation. Das weißt du gar nicht.«

Er wollte wissen, was ich lese. Ich erzählte ihm von meiner derzeitigen Tucholsky-Lektüre und freute mich, dass er was damit anfangen konnte. Es ist keine Selbstverständlichkeit, dass Menschen Tucholsky lesen, Männer schon gar nicht.

»Vor einiger Zeit hatte ich mal ein Date mit einem Steward, den ich auf dem Flug von Rom nach Frankfurt kennengelernt hatte«, erzählte ich. »Er hielt Tucholsky für einen Spediteur aus Emmerich, den er von früher kannte, und wunderte sich über seine Metamorphose zum Schriftsteller.«

Lenny lachte. Er mochte Heinrich Heine, Jean Anouilh und Antoine de Saint-Éxupéry, in dieser Reihenfolge. Da er nur Männer nannte, bediente ich die Autorinnenseite: Christa Wolf, Marlen Haushofer, Elfriede Jelinek.

»Martin Walser, Uwe Timm, Bernhard Schlink«, zählte Lenny auf.

»Herta Müller, Rose Ausländer, Margaret Atwood«, parierte ich.

Eine Weile warfen wir uns Schriftstellernamen zu wie in einem Pingpong-Spiel, als wollten wir testen, wem als Erstem der Ball runterfallen oder die Puste ausgehen würde. Am Ende war ich es, die aufgeben musste. Nach Ulla Hahn und Juli Zeh fiel mir nichts mehr ein.

»Es gibt weniger Autorinnen als Autoren«, sagte ich, »klarer Vorteil für dich.«

Diesmal war sein Lachen ein Grinsen.

Bei der Berufswahl habe er geschwankt zwischen Buchhändler und Bestatter, erzählte er, sich aber dann für die Musikerlaufbahn entschieden.

Wieso?, wollte ich wissen.

Er: »Nur so konnte ich meine langen Haare behalten.«

Wie Rouven, dachte ich, auch Rouven hätte niemals eine Ausbildung angefangen, für die er seine blonde Mähne hätte opfern müssen, die ihm bis weit über die Schultern reicht.

Kat Baloun und die übrigen Bandmitglieder kamen auf die Bühne und nahmen ihre Plätze an den Instrumenten ein: Drums, Piano, Bass, Gitarre. Kats Bluesharps steckten wie Patronen in einem Revolvergürtel, der ihr auf den Hüften hing. Die fünf vertaten nicht viel Zeit mit Stimmen, ehe sie loslegten und ihr erstes Stück in den Raum platzte: »Feeling Alright«. Blues geht wie Traubenzucker direkt ins Blut; dieser floss als schwerer roter Strom durch meine Adern und machte alle Zeit zu Gegenwart. Für die nächste halbe Stunde vergaß ich, wo ich war, mit wem ich hier war, woher ich kam und wohin ich später am Abend zurückkehren würde. Gern wäre ich Teil dieser Musik gewesen, nicht nur als Resonanzkörper, durch die sie hindurchging, sondern aktiv, als eine, die dazu beitrug, dass es tönte, dass es klang und schwang, mit einem Instrument, das nicht größer sein musste als das, welches Kat Baloun spielte, wenn sie nicht sang.

Ob ein kleines Instrument leichter zu lernen war als ein großes? Das fragte ich Lenny in der Pause. Wisse er nicht, meinte er schulterzuckend, er hatte immer nur mit großen zu tun gehabt und sich keine Gedanken darüber gemacht, ob sie nun leicht oder schwer zu spielen wären.

»Du bist wohl ziemlich gut«, sagte ich.

»Musst du selbst beurteilen«, sagte Lenny, »wenn du mich mal spielen hörst.« Wenn, sagte er. Nicht falls. Ganz selbstverständlich ging er davon aus, dass ich Zeugin seines Bläserkönnens werden würde.

»Wundervolle Musik hier«, sagte ich. »Ich danke dir.«

»Ich danke *dir*«, antwortete er und lächelte, »wundervoll, dass du gekommen bist.«

13

»Wie war das bei dir?«, fragte Lenny und reichte mir mein Glas, das er an der Bar hatte nachfüllen lassen, mit Wein, rot und schwer wie der Blues. »Wie bist du geworden, was du bist?«

»Wie meinst du das?«

»Warum bist du Reiseleiterin geworden? Wolltest du niemals Buchhändlerin werden?«

Ich schüttelte den Kopf. »Kein Bedürfnis.« Dann fing ich an zu erzählen, wie ich zu meinem Beruf gekommen bin. Oder mein Beruf zu mir.

Lenny wollte alles wissen. Er fragte. Begierig. Er fragte und fragte. Er wollte Dinge wissen, die noch nie jemanden interessiert hatten, Dinge, die mich weder meine Geschwister noch meine Eltern noch Martin und noch nicht einmal Rouven je gefragt haben.

»Was liebst du an deinem Beruf mehr als alles andere?« Ganz selbstverständlich ging er davon aus, dass ich meinen Beruf liebte, das gefiel mir.

Morgens um sieben Uhr allein auf dem Markusplatz, sagte ich. Allein mit der Sonne, dem Wasser, den Kuppeln und dem Campanile, mit den Steinen und den Tauben als einzigen Touristen, Touristen in Bodennähe.

»Ich war noch nie in Venedig«, sagte Lenny.

Allein in der Sixtinischen Kapelle, sagte ich. Mit zwanzig Personen in einem Raum, der sonst einer Sardinenbüchse gleicht. Allein im Raum der Tränen – dort hinein begibt sich der Papst, nachdem er gewählt worden ist, und kleidet sich ein. Er setzt sich auf die Bank und geht in sich.

»Und hast du das auch gemacht?«, fragte Lenny. »Dich auf die Bank gesetzt und meditiert?«

Ich nickte, und Lenny fragte, ob ich religiös sei.

»Religiös nicht«, murmelte ich, »aber gläubig.«

»Aha«, sagte Lenny.

Ob er verstand, dass das ein Unterschied war?

»Gibt es auch unangenehme Seiten an deinem Job?«, wollte er wissen.

Ich erzählte von einem Mann, der in Orvieto zusammenbricht und später stirbt. In Torgiano vor einer Weinprobe muss ich es der Ehefrau mitteilen. Ich erzählte von schrägen Begebenheiten. Auf der Busfahrt nach Bellagio muss sich eine ältere Dame permanent übergeben. Auf dem Flughafen in Mailand werden zwei Frauen die Pässe gestohlen. Geklaut wird permanent und vieles auf meinen Reisen: Geldbörsen, Computer, iPads, Tablets. Reiseteilnehmer vergessen ihre Sachen im Safe, im Bus, im Flugzeug. Ja, auch auf meinen Reisen komme ich mit Gedächtnisschwäche in Berührung, und zwar nicht selten mit solcher, die die Grenze zum Krankhaften bereits überschritten zu haben scheint – dann, wenn die Betreffenden sich ihrer Vergesslichkeit nicht erinnern und abenteuerliche Verdachte und kriminalistische Spürnasen entwickeln. Eine Frau vermisst ihren Schmuck und verdächtigt den Hotelpagen, ehe sich herausstellt, dass sie die Wertsachen im Hotel in Panama-City hat liegen lassen. Auf einer Autobahnraststätte bei Leipzig schließt sich ein dementer Mann auf dem Klo ein und kommt nicht mehr raus.

Ich erzählte vom Essen, vom Essen und nochmals vom Essen. Von der Disziplin, die man braucht, um nicht von jeder Reise noch etwas tonnenähnlicher heimzukehren als von der letzten. Ich erzählte von Essen gluten free, Essen lactose free, von Knoblauch- und Erdnussallergien. Ich erzählte von sich entzündenden Mückenstichen, von plötzlichen Streiks, von Zugstornierungen, von geplatzten Reifen und dem voll besetzten Bus, mit dem man bei vierzig Grad auf der Autobahn steht. Ich erzählte und erzählte.

»Du solltest selbst ein Buch schreiben, anstatt nur zu lesen«, meinte Lenny, aber ich schüttelte auch dazu den Kopf. »Kein Bedürfnis.« Nachdem ich schon die Freizeitbeschäftigung Reisen zu meinem Beruf gemacht habe, sollen Bücher dort bleiben, wo sie in meinem Leben seit jeher hingehören: in den Feierabend und den Urlaub, in meine Handtasche für die Mußestunden, auf den Nachttisch für das halbe Lesestündchen vor dem Einschlafen.

»Wie alt bist du, junger Mann?« Ich hatte mir die Frage aufgespart und womöglich ganz verkneifen wollen; jetzt stellte ich sie mit einer flapsigen Klangnuance, einem Ich-weiß-schon-Bescheid-du-kannst-mir-eh-nichts-vormachen-Unterton. Ich musste es wissen. Es war mir wichtiger als alles andere, was mir Lenny schon verraten hatte: dass er keine Kinder hatte, dass seine Eltern noch lebten und ziemlich fit waren, dass er zwei ältere Geschwister hatte wie ich selbst, allerdings keinen jüngeren Bruder. Das alles hatte er mir im Lauf des Abends erzählt; von seinem Alter war nicht die Rede gewesen.

»Neununddreißig«, sagte Lenny.

Neununddreißig. Ich hatte es gewusst. Ich hatte gewusst, dass ihn mehr als zehn Jahre von mir trennten. Dabei war noch nicht mal sicher, dass er nicht um meinetwillen log und in Wirklichkeit noch jünger war. Neunundzwanzig. Oder neunzehn.

Lenny wollte nicht wissen, wie alt ich bin. Dieses Nichtwissenwollen hing im weiteren Verlauf des Abends über mir wie ein Damoklesschwert, mir wäre es lieber gewesen, er hätte gefragt, damit ich es hinter mir hätte. Ich wollte nicht, dass er sich irgendwelchen Illusionen hingab und später aus allen Wolken fiel. Ich weiß, dass ich jünger aussehe, als ich bin, Freundinnen haben mir das schon öfter gesagt, und selbst mein Sohn Rouven meint, kein Mensch würde mich für jenseits der fünfzig halten. Das beruhigte mich an diesem Abend aber nicht, ganz im Gegenteil. Ich wollte Lenny wissen lassen, woran er mit mir war. Ich mag vorzeigbar sein, aber ich bin nicht mehr familientauglich. Ich weiß nicht mal, ob ich noch paartauglich bin. Ob mich das Leben als Alleinerziehende nicht eigenbrötlerisch und starrköpfig gemacht hat.

Den Rest des Abends sprach ich ihn mit »junger Mann« an. Ich zog meinen Pullover aus und sagte: »Ich habe eine Wallung, junger Mann.« Ein dezenter Hinweis: *Ich bin in den Wechseljahren, mein Lieber. Mit mir ist vielleicht noch Staat zu machen, aber kein Kind.* Mein Satz war nicht mal gelogen, meine Gedanken brachten mich tatsächlich ins Schwitzen.

Gott sei Dank parierte Lenny nicht mit einer Plattitüde wie »Ich stehe auf reife Frauen« oder ähnlichem Schwachsinn. Stattdessen sagte er: »Eine Wallung, na, dann lass es wallen. Nobody is perfect.« Er klang belustigt.

»Du bist ein schwerer Fall, junger Mann«, seufzte ich, »kann es sein, dass du bestimmte Tatsachen einfach nicht zur Kenntnis nehmen willst?«

Lenny lachte und fragte zurück: »So? Welche denn? Die Tatsache, dass du auf Teufel komm raus versuchst, dich alt zu machen?«

»Was versuche ich? Das ist doch allerhand«, beschwerte ich mich und musste lachen. »Das sagt Maman immer, wenn sie sich zu Unrecht angegriffen fühlt und nicht weiterweiß.«

»Wenn du lachst, siehst du aus wie ein kleines Mädchen«, stellte Lenny fest.

Dann kamen Kat Baloun und die Band wieder.

Sie spielten ein Stück, das ich nicht kannte, einen langsamen Blues mit einem tiefen, schwergewichtigen Bass.

»Zum Weinen schön«, sagte ich, »jetzt sich irgendwo anlehnen und die Tränen fließen lassen.« Es war mir tatsächlich danach, Tränen zu vergießen. Während in meinem Herzen sonst viel Platz ist (im positiven Sinn, für fast alles und fast jedes), herrschte jetzt so etwas wie Überfüllung darin – von alten Bildern, Stimmen von früher, all den Dingen, die sich in den vergangenen Tagen, seit ich in Möckingen war, hineingeschlichen hatten. Und nun, an diesem Abend, noch die Begegnung mit Lenny. Die Musik rührte an alles wie Finger an Saiten und brachte es zum Schwingen.

»Tu dir keinen Zwang an«, sagte Lenny, »ich hätte noch einen Arm frei.«

»Ich weiß noch nicht mal deinen Nachnamen«, erwiderte ich und schmiegte mich an seine Schulter. Weinen musste ich dann doch nicht.

14

Kurz nach ein Uhr früh in der Villa Fröhlich. Im Flur brannte Licht. Als ich die Haustür aufschloss, stand Maman vor mir. In Strümpfen. Sie hatte ihren alten türkisfarbenen Anorak an.

Sie sagte, sie sei fertig, um zum Bahnhof zu gehen. Sie finde nur ihre Schuhe nicht und noch etwas, das sie vergessen habe, ach ja, ihre Kinder.

Ich nahm sie bei der Hand. »Komm, wir gehen wieder schlafen, Mami. Es ist mitten in der Nacht, es hat noch Zeit, zum Bahnhof zu gehen.«

»Meinst du?«, fragte sie unsicher. »Glaubst du, dass sie warten?«

»Es ist dunkel, Mami, sie schlafen noch«, beruhigte ich sie. Ich wusste nicht, wer »sie« waren, was Maman am Bahnhof wollte und ob sie überhaupt etwas wollte.

Ich begleitete sie zur Toilette, wartete, während sie pinkelte, und half ihr dann, die Windel zu wechseln. Ich brachte Maman zu Bett.

»Und wo ist meine Tasche, mein Geldbeutel?«, fragte sie.

»Du brauchst sie erst morgen, Mami«, sagte ich.

Später lag ich im Dunkeln in meinem alten Jungmädchenzimmer, im selben Bett wie früher. Ich hatte sofort das Licht gelöscht, ohne noch eine Zeile Tucholsky zu lesen. Ich wusste nicht, ob ich mich verliebt hatte. Falls ich mich verliebt hatte, wusste ich nicht, ob das eine gute Idee war. Lenny war jung. Dreizehn Jahre jünger als ich. Doch wie früher, wenn ich mich verliebt hatte, drückte ich mich in mein Kissen und zog die Bettdecke um mich. Es fühlte sich gut an, an Lenny zu denken. Sein Gesicht vor mir zu sehen.

Dienstag, 1. November 2016, früher Nachmittag

Als ich zur Villa Fröhlich zurückkomme, stehen dort schon die Autos von Vinz und Severin. Ich bin die Letzte.

Im Esszimmer sitzen Ate, Severin, Vinz, Diana und Rouven. Ohne Maman. Der kleine Funke Hoffnung in ihren Augen, *ich* könnte Maman gefunden haben, erlischt, sobald ich ins Zimmer trete. Meine Hoffnung fällt ebenfalls in sich zusammen. Ein Albtraum, der jetzt erst richtig beginnt.

»Habt ihr Radio gehört?«, frage ich atemlos.

Haben sie nicht.

Ich erzähle von der Unfallmeldung auf der *Flimser Welle*, und ihre Augen werden groß und angstvoll.

»Wir sind die Möckinger Straße entlanggefahren«, sagt Vinz, »wir haben nichts von einem Unfall gesehen. Keine Spur.«

»War ja auch schon heute Morgen.«

Vinz und Diana sind außerdem halb Möckingen abgefahren, Ate und Severin die andere Hälfte. Sie sind bei Vinz' früherem Hort gewesen. Beim Milchbauern Hermann mit dem Hofladen, der wie der Kindergarten heute geschlossen hat, haben sie die Bäuerin herausgeklingelt. Sie sind an der Flims und in der »Linde« gewesen. Niemand hat Maman gesehen.

»Wir müssen die Polizei verständigen«, sage ich. »Ihr mitteilen, dass wir Maman vermissen.«

Niemand widerspricht. Auch Severin nicht, und selbst Ate sagt: »Ja, das müssen wir wohl.«

»Vielleicht ist es ja doch gar nicht Maman, die in den Unfall verwickelt war«, mache ich mir Hoffnungen. Ich blicke vor mich hin, studiere den Fußboden. Erst jetzt bemerke ich die Lehmfladen mit Waffelmuster, die ich mit meinen Sohlen auf dem hellen Teppich hinterlassen habe. Ich habe vergessen, meine Schuhe zu säubern, bevor ich ins Haus gestürzt bin, und den Dreck von oben auf dem Feldweg mit in die Wohnung gebracht.

»Ja, wirklich«, wiederhole ich, »es muss sich nicht unbedingt um Maman handeln. Im Radio haben sie von einer älteren Frau gesprochen, nicht von einer alten.«

Ich komme mir blöd vor beim Reden. Geschätztes Alter achtzig, Brille, desorientiert und das Ganze quasi vor unserer Haustür – die Fakten passen allzu gut zusammen. Es wäre der größere Zufall, wenn alles blinder Alarm wäre.

Ich behalte meine Gedanken für mich – genauso wie die heiße Welle, die wieder mal meinen Körper überschwemmt, unaufhaltsam wie eine Flut. Ich muss Ate fragen, ob sie diese Wallungen auch kennt.

»Was ist mit Paps?«, überlegt Ate gerade. »Sollen wir ihn nicht verständigen? Er muss doch wissen, was Sache ist.«

»Wir müssen erst selbst wissen, was Sache ist«, widerspricht Vinz. »Wir müssen Gewissheit haben. Dann können wir uns immer noch überlegen, wie wir es Paps beibringen.«

Ich stelle mir vor, dass wir Gewissheit haben und Paps beichten müssen, dass unsere Mutter von einem Auto angefahren worden ist.

»Im Radio haben sie auch gesagt, die Frau wurde schwer verletzt, nicht lebensgefährlich«, sage ich.

»Warum können sie dann ihre Identität nicht rausfinden?«, fragt Severin. »Es hilft nichts, wir müssen uns an die Polizei wenden. Das ist übrigens auch der nächste Schritt, falls Maman nichts mit dem Unfall zu tun hat.«

»Wo du recht hast, hast du recht«, brummt Vinz. Ohne dass ihn jemand darum gebeten hat, kramt er nach seinem Handy.

»Du oder ich?«, fragt er mich. Irgendwie ist klar, dass weder Severin noch Ate den Kontakt zu den Ordnungshütern herstellen werden, die sie früher nie anders als »die Bullen« bezeichnet haben.

Vinzenz hat keine Berührungsängste. Auch ich selbst bin unbelastet, auf meinen Reisen habe ich sie schon öfters gebraucht: die Kriminalbeamten in Heidelberg, München oder Berlin, wenn sich meine Reiseteilnehmer die Pässe oder die Brieftaschen haben klauen lassen, die Carabinieri in Orvieto, als der ältere Mann starb, und in Venedig, wo sie gemeinsam mit dem Notarzt auf einem Motoscafo heranrasten, als eine Frau während einer Gondelfahrt einen Schlaganfall erlitt. Immer habe ich, anders als Ate und Severin, die Polizei als »dein Freund und Helfer« kennengelernt, ganz gleich, ob es um Leben und Tod oder nur um Scheckkarten und Smartphones ging.

Ich werfe Vinz einen Blick zu und sage: »Mach du!«

Sonntag, 30. Oktober 2016

I

Ich hatte wieder geträumt. Nicht von Lenny und mir. Obwohl ich Lenny beim Aufwachen noch roch, nach einer Nacht voller Schlaf roch ich ihn noch, auf meiner Haut, in meinem Haar. Nachts, ehe wir uns getrennt hatten, hatte Lenny mir zum Abschied einen Kuss gegeben. Er hatte nach etwas Aufregendem, Scharfem geschmeckt, vielleicht Ingwer oder nach dem Pfeffer namens Mann, der meinem Leben fehlte.

Geträumt hatte ich von Rico. In meinem Traum läutet es an der Haustür, ich öffne, und da steht Ates erster Freund. Ich habe keine genaue Erinnerung an Ricos Gesicht, weder wie es früher in echt, noch wie es im Traum aussah, aber im Traum weiß ich, dass es Rico ist. Im Traum steht Rico vor mir, die Hände in den Hosentaschen, und fragt: »Ist Bea da?« Im Traum weiß ich nicht, was ich sagen soll, ob ich Rico reinen Wein einschenken und »Ja« sagen darf, »ja, sie ist da, komm rein«. Oder ob ich ein Spiel aus der Vergangenheit weiterspielen muss, ein Spiel, das mit Verschweigen und Heimlichkeit zu tun hat, mit Leugnen und »Kein Wort zu irgendwem«.

Ich hatte vergessen, meine Uhr umzustellen. Obwohl

Vinz mich daran erinnert hatte. Ab sofort war Winter, in den letzten Rest des Oktobers gerutscht. Also war es erst neun, auch wenn Paps' Standuhren noch in der alten Zeit tönten und zehn Uhr schlugen, als ich zum Frühstück kam. Niemand hatte sich an ihre Mechanik gewagt. Obwohl ich die Zeitumstellung »plööt« fand wie Vinzenz, weil es abends nun noch früher dunkel wurde, war ich dankbar für die geschenkte Stunde. Am Tisch saßen Severin und Vinz, und Vinz sagte gerade: »Ich liebe sie, und ich mag sie sogar.«

»Wen liebst du?«, fragte ich und dann: »Wo ist Maman?«

»Diana«, sagte Vinz. »Maman schläft noch. Sie ist die halbe Nacht rumgegeistert, jetzt ist sie schachmatt.«

»Wie, du liebst sie, und du magst sie sogar?«, fragte Severin. »Ist das nicht das Gleiche?«

Vinz meinte, es wäre nicht das Gleiche. »Man mag jemand, *weil* er ist, wie er ist. Lieben tut man ihn, *obwohl* er ist, wie er ist. Ich mag Diana, weil sie kameradschaftlich ist, humorvoll, großzügig. Ich liebe sie, obwohl da Dinge sind, Abgründe, die ich nicht begreife und die mich im Dunkeln tappen lassen.«

»Interessante Unterscheidung«, meinte Severin.

»Ich verstehe dich«, sagte ich zu Vinz. Martin kam mir in den Sinn, mein zweiter Mann, den ich geliebt hatte, über weite Strecken, ohne ihn zu mögen. Es gab manches, später vieles, was ich nicht mochte an ihm: sein Beharren auf Pünktlichkeit, die Missbilligung, mit der er auf die Uhr sah, wenn ich drei oder vier Minuten zu spät kam. Seine Zwanghaftigkeit, in Diskussionen immer recht und das letzte Wort behalten zu müssen, und seine patzige Art, mir über den Mund zu fahren, wenn ich es wagte, diese Rolle zuweilen für mich selbst zu beanspruchen. Die Liebe war die Brücke, die über Misstöne hinwegtrug; als sie es nicht mehr tat, war das Ende unserer Ehe eingeläutet.

»Ich habe gar nicht gewusst, dass du noch mit Diana zusammen bist«, sagte ich zu Vinz. In der Tat: Nachdem Vinz Diana nicht mehr zu unseren Familienfesten in Möckingen mitgebracht hatte, war ich davon ausgegangen, dass die Sache zu Ende war.

Vinz zuckte die Achseln. »Ich weiß manchmal auch nicht, dass ich es bin«, gab er zu. »Sie wohnt nur einen Katzensprung von mir entfernt, meist sehen wir uns jeden Tag. Und dann ist sie plötzlich verschwunden. Tagelang, manchmal über eine Woche. Sie schaltet ihr Handy aus und ist nicht erreichbar. Gerade wenn ich mich daran gewöhnt habe, dass ich Junggeselle bin, taucht sie wieder auf, und alles ist wie vorher.«

»Wo ist sie, wenn sie verschwunden ist?«

»Keine Ahnung«, Vinz zuckte die Achseln. »Ich habe aufgehört zu fragen, weil sie nicht antwortet, oder wenn, dann nur, dass ich mir keine Sorgen machen soll und es manchmal Dinge gibt, die man besser für sich behält, weil sie nicht zu ändern sind.« Er seufzte. »Ich würde Diana gerne heiraten. Aber sie will nicht. Wenn ich nur wüsste, warum.«

»Vielleicht ist sie es schon«, warf Severin ein.

»Wie – was ist sie schon?«

»Vielleicht ist sie schon verheiratet«, meinte Severin. »Oder noch. Vielleicht erklärt das ihr Wegsein. Vielleicht hat sie eine Familie, von der sie sich nicht trennen möchte, jedenfalls nicht so, wie man das normalerweise tut, wenn Ehen zu Ende sind.«

Vinz starrte auf Severin wie auf ein aufgeschlagenes Lexikon, in dem er gerade völlig überraschend die Antwort auf ein ihn seit Langem beschäftigendes Problem gefunden hatte.

Severin fuhr fort: »Vielleicht gibt es einen eifersüchtigen Ehemann, der droht, ihr die Kinder wegzunehmen, wenn sie sich scheiden lässt?«

»Welche Kinder?«, fragte Vinz.

»Na ja, vielleicht hat sie ein Kind, von dem du nichts weißt. Es gibt doch heute keine Beziehungskonstellation mehr, die es nicht gibt.«

»Da hast du recht«, brummte Vinz. »Aber Kinder ... das kann ich mir bei Diana echt nicht vorstellen.« Er blickte vor sich hin, schüttelte den Kopf. In seinem Gesicht sah ich etwas Ratloses.

Ich wunderte mich nicht über den Strauß von Vermutungen, die Severin soeben angestellt hatte. Und noch weniger darüber, dass er es war, der sie in den Raum geworfen hatte. Severin hat, anders als ich, immer hinter die Dinge geblickt, er ist kein Gläubiger wie ich. Oft errät er lange vor anderen, wie die Dinge liegen, und ist damit nicht der Wahrheit, aber der Wirklichkeit näher als wir anderen oder zumindest ich.

»Hattest du nie Zweifel?«, fragte ich und blickte Vinz an.

»Zweifel?«, gab Vinz zurück. »Zweifel woran?«

»Daran, dass Diana dich wirklich liebt.«

»Ich habe Zweifel an allem«, sagte Vinz, »aber an

ihrer Liebe zweifle ich nicht.« Er blickte versonnen vor sich hin. »Ich sehe sie so gerne an, und sie ist ein Glück für mich. Das überwiegt alles.«

Auch diesen Satz von Vinz verstand ich. Dachte wieder an Martin an dem Tag, an dem ich mit ihm im Aufzug stecken geblieben war. Bis dahin hatte ich mir meinen Wohnungsnachbarn, wenn wir uns gelegentlich auf dem Flur oder beim Müllschlucker getroffen hatten, nie genau angeschaut. Nun hatte ich plötzlich ausgiebig Zeit und darüber hinaus Gelegenheit dazu, denn der Lift war, wie es Aufzüge öfters sind, rundum verspiegelt. Ich sah Martin von vorne, sein rötlich blondes, dichtes Haar um sein Gesicht, das männlich und dennoch freundlich wirkte, und ich sah darüber hinaus seinen wohlgeformten Hinterkopf ohne irgendwelche Ansätze einer Glatze. Ich sah sein Profil, mit dem er mich ein wenig an Robert Redford erinnerte. Als wir ins Gespräch kamen, wunderte ich mich, dass mir vorher noch nie aufgefallen war, wie anziehend er war.

Damals griff ich nach ihm. Ich griff nach ihm, wie man im Gehen nach einem Gegenstand greift, der am Wegrand liegt und so aussieht, als ob er ein Glück wäre.

Ich dachte an den gestrigen Abend. War ich im Begriff, wieder das Gleiche zu tun? Und gab es irgendeinen Hinweis, irgendein Signal, dass diese Art, nach Männern zu greifen und sie für ein Glück zu halten, ein Fehler sein könnte?

»Wenn Diana verheiratet ist, solltest du es wissen«, sagte ich zu Vinz. Dann ging ich in den Schlaftrakt, um nach Maman zu schauen.

Sie stand im Badezimmer vor dem Waschbecken, hatte einen Tiegel mit Hautcreme geöffnet und die Zahnbürste im Mund. Ihre Lippen, Kinn und Teile ihrer Wangen waren fettig und verschmiert.

»Oh Maman!«, entfuhr es mir. »Warte! Gib mal die Zahnbürste her!«

»Neiiiiin!« Maman wehrte sich. »Laisse-moi meinen Schrubber!«

»Maman! Ist ja schön, wenn du deine Zähne schrubben willst. Aber nicht mit Nachtcreme!« Ich füllte ihren Zahnputzbecher mit Wasser. »Hier, nimm den und spül dir den Mund aus! – Neiiin, nicht runterschlucken! Ausspucken, Maman.«

»Ausspucken, ausspucken«, äffte sie mich nach. »Ich spuck dir gleich eins.« Und tatsächlich traf mich eine feuchte Salve aus ihrem Mund. Ich ging in Deckung.

»Herzlichen Dank, Maman.« Ich bemühte mich um einen gelassenen Ton, während ich versuchte, ihr Gesicht mit einem Kleenex zu säubern. Maman tat mir leid. Da ergriff sie einmal die Initiative und machte sich ans Zähneputzen, und prompt ging es in die Hose!

Ich brachte Maman ins Esszimmer. Vinz und Severin hatten aufgehört, über Diana zu reden. Mittlerweile war auch Ate aufgetaucht. Mit ihrem üblichen miesepetrigen Frühstücksgesicht saß sie am Tisch. Ich schmierte Maman einen Toast mit Marmelade. Sie verfiel augenblicklich in ihre Litanei.

»Sispel limbel meis unst feist fellimbel. Funz tunz lex simps.« Sie erfand eine neue Sprache. Nicht mal während sie kaute, hörte sie auf zu plappern.

Vinz hantierte mit ihrer Tablettenschachtel und

versuchte ihre Medikamente in das Frühstück zu schmuggeln. Doch Maman ließ sich nicht reinlegen. Sie sträubte sich, spuckte alles wieder aus. Dann begann sie, Vinz zu beschimpfen. Plötzlich konnte sie verständlich reden – wie ein Buch! »Was erlauben Sie sich?«, keifte sie, »Sie Zwingeldingskasper, unmöglichst, also Wirklichkeit! Wer sind Sie eigentlich?«

»Gestatten«, sagte Vinzenz, während ich losprustete und die anderen versuchten, sich das Lachen zu verbeißen. Vinz kreuzte die Arme vor der Brust und verbeugte sich vor Maman im Sitzen. »Ich bin Vinzenz Fröhlich, dein Sohn.«

»Dein Sohn, dein Sohn«, regte sich Maman auf, »nicht *dein* Sohn. *Ihr* Sohn. Höflichst.«

»Von mir aus«, sagte Vinz, »Ihr Sohn. Höflichst. Nun sei so gut und schluck diese Dreckstabletten! Damit endlich Ruhe ist.«

»Sie sollten sich nicht so aufregen«, sagte Maman würdevoll und runzelte die Stirn, »das schadet den Ne…gern, den Nerzen, den Nervösen.«

»Was ist das eigentlich alles für Zeug, das sie nehmen muss?«, fragte ich. »Daran verdient doch nur die Pharmaindustrie. Ich kann mir nicht vorstellen, dass Maman auch nur einen Zentimeter gesünder davon wird.«

»Da kannst du recht haben«, sagte Vinz.

»Ich bin gesund«, versetzte Maman, »pimperlgesund, pamperlgesund, pampelmusengesund. Redet doch nicht solch einen Scheibendreck! Das ist doch allerhand!«

»Was, wenn wir die Tabletten weglassen?«, fragte Ate.

»Übernimmst du die Verantwortung?«, fragte Vinz zurück. »Ich mache das Zeug mit dem Mörser klein«, seufzte er, »irgendwie kriegt sie das heute schon noch untergejubelt.«

»Das könnte euch so verpassen!«, versetzte Maman. »Verpissen! Vous me taquinez, mes enfants!«

»Was heißt das?«, fragte Vinz.

»Das ist französischerseits«, sagte Maman milde, »du hast im Unterricht nicht aufgepisst … nicht aufgepasst, mon fils.«

»Ich hatte Latein«, verteidigte sich Vinz, »davon abgesehen habe ich von den Frankreichreisen mit dir und Paps eine ganze Menge behalten.« Er grinste und räusperte sich. »Nous sommes trois«, begann er, und Severin und ich fielen ein und sagten im Chor: »Mon mari, le fils et moi.«

Wir brachen in Gelächter aus, alle bis auf Ate. Ein alter Familienwitz, den nur sie nicht kannte, weil sie zu früh unser Daheim verlassen hatte und seltener zurückgekommen war als wir anderen.

»Das war Mamans Standardsatz bei der Unterkunft-Suche«, erklärte ihr Vinz. »Paps oblag es, die Hotels im *Michelin* auszuwählen, die Konversation beim Einchecken blieb an Maman hängen. Allabendlich trat sie mit ihrer Frage nach einem Dreibettzimmer und mit mir an der Hand an eine Rezeption und sagte ihr Sprüchlein: Nous sommes trois. Mon mari, le fils et moi.«

»C'est pas vrai«, widersprach Maman in unser neuerliches Gelächter hinein. »Wir sind fünf, nicht drei. Und wo ist mein lieber mari? Ist er tot?«

»Er ist im Krankenhaus.«

Sie machte ein ungläubiges Gesicht. »Er ist tot, nicht wahr?«, bohrte sie. »Mort. Ihr vergickst mich sicherlicherseits.«

»Wir vergicksen dich ausnahmsweise nicht, Maman.« Severin zückte sein Handy, wählte Paps' Nummer vom Krankenhaus und hielt das Display an Mamans Ohr.

2

Ich hatte angefangen, den Tisch abzuräumen. Vinz war eine Runde joggen gegangen, Severin und Ate standen auf der Terrasse, Ate rauchte. Maman hatte sich durch den Anruf in der Klinik und Paps' Stimme beruhigen lassen. Durch die offene Küchentür sah sie zu, wie ich Teller und Tassen in die Spülmaschine stellte. »Was ist das für ein Raum?«, fragte sie plötzlich.

Ich hielt inne und wandte mich um. »Wie bitte?«

»Was ist das für ein Raum, in dem du stehst?«

»Was für ein Raum?« Fast musste ich lachen. »Das siehst du doch. Die Küche.«

»Kenne ich nicht«, sagte Maman, »bin nie dort gewesen.«

»Oh doch, Maman. Du hast hier Marmelade gekocht, Kuchen gebacken, Salat gewaschen, Geschirr abgespült. Du hast dein halbes Leben in dieser Küche verbracht.«

»Unmöglichst«, meinte sie, »ich habe diesen Raum noch nie gesehen. Nie betreten.«

Ich antwortete nicht mehr. Brachte die Küche in Ordnung, die mehr als jedes andere Zimmer in diesem Haus Mamans Reich war, das sie jetzt nicht mehr kannte. Auf dem Fenstersims trieb die Amaryllis eine Schwesterblüte.

Draußen auf der Terrasse hatte Severin den Arm um Ate gelegt, und sie blickte zu ihrem Bruder auf, der auch mein Bruder war, mein Held aus Kindertagen. Einverständnis las ich in den Blicken der beiden, deren Unterhaltung ich nicht hörte. Tauschten sie Geheimnisse aus wie früher? Mit spitzer Nadel stach etwas in mein Herz, für welches das Deutsche und auch viele andere Sprachen nur einen einzigen Namen kennen. Ich dachte, ich wäre darüber hinweg. Schon als Neunjährige hielt ich Eifersucht für ein ebenso ärgerliches wie überflüssiges Gefühl, das man nicht schnell genug loswerden konnte. Ich suchte und fand Wege, um die Schmach meines Ausgeschlossenseins aus der Allianz meiner beiden älteren Geschwister zu vergessen, von denen ich altersmäßig zu weit entfernt war, um zu ihrer Welt zu gehören. Ich sagte mir, dass ich gut allein könne. Ich konnte gut allein. Immer. Fast immer.

Maman war in ihre monotone Quasselei verfallen – eine Schallplatte mit einem Sprung, die ohne Publikum in einer Endlosschleife weiterlief.

Ich setzte mich neben sie, legte den Arm um sie und versuchte, sie aus ihrer Redetrance zu »wecken«. Manchmal gelingt das. Eins der »Hausmittel«, um sie zu stoppen, heißt »Gedicht-Hypnose«. Maman hat in besseren Zeiten zig Gedichte auf Lager gehabt, die sie alle auswendig rezitieren konnte und zum Teil immer noch kann. Zum Beispiel die »Ein Mensch«-Gedichte von Eugen Roth, über die sie sich in hellen Momenten noch heute ausschüttet vor Lachen, wenn jemand sie vorliest. Rilkes Herbstgedicht, das glücklicherweise auch ich selbst auswendig weiß.

»›Herr: Es ist Zeit. Der Sommer war sehr groß‹«, sagte ich. Meine Worte gingen unter in Mamans Palaver. Ich ergriff ihre Hand und wiederholte: »›Herr: Es ist Zeit. Der Sommer war sehr groß.‹«

»Welcher Herr?«, fragte Maman. »Welcher Sommer?«

Kein schlechter Anfang.

»Rilkes Sommer, Maman.«

»Kenne ich nicht. Nie gehört. Simbel feist.« Sie nahm ihre Litanei wieder auf, und ich deklamierte rasch weiter. Bemüht, mich von Mamans Redeorgie nicht ausbremsen zu lassen, sagte ich das ganze Gedicht auf. Mit den Worten Rilkes schlug ich mich durch das sinnlose Wortgestrüpp meiner Mutter, bahnte mir einen Weg. Während ich rezitierte, betrachtete ich ihre Hand in meiner, diese fünfundachtzig Jahre alte Hand, die vier Kinder nach der Geburt gehalten, die mich gefüttert, mich getragen, gestreichelt, meinen Kinderwagen geschoben hatte, die Essen gekocht, gebacken, gewaschen, Feste vorbereitet hatte, Betten gemacht, eingekauft hatte – dieses Universum mit Fältchen, Höckern, Knoten, Knorpeln, Adern, die sich vereinigten und ineinander mündeten wie Flüsse, ehe sie sich an bestimmten Stellen zu Deltas verzweigten, um sich in nichts als das Körperinnere zu ergießen.

»›Herr: Es ist Zeit. Der Sommer war sehr groß‹«, fing ich wieder von vorne an, als ich mit dem Gedicht einmal durch war. »›Leg deinen Schatten auf die Sonnenuhren …‹«

Maman hielt mitten in ihrem Redefluss inne, horchte plötzlich auf, mit offenem Mund.

»›… und auf den Fluren …‹«, sagte ich.

»›… lass die … Winde los‹«, ergänzte sie.

»›Befiehl den letzten Früchten …‹«, fuhr ich fort.

»›… voll zu sein … gib ihnen … noch zwei südlichere Tage …‹«

Sie fand in das Gedicht hinein wie in die Ärmel eines zu weit gewordenen Kleides von früher, auch wenn sie immer wieder stockte, innehielt, um sich zu besinnen.

»›Wer jetzt kein Haus hat, baut sich keines mehr‹«, fiel ihr ein.

»›Wer jetzt allein ist, wird es lange bleiben‹«, sagte ich.

»›Wird wachen‹«, sagte meine wach gewordene Mutter, »›wird wachen …, lesen, lange Briefe schreiben und wird in den Alleen hin und her unruhig wandern, wenn die Blätter treiben.‹« Fließend beendete sie das Gedicht. Wollte wissen, ob das irgendwo geschrieben stünde, was sie da aus ihrem Gedächtnis gegraben hatte. War ganz gerührt, als ich ihr mitteilte, es gebe Bücher, in denen alle Gedichte aufgeschrieben und nachlesbar seien. Bücher, externe Gedächtnisspeicher, die weiterhalfen, wenn der Erinnerungsspeicher Gehirn nicht mehr taugte. Als ich ihr eröffnete, dass die Bücher ganz in ihrer Nähe, nämlich drinnen im Wohnzimmerbücherschrank steckten, war sie noch gerührter.

Sie wollte aufstehen, um nachzusehen. Sie stand

nicht auf, und ich dachte, gut so. Ihr Gedächtnis würde für den Weg, den sie zurücklegen müsste, um an den Bücherschrank zu gelangen, nicht ausreichen, sie würde schon vorher vergessen haben, wo sie hinwollte, und erst recht, was sie dort wollte, wo sie hinwollte. Mutter blieb sitzen. Sie hatte vergessen, dass sie aufstehen wollte.

Was für eine Tragödie, dass sie nicht mehr liest, ging es mir durch den Kopf. Maman ist eine intellektuelle Demenzkranke oder doch eine intelligente. Das macht alles noch schwieriger, als es ohnehin ist. Schon früher war ihr Umgang mit anderen, weniger gebildeten Frauen nicht frei von Dünkel, manchmal von Spott. Seit sie nicht mehr liest, ist der Platz in ihrem Leben, an dem früher die Bücher standen, leer, ist nicht zu füllen durch andere, weniger geistreiche Beschäftigungen, mit denen bildungsferneren Alzheimerpatienten als Maman die Zeit vertrieben wird.

Andere Angehörige setzen ihre Demenzkranken vor den Fernseher – bei Maman geht das nicht. Schon früher hat sie sich bei Filmen mit allzu seichtem Inhalt gelangweilt; wieso sollte sie jetzt, da sie weder Seichtes noch weniger Seichtes mehr versteht, Gefallen daran finden?

Andere Angehörige bringen ihre Demenzkranken in die Tagespflege, wo sie dann in Gruppen Volkslieder singen, einfache Geschichten hören oder etwas spielen. Paps hat es einmal probiert und dann nie wieder. Maman wurde mittags mit einem Transporter von der AWO geholt, kam abends zurück und fragte, tödlich beleidigt, wie jemand auf die Idee kommen könne, sie in so einer Veranstaltung zwischenzuparken, sie sei doch nicht behindert.

Menschen wie ihr bleibt nicht viel. Noch nicht einmal Nostalgie, noch nicht einmal Gehirnsport namens »Weißt-du-noch?«, die Erinnerung an andere, bessere Zeiten, denn das Vergessen ist stärker und allgegenwärtig.

Wirklich schade, dass sie das Lesen aufgegeben hat!, dachte ich. Schleichend wie alles an dieser Krankheit fing das an, damals vor ein paar Jahren. Sie legte Bücher, die ich ihr auslieh, zur Seite, gab sie mir ungelesen zurück. Fragte, wo denn da »der Clou« sei. Ich schüttelte den Kopf, ich verstand die Welt nicht mehr. Hatten wir nicht ein halbes Leben lang Bücher miteinander ausgetauscht, Maman, das musst du lesen, das ist sooo gut geschrieben, Ida, das Buch könnte dir gefallen, ich habe es für dich beiseitegelegt, bevor es in die Stadtbibliothek zurückmuss.

Lange ist die Zeit vorbei, als sie noch Bücher für andere kaufte. Das letzte Buch für mich aus ihrer Hand, eine Biografie über Rahel Varnhagen, steht in meinem Bücherregal, nigelnagelneu wie an dem Tag, an dem sie es mir schenkte. Ich habe es aufgespart wie eine Süßigkeit oder einen besonders köstlichen Tropfen. Eines Tages werde ich anfangen, mich in seine Lektüre zu vertiefen, und Maman wird daraus zu mir sprechen.

3

Nach unserem Gehirnjogging sagte Maman: »Ich bin müde. Ich möchte mich hinlegen und einschläfern. Kannst du das Dienstpersonal rufen, bitterlings?«

»Du musst mit mir vorliebnehmen, Mami. Ich bin dein Personal.«

Ich reichte ihr den Arm, und sie schlurfte an meiner Seite ins Schlafzimmer. Als Maman lag, schnappte ich Luft auf dem Balkon, und dann schnappte ich mir Tucholskys *Schloss Gripsholm* und machte es mir damit im Wohnzimmer auf der Couch gemütlich.

Ich fühlte mich wohl, im Wohnzimmer, auf dem Sofa, in meinem Buch. Draußen war Oktober, in meinem Roman war Juni. Ein lange nicht mehr da gewesenes, ganz und gar erstaunliches Gefühl von »Zuhause« machte sich in mir breit. Ich bin eine langsame Leserin. Lesen ist ein Genuss für mich, so wie es schmackhaftes Essen, schöne Musik und feine Düfte sind. Ich war auf Seite dreiundvierzig in Tucholskys Geschichte. Peter, der Schriftsteller, der eigentlich Kurt hieß, und die Prinzessin, die keine war, Lydia hieß und eine Altstimme hatte, waren gerade in der klitzekleinen Stadt Mariefred am Mälarsee angekommen.

Ich blickte ihnen über die Schulter, wie sie die Zimmer im Schloss mieteten, wie die Prinzessin Probe badete und nackt durchs Zimmer ging, wie beide auf der Wiese lagen und mit der Seele baumelten. Ich baumelte mit meiner Seele in Tucholskys Erzählung und amüsierte mich köstlich. Köstlichst, wie Maman gesagt hätte.

Ate setzte sich mit ihrem Spiralblock und Stift über Eck von mir in einen Sessel. Ich freute mich, dass sie meine Gesellschaft suchte, über die Eintracht, mit der wir beieinander und zugleich mit unserer je eigenen Beschäftigung bei uns selbst waren.

Ate fing an zu zeichnen, und es dauerte ein bisschen, bis mir klar wurde, dass sie mich skizzierte. Ich blickte über die Seiten meines Buches hinweg und linste auf ihr Blatt.

Ate hatte mit nachlässigen Strichen gezeichnet, unscharf, als wollte sie Geheimnisse, die ich vielleicht hatte, im Dunkeln lassen, trotzdem war das auf dem Block ganz unverkennbar »ich«.

Gefalle ich mir?, fragte ich mich. Und gab mir selbst die Antwort: Nein, darauf kommt es nicht an. Ich guckte ein bisschen schlafmützig auf der Skizze. Weggetreten. Halb geöffneter Mund, träumende Augen. Ob ich immer so aussah, wenn ich las? Der Herbstsonntag schien sich in meinen Zügen zu spiegeln.

»Das hast du gut hinbekommen«, sagte ich zu Ate, »du hast nicht nur meine Augen, Nase, Mund und Falten in mein Gesicht hineingemalt, sondern auch den Tag, das Wetter und die Jahreszeit. Wie machst du das bloß?«

Ate zuckte die Schultern. »Übung?«, schlug sie vor und schaute mich an. »Herbstsonntage haben für mich etwas Wehmütiges«, fuhr sie fort, »hatten es schon immer. Etwas ist vorbei, ehe die Zeit dafür ist.«

»Stimmt«, pflichtete ich ihr bei. »Wenn ich zurückdenke, habe ich Herbstsonntage schon als Kind nicht anders verbracht als heute. Habe mich in meinem Zimmer eingeigelt und gelesen. Habe mit meinen Büchern und zwei, drei Rädchen Salami, die ich aus dem Kühlschrank stibitzt hatte, darauf gewartet, dass sie vorbeigingen und ich erwachsen würde.«

»Salami?«, amüsierte sich Ate. »Bei mir war es immer Süßes. Zwei, drei Rippen Ritter-Sport-Schokolade, gerade so viel, dass im Küchenschrank nicht auffiel, dass sie fehlten. – Und, ja natürlich, Bücher«, fuhr sie fort, »Bücher als Freizeitbeschäftigung waren unschlagbar, sie kamen gleich nach Malen. – Luise Rinser«, erinnerte sie sich, »Heinrich Böll, *Die verlorene Ehre der Katharina Blum*, *Nicht nur zur Weihnachtszeit*, all das.«

»Bulgakow«, fiel mir ein, »*Der Meister und Margarita*. Hemingway. *Fiesta*.« Als ich achtzehn war, war Bölls Stern im Sinken, und man las anderes als zu Ates Zeit.

»Hermann Hesse«, sagte Ate. »Den habe ich mir von Rico abgeguckt. Er kannte alles von Hesse, *Unterm Rad*, *Siddharta*, den *Steppenwolf*, *Klingsors letzter Sommer*, *Demian*, nur das *Glasperlenspiel*, das war unlesbar, an dem haben wir uns die Zähne ausgebissen. Wir haben im Gartenhaus so was wie eine Bibliothek aufgebaut und die Suhrkamp-Taschenbücher auf dem Regal nach Farben geordnet. Wir saßen dort auf der schäbigen Couch, ganz brav, Hand in Hand, und haben gelesen. Nachmittagelang.«

Ich stellte mir Ate und Rico vor, wie sie händchenhaltend, beide in ihr Buch vertieft, auf dem Sofa in der Gartenlaube saßen, und lächelte.

»Ich mochte Gedichte«, sagte ich. »Robert Gernhardt, Reiner Kunze und der andere Rainer, der mit a-i, der auch noch einen Mädchennamen hatte. – ›Wie soll ich meine Seele halten, dass sie nicht an deine rührt …‹«

»Wie soll ich sie hinheben über dich zu andern Dingen …«, fuhr Ate fort.

»Du auch?«, fragte ich überrascht.

Sie zuckte die Schultern, wir lachten.

Bei Rilke also, den auch Maman liebte, trafen wir uns. Touché.

»Ich fand das Gedicht so schön, aber ich hatte niemanden, kein DU, zu dem ich das sagen konnte«, vertraute ich Ate an. »Mein Freund Harry taugte nicht dazu. Er war kein lyrischer Typ, er war zwar gut in Deutsch, aber nur in Prosa, mit Poesie hatte er nichts am Hut.«

»Ich schon«, sagte Ate und schaute vor sich hin mit einem träumerischen Augenausdruck. »Rico mochte Gedichte. Damals habe ich eines von Brecht auswendig gelernt. Für Rico und für mich.« Sie räusperte sich und rezitierte:

»Der, den ich liebe
Hat mir gesagt
Daß er mich braucht.

Darum
Gebe ich auf mich acht
Sehe auf meinen Weg und
Fürchte von jedem Regentropfen
Daß er mich erschlagen könnte.«

Sie blickte mich an und lächelte. »Rico fand das schön, aber er hat nicht auf sich achtgegeben. Nicht auf seinen Weg gesehen. Er hat sich nicht vor Regentropfen gefürchtet und auch sonst vor nichts.« Sie hielt einen Augenblick inne und fuhr dann fort: »Rico hat immer alles ausprobiert und ging dabei oft zu weit. Ich ging auch weit, bis an meine Grenzen, aber nie darüber hinaus, so wie Rico. Er trieb es immer bis zum Äußersten, manchmal zu seinem Schaden.«

»Wie meinst du das, bis zum Äußersten?«, fragte ich, obwohl ich ahnte, wie Ate es meinte. Aber ich wollte, dass sie weitersprach, ich wünschte mir, dass der Faden, den die Begebenheiten der letzten Tage zwischen uns gesponnen hatten, nicht abriss. Ate überlegte: »Rico hat oft Schule geschwänzt. Er kannte sich besser aus als ich im Leben und in der Politik. Er wusste Bescheid über alle Befreiungsbewegungen. Beim Aufstand in Soweto hingen wir am Radio und drückten den Schwarzen die Daumen. Rico hatte vor, bei den Bundestagswahlen im September, als wir zum ersten Mal wählen durften, für die DKP zu stimmen. Er hatte Sympathien für die RAF und grämte sich über den Tod von Ulrike Meinhof. Einmal haben wir zusammen blaugemacht und sind nach Stuttgart getrampt, um an einer Verhandlung im Stammheim-Prozess teilzunehmen.«

»Was?«, hakte ich ein. »Tatsächlich? Das wusste ich nicht. Erzähl! Wie waren sie? Baader, Ensslin und Raspe?«

»Gudrun Ensslin war eher still«, erinnerte sie sich. »Baader schrie rum und beleidigte den Richter mit unflätigen Beschimpfungen. Ich fand das abstoßend, ich war entsetzt. Abends habe ich Severin davon erzählt, und Maman hat es irgendwie mitbekommen. Sie hatte damals ihre Ohren überall. Anstatt mit uns zu reden, hat sie ein Riesentheater gemacht, zu gleichen Teilen, weil ich Schule geschwänzt hatte und wegen der RAF. Von da an hatte ich keine ruhige Minute mehr.«

»Das glaube ich dir aufs Wort«, sagte ich und erinnerte mich an den Tag, als Maman meinen Brief an Omar in meiner Schultasche aufgespürt und mich zur Rede gestellt hatte.

»Maman hat mir morgens nachgestellt, um sich zu vergewissern, dass ich zur Schule ging«, erzählte Ate weiter, »einmal stand sie sogar in der großen Pause auf dem Schulhof. Ich habe mich furchtbar geschämt, es war so peinlich. Maman hat mein Kommen und Gehen kontrolliert, als wäre ich eine Sechsjährige.«

»Ja«, nickte ich, »daran kann ich mich entsinnen.« Maman hatte Ate zugesetzt, sie mit Vorwürfen traktiert, mit Verboten überhäuft, die sogar ich mit meinen zwölf Jahren lächerlich gefunden hatte. Ich hatte dunkel gespürt, dass Mamans Verhalten Ausdruck ihrer Hilflosigkeit war, dass sie sich fürchtete vor Ricos schlechtem Einfluss auf ihre Tochter und sich Sorgen machte. Sie hatten mir beide leidgetan, Maman und Ate; Ate hatte mir ein bisschen mehr leidgetan als Maman.

Und auch wenn ich von Ates Ausflug nach Stammheim bislang keine Ahnung hatte, wusste ich noch, wie es damals weiterging: Eines Tages verkündete Ate, es sei aus mit Rico. Sie habe Schluss gemacht. Von da an sah ich sie nie mehr auf dem Schulhof, bekam aber einmal mit, wie sie in der großen Pause zum Hintereingang der Schule ging, und spionierte ihr hinterher. Da sah ich Ate mit Rico auf dem Treppenabsatz hinter der Schule sitzen. Sie küssten sich.

»Warum sagst du, es ist Schluss, und küsst ihn doch noch?«, fragte ich Ate nachmittags.

Ate herrschte mich an: »Kein Wort zu Maman!«

Severin gab, anders als Ate, gegenüber unserer Mutter nicht klein bei, auch nicht zum Schein. Er vernachlässigte die Schule und machte keinen Hehl daraus, dass er seine Nachmittage fast gänzlich im Gartenhaus an der Flims verbrachte.

In jener Zeit machte sich Maman eines Abends auf den Weg zu den Schrebergärten. Ich weiß es von Severin, der es mir erzählt hat. Maman tauchte beim Gartenhaus auf und steckte die Nase durch die Tür. Sie baute sich vor Severin und Rico auf, die nebeneinander auf dem alten Kanapee lümmelten. »Halten Sie sich fern von meinem Sohn!«, herrschte sie Rico an.

»Tue ich ja«, sagte Rico und rückte ein paar Zentimeter von Severin ab, um seinen Worten Nachdruck zu verleihen. »Er soll sich fernhalten von mir!«

Daraufhin scheuerte Maman Rico eine, und zu Hause scheuerte sie auch Severin eine und sagte: »Du bleibst weg von dem, das ist ein Krimineller, sonst erzähle ich Papa alles, und es setzt was.«

Aber Severin hielt sich nicht fern von Rico, so wenig, wie es Ate tat.

Wie es weiterging, habe ich live miterlebt …

An einem heißen Junitag kurz vor den Sommerferien ist die Polizei in der Schule. Jemand hat Rico angezeigt wegen Drogenbesitzes. Die Polizisten holen ihn aus dem Unterricht und führen ihn zwischen sich ab. Ich beobachte es durch das Klassenzimmerfenster, von dem aus man auf den Schulhof sehen kann. Ich wünsche mir, dass Ate es nicht sieht. Aber natürlich weiß sie Bescheid, als wir mittags zu Hause am Esstisch sitzen. Sie starrt vor sich hin, und von Zeit zu Zeit tropft eine Träne in das Essen, in dem sie herumstochert. Severin, in dessen Klasse Rico geht, hat das Thema angeschnitten, empört schnaubt er, er finde das fies, jemanden anzuzeigen, bloß weil er kiffe. Maman wiederholt, Rico sei ein Krimineller, der in ein Heim für Schwererziehbare gehöre und am Gymnasium unserer Kleinstadt nichts verloren habe.

Ich betrachtete Ate, die wieder begonnen hatte zu skizzieren. Auf nichts anderes als ihr Blatt und ihren Stift konzentriert saß sie da. In ihrem Kokon aus Kontemplation wirkte sie unverletzlich, anders als an dem Tag, als Rico zu einem Fall für die Polizei wurde. Ich hätte sie gerne gefragt, was sie von jenem Tag behalten hatte. Ob sie noch wusste, woran ich mich erinnerte. Damals nach dem Essen beim Abspülen hatte Ate drei Suppenteller zerbrochen, ohne Grund; sie öffnete einfach die Hand und ließ sie fallen. Ich sah das Geschirr auf dem Küchenboden zerschellen. Ich weiß nicht, was für Ate an diesem Tag in Scherben ging. Für mich brach mit dem Geräusch des splitternden Porzellans ein Teil der heilen Welt meiner Kindheit in Stücke.

4

Beim Mittagessen spielten wir das »Wusstet-ihr-Spiel«. Als Kinder hatten wir es oft gespielt, nach der Schule beim gemeinsamen Mittagsmahl, um mit unserem am Morgen neu aufgeschnappten Schulwissen zu glänzen. Um unseren Eltern zu beweisen, dass wir im Unterricht aufgepasst hatten. Alle hatten beim »Wusstet-ihr-Spiel« mitgemacht, alle außer Paps, der nie eine Frage gestellt hatte, nicht einmal eine Wusstet-ihr-Frage. Als Kind hatte ich geglaubt, es läge daran, dass Paps alles schon wusste; jemand, der Lateinisch sprach, musste fast so allwissend sein wie der liebe Gott. Weil Paps bei diesem Spiel früher nicht mitgespielt hatte, fiel an diesem Mittag weniger als sonst auf, dass er nicht da war.

»Wusstet ihr«, fragte Severin, »dass es im Pazifik eine Plastikinsel gibt, so groß wie ganz Frankreich?«

Nein, das wussten wir nicht. Wir wussten, dass diese riesigen Müllhalden auf den Meeren trieben, aber von Eilanden mit dem Ausmaß ganzer Staaten hatten wir keine Ahnung.

»Kann man darauf laufen?«, fragte Maman mit weit aufgerissenen Augen. Wir zuckten die Schultern. Wir wussten nicht recht, wie wir uns diesen unermesslichen Teppich aus Plastikteilen vorstellen sollten. Ob es im Internet Fotos davon gab. Ob man sie auf Google Earth sehen konnte. Ich erzählte, wie ich einmal an einem Pazifikstrand entlanggegangen war, auf den eine Strömung Strandgut geschwemmt hatte. »Der Strand war bunt«, sagte ich, »nicht von Muscheln, nicht von Algen oder Steinen, sondern von Millionen winziger Plastikteilchen in allen Regenbogenfarben. Es war auf eine schreckliche Weise schön. Oder auf eine schöne Weise schrecklich, wie ihr wollt.«

»Schöne bunte Welt«, seufzte Ate. Sie nahm sich ein zweites Mal Salat und fragte: »Wusstet ihr, dass Menschen einander anziehender finden, wenn sie sich auf einer Hängebrücke begegnen?«

»Das wussten wir ja gar nicht«, riefen wir im Chor.

»Wieso das denn?«, fragte ich. Ate zuckte die Schultern und meinte, sie habe es bei ihrem letzten Friseurbesuch in Hamburg in einer Illustrierten gelesen.

»In Illustrierten steht immer Quatsch«, meldete sich Maman und lachte. Sie lachte vor sich hin, wie sie früher manchmal vor sich hin gelacht hatte, ohne dass wir wussten, weshalb. Sie dachte an etwas, und plötzlich stahl sich dieses Lachen auf ihr Gesicht und manchmal in ihre Stimme. Ich fragte mich, ob sie jetzt wusste, worüber sie lachte, und ob es dasselbe war, über das wir lachten.

»Wusstet ihr, dass es eine empirische Untersuchung gibt, nach der Daumendrücken hilft?«, fragte Vinz. »Menschen, die sich darauf verlassen, dass in einer brenzligen Situation für sie der Daumen gedrückt wird, sind nachgewiesenermaßen erfolgreicher als andere.«

Darüber amüsierte sich Maman über die Maßen. Sie lachte und schüttelte den Kopf und konnte mit beidem gar nicht mehr aufhören. Ganz unvermutet blitzte ihr früherer Intellekt auf. Ihr flinker Verstand, ihr scharfer Blick für törichtes, unterbelichtetes Handeln. Sie belächelte gedankenlos Hingesagtes, naives Geschwätz, undurchdachte Handlungen wie eben das Daumendrücken und zog es mit scharfer Zunge durch den Kakao.

»Daumendrücken«, trompetete sie jetzt, »was für ein Blödsinn!«

Wir waren perplex. Wie immer, wenn Maman diese wachen Phasen hat, in denen sie fast so ist wie früher, schöpften wir Hoffnung. Wir ließen uns blenden, ließen uns täuschen und träumten davon, dass es vielleicht doch wieder würde, dass es würde wie ehemals, oder doch, dass ihr Zustand sich nicht verschlimmern und sie sich erholen würde.

Ich durchforstete mein Gehirn nach einer Wusstet-ihr-Frage, an die Maman anknüpfen konnte. Am besten eine aus dem Literaturbereich. »Wusstet ihr«, fragte ich schließlich, »dass Mark Twain immer weiße Anzüge trug?« Etwas Besseres fiel mir nicht ein.

Aber Maman konnte sich nicht an Mark Twain erinnern. Sie meinte, das sei unser Nachbar von schräg gegenüber, und betonte, dass er nie Anzüge trage, sondern Jeans und schmuddelige braune Pullunder.

»Wer kennt auch schon Mark Twain?«, fragte Vinz munter und fuhr rasch fort: »Wusstet ihr, dass es eine App gibt, mit der man sein Konterfei in das einer Frau oder eines Mannes verwandeln kann, also in das, was man nicht ist?«

Wir schüttelten die Köpfe. Wir staunten. Wir fanden das faszinierend. Vinz hatte sich diese App runtergeladen, und wir wollten es sofort probieren. Da wir mit dem Essen fertig waren, ließen wir uns der Reihe nach von Vinz fotografieren, auch Maman. Während Vinz die App anwendete, steckten wir über seinem Smartphone die Köpfe zusammen.

»Ich sehe aus wie du«, sagte Ate zu Vinz, und Severin meinte, ich hätte ebenfalls Ähnlichkeit mit unserem jüngsten Bruder. Er selbst fand sich sowohl Ate als auch mir ähnlich. »Irgendwie sehen wir alle gleich aus«, sagte er. »Wie Geschwister eben.«

Maman dagegen wirkte wie eine gealterte Ausgabe von Severin. Wir zeigten ihr das Bild, und sie fragte verständnislos: »Wer ist das?«

»Das bist du – als Mann.«

»Ich?«, fragte sie. »Ich bin doch kein Mann.« Sie schaute uns unsicher an. »Oder?«

Wir lachten. »Spaß, Maman«, sagte ich, und sie fragte, wo der Witz sein sollte.

»Ihr verspaßt mich perment«, klagte sie.

»Wusstet ihr, wie man einen roten Elefanten schießt?«, alberte Severin.

»Nicht jetzt«, mahnte Vinz mit einem Blick auf Maman. Sie machte auf einmal einen müden Eindruck, alle Präsenz von vorhin war verflogen.

»Komm, Maman«, sagte ich, »wir machen ein Mittagsschläfchen.«

»Jetzt schon?«, wunderte sie sich. »Gleich nach dem Frühstückchen? Bist du jetzt schon wieder müde, Idamaus? Du bist doch nicht krank, oder?«

»Ich glaube nicht. Ich dachte eher, du würdest gerne ein bisschen die Füße hochlegen.«

»Kein Bedürfnis«, sagte sie und gähnte. Wir lachten.

Ich brachte Maman ins Schlafzimmer und half ihr, sich auf dem Bett auszustrecken. Sie schlief bereits, ehe ich die Tür geschlossen hatte.

In der Küche machten Ate, Vinz und Severin den Abwasch, und Vinz fragte gerade: »Wisst ihr, wie man einen weißen Elefanten schießt?«

»Mit dem weißen Elefantengewehr«, antworteten wir brav.

»Falsch«, trumpfte Vinz auf. »Man stellt ihn in die Sonne, bis er braun wird, dann …«

»… würgt man ihn, bis er blau wird«, fuhren wir im Chor fort, »erzählt ihm einen dreckigen Witz, bis er rot wird, und erschießt ihn mit dem roten Elefantengewehr.«

Wir lachten.

5

An diesem Nachmittag besuchten wir wieder alle zusammen Paps. Wir fuhren mit zwei Autos, weil Severin später einen Besuch bei seinem alten Klassenkameraden Roland machen wollte, dem Wirt vom Irish Pub.

Paps saß im Morgenmantel im Aufenthaltsraum, ein Buch auf dem Schoß, rechts und links neben sich seine Krücken.

»Was sehen meine trüben Äuglein? Du bist also wieder beweglich«, freute sich Vinzenz. »Ein Hoch auf die Ärzte!«

Paps machte eine wegwerfende Handbewegung. »Medicus nihil aliud est quam animi consolatio«, meinte er griesgrämig.

»Medicus curat, natura sanat«, parierte Vinz. »Das wird schon, lieber Papst. Komm, wir gehen einen Kaffee trinken.«

Wir fuhren mit dem Lift ins Erdgeschoss und belegten einen Tisch in der Cafeteria. Severin holte an der Theke Kaffee für uns alle. Wir berichteten Paps von unserem Gespräch am Vortag mit der Sozialarbeiterin und unterhielten uns darüber, welche der Angebote, die Frau Bender gemacht hatte, sinnvoll wären.

»So viel wie nötig, so wenig wie möglich«, meinte Paps.

»Wie heißt das denn auf Lateinisch?«, ulkte Severin. Paps musste passen. Ich spürte seinen Unmut über die Situation, in die er sich und Maman durch seinen Unfall gebracht hatte. Er ärgerte sich über sich selbst, dass er nicht funktionierte, wie er es von sich selbst gewohnt war und verlangte, es war ihm zuwider, dass er überhaupt gezwungen war, Hilfe anzunehmen. Er habe es nicht gern, wenn andere Leute im Haus wären, Fremde, meinte er, wenn er morgens aufstehen müsse, um Personal einzulassen, das Maman wasche; in dieser Hinsicht Rücksicht nehmen zu müssen auf andere, das gehe ihm einfach auf den Keks.

»Wer geht auf einem Keks?«, schaltete sich Maman ein. »Niemand geht auf einem Keks, mein lieber Dingselbumsmann.« Sie streckte die Hand nach Paps aus und strich ihm eine dünne silberne Strähne aus dem Gesicht. »Du bist wohl ein bisschen verwirrelt. Verwinkelt. Verwöhnt.«

»Ja«, sagte Paps, während wir anderen uns Blicke zuwarfen und grinsten, »verwöhnt, das wird es sein. Da geht man auch schon mal auf Keksen.«

Severin verdrehte die Augen. »Kekse hin oder her«, sagte er, »du musst Rücksicht nehmen auf dich selbst, lieber Papst und Dingselbumsmann.« Dann tippte er wieder was in sein Handy, lachte, tippte wieder.

»Irgendwie gleicht ihr euch, du und Maman«, sagte ich zu Paps, »Maman wollte im Gespräch mit Frau Bender auch keine Hilfe annehmen. Sie war der Überzeugung, ihr könntet das alles allein.«

»Wie bitte?«, meldete sich Maman. »Was war ich? Das ist doch allerhand!«

»Wie schön«, sagte Vinz, »dass Maman trotz allem, was nicht mehr geht, immer noch eine Meinung hat.«

»Maman, Maman«, äffte unsere Mutter, »nix Maman. Warum überdingst ihr mich dauerlings? Hört auf mit dem Gekeksel, ihr Miezelkatzen! Mit mir kann man reden! Wann kommt denn endlich die Bedienstellung? Wir sitzen hier schon ewiglich.« Sie räusperte sich. »Ich hätte gern einen doppelten Kaffee-Whiskey.«

»Hier, Mutterherz«, sagte Severin und reichte ihr ihre Kaffeetasse. »Ein doppelter Kaffee-Whiskey ohne Whiskey, extra für dich!«

6

»Lust auf Schwitzen?«, fragte Ate, als wir wieder zu Hause waren. Schon als Jugendliche hatte sie die Drei-Personen-Sauna im Bad der Einliegerwohnung gern genutzt, lieber als Maman und Paps und wir Geschwister.

Vinz meinte, Lust schon, aber er müsse endlich Hand an sein neues Kabarettprogramm legen und Mamans bühnenreife Wortklimperei in der Klinik habe ihn auf ein paar Ideen gebracht. Ich selbst hatte Lust ohne Aber.

Zur Einliegerwohnung, die nie vermietet worden war, gehörten eine Küche sowie ein großer, als Gästezimmer genutzter Raum mit Teppichboden. Beim Auskleiden betrachtete ich die Aquarelle von Ate aus ihrer Jugendzeit, die dicht an dicht mit solchen von Paps an den Wänden hingen. Die Bilder ähnelten sich, so wie Paps und Ate einander ähneln, die von Ate waren ein wenig bunter. Früher, ehe Ates Schwierigkeiten mit unseren Eltern begannen, ging sie oft mit Paps nach draußen, um gemeinsam mit ihm zu malen: Landschaften, Tiere im Zoo, Silhouetten von Burgen und Schlössern. Von den Aquarellen an der Wand gingen Harmonie, Frieden und eine Vollkommenheit aus, die zur Vergangenheit gehörte und sich nach jenem Sommer, der alles aus den Fugen gebracht hatte, nie mehr eingestellt hatte. Von ihren gemeinsamen Ausflügen kamen Paps und Ate zurück mit einem Einvernehmen zwischen sich, das andere ausschloss und mich doch nicht eifersüchtig machte. Paps war weicher, wenn er gemalt hatte, Ate strahlte, und ich staunte über die Fähigkeit beider, Aquarellfarben so zu verwenden, dass auf dem rauen Papier etwas zu erkennen war. Bei mir selbst lief immer alles ineinander und auseinander, wenn ich mit Wasserfarben malte, so ließ ich es bleiben und rührte nach Ende meiner Schulzeit nie wieder einen Pinsel an.

Während meine Schwester und ich in der Sauna im Untergeschoss der Villa Fröhlich saßen und schwitzten, betrachtete ich ihren Körper. Ate hatte sich gut gehalten für ihre achtundfünfzig. War schlank, ohne hager zu sein. Bauchlos. Ihre Brüste waren nicht schlaff, sondern hatten noch Volumen. Ob es daran lag, dass Ate, anders als ich, nie Mutter geworden war? Nie Mutter geworden war, dachte ich und wusste, dass das etwas anderes war, als wenn ich gedacht hätte, dass Ate nie schwanger gewesen war. Und das dachte ich nicht. Meine Gedanken kreisten wieder um jenen Sommer 1976, wie es weiterging, als es mit Rico und Ate nicht mehr weiterging, weil Rico von der Polizei aus der Schule geholt und abgeführt worden war. Ich dachte daran, dass Ates Geschichte mit Rico damals nicht zu Ende war, obwohl Rico vor Schuljahrschluss nicht an die Schule zurückkehrte und auch nicht danach.

»Hast du Rico eigentlich nach jenem Sommer noch mal gesehen?«, fragte ich Ate.

Ate studierte das Blütenmuster ihres Saunatuchs und sagte: »Nein, nie.« Sie leckte sich ein bisschen Schweiß von der Oberlippe und ergänzte: »Nie mehr.«

»War Rico im Sankt-Anna-Stift?«, hakte ich nach. Denn das hatte ich mir zusammengereimt, dass Rico in das Heim für schwererziehbare Jungs auf dem Hügel jenseits von Möckingen gekommen war, wo er laut Maman hingehörte. Ich stellte mir dieses Heim ein bisschen wie ein Gefängnis vor, aus dem der schwererziehbare Rico nie einen Fuß hinaussetzen durfte, denn sonst hätten wir ihn ja zuweilen gesehen, und Ate hätte ihn treffen können.

Ate lachte. »Doch nicht Rico! Rico hätte sich niemals einsperren lassen. Nein, er war weg, wie vom Erdboden verschluckt«, erinnerte sie sich. »Später hat mir jemand erzählt, er sei abgehauen und habe sich auf Reisen begeben.«

»Und weiter?«, fragte ich.

»Nichts weiter.« Ate erhob sich und schüttete mit dem Schöpflöffel Wasser mit Aufgussessenz in das Aufgussbecken. Eukalyptusduft machte sich breit. »Das ist meine letzte Spur von ihm, mehr weiß ich nicht«, sagte sie in das Zischen hinein. Ich beobachtete sie. Ates Bewegungen, während sie den Aufguss machte, waren konzentriert, sicher, ruhig, bedächtig. In nichts erinnerte meine große Schwester an das Nervenbündel Ate vor vierzig Jahren, in jenem Sommer, nachdem Rico verschwunden war. Damals hockte sie in den großen Ferien, anstatt im Park oder im Schwimmbad zu sitzen, in einer Patschuli-Wolke zu Hause in ihrem Zimmer. Sie heulte, und wenn sie nicht heulte, hörte sie Joan Baez oder Janis Joplin oder »Mississippi« von Pussycat, den Hit jenes Sommers; manchmal tat sie beides zusammen, heulen und Musik hören …

Eines Abends komme ich die Treppe herauf und höre Maman und Ate, die sich in der Küche unterhalten. Das heißt, Ate unterhält sich eigentlich nicht, sondern sie heult auch jetzt und druckst mit so leiser Stimme herum, dass ich sie nicht verstehe. Dazwischen schnäuzt sie sich, nur um gleich darauf wieder loszuheulen und zu drucksen.

»Wir fahren nach Holland«, vernehme ich Mamans Stimme. Endlich ein ganzer Satz, einer, den ich verstehe. »Du brauchst Hilfe, Kind. Und Abstand. Nächste Woche fahre ich mit dir nach Holland, und nach den Sommerferien fängst du neu an.«

Ich meine zu begreifen oder reime es mir zusammen: Ate hat Maman gebeichtet, dass sie sich nicht wirklich von Rico getrennt hat und ihn vermisst. Ich kapiere nicht so richtig, warum sich Ate so sehr um ihn grämt, warum sie so viel Abstand von ihm braucht, dass Maman bis nach Holland mit ihr fahren muss. So toll ist er schließlich auch wieder nicht. Aber schließlich habe ich mich in diesem Sommer auch zum ersten Mal in einen Jungen aus meiner Klasse verliebt, den blonden Joachim mit dem niedlichen Grübchen im Kinn, und Heike Ukaritsch, meine beste Freundin, versteht nicht, was ich an ihm finde.

Am nächsten Tag eröffnet Maman Severin und mir,

dass man mit ihrem dicken Bauch und mit Ate eine Woche wegfahren werde. Ans Meer, nach Holland. Das weiß ich schon und denke mir nichts dabei, wir sind schließlich schon oft mit den Eltern in Holland gewesen, am Meer bei Zandvoort, in Urlaub. Maman wird also wieder mit uns dorthin reisen. »Wann fahren wir?«, frage ich.

»Nur Ate und ich«, erklärt Maman, »Ate braucht Luftveränderung, gell, Ate!«

Ate starrt vor sich hin und sagt nichts. Ihre Augen sind vom Weinen gerötet. Ich verstehe, dass sie Luftveränderung braucht, von mir aus auch ohne Luft, Hauptsache, Veränderung. Mir ist bloß nicht klar, warum Maman allein mit ihr fährt, ohne uns.

Während wir in der Sauna saßen, überlegte ich, ob ich all diese Erinnerungen, die mir gerade durch den Kopf gingen, meine Kindersicht auf die Ereignisse von damals mit Ate teilen sollte. Aber da war eine Scheu, die mich daran hinderte. Noch war es nicht so weit, noch war da nicht die Nähe zwischen meiner Schwester und mir, als dass ich mich traute, all das anzusprechen, vor allem nicht das eine, meine Einsicht, dass Ate damals schwanger gewesen war. Daran zu rühren kam mir vor, als setzte ich einen sich aufblähenden Flaschengeist an die Luft, ohne mich um die Folgen zu kümmern.

Der Gedanke, dass Ate schwanger gewesen war, kam mir erst viel später, lange nach jenem schicksalsträchtigen Sommer. Und auch als er kam, platzte er nicht als plötzliche Erkenntnis, als ein Donnerschlag, der einem durch Mark und Bein fährt, in mein Leben, sondern er sickerte in mich hinein als eine sich allmählich verdichtende Vermutung, die mit der Zeit und mit dem Alter und fortschreitender Lebenserfahrung Gewissheit wurde. Es musste so gewesen sein. Ich glich den Gedanken mit Erinnerungen ab, die ich aus jener Zeit behalten hatte und die den Stellenwert von Indizien bekamen: dass Ate in jenem Sommer ständig übel gewesen war. Dass sie nicht ins Schwimmbad hatte mitkommen wollen, aus Angst, sie müsse sich übergeben. Alles passte zusammen.

In der Zeit, während Maman und Ate in Holland waren, nahm Paps Urlaub für uns. Er ging mit Vinzenz und mir wandern, in Museen und einmal sogar in den Europapark Rust, der im Jahr zuvor eröffnet worden war. Er reiste mit uns dorthin, obwohl er Vergnügungsparks verachtete, er fand sie ordinär und nur etwas für Proleten. Doch Vinz und ich amüsierten uns königlich. Wir fuhren Karussell und rutschten auf einer unendlich langen Rutsche und schlugen uns den Bauch mit Eiscreme voll, bis uns schlecht war. Einen ausgelassenen Tag lang schüttelten wir die bedrückte Stimmung ab, die sich seit dem Desaster mit Ate und Rico auf uns gelegt hatte. Fast wünschte ich, Ate und Maman würden viel länger als diese eine geplante Woche wegbleiben, dann würde ich meinen Seelenfrieden wiederfinden. Auch Severin sahen wir in dieser Zeit selten, und es war mir recht. Er war tageweise verschwunden und kam manchmal nicht einmal nachts nach Hause. Er verriet mir, dass er die Nächte im Gartenhaus an der Flims verbrachte, wo immer noch Gras geraucht wurde, obwohl Rico nicht mehr dabei war.

7

Während unserer Pausen zwischen den Saunagängen lief ich, um mich abzukühlen, in der Küche vor der Sauna auf und ab. Unsere Eltern nutzten die Küche immer als Speisekammer und Abstellraum. Auf einem Metallregal lagerten Lebensmittel. Puderzucker, Backaromen, Dr. Oetker Hefezopfmischung, Dr. Oetker Hefeteiggarant. Backwaren, die vermutlich aus der Zeit stammten, als Maman noch backen und die Zutaten mischen konnte. Auf einem Tisch stand ein alter Lampenschirm und daneben die Puppenküche aus unserer Kinderzeit, mit der später mein Sohn Rouven und Severins Kinder spielten, wenn sie bei Großmaman und Großpapa zu Besuch waren. Gartenhandschuhe, Schnur, Mülltüten lagen herum. Unter dem Tisch ein Karton, aus dem Faschingsverkleidungen von früher hervorlugten. Ich zog an einem Stück roten Stoffs mit schwarzen Punkten, das ich meinte, mal an Ate gesehen zu haben. Ate sah mich stöbern und wunderte sich: »Was Maman alles aufgehoben hat! In dem Fummel bin ich mal als Marienkäfer gegangen. Severin hatte die gleiche Verkleidung, schwarz mit roten Punkten.« Sie lachte.

In der Ecke neben der Tür stand eine alte Kommode. Ein Teil aus schwerem, dunklem marmoriertem Holz mit drei Schubladen. Neugierig zog ich die obere auf. Ich wusste nicht, was ich suchte und ob ich überhaupt etwas suchte. Ich wollte nur wissen, was in dieser altertümlichen Kommode hier unten gelagert sein könnte. Das Schubladeninnere war ausgekleidet mit blau-rot gestreiftem Geschenkpapier. Könnte ein Werk von Maman sein, als sie noch Hausfrau war und ihren Haushalt im Griff hatte. In der Schublade lagen mehrere in kleine Vierecke unterteilte Pappschachteln mit Steinzeitfunden. Vom Gebrauch blank gewetzte karamellfarbene Steine mit scharfen Klingen, die als Messer verwendet worden waren. Opa Kurt, der Vater von Maman und der Mann von Oma Ida, nach der ich benannt bin, war Archäologe und kulturhistorisch interessiert gewesen. Neben den Schachteln waren mehrere versteinerte Widderhörner verstaut. Ich nahm eines hoch, wog es in der Hand. Es war leichter, als ich gedacht hatte.

Ich schloss die obere Schublade und zog die mittlere heraus. Noch mehr Steinzeitfunde in Kästchen-Pappkartons, versehen mit Großvaters rundlicher Füller-Schrift. Auf der rechten Seite ein Karton, der mit einem Deckel verschlossen war. Ich hob ihn hoch und blätterte in Papieren: ein Packen Briefe, in Mamans Schrift adressiert an Oma Ida. Darunter eine Karte mit schwarzem Rand. Vergilbt. Eine Todesanzeige. Ich griff danach.

Unerwartet starb unser geliebter Günter Wenk, stand da in Sütterlinschrift. Günne, Mamans Bruder. Unter Günters Namen sein Geburts- und sein Todestag, dann folgte: *In tiefer Trauer für alle Angehörigen, Ida Wenk.* Ich kniff die Augen zusammen. Dass nur Oma Ida die Anzeige unterzeichnet hatte, leuchtete mir ein. Opa Kurt war damals im Krieg gewesen. Doch etwas anderes kam mir komisch vor. Noch einmal las ich Günters Lebensdaten: *2. April 1933 – 28. August 1941.*

»Erzähl mir von Oma Ida«, sagte ich zu Ate, als wir wieder in der Sauna saßen. Schon immer wollte ich mehr über meine Großmutter wissen, von der ich den Namen habe und die sich den Tag, an dem ich geboren wurde, ausgesucht hatte, um zu sterben.

Nach Oma Ida zu fragen war unverfänglich, wenngleich es vielleicht ebenso Geister weckte, als hätte ich an Ates Zeit mit Rico gerührt. Aber diese Geister waren in einer Vergangenheit gebunden, in der weder Ate noch ich am Leben gewesen waren, in einer Epoche, die keiner von uns beiden wehgetan hatte, sondern höchstens Günter und unserer Oma und vielleicht Maman.

»Wie war sie?«, fragte ich. »Wie war Oma Ida?«

Ate drehte die Sanduhr an der Saunawand um und behauptete, sie könne sich an nicht viel entsinnen, sie war ja erst knapp sechs Jahre alt, als unsere Großmutter starb. Aber dann dachte sie doch nach und sagte: »Springlebendig. Herzlich. Auf eine gute Weise um uns besorgt. Unängstlich, anders als Maman. Oma Ida roch nach Anis und Zimt und konnte einen so fest in den Arm nehmen und an sich drücken, wenn wir sie besucht haben. Das haben wir manchmal gemacht,

Maman, Severin und ich. Wir trabten zu Fuß zum Bahnhof und stiegen dort in den Bus nach Bad Schennau. Wir fuhren mit dem Bus, weil Maman damals noch kein Auto hatte, es gab nur das von Paps, und der brauchte es für den Weg in die Firma. Severin war im Kinderwagen. Bei Oma Ida gab es Arme Ritter mit Apfelkompott, und dann sind wir mit einer Tüte voller Brotreste zum Entensee in der Mitte des Orts gegangen und haben die Enten gefüttert.«

Ich grub in meinem Gehirn. Ich konnte mich dunkel erinnern, dass es diese Ausflüge nach Bad Schennau, dem Wohnort von Oma Ida, in dem Maman aufgewachsen war, auch noch gegeben hatte, als ich bereits geboren, aber noch klein gewesen war, allerdings nunmehr mit einem klapprigen himmelblauen Fiat Ritmo, den Maman fuhr. Ich konnte mich sogar noch an Oma Idas Haus erinnern, das nach ihrem Tod mehrere Jahre leer stand, ehe es meine Eltern Anfang der 1970er-Jahre verkauften. Als kleines Mädchen hatte ich Oma Idas Präsenz gespürt, von der Ate redete, ich spürte sie in den verwaisten Räumen über ihr Ableben hinaus und stellte mir vor, dass sie als Geist in ihrem Schlafzimmerschrank zwischen ihren Kleidern hauste.

»Schade, dass ich Oma Ida nicht mehr kennengelernt habe«, sagte ich. »Sie muss eine beeindruckende Persönlichkeit gewesen sein.«

Ate wischte sich den Schweiß von Brüsten und Bauch und bestätigte: »Oma Ida war stattlich, äußerlich und innerlich. Sie war ein ganz anderes Kaliber als Maman, in vieler Hinsicht. Die Leute machten ihr Platz, wenn sie ihr auf der Straße begegneten.« Nach einer Pause fuhr sie fort. »Sie konnte sich furchtbar aufregen, wenn Menschen anderen was antaten.« Und dann erzählte sie mir, wie bei einem dieser Besuche in Bad Schennau Oma Ida und Maman vor Omas großem Radioapparat gesessen hatten. »Es war Herbst«, sagte Ate, »kalt und düster draußen, und es musste etwas Besonderes vorgefallen sein, sonst wurde am Tag kein Radio gehört, nur abends.« Sie habe den Namen Kennedy verstanden, berichtete Ate, und nicht gewusst, wer das war. Während Maman in Tränen ausbrach, erklärte Oma Ida, jemand habe auf den Präsidenten von Amerika geschossen und ihn getötet.

»Ich habe gefragt, ob er mit uns verwandt ist«, erzählte Ate, »warum hätte Maman sonst um ihn weinen sollen. Oma Ida hat nicht Ja und nicht Nein gesagt, weshalb ich John F. Kennedy noch lange für einen etwas entfernten Onkel von uns gehalten habe, der in Amerika lebte.« Sie lachte. »Einmal in der ersten Klasse habe ich sogar vor meinen Schulkameraden damit angegeben.«

Damals an Kennedys Todestag am Radio, erinnerte sie sich weiter, sei es plötzlich aus Oma Ida herausgebrochen, ebenso schneidend wie heftig: »Dass auf dieser Welt immer die Idioten triumphieren, die Lebensverneiner und Bösewichte! Der Teufel soll sie holen, in der Hölle sollen sie schmoren, alle miteinander!«

Ate schaute vor sich hin, hob dann den Kopf und blickte mir ins Gesicht. »Ich habe damals nicht gewusst, was und wen sie meinte, natürlich nicht. Erst später in der Schule, als wir über das Dritte Reich und die Judenverfolgungen und die Vernichtung unwerten Lebens gesprochen haben, habe ich es kapiert...« Sie unterbrach sich und sagte dann zusammenhanglos: »Es muss furchtbar für Oma Ida gewesen sein, als sie erfuhr, dass Günter abgeholt werden sollte. Man wusste doch, wo all die wehrlosen Menschen hingebracht wurden und was für ein Schicksal sie erwartete.«

»Mein Kind hergeben«, pflichtete ich ihr bei, »das würde ich nie. Niemals.« Ich räusperte mich. »Hat Oma Ida nie etwas davon erzählt? Überleg mal.«

Ate schüttelte den Kopf. »Da ist nichts mit Überlegen. Ich kann mich nicht erinnern. Ich war wirklich zu klein.«

Sie warf einen Blick auf die Sanduhr, die längst durchgelaufen war.

»Komm«, sagte sie, »lass uns hier rausgehen, sonst kriege ich einen Kreislaufkollaps.«

8

Den ganzen Tag hatte ich nichts von Lenny gehört. Auch nicht darauf gewartet, wenngleich er immer wieder in meinen Gedanken war. Als er um kurz nach acht anrief, während Ate und ich in der Küche Saitenwürstchen zum Abendessen wärmten, war ich überrascht.

Er wollte mich wiedertreffen. Er sagte, er hätte Entzugserscheinungen. Nach nur einem Tag.

»Wer's glaubt«, spottete ich.

»Ehrlich«, sagte er. Fragte, ob ich mir unter Umständen auch ein klassisches Konzert anhören würde. An Allerheiligen spiele er in der Harmonie in Heilbronn.

»Damit ich dich beklatschen kann?«, fragte ich zurück.

»Du musst nicht klatschen«, meinte er, »Applaus ist nicht wichtig und kommt oft zur falschen Zeit.«

Er könne auch herkommen, schlug er vor, nach Möckingen kommen, solange ich hier noch die Stellung hielte. Wir könnten Kaffee trinken oder zu Abend essen, spazieren oder ins Kino gehen und dabei Händchen halten oder einen Einkaufsbummel machen. Alles, was ich wolle.

Ich wusste nicht, was ich wollte. Oder nur zum Teil. Ich war sicher, dass ich Lenny wiedersehen wollte, hätte aber gern die Zeit bis dahin in die Länge gezogen, um Sehnsucht aufkommen zu lassen, dieses Ziehen am Herzen, das einen Zuneigung körperlich spüren lässt. Noch zog nichts an mir, noch spürte ich nichts von diesem Weh, das zugleich süß ist. Ich war noch satt von gestern.

»Lass mir ein bisschen Raum, in dem ich an dich denken kann«, sagte ich.

»Tust du das denn nicht?«, fragte er. »An mich denken?«

»Doch«, sagte ich, »aber nicht dauernd.«

Er denke dauernd an mich, sagte er.

»Wart ein bisschen«, sagte ich. »Ich melde mich.«

Nach dem Telefonat war ich stolz auf mich. Ich war nicht gleich auf das Drängen eines Mannes eingegangen. Ich hatte zu mir selbst gestanden und der Zeit, die ich brauchte. Zu meiner Zeit. Das ist mir bei den Männern in meinem Leben nicht immer gelungen. Oft habe ich nachgegeben, ehe ich bereit war. Erstmals bei Harry, meinem Freund und ersten Lover. In einem Alter, in dem es mir genügt hätte, von fern zu schwärmen und Idole anzubeten, kam er mir nahe, viel näher, als mir lieb war. Er kam mir so rasch nahe, dass keine Zeit blieb, um Aufregung zu spüren, als wir uns in der Pause zwischen zwei Schulstunden zum ersten Mal küssten. Später, als wir unseren ersten Sex inszenierten, war es ähnlich. Ich tat vieles, »weil man es tat«, nicht, weil ich es wirklich wollte. Ohne das entsprechende Gefühl des Verliebtseins wuchs ich in eine vorzeitig geschaffene Realität hinein. Manches ließ sich nicht nachholen – das Schmachten, die Herzkaspereien, das Schweben auf Wolke sieben oder siebenundsiebzig. Ab und zu erinnerte ich mich daran, wie ich Ate und Rico ein paar Jahre zuvor auf dem Fohlenmarkt beim Küssen beobachtet und weiche Knie bekommen hatte. Demgegenüber hatten Harry und ich etwas von einem alten Ehepaar, einem, das nie jung gewesen war. Unser Zusammensein erstickte in der Langeweile des Gewohnten. Noch vor dem Abitur trennten wir uns, sehr zum Kummer von Maman. Ich verriet ihr nicht, dass ich es war, die Harry in die Wüste geschickt hatte. Ich hatte genug von den Drei-Minuten-Ficks in meinem Mädchenzimmer, bei denen Harry auf seine, aber ich nicht auf meine Kosten kam. Ich hatte in der *Bravo* oder anderswo gelesen, dass das nicht so sein musste. Ich hatte es ausprobiert, ganz für mich allein, aber ich wollte es nicht auf Dauer für mich allein machen, und ich hatte nicht den Mut, es Harry zu sagen. Im Grunde war ich romantisch, ich frönte dem Traum, dass der Mann, der mich liebte, doch wissen müsse, was und wie ich es brauchte, oder dass er es wenigstens erfragen würde.

Harry tat keins von beidem, und so sagte ich eines Nachmittags nach vollbrachter Tat, als Harry das mit der weißlichen Flüssigkeit gefüllte Kondom in seiner Schultasche zwischenlagerte: »Es ist aus.« Harry verstand sofort, er war halb betrübt, halb beleidigt, aber er war es so, als wäre er bei einer Klassenarbeit ungerecht benotet worden. Er war nicht so traurig, wie er es hätte sein müssen, wenn er mich wirklich liebte, fand ich. Ich selbst trauerte überhaupt nicht. Keine Sekunde. Hieß das, dass ich ihn überhaupt nicht geliebt hatte?

9

Als ich nach dem Abendessen Maman ins Bett brachte, kramte ich in ihrem Geldbeutel nach dem Foto von Günter mit der Schultüte und verglich das darauf vermerkte Datum mit der Todesanzeige, die ich nach dem Saunieren mit nach oben genommen hatte. Ich hatte mich nicht getäuscht. Das Foto war auf den Tag vor Günnes Tod datiert. Ich konnte es nicht glauben. Günne mit seinen leuchtenden Augen sah nicht aus, als hätte er vor, sich in der Nacht, die ihm bevorstand, von einem gnädigen Zufall hinwegraffen zu lassen.

Ich dachte an Mamans düstere Worte, als ich zu ihr gesagt hatte, das sei Günne am Tag, bevor er in die Schule kam: »Das sieht nur so aus.«

Hatte Maman diesen Satz nur so dahingesagt? Oder war er einem ihrer hellen Momente entsprungen? Wenn dem so war, was hatte sie damit gemeint?

In der Küche zeigte ich Ate, die den Abwasch machte, das Foto. Sie war überrascht.

»Komisch«, sagte sie. »Maman hat einmal erzählt, dass Günter nicht zur Schule gehen durfte, wegen seiner Behinderung. Er wollte so gerne, aber man hat ihn von der Schulpflicht befreit.«

»Das wusste ich nicht«, sagte ich.

»Offenbar ist er also doch zur Schule gegangen«, meinte Ate.

»Nein, ist er nicht«, ich legte die Todesanzeige neben das Foto. »Einen Tag später war er tot.«

»Zeig her«, sagte Ate, trocknete sich die Hände an ihrem Rock und griff nach der Anzeige. Mit gerunzelter Stirn studierte sie das Todesdatum und dann Oma Idas Sütterlinschrift auf der Rückseite des Fotos.

»Komisch«, sagte sie wieder. »Wieso hat Oma Ida für Günne eine Schultüte gepackt und ist mit ihm zum Fotografen gegangen, wenn sie wusste, dass er tags darauf von einem dieser ›Gnadentransporte‹ abgeholt werden sollte?«

Ich dachte nach. Zögerte eine Weile und sagte dann: »Vielleicht deshalb.«

Ate nagte an ihrer Unterlippe und zuckte mit den Schultern. »Vielleicht«, meinte sie. »Übrigens«, sie räusperte sich, »ist mir doch noch etwas eingefallen. Maman hat einmal davon gesprochen, dass sie ein paar Tage nach Günters Tod zusammen mit Oma Ida auf die Wache in Bad Schennau musste, zur Polizei, zur Gestapo. Dass die wissen wollten, wie Günter gestorben sei. Dass Oma Ida denen was erzählte. Maman hat aber nicht gesagt, was das war, das sie erzählte.«

»Wann hast du das erfahren?«, fragte ich neugierig.

»Lass mich nachdenken … Das muss in der siebten oder achten Klasse gewesen sein. Ich habe auf eine Geschichtsarbeit über Nationalsozialismus gelernt, und Maman hat mich abgefragt. Es ging auch um Euthanasie, so ist sie wohl draufgekommen.«

In diesem Augenblick ging die Küchentür auf, und Severin schneite herein. Er brachte Kälte von draußen mit und Neuigkeiten.

Er sei von seinem Klassenkameraden Roland, den er besucht hatte, eingeladen worden, im Irish Pub zu spielen, platzte er heraus. Im Pub steige morgen eine Halloween-Party, und Roland habe gemeint, das sei doch eine Gelegenheit für ihn, mal wieder seine Gitarrenkünste zum Besten zu geben. Wie früher.

»Wie früher?«, Ate schüttelte den Kopf. »Halloween-Party, das gab es früher nicht.«

»Soll ich?«, fragte Severin und sah uns an. Wir fanden beide, er solle. Wir redeten nicht weiter über Günter und Oma Ida und Nationalsozialismus und Euthanasie. Stattdessen erinnerten wir uns an die Zeit, als Severin anfing, im Irish Pub Gitarre zu spielen, in einer Band, die aus der Gartenhaus-Jugendgruppe herauswuchs, nachdem die Jugendlichen das Interesse an verbotenen Halluzinogenen allmählich verloren und sich stattdessen erlaubten Opiaten, wie Musik eines ist, zugewandt hatten. Der Stern des Irish Pub war am Möckinger Kneipenhimmel erst aufgegangen, als Ate schon weg gewesen war, aber ich und auch Vinz hielten uns dort oft auf.

Vinz kam zu uns in die Küche. »Ein Comeback von Severin in Möckingen?«, fragte er. »Bin ich sehr dafür.«

10

Wir saßen noch eine Weile bei einer Flasche Weißburgunder im Wohnzimmer zusammen. Severin hatte ein Feuer in Paps' Kamin angezündet.

Wir redeten, die Blicke auf das Theater der züngelnden Flammen geheftet, die die Scheite einer der Fichten aus dem Garten fraßen, die Paps' letztes Jahr hatte fällen lassen. An diesem Abend unterhielten wir uns über Mamans Demenz. Wieder einmal ging es darum, wann und wie es wohl bei ihr angefangen hatte, wie von den Verästelungen ihres Gehirns das Laub gefallen und es Herbst geworden war in ihrem Kopf.

Ate erzählte, dass sie vor vier oder fünf Jahren von Maman dreimal Geburtstagspost zu ein und demselben Geburtstag bekommen hatte. Auf jeder Glückwunschkarte stand mehr oder weniger das Gleiche, in manche Worte war nachträglich ein Buchstabe hineingeflickt worden.

»Es war nicht der Anfang ihrer Vergesslichkeit«, sagte Ate, »mir war klar, dass unsere Mutter eine Schwelle überschritten hatte, dass sie auf einem Weg war, dessen Beginn ich nicht mitbekommen hatte. Ihr vielleicht, aber ich nicht.«

Wir schwiegen. Weder Severin noch Vinz noch ich hatten mehrmals Post von Maman zu ein und demselben Geburtstag bekommen, vermutlich deshalb, weil Maman uns gegenüber ihre Glückwünsche immer telefonisch losgeworden war. Nur Ate, zu der ihr Kontakt mehr oder weniger abgebrochen war, schrieb sie.

Uns dreien signalisierte sich die Veränderung, die mit ihr vorging, auf andere Weise.

»Fällt euch auf, dass Maman immer das Gleiche redet?«, hatte Vinz vor Jahren eines Abends nach einem Familienessen gefragt, bei dem alle zugegen gewesen waren außer Ate. »Die Geschichte, dass Dekan Pfeiffer während des Ostergottesdienstes einen Schlaganfall erlitten hat, hat sie heute viermal erzählt.«

»Ich stelle mir das Erinnerungsvermögen vor wie eine Zeitmaschine, die man im Kopf hat«, sagte Vinz jetzt, während wir am Feuer saßen. »Bei Maman dreht sie sich seit langer Zeit im Leerlauf, und nun gibt es nur noch die Gegenwart.«

»Apropos Leerlauf«, ich räusperte mich und nahm innerlich Anlauf, »kennt ihr das?« Und dann erzählte ich, wie ich manchmal in meinem Gehirn nach einem Begriff grabe, und dann ist da nur Leere; ich versuche ihn mir herzuleiten, indem ich ihn in Gedanken umschreibe. Was war das noch für ein Wort, das beschreibt, wie man sein Unterleibsgewebe, die Blasenmuskulatur festigt? Nur über die Abkürzung BBG komme ich wieder drauf; ich habe sie mir zu Hause auf kleinen Zetteln an den Spiegel und auf den Esstisch, im Auto ans Armaturenbrett geheftet, nicht um mich an das Wort, sondern um mich an die Übungen zu erinnern, mit denen ich mich der Blasen- und Unterleibssenkung entgegenstellen kann, die gemeinsam mit den Wechseljahren bei mir auf dem Vormarsch ist. BBG steht für Beckenbodengymnastik. Wie konnte ich dieses Wort vergessen?

»Kennt ihr das?«, fragte ich meine Geschwister. »Es geht mir noch mit anderen Begriffen so.«

Ate und Vinzenz meinten, sie würden es kennen, Severin zuckte die Schultern.

»Hat das was zu bedeuten?«, bohrte ich und gestand, ich hätte manchmal Angst, dass es was zu bedeuten habe, dass es mit Demenz so anfange. War ich also gefährdet, waren das die ersten Anzeichen, dass es mit mir selbst einst auch so werden würde wie mit Maman, dass man ebenso enden würde wie sie?

Ate meinte Nein, sie halte das für normal, das passiere doch jedem mal, das sei ein Effekt der Tatsache, dass wir in zu vielen verschiedenen Welten gleichzeitig leben und manchmal im Sekundentakt von der einen in die andere wechseln müssen.

»Ein Glück, dass man alles googeln kann, heutzutage«, schob Vinz nach.

»Wenn man noch weiß, was man googeln will und wie man googelt«, entgegnete ich düster. Die Bemerkungen meiner Geschwister beruhigten mich nicht.

Ich bin Maman nicht so ähnlich wie Severin, aber ähnlicher als Ate, die unmissverständlich nach Paps geraten ist in ihrer Art und ihrem Aussehen. Frauen erkranken häufiger an Alzheimer als Männer. Ich bin noch nicht alt, aber ich werde älter.

Mit dem Älterwerden wächst meine Sorge. Schon

seit längerer Zeit beginne ich manchmal in Gedanken zu handeln – mit dem lieben Gott, mit dem Schicksal oder wie man etwas nennen will, das oder den man nicht in der Hand hat: Bitte, bitte nicht diese Krankheit! Von mir aus Gehbeschwerden oder Schwerhörigkeit, von mir aus Rheuma oder Osteoporose; meinetwegen Bluthochdruck, Schlaganfallgefährdung oder Herzinsuffizienz, wenn es sein muss, sogar Parkinson oder Krebs, aber bitte, bitte kein Alzheimer. Nicht diese Krankheit, die eine andere aus mir machen wird, die alle Fähigkeiten im Gehirn löscht, die zu einem selbstbestimmten Leben notwendig sind. Die dazu führt, dass man die willkürlichen Körperfunktionen nicht mehr beherrschen kann, Gewohnheiten und Umgangsformen verlernt und Spielball jahrzehntelang unterdrückter Emotionen wird.

»Wissenschaftler sind dabei, ein Medikament gegen Demenz zu entwickeln«, erzählte Severin. »Hab ich neulich im Radio gehört. Irgendwas mit Insulin. Es soll den Gedächtnisverlust stoppen, ihn teilweise sogar rückgängig machen.«

»Und wenn schon«, sagte ich, »für Maman ist es zu spät.«

»Sie testen es an Mäusen.«

»Eben«, beharrte ich. »Sie testen es immer an Mäusen. An Mäusen funktioniert vieles; bis das Mittel dann aber in Menschenkörpern landet, vergeht immer noch eine Ewigkeit.«

»Du kannst dich ja als Versuchsperson zur Verfügung stellen, wenn es so weit ist«, meinte Vinz.

»Das täte ich sicher.«

Ich habe keine Lust, auch kein Vertrauen, mich dem Vergessen zu ergeben, wenn es in meinem Leben das Zepter übernimmt und mich in seine unsichere Welt zieht. Ich möchte nicht, dass Menschen mich irgendwann meiden, weil ich renitent und kratzbürstig bin, dass sich jemand vor mir ekelt, weil ich mich weigere, mich zu waschen, oder weil ich den Urin nicht mehr halten kann. Ich möchte nicht, dass jemand Abscheu vor mir empfindet, selbst wenn ich es nicht mehr merken werde, ja *weil* ich es nicht mehr merken werde und es nicht mehr ändern kann. Ich möchte nicht, dass mich irgendwann jemand versorgen muss, nur damit ich nicht verhungere und weitervegetiere. Ich möchte nicht vegetieren. Ich möchte »es«, das, was sich Leben nennt, in Würde zu Ende bringen. Bevor es ein Vegetieren wird. Ich beneide schon heute jeden, dem es gegeben ist abzutreten, Abschied zu nehmen, beizeiten oder im Vollbesitz seiner geistigen Kräfte auch im hohen Alter zur Unzeit.

Ate meinte dann, im Zweifelsfall gebe es ja immer noch die Schweiz. Es gebe Orte, wo man zum Sterben hingehen könnte. Sie machte sich also doch Gedanken, auch wenn sie Paps ähnlicher ist als Maman.

»Die Frage wäre halt, ob man rechtzeitig den Absprung findet, also, ob man fähig ist, die Entscheidung zu fällen, ehe man so dement ist, dass andere über einen entscheiden müssen.«

»Ja«, stimmte Ate zu, »ob man den Mut dazu hat. Rechtzeitig, bevor das Eis im Rest vom Eishörnchen zerlaufen ist. Scheiße enden tut es dann trotzdem.«

»Guter Vergleich mit dem Eishörnchen«, sagte ich,

und dass ich das gestern schon fand, als Ate ihn auftischte.

»Übrigens ist Krebs als Alternative zur Demenz für das große Finale auch nicht so der Bringer«, meinte meine Schwester. Eine Weile ging das Gespräch nur zwischen ihr und mir hin und her. Unsere Brüder schwiegen. Es ist selten, dass sie das tun, aber wenn es um das Ende geht, insbesondere das des Lebens, werden sie einsilbig. Mir ist das schon öfters aufgefallen.

Vinz tippte in sein Handy. Tat er heute schon den ganzen Tag, immer wieder. Häufiger als sonst. Häufiger als Severin, der auch ständig mit seinem Smartphone rummachte. Später, als unsere Brüder wieder redeten, tat ich es ihnen nach und schrieb eine WhatsApp an Lenny. Die erste. Bis dahin hatten wir nur telefoniert. Bei unserem letzten Telefonat vor gerade mal vier Stunden hatte ich mir eine Spanne gewünscht, um von Lenny zu träumen. Geträumt hatte ich seither nicht. Dennoch eröffnete ich jetzt den Chat, unschlüssig, ob ich damit noch mehr eröffnete. Und was? Der Wein war mir ein bisschen zu Kopf gestiegen, vielleicht war ich deshalb verwegener als nur mutig. Schrieb Dinge, die ich in nüchternem Zustand nicht geschrieben hätte. »Hallo, sexy man«, schrieb ich. »Hier in Möckingen gibt es morgen Abend eine Jamsession. Im Irish Pub. Mein Bruder spielt Gitarre, ein Saxofon fehlt noch, hättest du nicht Lust? Ich würde dich sogar beklatschen, lieber als im Konzertsaal. Liebe Grüße, Iidaaa.« Küsse sandte ich keine. Am Ende der Nachricht war meine Verwegenheit schon wieder verflogen. Ich schickte sie trotzdem ab.

II

Mitten in der Nacht ein Gerumpel. Über mir.

Ich blieb liegen. Mit der ganz und gar unvernünftigen Hoffnung, dass Maman zurück ins Bett finden würde. Sich wieder hinlegte. Von allein. Die Hoffnung war etwa so illusorisch wie die Vorstellung, man könnte, allein durch die Kraft seiner Gedanken, Regentropfen in die Wolke zurückschicken, aus der sie gerade gekommen waren.

Die Geräusche über mir hörten nicht auf. Ohren spitzen sich immer von allein. Unfreiwillig horchte ich. Wurde immer wacher.

Die anderen könnten auch mal schauen, grummelte es in mir. Nicht Vinz, der tut genug, aber unsere beiden älteren Geschwister. Warum bleibt das an mir hängen? An mir, die ich nur ihre zweite Tochter, noch nicht mal Lieblingstochter bin. Ein Sandwich-Kind, das meist nebenherlief. Soll doch Severin aufstehen! Aber mein älterer Bruder schlief. Er schlief besser als ich, er schlief den Schlaf des gerechten Lieblingssohns. Ich hörte sein Schnarchen im übernächsten Raum, als wäre es direkt neben mir. Die Schrankwände, die unsere Zimmer trennen, sind durchlässig. So durchlässig wie die Decke zwischen den Stockwerken. Das Rumoren über mir ging weiter. Beunruhigte mich. Ich dachte an den Kamin, der vielleicht noch heiß war von unserem Feuer. Was machte Maman dort oben? Ich war allein mit meiner Unruhe. Ich stand auf. Ärgerlich.

Im Erdgeschoss war es hell. In der Küche summte die Mikrowelle. In ihrem Innern auf dem Glasteller drehte sich die Zuckerdose, in der der karamellisierende Zucker Blasen schlug. Ich schaltete das Gerät aus. Verbrannte mir die Finger am Porzellan der Dose, als ich sie herausnehmen wollte. Im Esszimmer und Wohnzimmer Festbeleuchtung, alle Lampen brannten. Maman hatte die Plaids, die auf den beiden Sofas lagen, auseinandergefaltet und auf der Sitzlandschaft ausgebreitet. Die Asche im Kamin glomm noch, der Korb davor mit dem Holz war umgefallen, die Scheite über die Steinfließen um den Kamin verteilt. Maman hatte sich in Paps' Lesesessel niedergelassen. Über ihren Kleidern, die sie auch an diesem Abend nicht abgelegt hatte, trug sie ihren verschossenen mausbraunen Bademantel, eine Kluft, noch betagter als ihr türkisfarbener Parka, vermutlich aus der Bronzezeit. Maman nippte eine durchsichtige bräunliche Flüssigkeit aus einem Marmeladenglas.

»Schmeckt scheußiglich, der Wein«, maulte sie, als sie mich sah.

»Was ist das?« Ich nahm ihr das »Glas« aus der Hand und schnupperte daran. »Iiih, kein Wunder, du hast die Essigpulle erwischt.«

Die Plastikflasche mit dem Altmeisteressig stand im Bücherregal neben dem Lesesessel.

»Ich hole dir etwas anderes, Mami.«

Als ich mit einem Glas Orangensaft wiederkam, war Maman aufgestanden. Sie stupste die Holzscheite vor dem Kamin mit ihren Füßen an, die in Hausschuhen steckten, kickte dagegen, ließ sie auf dem blanken Boden hin und her rutschen.

»Wer jetzt kein Haus hat, baut sich keines mehr«, verkündete sie.

»Du musst nichts bauen, Maman«, ich reichte ihr das Saftglas, »kein Haus und auch sonst nichts. Es ist alles da. Du hast ein Dach über dem Kopf. Geh schlafen, Mami.«

»Wer jetzt kein Bett hat«, sinnierte Maman, »sucht sich keines mehr.«

»Du hast ein Bett, Mami, komm, ich bringe dich hin.«

Sie war indigniert. »Mich muss man doch nicht zu Bett bringen.«

»Meinetwegen, Mami. Ich bringe dich nicht hin, ich *begleite* dich zu Bett.«

Ich hakte sie unter, zog sie sanft Richtung Schlaftrakt.

»Wer jetzt kein Bett hat, findet keines mehr«, wiederholte Maman düster. Nach einer kurzen Pause deklamierte sie weiter:

»Wer jetzt nicht schlafen kann,
wird nicht mehr heilen,
wird lallen, lachen, langeweilen,
und wird an Tagen, trüb und schwer,
aus müden Augen Tränen heulen.«

Ich musste lachen. War von den Socken, was ihr Gehirn ausschwitzte und ihr Mund rezitierte, einfach so, mitten in der Nacht.

Als Maman wieder im Bett lag, setzte ich mich zu ihr, legte den Arm um ihren Kopf, ihr schütteres Haar, schmiegte meine Wange an ihre und summte ein Gute-Nacht-Lied: »Ade zur guten Nacht«. Eins der Lieder, die Maman früher, als wir Kinder waren, mit uns sang, manchmal mehrmals, zuerst an Vinzenz', zwei Stunden später an meinem Bett. Maman hörte zuerst zu, beim Refrain stimmte sie plötzlich ein, mit hoher, glasklarer Stimme sang sie den Text mit. Ich war so hingerissen, dass ich weitere Abendlieder anstimmte: »Guten Abend, gut' Nacht« und »Kein schöner Land«. Als mir keine Abendlieder mehr einfielen, sang ich Weihnachtslieder. Maman hielt auch da mit, teilweise war sie bei den Texten sicherer als ich. Schließlich war mein Vorrat an Liedgut erschöpft, und Maman war müde.

»Gott Lob und Dank für Speis und Trank«, sagte sie, »ich lobdankel dir schön, Idamaus.« Ich gab ihr einen Kuss, löschte das Nachtlämpchen und schloss die Schlafzimmertür hinter mir.

Im Wohnzimmer faltete ich die Plaids zusammen und räumte die Holzscheite in den Korb. Plötzlich war das Haus leer und still und zu groß mit all den Menschen, die sich in das Refugium des Schlafs zurückgezogen hatten. Nur Paps' Zwillingsstanduhren waren noch wach und stimmten ihr viertelstündliches Duett an. Eigensinnig schlugen sie drei Uhr, obwohl es nach neuer Zeit erst zwei war. Noch immer hatte sie niemand von uns umgestellt.

Ich schaltete den Fernseher ein. In allen Programmen schlichen Menschen mit Pistolen durchs Bild. Das mochte ich nicht sehen. Ich löschte das Licht und schlich zurück in mein Bett. Riskierte einen Blick auf mein Smartphone. Keine Antwort von Lenny auf meine Nachricht. Noch nicht mal zwei blaue Häkchen an meinen nassforschen Zeilen. Enttäuschung. Ich hatte auf Lennys prompte Erwiderung nicht nur gehofft, sondern gewartet. Ob Lenny nachts sein Handy ausschaltete? In jedem Fall war sein Schlaf besser als meiner. Ich zog mir die Decke über die Ohren. *Dukannstmichmal.*

Dienstag, 1. November 2016, Nachmittag

»Wir vermissen unsere Mutter.«

Vinz hat eine Nummer gewählt, nun spricht er mit einem Beamten, der sich auf seinen Anruf hin gemeldet hat. »Ja, seit dem Morgen.«

»Uhrzeit? Das wissen wir nicht so genau. Seit acht oder halb neun, vielleicht später.«

»Wohin?«

»Nein. Keine Anhaltspunkte. Wir …«, Vinz holt tief Luft, »wir haben von dem Unfall auf der Möckinger Straße gehört …«

»Ja.«

»Ja, genau. Wir dachten …«

»Ja. Graue Haare, Brille.«

»Dement? Ja, ist sie.«

»Wie bitte?«

»Blaugrüner Trenchcoat, halblang.«

»Wie bitte? Nein.«

»Nein, das nicht.«

»Nein, ganz sicher nicht. Nein.«

»Ja.«

»Ja. Ja, natürlich wäre das sinnvoll.«

»Fröhlich, Zaunkönigweg 5.«

»Ja. Ja, das dritte Haus auf der linken Seite.«

»Danke … Danke bis gleich.«

Vinz beendet das Gespräch. Er legt das Handy auf den Tisch und fährt sich durch seine Lockenmähne. Schweißperlen glänzen auf seiner Stirn. Wir alle haben an seinen Lippen gehangen, jetzt schauen wir ihn an, angstvoll, auf das Schlimmste gefasst.

»Na?«, frage ich. »Was ist?«

Vinzenz starrt mit abwesender Miene auf das abgelegte Smartphone auf dem Tisch. Diana geht zu ihm, legt den Arm um seine Hüfte und schmiegt den Kopf an seine Schulter.

Vinz steht regungslos, scheint es nicht zu bemerken.

»Was ist?«, drängt Severin. »Sprich doch!«

Endlich blickt Vinz auf, holt wieder tief Luft. »Die Frau, die von dem Wagen erfasst wurde, ist nicht Maman.«

»Nicht Maman?« Wir starren ihn an. »Woher weißt du …?« Unser Leben beginnt gerade neu.

»Die Frau, die in den Unfall verwickelt war, hatte einen Gehwagen dabei.«

»Sicher?«

»Sicher.«

Mir entfährt ein Stoßseufzer, und Ate sagt, wie damals, als Severin das Bein gebrochen und Maman uns mitgeteilt hat, er sei nicht tot, aber er müsse im Krankenhaus bleiben: »Gott sei Dank.«

Wir fallen einander in die Arme, wir seufzen alle vor Erleichterung. Wir sind abgrundtief erleichtert, nur weil Maman kein Unfallopfer ist oder *noch* keins, weil sie nicht verletzt oder gar tot ist. Wir drücken uns gegenseitig ans Herz und vollführen Indianertänze, obwohl wir Maman nicht gefunden haben, obwohl sie weiterhin verschwunden bleibt und jedes Lebenszeichen von ihr fehlt.

»Man wird genügsam«, grinst Severin.

»Die Polizei gibt eine Suchmeldung für Maman raus«, erklärt Vinz. »Sie schickt einen Beamten zu uns, weil sie noch ein paar Auskünfte braucht.«

»Gut«, sage ich. Endlich tut sich etwas, endlich habe ich Hoffnung. Wenn das hier gut ausgeht, denke ich, dann werde ich mich nie wieder beschweren, wenn es mit Maman mühsam ist oder noch mühsamer wird, als es schon ist. Ich werde nie mehr darüber lamentieren, dass ich nicht Mamans Lieblingstochter, sondern nur ihre Tochter bin. Ich werde …

»Gut«, sagt auch Severin. »Jetzt was essen. Ich habe Hunger.«

»Ich auch«, echot Vinz.

Ich vergesse meine löblichen Vorsätze und nicke. Alle haben wir Hunger. Plötzlich haben wir einen Bärenhunger.

»Wie wäre es mit Geschirrtuchbraten?«, fragt Severin. »Vinz?«

»Ich weiß nicht. Der ist doch noch nicht gar und außerdem kalt.«

»Das ließe sich ändern«, meint Severin, »ich könnte das Teil auch noch gratinieren – beispielsweise mit Topflappen – und ein Sößchen aus Spülmittel dazu kreieren. Was meint unser Sternekoch Rouven dazu?«

»Lieber nicht«, mein Sohn zieht eine Grimasse. »Mit Textilienrezepten kenne ich mich nicht so aus.

Aber ich könnte sterben für ein ganz gewöhnliches Wurstbrot. Notfalls auch ohne Wurst.«

»Okay, ich mach uns ein paar Schnittchen«, lenkt Severin ein.

»Und vorher eine rauchen.« Ate blickt Rouven an. »Kommst du mit?«

»Sollen wir jetzt nicht doch Paps Bescheid sagen?«, frage ich, während ich Mamans »Braten« mit einem Pfannenwender aus dem Römertopf kratze und im Mülleimer verschwinden lasse. »Vielleicht hat er eine Idee, wohin Maman gegangen sein könnte.«

»Lieber nicht!«, meint Severin. »Der Papst springt im Sechseck, wenn er spitzkriegt, dass wir Maman haben abhauen lassen.«

»Humpelt«, berichtige ich. »Humpelt im Sechseck.« Wir können schon wieder kichern, einträchtig, trotz unserer Sorge um Maman.

»Er fliegt im Sechseck«, sagt Vinz, »mit den Flügeln, die er gern hätte.«

»Aus der Vogelperspektive bestünden vielleicht die besseren Chancen, Maman ausfindig zu machen«, sinniert Severin. »Hättet ihr gedacht, dass es so schwierig ist, jemanden wie unsere Mutter in diesem kleinen Möckingen aufzuspüren, in diesem Provinznest, dieser Ansammlung von Quadern und Würfeln mit Dächern obendrauf, die von hier oben so überschaubar aussieht?«

Wir fallen alle über Severins Sandwiches her. Mampfen und reden mit vollem Mund über Sechsecke, über

Quader und Würfel mit Dächern obendrauf, zwischen denen Maman vielleicht herumgeistert, ohne dass sie etwas findet und ohne dass wir sie finden.

Wir hoffen, dass die Polizei bald kommt.

Doch statt an der Haustür klingelt es in meiner Hosentasche. Lenny. Ich drücke den Anruf weg.

Montag, 31. Oktober 2016

I

Mein Traum war schwerer als sonst. Normalerweise ist mein Schlaf zu leicht für schwere Träume.

Im Traum saßen Ate und ich in der Sauna. Wir schwitzten vor uns hin und unterhielten uns, als plötzlich die Tür aufging und ein kleiner Junge hereinkam. Er war voll bekleidet mit etwas Grünem, nur seine Füße waren nackt, auf seiner dunklen Lockenmähne saß eine Schildkappe, und er brachte eine Schultüte mit in die Sauna. Günter, dachte ich, und dass es auch Ate wusste und dass es ein Geheimnis war, dass er da war, so lebendig hier in diesem Räumchen. Ich rückte ein wenig zur Seite, sodass er sich neben mich auf mein Handtuch setzen konnte. Wir sprachen nicht. »Warum redet ihr nicht mit mir?«, fragte er und fuhr fort: »Ihr müsst mit mir reden, sonst verschwinde ich und kann nicht mehr wiederkommen.« Während ich noch überlegte, was ich sagen sollte, fing Günters Schultüte Feuer und ging in Flammen auf. »Wusste ich's doch«, sagte Ate, »die war gar nicht echt.« Dann war plötzlich Maman draußen vor der Sauna und schrie mit ihrer Panikstimme von früher, als wir Kinder waren: »Kommt sofort heraus, ihr erstickt mir ja da drinnen!«, und rüttelte an der Saunatür.

Schweißgebadet wachte ich auf.

Draußen vor dem Fenster, dessen Rollladen ich nur halb heruntergelassen hatte, weil ich die stockfinstere Grabatmosphäre des Zimmers nicht mochte, war es noch dunkel.

Mein Herz klopfte. Günter! Er war so real gewesen in meinem Traum, zum Anfassen nah, seine Kinderstimme so echt. Fast meinte ich mich an den Duft seiner dunkelbraunen Locken zu erinnern. Ich schloss die Augen, als hätte ich dadurch erreichen können, dass er wiederkam. Warum habe ich ihn nicht gefragt, wie das damals war in der Nacht, bevor er …, dachte ich im Wegdösen, was für eine Gelegenheit, ein für allemal vertan.

Als ich das nächste Mal wach wurde, war es heller als gerade geworden. Günters Bild aus meinem Traum war noch da, wenn auch blasser als zuvor. Ich tastete nach der Uhr: zehn vor neun. Nach der »alten Zeit«, der Sommerzeit, war das zehn vor zehn.

Am Abend zuvor hatten wir uns für neun Uhr (Winterzeit wohlgemerkt) zum Frühstück verabredet.

Der Tag hatte mich wieder. Ausnahmsweise machte ich Katzenwäsche. Nicht ohne zuvor auf mein Handy gelinst zu haben, in der Hoffnung, Lenny hätte mir geantwortet. Nichts. Oder doch: zwei blaue Häkchen an meiner WhatsApp. Lenny hatte sie gelesen. Heute Morgen in nüchternem Zustand war mir mein Geschreibsel peinlich. »Sexy man …« – alte Schachtel wirft sich jungem Mann an den Hals, geht's noch, Ida Heitkamp? Jetzt hast du ihn erschreckt, du dumme Kuh! Junge Männer darf man nicht erschrecken, noch weniger als alte, sonst ziehen sie sich zurück. Selber schuld, alte Ida! *Eine Frau, die auf sich hält, tut so was nicht. Der Mann muss anfangen.* Das waren Mamans Worte von früher, offenbar galten sie immer noch.

Als ich zehn nach neun nach oben kam, drangen Geräusche aus dem Schlaftrakt meiner Eltern, die von einem Dramolett besonderer Art kündeten. Aus dem Bad hörte ich zwei Stimmen, die schrille von Maman, die aufgebrachte von Ate.

Ate duschte mit Maman, sie tat das Gleiche, das ich zwei Tage zuvor mit ihr getan hatte, doch ohne Geduld.

»Mach doch nicht so ein Gehampel!«, brüllte Ate.

»Neiiiiin. Hilfe, Hiiiilfe, Polizei!« Das Kreischen gehörte Maman.

»Fürmaledings und heiliger Bambim«, zeterte sie, »warum bist du so flegelig, ich dresch dir gleich eins.«

»Dann drisch doch«, schimpfte Ate, »besser wäre es, du würdest mal still halten, Herrgottzack! Das ist doch kein Wunder, dass du Shampoo in die Augen kriegst, wenn du so rumzickst.«

Ich klopfte an die Badezimmertür. »Kommst du klar, Schwesterherz?«

»Nein, komme ich nicht, das hörst du doch!«, blökte Ate. »Willst du lieber? Du hast doch Erfahrung damit.«

Ich lachte und näselte, Maman imitierend: »Eigentlich habe ich gerade jetzt kein Bedürfnis.«

Das Frühstück stand auf dem Esszimmertisch, an dem keiner saß. Vinz stand in seinem schwarzen wattierten Anorak, von einem Fuß auf den anderen tretend, auf der Terrasse und telefonierte. »Es wäre megaschön, wenn du kämst«, hörte ich, und dann, leiser: »Ich liebe dich.« Von Severin war nichts zu sehen.

Mein Handy zwitscherte und signalisierte den Eingang einer WhatsApp. Mein Herzschlag beschleunigte sich.

»Hallo, sexy woman«, schrieb Lenny am hellichten Morgen, und nichts deutete darauf hin, dass Alkohol mit im Spiel war, »hallo, sexy woman, ich habe mein Saxofon befragt, und es möchte dich kennenlernen und heute Abend mit mir für dich in Möckingen spielen. Ich freu mich, lass uns später telefonieren. Gruß, Lenny.« In einem P.S. folgte noch: »Beklatschen musst du mich auch im Irish Pub nicht.« Zwei Smileys, die mich entfernt an Lennys Lächeln erinnerten.

Ich freute mich. Zuerst freute ich mich darüber, dass Lenny reagiert hatte, mich nicht hatte hängen lassen. Dass er mich von der Schmach befreit hatte, mich für eine gefühlsduselige alte Kuh halten zu müssen, deren schlüpfrige Nachrichten unbeantwortet im Orkus verschwanden. Als ich mich darüber fertig gefreut hatte, fing ich an, mich zu freuen, dass ich Lenny am Abend wiedersehen würde. Ich hatte Schmetterlinge im Bauch, zum ersten Mal, seit ich Lenny kennengelernt hatte. Es war eine kleine Aufregung, sanft genug, um noch angenehm zu sein. Ich hatte das Gefühl fast vergessen, so lange war es her, dass ich es erlebt hatte. Ich wusste nicht einmal, bei wem, meine Bekanntschaften, die meist endeten, ehe sie Beziehungen wurden, waren zu kurz, als dass es auch nur zum Puppenstatus gereicht hätte. Waren die Falter, die jetzt in mir herumflatterten, ein Indiz, dass etwas mehr werden sollte? Auch bei den beiden Männern, mit denen ich verheiratet gewesen war, hatte es eine Weile gedauert, bis sie geschlüpft waren, die Schmetterlinge. Als es dann aber so weit war, gab es kein Halten mehr. In den ersten Wochen, nachdem Martin und ich einander näher gekommen waren, war es unmöglich, die Finger voneinander zu lassen, wir klebten aneinander, konnten uns kaum vom anderen lösen. Anfangs schoben wir in jedem Hotel, in jeder Ferienwohnung die Betten zusammen, um die Hände ineinanderschieben oder sie mitten in der Nacht zum anderen hinüberschieben zu können. Die Liebe war eine Naturgewalt, brutal, rücksichtslos machte sie mit uns, was sie wollte. Erst nach Monaten mutierte sie zu einem Gefühl und noch viel später zu einer wohltemperierten Empfindung, die den Körper des anderen nicht mehr brauchte. Oder nur mehr gelegentlich. Von da an ließen wir die Betten, wo sie waren.

Da der Frühstückstisch vorerst leer blieb, ließ ich mir einen Espresso aus der Maschine, ging damit ins Wohnzimmer und trat, schon fast einem Ritual folgend, auf den Balkon wie an den Morgen zuvor. Zusammen mit den Strahlen einer müde gewordenen Sonne traf mich ein scharfer Wind, der die Bäume im Garten weiter ausgezogen hatte. Die Bronze gefallenen Buchenlaubs bedeckte das Gras wie Sterntaler.

Dies also war Halloween, der Tag vor Allerheiligen und der Nacht, in der nach altem Volksglauben die Geister aufstehen, die keine Ruhe finden. Heute Abend würde Severin im Irish Pub spielen, und wir würden ihm zuhören und applaudieren wie früher. Eine Erwartung lag in der Luft wie an jenen halben Feiertagen, die morgens noch Werktage sind und in ihrem Verlauf dann ein Cape aus Goldbrokat umlegen. In meiner Bauchgegend nistete zusammen mit den Schmetterlingen eine freudige Unruhe wie in meiner Jugend an Heiligabend oder Silvester. Halloween gehört für mich noch nicht lange zu jenen Tagen, die zur Hälfte ein Alltags- und ein Feiertagsgesicht tragen. Eigentlich erst seit zwei Jahren. Ende Oktober an einem Tag wie diesem war ich nach New York gereist, und Rouven hatte mich begleitet. In Amerika führe ich keine Reisegruppen, aber ich fliege manchmal dorthin zu Kongressen oder der jährlichen Hauptversammlung des Unternehmens, für das ich arbeite. 2014 geriet ich mit Rouven eher zufällig in den Zirkus um Halloween, wir waren erst einen Tag zuvor angekommen und geisterten als Opfer des Jetlags durch Manhattan. Es war nicht meine erste Flugreise mit Rouven, zuvor war ich mit ihm nach Kuba, nach Jamaika gereist. Nachdem Martin und ich uns getrennt hatten, hatte ich angefangen, diese Reisen mit meinem Sohn zu unternehmen, halb aus schlechtem Gewissen, halb aus unbändiger Lust, manchmal auch noch anders unterwegs zu sein als mit Reiseteilnehmern, die hinter mir hertrotteten und mich fragten, ob der Schiefe Turm von Pisa in Barcelona stehe. Ich spielte Familie mit Rouven auf diesen Reisen, wir taten so, als fehlte niemand, und vielleicht war es so. Damals 2014 also New York. Rouven war zu jung, um Zigaretten kaufen zu dürfen, für alles, was Spaß machte, war Rouven zu jung in jenem Land, in dem man erst mit einundzwanzig volljährig wird, erwachsen noch später oder nie. Wir durften in keinen Jazzkeller, in kein Blueskonzert, in keine Bar. Ohne die Glimmstängel hätte der Kurzurlaub eine nicht auszumerzende Trübung erfahren, also sprang ich über meinen Schatten und landete direkt vor einem Tabakladen, wo ich für meinen Sohn an jenem 31. Oktober eine Schachtel Gitanes erstand (es war das erste und letzte Mal, dass ich so etwas tat). Der glückselig qualmende Rouven und ich wurden Zeugen, wie die Stadt vom Morgen bis zum Abend eine wundersame Metamorphose durchmachte, morgens hastende Menschen in dunklen Anzügen mit Krawatten und Aktenkoffern am Times Square, abends Menschen mit Perücken, in Larven, unter Masken, nur das Hasten war das Gleiche wie am Vormittag, man strebte jetzt zur 6th Avenue, wo die alljährliche große Halloween-Parade ihren Lauf nahm. Stundenlang standen Rouven und ich am Straßenrand in einem Gedränge von Menschen in den abenteuerlichsten Verkleidungen. An einem Turm klapperte ein Skelett, und Fledermäuse hatten sich in überdimensionalen Spinnennetzen verheddert. Aus Vorgärten winkten schaurige Gespenster, grinsten Totenköpfe, die so echt aussahen, dass ich nachts in meinem Hotelbett davon träumte. Zuvor waren Rouven und ich mit dem Lift in den 36. Stock unserer Unterkunft gefahren und stecken geblieben. Todmüde hatten wir den Alarmknopf gedrückt, uns auf dem Boden niedergelassen, die Beine von uns gestreckt und die Köpfe an die Wände des Räumchens gelehnt. Während wir auf Rettung gewartet hatten, hatte Rouven gefragt: »Warum sind Aufzüge eigentlich immer verspiegelt?« Ich hatte die Achseln gezuckt. »Vielleicht, damit sich wildfremde Menschen von allen Seiten kennenlernen können«, hatte ich geulkt. »Vergiss nicht, dass dein Vater und ich vor einundzwanzig Jahren in einem Lift zusammengefunden haben.«

2

Hinter mir im Wohnzimmer Bewegung. Ate zog die angelehnte Balkontür auf und steckte den Kopf heraus. »Wir sind fertig«, sagte sie knapp. »Genauer gesagt, Maman ist fertig, und ich bin fix und fertig.«

Maman stand hinter Ate, klein und gebückt. Sie trug eine cremefarbene Hose, eine blau-weiß gestreifte Bluse, die ich noch nie an ihr gesehen hatte, und darüber ihre dunkelblaue Nylon-Strickjacke. Sie maulte leise vor sich hin.

»Und?«, fragte ich. »Wie ist es ausgegangen zwischen euch?«

»Unentschieden«, sagte Ate. Ihre Stimme war kratzig von der Auseinandersetzung mit Maman. »Übernimmst du? Ich muss mich erst mal erholen.« Während ich die Balkontür schloss, unsere Mutter unterhakte und am Esszimmertisch mit ihr Platz nahm, verschwand Ate, gleich darauf ertönte aus ihrem Zimmer im Untergeschoss Musik. Laute Musik. So wie früher, wenn Ate Ärger mit Maman oder mit Paps oder mit beiden gehabt hatte. Im Sommer 1976 hatte sie ständig Ärger, weshalb fast immer, wenn sie zu Hause war, laute Musik aus ihrem Zimmer dröhnte, manchmal mitten in der

Nacht. Dann kam Maman herunter, brüllte, bist du verrückt geworden, mach das leise, und rüttelte an ihrer Tür, aber Ate hatte abgeschlossen und rührte sich nicht.

An diesem Morgen nach ihrem Hamam mit Maman spielte Ate einen Song von Percy Sledge ab. »My Special Prayer«. Auch diesen Titel kannte ich von früher. Ate hatte ihn in jenem Sommer oder auch frühen Herbst, nachdem sie von ihrer Reise mit Maman zurückgekehrt war, von morgens bis abends gehört. Manchmal war ich vor ihrem Zimmer stehen geblieben und hatte gelauscht; obwohl ich ihn fast unerträglich sentimental gefunden hatte, war ich fasziniert gewesen und hatte mich kaum losreißen können. Schon immer hatte Ate einen Hang zu Musik an der Grenze zum Schmalzigen gehabt, (sie liebte »Amazing Grace« und »Starry, Starry Night« und »Blueberry Hill«, all solche Songs, die mir schon damals die Tränen in die Augen trieben), und ich fragte mich, ob sie trotz ihrer manchmal etwas spröden Art im Grunde noch romantischer war als ich. Mein Englisch reichte zu jener Zeit gerade aus, um zu verstehen, dass »My Special Prayer« ein Gebet war, das sich einer verlorenen Liebe hingab. Der Rückschluss von Percy Sledge auf meine Schwester fiel mir auch als Zwölfjährige nicht schwer. Ich hatte nicht den Eindruck, als hätte die Reise an die holländische Küste samt Luftveränderung etwas Entscheidendes bewirkt. Als Ate mit Maman aus Holland heimkehrte, war Mamas Bauch noch geschwollener als vorher, und Ates Augen waren immer noch geschwollen vom Weinen wie zuvor. Sie war blass, obwohl es mitten im Sommer war, und sie blieb blass.

Blass und in sich gekehrt. Sie parfümierte sich nicht mehr mit Patschuli. Sie ging wieder zur Schule. Ihr letztes Schuljahr. Sie begann sich aufs Abitur vorzubereiten wie alle anderen. Mitte September gab es eine Unterbrechung – sie musste mit Blinddarm ins Krankenhaus. Als sie wieder zu Hause war, lernte sie weiter. Sie lernte, und sie malte. Eine Zeit lang malte sie nur rote Bilder. Noch heute sehe ich sie Zinnoberrot in Acryl, in Gouache und sogar in Ölfarbe auf Papier und Leinwand tünchen und viele Tuben voll davon verbrauchen. Eines Tages frage ich sie, warum sie ihre Leinwände so dick bestreiche wie Leberwurstbrote, das sei doch Verschwendung.

Ate erklärte verschlossen, das müsse sein, und wenn sie eine Pistole hätte, würde sie rote Farbbeutel auf ihren Leinwänden befestigen und darauf schießen, wie es Niki de Saint Phalle getan hat.

»Wer ist Niki de Saint Phalle?«, fragte ich, und sie antwortete, eine französische Malerin und dass sie selbst nach dem Abitur Malerei studieren und werden wolle wie sie.

Schon zuvor hatten Ates rote Bilder eine diffuse Angst in mir ausgelöst, obwohl ich Rot mochte. Nachdem sie mir von Niki de Saint Phalle und ihrer Pistole und vom Schießen erzählt hatte, fürchtete ich mich noch mehr. Warum hatte diese Niki auf ihre Bilder geschossen? Schießen war kriminell. War sie also eine Kriminelle? Warum wollte Ate ihre Bilder erschießen? Eine Zeit lang bat ich bei meinem Gute-Nacht-Gebet den lieben Gott inständig, dass sie nie ein Gewehr in die Hand bekäme. Ich spürte die Bitterkeit, die aus

Ate strömte wie ein Gift, und ahnte, dass eine solche Bitterkeit Schlimmes anrichten konnte.

Percy Sledge mit seinem Schmachtsong in Ates Zimmer war verstummt. Severin und Vinz gesellten sich zu Maman und mir an den Frühstückstisch. Wir saßen da zu viert, ohne Ate. Wir saßen am Tisch wie vor fast vierzig Jahren, als Ates Musik im Untergeschoss auch verstummt und Ate weggegangen war. Im Sommer 1977 hatte sie Abi gemacht und im selben Jahr begonnen, an der Staatlichen Akademie der Künste in Karlsruhe Malerei zu studieren. Sie mietete sich in Karlsruhe ein Zimmer und zog aus. Sie kam selten heim. Wenn sie kam, stritt sie mit unserer Mutter. Severin und mir erzählte sie manchmal von ihrem Lehrer, einem Maler namens Markus Lüpertz, der anders malte als alles, was sie kannte, Formen, die Volumen hatten, aber keine Gegenstände waren. Sie zeigte uns Bilder, die sie selbst, Lüpertz nacheifernd, gemalt hatte, und ich war enttäuscht: Ates bewegte Landschaften, die Giraffen, Tiger und Elefanten, die sie früher für mich gezeichnet hatte, hatten mir besser gefallen. Abgesehen von Ates gelegentlichen Besuchen hörten und sahen wir wenig von ihr. Sie schrieb nicht, sie rief nicht an. Fast war ich froh darüber.

Wir atmeten damals alle auf. Ohne es uns einzugestehen, ohne darüber zu reden. Das Leben ging weiter. Irgendwie geht es mit dem Leben immer weiter, so oder so oder so. Wir beherzigten Mamans Satz »Man muss vergessen können« und taten alles, um die Erinnerung an jenes unselige Jahr 1976 in der Villa Fröhlich vergessen zu machen. Mit jedem neuen Tag arbeiteten wir uns ein Stück mehr aus der Vergangenheit heraus und streiften ihre Schlacken ab. Jeder neue Tag begann am Frühstückstisch. Zuerst, als die Familie noch wuchs, waren wir zu sechst gewesen, nach Ates Weggang zu fünft und zwei Jahre später ohne Severin nur noch zu viert. Flankiert von Maman und Paps, mampften Vinz und ich unser Müsli. Wenn Paps' Standuhr (er besaß damals nur eine, die mit dem Westminster) halb acht schlug, schoben wir einvernehmlich unsere Stühle zurück, schulterten unsere Taschen und machten uns auf den Schulweg.

3

An diesem Morgen vor Halloween, während wir ohne Ate am Frühstückstisch saßen, fragte Maman plötzlich: »Wer hat heute Geburtstag?«

»Wieso«, fragte Vinz zurück.

»Jemand hat Geburtstag. Sicherlicherseits.«

Wir schauten uns an. In meinem Gehirn ratterte es. Hatten wir tatsächlich einen Geburtstag vergessen, und Maman wollte uns auf die Sprünge helfen? Es wäre nicht das erste Mal gewesen. In unserer Jugendzeit hängte Maman Geburtstage hoch, höher noch als wir Kinder. Kein Wunder, dass sie es mir nur schwer verzieh, als ich mir einmal bis mittags Zeit ließ, um ihr zu gratulieren. Denn für Maman begannen Geburtstage frühmorgens, und sie begannen wie alles andere an diesem Frühstückstisch.

»Geburtstag«, sagte Vinz, »heute … äh, also … mir fällt nichts ein.«

Doch Maman blieb dabei, dass jemand Geburtstag hatte. Sie schaute an sich hinunter, strich über ihre blau-weiß gestreifte Bluse und sagte, dass sie sich extra schönstens angezogen habe. Dann richtete sich ihr Blick auf mich.

»Idakringeldings hat Geburtstag«, verkündete sie. »Simbel feist.«

»Ich?«, fragte ich mit gerunzelter Stirn. Mein Geburtstag ist im Mai.

»Es brennen keine Kerzen«, stellte sie fest und blickte mit diesem sanften Vorwurf in den Augen, der zugleich eine Aufforderung war und den ich von früher kannte, in die Runde.

Vinz stand auf, kramte in der Schublade des Esszimmerschranks nach einer Haushaltskerze und steckte sie auf einen Halter.

Severin warf mir einen amüsierten Mal-sehen-was-jetzt-kommt-Blick zu.

»Zwei Kerzen!«, verlangte Maman.

Denn anders als an den Geburtstagen meiner Geschwister brannte an meinem Ehrentag außer der Geburtstagskerze für mich früher stets eine weitere zum Andenken an Oma Ida, die am Tag meiner Geburt gestorben war.

Vinz stellte eine zweite Kerze auf den Tisch und zündete beide an.

»Ida wird neunzehntens und macht Abi…dingselbums, baccalauréat, wie sagt man noch auf Deutschland«, eröffnete uns unsere Mutter.

»Was du nicht sagst!«, platzte ich heraus, bass erstaunt, dass Maman sich sowohl daran erinnerte, was Abitur auf Französisch hieß, als auch, dass mein neunzehnter Geburtstag mit meinem Deutschabitur zusammengefallen war.

»Ida schreibt Aufsatz. Thomas Mann.«

Ich war baff.

»Das weißt du noch?«

Maman grub noch mehr aus ihrem Gedächtnis aus. Sie, die sich am Tag zuvor nur mit Mühe an den Wortlaut von Rilkes Herbstgedicht entsonnen hatte, nannte mir den Titel der Novelle, über die ich meine Prüfung in Deutsch geschrieben hatte: »*Gladius Dei.*«

»Nicht zu fassen!« Mir selbst hatte sich traumatisch nur der Anfangssatz jener Erzählung eingebrannt, der auch ihr Schlusssatz war: »München leuchtete.«

An jenem Morgen meines neunzehnten Geburtstags, der zugleich der erste Tag der Reifeprüfung ist, verlasse ich den festlich geschmückten Frühstückstisch mit klopfendem Herzen und einem riesigen, von Maman fabrizierten Lunchpaket samt einem Glücksschwein aus Schokolade. In der Prüfung wähle ich, Mamans Rat folgend, die freie Textinterpretation. Ihr Schokoladenschwein vor mir, ihre üppigen Sandwiches neben mir auf dem Pult, schreibe ich zwölf Seiten, ich analysiere und deute, ich konkretisiere und belege, ich führe aus und vergleiche und habe am Ende den Eindruck, es sei gut gegangen und ich hätte alles richtig gemacht. Da höre ich im Weggehen den Deutschlehrer meiner Parallelklasse, Herrn Strecker, vor dem ich mehr Respekt habe als vor meiner kleinen ältlichen Deutschlehrerin mit dem Humpelfuß, sagen: »Das Ding strotzt vor Ironie.« Ich erstarre. »Das Ding« ist der Text, den ich gerade interpretiert habe. Ich habe alles bedacht, aber ich habe die im Anfangs- und Schlusssatz von Manns Erzählung eindeutig lokalisierbare Ironie nicht bemerkt. Ich, die gläubige Ida, habe ein Defizit, wenn es darum geht, Ironie zu erkennen. Ich nehme alles ernst. In diesem Fall ein nicht wiedergutzumachendes Manko. Ich habe es verhauen. Niedergeschlagen schleiche ich nach Hause …

»Als ich beim Mittagstisch davon erzählt habe, hast du mich getröstet«, sagte ich zu Maman. »Dich auf meine Seite geschlagen. Als eingefleischte Thomas-Mann-Kennerin hast du gesagt, dir sei die Ironie in *Gladius Dei* bislang auch noch nie aufgefallen. So wenig wie mir. Zum Essen hast du Spargel mit Kartoffeln und Schinken gekocht.«

Maman schüttelte den Kopf, das wusste sie nicht mehr. Aber Vinzenz erinnerte sich. An meinem Geburtstag servierte Maman immer frischen Spargel mit Salzkartoffeln, Schinken und Sauce Hollandaise, mein Lieblingsessen. Zum Nachtisch gab es Erdbeeren mit Schlagsahne. Nachmittags eine Mokkatorte, ehe am Wohnzimmertisch auf einer winzigen silbernen Drehorgel »Happy Birthday to You« abgespielt und die Geschenke ausgepackt wurden. Wir Kinder verließen uns auf diesen Ablauf unseres Ehrentags, ohne ihn für etwas Besonderes zu halten. Erst als Erwachsene begann ich zu schätzen, wie Maman mit uns Geburtstage gefeiert hat. Dann etwa, wenn ich in einer Buchhandlung stand und mir ein Buch kaufte, das mir Martin, mein Mann, zum Geburtstag schenken konnte. Martin mochte keine Geburtstage und konnte sich keine merken. Bis zum Ende unserer Ehe riet er jedes Jahr aufs Neue, ob mein Geburtstag der vierzehnte oder der sechzehnte Mai war.

»Und?«, fragte mich Vinzenz. »Wie ist es damals ausgegangen mit deinem Deutsch-Abi, große Ida? Hat dir dein mangelndes Gespür für Ironie den Schnitt versaut? Wir warten auf die Auflösung.«

»Na ja, ich … bin mit einem blauen Auge davongekommen«, nuschelte ich.

»Will sagen?«

»Eins bis zwei.« Ich spürte, wie ich rot wurde. »Die zweitbeste Note. Nur für den Scheffel-Preis hat es nicht gereicht, den hat Harry abgeräumt.«

»Hört, hört«, feixte Severin.

»Harry hatte offenbar mehr Sinn für Ironie.« Ich grinste.

»Harry«, sagte Maman, »dein lieber Mann.«

»Nein, Mami. Mein erster Freund. Aber damals schon nicht mehr«, erklärte ich.

Maman starrte mich verwundert an. In ihrem Kopf arbeitete es.

»Mein lieber Mann hieß Martin«, schob ich nach. »Aber er ist es heute auch nicht mehr. Insofern ist es wurscht, wenn du es vergessen hast, Maman.«

4

Mamans Erinnerungshöhenflug war noch Thema zwischen uns, während wir nach dem Frühstück die Küche aufräumten. Maman hatte sich wieder hingelegt.

»Verrückt, wie unterschiedlich das bei ihr ist,« meinte Vinz, »je nach Tagesform.«

»Wenn es um Erinnerungen geht, die weit zurückliegen, steckt sie uns manchmal alle in die Tasche«, sagte Ate, die wieder aufgetaucht war und mit einer Tasse Cappuccino an der Anrichte lehnte.

»Nur schade, dass es nicht so bleibt«, meldete sich Severin. »Mamans Geistesblitze sind wie Sechser im Lotto, und man weiß, dass die Chancen darauf stetig sinken. Mit der Zeit werden wir immer genügsamer werden, uns am Ende freuen, dass sie noch einen vernünftigen Satz herausbekommt oder uns anlächelt. Die Gabel noch allein halten kann.«

»Und uns noch später, wenn sie es nicht mehr kann, wehmütig an die Zeit erinnern, als sie es noch konnte«, ergänzte ich.

Wir lächelten uns gegenseitig an. Wir lächelten uns an, ein bisschen traurig, die Wehmut vorwegnehmend, mit der wir uns eines Tages zurücksehnen würden.

»Was uns bleibt, ist jetzt«, sagte Vinz. Wir nickten, fuhren fort zu lächeln.

»Wie recht du hast«, sagte ich und fuhr fort: »Apropos *jetzt* – wie machen wir das eigentlich heute Abend?«

Wir hatten nicht explizit darüber gesprochen, wer an diesem Abend zu Hause bleiben würde, um nach Maman zu schauen. Auch nicht darüber, ob das nötig wäre. Wir wollten alle Severin spielen hören, klar.

»Wäre Maman ein Kind, hätten wir uns rechtzeitig einen Babysitter besorgt«, sagte Ate.

»Rechtzeitig ist gut«, entgegnete Vinz. »Wir wissen erst seit gestern Abend, dass Severin einen Auftritt hat.«

»Wir könnten rotieren«, schlug ich vor. »Wir wechseln uns ab.«

»Wie geht das denn?«

»Zuerst gehen Ate und Vinz. Ich bleibe bei Maman. Nach dem ersten Set kommt Vinz zurück, und ich gehe. Nach dem zweiten Set kommt Ate zurück, und Vinz geht wieder. Und dann immer so weiter. Vielleicht können wir Maman auch mal eine Stunde allein lassen.«

»Hört sich kompliziert an«, meinte Vinz und zog eine Schnute. Er bezweifelte, dass wir Maman unbeaufsichtigt zu Hause lassen konnten. Paps machte das zuweilen, wenn er einkaufen ging, und Vinz fand das fahrlässig. Denn nicht selten hatte Paps uns dann hinterher am Telefon was zu erzählen. Begebenheiten mit einer dramatischen Note und nur bedingt komisch. Dass auf dem Herd irgendwas Undefinierbares, bis zur Unkenntlichkeit Verbranntes brutzelte. Dass das Bügeleisen eingeschaltet war, mit der heißen Seite auf dem Bügelbrett stand und einen Fleck in den Stoffüberzug gebrannt hatte. Dass die Küche schon vollständig eingeräuchert war. Dass unsere Mutter, die sonst nie an Wasser dachte und Körperpflege scheute, ein Bad eingelassen hatte und die Wanne übergelaufen war. Dass Maman »aufgeräumt« hatte – Dinge, die Paps dann tagelang suchte und an den unmöglichsten Stellen wiederfand: die Tagespost hinten im Kleiderschrank, die Teller aus der Spülmaschine im Kühlschrank, das Besteck im Briefkasten.

»Vielleicht kommt noch eine bessere Lösung vorbei, wie das heute Abend gehen könnte«, meinte Ate.

»Übrigens«, setzte ich an und brach wieder ab. Ich musste die anderen, vor allem Severin, wissen lassen, dass Lenny abends auf der Bühne mit von der Partie sein würde.

»Ja?« Sie sahen mich erwartungsvoll an.

»Hhhhm.« Ich räusperte mich. »Ähm, ein Bekannter von mir kommt heute Abend auch. Er spielt Saxofon.«

»Soso, ein Bekannter.« Severin schmunzelte, und Ate fragte: »Hat er inzwischen einen Namen?«

»Lenny«, sagte ich.

5

»Ich gehe einkaufen«, verkündete Severin, »auf den Markt. Und zum Metzger.«

»Sagt Severin, der Veganer«, stichelte Vinz.

»Ich komme mit«, sagte ich. Ich mag Märkte. Ich wusste nicht, dass es in Möckingen einen Wochenmarkt gibt. Ich kenne den Viktualienmarkt in München, den Türkenmarkt in Berlin-Kreuzberg, ich weiß, wann und wo in Florenz und in Venedig und in Palermo Markt ist; hier in Möckingen, meinem Heimatort, wusste ich es nicht. Severin und ich folgten den Gewürzdüften und dem Dunst von Rostbratwürstchen aus einem Imbisswagen. Wir fanden den Markt ein bisschen versteckt hinter der Stadtkirche. Er bestand aus einem Sammelsurium von kleineren Ständen, war bunt und voller Kürbisse. An den Kürbissen kam man nicht vorbei. Vor zwei Jahren in New York waren sie aus Marzipan und aus Plastik gewesen, hier waren sie echt.

»Was hältst du von Kürbissuppe zum Abendessen?«, fragte Severin. »Wenn schon Halloween, dann richtig!«

»Was für Oschis!« Ich konnte mich nicht sattsehen.

Kürbisse haben mich von jeher fasziniert. Lange bevor hier in Deutschland aus dem letzten Abend des Oktobers Halloween wurde, an dem man Kürbisse aushöhlt, ihr Inneres isst und in die Schale Gesichter schnitzt. Mein Blick wanderte über Paletten mit Kugeln, Kegeln und Keulen in Feuerfarben, über birnenförmige Butternusskürbisse, über Flaschenkürbisse mit einem Tarnmuster wie bei Armeekleidung. Ein feister hautfarbener Muskatkürbis war von Akne befallen. Aus dem Ausschnitt der roten Turbankürbisse quollen beige-grün gestreifte Brüste, mehr als zwei, mindestens drei, manchmal vier. In einer Kiste häuften sich Zierkürbisse in allen Farben und Formen wie Spielzeug: Sonnen, Ufos, Bälle, Schwäne, Laternen.

Wir kauften zwei schreiend rote Hokkaido-Kürbisse, weil Severin meinte, die schmeckten am besten. Dazu einen orangeroten Mond, der sich vielleicht für einen Kürbisgeist eignete. Wir kauften Kartoffeln. Paprika, Tomaten. Salat in allen Farben. Wir räumten ab. Severin kaufte ein, als hätte er die nächsten drei Tage eine Großfamilie mit zwanzig Personen zu bekochen und nicht nur uns fünf. Wir trugen unsere Beute zum Auto.

Severin, der Veganer, steuerte die Metzgerei Schick an, danach gingen wir zum Bäcker und dann zu Edeka. Als wir dort an der Kasse standen, klingelte Severins Handy. »Hallo, Sweetheart«, hauchte Severin.

»Schön, dass Gretchen und du euch immer noch so gut versteht«, sagte ich später, als wir mit unseren Einkäufen den Laden verlassen hatten.

»Ach, gläubige Ida«, seufzte Severin, »das ist nicht Gretchen.«

Ich starrte ihn an. Perplex.

»Nicht Gretchen?«, fragte ich. »Wer denn dann?«

»Sie heißt Lisa«, sagte Severin.

Und dann erfuhr ich, dass die Frau, mit der er telefoniert hatte, eine sehr neue Frau in seinem Leben war, neu und doch schon so vertraut, dass er sie *Sweetheart* nannte und bis über beide Ohren in sie verliebt war.

Ich schluckte. Ich konnte gar nicht aufhören zu schlucken. Ich konnte es nicht fassen. Severin, mein Bruder, seit dreißig Jahren mit derselben Frau verheiratet, der nach seinen wilden Jugendjahren seriös geworden und es geblieben war, Severin, den ich immer dafür bewundert und darum beneidet hatte, dass er als Einziger von uns den Sprung in ein normales bürgerliches Familienleben geschafft hatte und diesem Leben samt der darin residierenden Frau treu geblieben war, Severin appte und telefonierte mit einem weiblichen Wesen, das er *Sweetheart* nannte und das nicht Gretchen war. Diesen Brocken musste ich erst mal runterkriegen. Vom Verdauen gar nicht zu reden.

»Weiß Gretchen davon?«

Severin nickte.

»Und?????«

»Na ja«, brummte Severin, »begeistert ist sie nicht.«

»Trennt ihr euch?«

Er warf mir einen erstaunten Blick zu. »Wie kommst du darauf? Nein, natürlich nicht!«

»Ich dachte nur, heute trennt sich alle Welt, und es wäre doch ein Grund.«

»Es gibt tausend Gründe, sich zu trennen«, sagte Severin, »und tausend Gründe, es nicht zu tun.«

»Was du nicht sagst.« Als ob ich das nicht wüsste, dachte ich.

Eine Weile gingen wir schweigsam nebeneinanderher.

»Die Kinder«, sagte Severin, ohne dass ich nachgefragt hätte, »die Kinder sind drei der tausend Gründe, es nicht zu tun. Und sie zählen doppelt, dreifach, hundertfach.«

Ich sagte nichts dazu. Severins Worte trafen mich wie ein Vorwurf. Obwohl sie bestimmt nicht so gemeint waren. Eigentlich hätte ich mir denken können, dass das kommen würde. Severin war ein Familienmensch. Seine drei Kinder waren erwachsen. Nicht halbwüchsig, wie es Rouven war, als sein Vater und ich uns trennten. Rouven reagierte auf Martins Auszug mit Symptomen. Er verkündete, er wolle nie von zu Hause weggehen und immer klein bleiben, er weigerte sich zu wachsen, und es gelang ihm lange Zeit. Während seine Klassenkameraden Pickel und kratzige Stimmen kriegten, behielt Rouven sein Kindergesicht und seine kleinen zarten Hände. Er verschanzte sich im Zimmer seiner Kindheit und hörte noch als Zwölfjähriger Kassetten von den Mumins.

Sein Rückzug ging mir an die Nieren, an die Seele. Martin und ich hatten unserem Sohn etwas angetan, und ich fühlte mich schuldig. So sehr, dass ich daran dachte, Martin zurückzuholen, ihn zu bitten, wieder bei uns einzuziehen, bei uns zu wohnen, so lange, bis Rouven aus dem Gröbsten heraus wäre. Ich wusste nicht, was »das Gröbste« war. Ich wusste nur, dass das, worin er stecken zu bleiben sich in den Kopf gesetzt hatte, alles andere als das war, was ich mir für ihn wünschte.

Alles änderte sich, als sich Rouven mit fünfzehn in die Freundin eines Freundes verliebte. Das Verlieben ließ sich nicht vermeiden, und er begriff, dass all die netten hübschen Mädchen für ihn unerreichbar blieben, wenn er weiterhin daran festhalten würde, Oskar Matzerath zu spielen. Rasch änderte er die Richtung. Er schnitt sich die Haare ab, verbannte die Kinderkassetten auf den Speicher, begann Red Bull zu trinken und zu rauchen, Letzteres heimlich – ich, die gläubige Ida, kam erst viel später dahinter.

»Jetzt kann es mir gerade nicht schnell genug gehen mit Wachsen«, sagte er eines Abends, als müsste er viele Entwicklungsjahre aufholen. Ich saß an seinem Bett, ja, damals durfte ich noch an seinem Bett sitzen und ihm vorm Einschlafen über die Wange streichen, auf der gerade die ersten Stoppeln sprossen, ich durfte es lange, und wir verrieten niemandem etwas davon, weder Rouven noch ich, als hätte es etwas Anrüchiges, wenn eine Mutter noch am Bett ihres Fünfzehnjährigen sitzt, ja, und wenig später war es dann auch vorbei. Es war vorbei; stattdessen begann die Zeit, in der ich um meinen Sohn bangte, so wie Maman einst um Ate und Severin gebangt hatte. Um mich, ihr drittes Kind, das immer irgendwie mitlief, musste Mutter niemals bangen, ich bewegte mich stets innerhalb der von ihr für mich vorgesehenen Grenzen, und tat ich es nicht, so sorgte ich dafür, dass sie es nicht erfuhr. Mich sollte niemand mit seinen Sorgen fesseln, niemand sollte in vorweggenommenem Gram mich kontrollieren.

6

»Lisa ist übrigens nicht mein erster … Seitensprung«, vertraute mir Severin an, während wir durch die Hauptstraße gingen.

»Ach …«, sagte ich gedehnt und dann nichts mehr, weil mir nichts einfiel.

»Von Zeit zu Zeit lernt man jemanden kennen«, sagte Severin, ohne dass ich eine Erklärung verlangt hätte, »und dann ergibt sich etwas, und dann ergibt sich etwas mehr, und du willst nicht Nein sagen, oder du kannst es nicht. Auch wenn die äußeren Umstände und alle möglichen Abers, echt oder eingebildet, dagegensprechen.«

»Ja«, sagte ich, »das stimmt, da hast du wohl recht.« In diesem Punkt verstand ich Severin besser, als ich mir eingestehen mochte.

»Und Gretchen«, fragte ich wieder, »was ist mit Gretchen? Hat Gretchen auch jemanden … von Zeit zu Zeit?«

»Ich weiß nicht«, Severin runzelte die Stirn, »nein, ich glaube nicht. Und wenn es so wäre, ich glaube, ich wollte es nicht wissen.«

Wir kamen an dem Friseursalon vorbei, der früher Frau Schüssler gehörte und jetzt Gisela Wilde, der Schwester von Rico. Ich dachte an den Abend und meine Verabredung mit Lenny. Ob das ein Anlass wäre, einen Besuch in Frau Wildes Salon zu machen? Durch die Verglasung konnte ich sehen, dass zwei der drei Frisierstühle besetzt waren und die Friseuse zwischen beiden herumwuselte.

»Ich geh da rein«, sagte ich kurz entschlossen zu Severin, »ich laufe später zu Fuß nach Hause.« Nach seinen Eröffnungen kam mir der Salon gerade recht.

»Okay«, meinte Severin. Er sagte, er müsse noch ins Musikgeschäft in der Holzstraße, eine a-Saite für die Fender Stratocaster kaufen, die alte sei gerissen. Auf dem Heimweg wollte er noch kurz beim Papst vorbeischauen. Wir winkten uns zu. »Bis später.«

Als ich im Friseursalon stand, kam mir das Geschäft noch kleiner vor als von draußen und winzig gegenüber früher, als ich ein Kind war. Nur die Düfte waren groß. Düfte, die aus Sprühdosen kamen, sich aufblähten und verteilten, kaum dass sie an die Luft gesetzt waren. Die Friseuse, eine Frau mit sehr langen Wimpern und dunklem halblangem Haar, besprühte gerade die frische Dauerwelle der einen Kundin und ließ diese sodann ihr Werk mittels eines Spiegels begutachten.

War sie das? Ricos Schwester? Da ich mich nicht mehr an Ricos Gesicht erinnern konnte, wusste ich nicht, ob sie ihm ähnlich sah. Als die Kundin beim Verabschieden die Friseuse mit Namen anredete, hatte ich Gewissheit. Die Ladenklingel machte zwei hohe fragende Glöckchentöne, und Frau Wilde fragte mich nach meinen Wünschen.

Ich zuckte mit den Schultern. Wenn ich das gewusst hätte. »Schneiden, waschen, föhnen«, sagte ich mit Fragezeichen am Schluss. »Anders föhnen als bisher.« Gisela Wilde warf einen Blick auf mein Haar und meinte: »Wir schau'n mal.«

Sie ließ mich Platz nehmen und wandte sich der anderen Dame zu, die mit Alufolie im Haar unter einer Wärmehaube saß und in einer Zeitschrift blätterte.

Während ich wartete, wirbelte mir aufs Neue durch den Kopf, was Severin mir erzählt hatte. Mein älterer Bruder und früherer Held hatte also eine Freundin, eine Geliebte oder irgendetwas dazwischen, für das die heutige Zeit keinen Namen hat, und es war nicht die erste. Ich dachte an Gretchen. Gretchen, ein etwas pummeliges, gleichwohl wuseliges Geschöpf mit einem runden Gesicht, kurzem kastanienbraunem Haar und lebhaften Augen. Ich habe mich immer gewundert, dass Severin eine solche Frau wählte. Eine Frau, die mir mütterlich vorkam, seit ich sie kenne, die schon mütterlich war, ehe sie zum ersten Mal Mutter wurde und dann noch mal und noch mal. Ich mag Gretchen. Ich war unschlüssig, ob sie mir leidtun, ob ich sie bedauern musste, ich wusste nicht, ob ich überhaupt eine Rolle haben musste in der Geschichte, die mir Severin gerade erzählt hatte. Warum denkt man immer, man müsse Stellung beziehen, wenn ein Paar, dem man sich verbunden fühlt, getrennte Wege geht, warum meint man, sich auf die eine oder die andere Seite schlagen zu müssen, wenn der eine oder die andere einen Seitensprung macht? Es geht mich nichts an, dachte ich. Was soll's, dachte ich. Wenn es Severin guttut, dachte ich. Sie sind schon so lange zusammen, dachte ich, das ist doch normal, dass irgendwann der eine oder die andere oder beide … Und wenn Severin sich nicht von Gretchen trennen will, umso besser. Alles paletti. Oder doch fast alles.

Ricos Schwester kam zu mir und stellte sich hinter den Frisierstuhl, auf dem ich saß. Sie wickelte sich eine meiner dunkelblonden Strähnen um die Hand und sah die Hand mit der Strähne prüfend im Spiegel an. Sie freundet sich mit meinem Haar an, dachte ich. Gisela Wilde hatte eine tiefe Stimme und Temperament, das sich auch auf die Art des Waschens und Föhnens niederschlug, während sie sich meinen Haaren widmete.

Kurzfristig fühlte ich mich unter ihren Fingern mehr wie beim Zahnarzt als beim Friseur. Diese Friseuse hatte keinen Respekt vor irgendetwas und jedenfalls nicht vor Haaren, sie rubbelte und rieb die Kopfhaut beim Waschen, sie schnippelte an meinen Strähnen herum, sodass ich, halb ängstlich, halb belustigt, mich fragte, was nach vollendeter Prozedur von der bisherigen eh schon halblebigen Pracht auf meinem Kopf noch übrig wäre. Wider Erwarten war das Ergebnis am Ende respektabel. In einer wilden Wolke stand mein sonst so dünnes Haar um mich herum. War mein Gesicht, das mir aus dem Spiegel entgegenblickte, durch die neue Umrahmung jünger oder nur moderner geworden? Vielleicht sollte ich häufiger den Friseur wechseln, dachte ich – es muss ja nicht immer in Möckingen sein.

Während Gisela Wilde mit ihren Händen, mit Schere,

Bürsten und Föhn auf meinem Kopf wütete, überlegte ich, wie ich es anfangen könnte, etwas über Rico in Erfahrung zu bringen. Ich wusste nicht, wie viel ich wissen wollte und ob es überhaupt meine Sache war, etwas wissen zu wollen. Was würde ich mit dem Vorsprung, dem Wissensvorsprung, machen, den ich gegenüber Ate hätte, falls ich etwas herausbekommen würde? Was, wenn Rico gar nicht mehr am Leben war?

Ich versuchte ein Gespräch mit Frau Wilde in Gang zu bringen, was gar nicht so einfach war, denn Ricos Schwester konzentrierte sich auf ihre Arbeit. Sie gehörte nicht zu den Friseusen, die meinen, ihre Kundinnen unterhalten zu müssen, und wie ein Wasserfall reden – etwas, was ich normalerweise meide wie die Pest. Doch was Frau Wilde anging, wäre es mir nicht unlieb gewesen, wenn sie etwas gesprächiger gewesen wäre.

Ganz unschuldig fing ich an, eins dieser Friseurgespräche, die über den Spiegel kommuniziert werden: Dass sich hier gegenüber früher fast nichts geändert habe, sagte ich in das Spiegelglas. Dass ich den Salon von klein auf kannte. »Wir waren Stammkundinnen bei Frau Schüssler, meine Mutter, meine Schwester Ate und ich.« Ich beobachtete im Spiegel, ob irgendetwas in Gisela Wildes Gesicht »pling« machte bei diesem Satz und vor allem bei Ates Namen. Ich hatte keine Ahnung, ob sie damals vor vierzig Jahren etwas mitbekommen hatte von der Liebesgeschichte ihres Bruders mit meiner Schwester.

Nichts passierte. »Dann sind Sie eine Alteingesessene«, stellte Frau Wilde fest.

»Eigentlich nicht«, sagte ich. »Ich bin hier zur Schule gegangen, habe gleich nach dem Abi zum Studium die Kurve gekratzt und bin fast nie mehr hier gewesen seither, deshalb weiß ich nicht, was im Ort vor sich geht.«

Frau Wilde erklärte, dass sie den Salon schon fast ein Vierteljahrhundert führe; vor vierundzwanzig Jahren hatte sie ihn von Frau Schüssler übernommen.

»Ich bin Reiseleiterin«, sagte ich, ohne dass Gisela Wilde mich gefragt hätte. Auf einmal wurde sie aufmerksam, schaute mich im Spiegel an und wollte wissen, wo ich Reisen führte. »In Italien und Deutschland vor allem«, erklärte ich. »Manchmal in Mittel- und Südamerika.«

»Super«, seufzte Frau Wilde mit einer Spur sehnsüchtigen Neides in der Stimme. »Ich bin nie hier herausgekommen.« Sie kämmte energisch mein Haar aus. »Ja, so ist das«, fuhr sie fort und sah dabei aus, als spräche sie zu sich selbst, »die einen bleiben hängen, wo sie immer waren, die anderen treibt das Fernweh; sie reißen sich los und kommen spät zurück. Oder nie mehr. Manchmal geht der Riss mitten durch die Familie. Mein Bruder hat eine Weltreise mit dem Fahrrad gemacht; mit zwanzig ist er losgezogen und war immer unterwegs, stets auf Achse.« Sie hatte aufgehört, sich mit meinen Haaren zu beschäftigen, ihre Hände lagen auf der Rückenlehne des Frisierstuhls, und ihr Blick traf meinen im Spiegel. »Was haben Sie, was schauen Sie mich so an?«

»Oh … nichts«, stotterte ich, »gar nichts, reden Sie nur weiter!«

»Ich dachte, Enrico kommt nie zurück.« Gisela Wilde lächelte und fügte hinzu: »Heute hat er einen festen Wohnsitz und arbeitet bei den Johannitern. Ja, so ist das.«

Mein Herz klopfte. Aus einer fernen Vergangenheit, in der ich Kind gewesen war und an die ich mich nur noch ungenau erinnerte, war Rico, Ates erster Freund, mitten in die Jetztzeit gesprungen. Ich hätte nicht gedacht, dass es so einfach gehen würde. Ich überlegte, ob ich weiter nach ihm fragen, mich outen sollte. Ob ich versuchen sollte herauszufinden, wo Rico wohnte und in welchem Ort er bei den Johannitern arbeitete. Dann dachte ich an Ate und ließ es sein. Es reichte. Ich kam mir vor wie eine Voyeurin; als schaute ich durch ein Schlüsselloch in eine Wohnung, die mir nicht gehörte und mich nichts anging. Ich hatte erfahren, dass Rico lebte und einem Beruf nachging. Das war mehr als genug, mehr als ich mir ausgerechnet hatte. Vielleicht würde es eine Gelegenheit geben, es meiner Schwester zu stecken. Der Rest lag an Ate, nicht an mir.

7

Mit neuer Frisur schlenderte ich eine Weile durch Möckingen. Ich dachte an Ates Schilderung ihrer Zeit mit Rico und dass er immer das Weite gesucht hatte, über Grenzen hinausgegangen war, bis zum Äußersten. Was Gisela Wilde von Ricos Reisehunger erzählt hatte, passte dazu. Ich fühlte mich dem unbekannten Rico verwandt – war es mir nicht ähnlich ergangen, nachdem ich Abitur gemacht hatte und vor allem nach meinem Studium im spießigen Germersheim, an dem nur der Rhein groß war? Noch heute kann ich manchmal die Ungeduld und das Fernweh fühlen, die sich fast wie ein Schmerz in meinem Körper breitmachten, während ich im fünften Stock des Konzerns für Elektrogeräte, bei dem ich nach dem Examen angeheuert hatte, Gebrauchsanweisungen für Wasch-, Spül- und Kaffeemaschinen übersetzte. Eines Tages folgte ich dem Werben meines Freundes Cornelius und begab mich mit ihm auf einen Road-Trip durch Mittel- und Südamerika. Gemeinsam tauchten wir in das Leben der Regenwälder und der Vulkane, in die Intensität der Musik und in die Ozeane, in das Gewusel der Märkte und das Chaos der Städte ein. In einer mit knallbunten Häusern – Medellín – haben wir geheiratet. Nach einem halben Jahr Weltreise konnte ich mir nicht mehr vorstellen, meine Beine für längere Zeit unter einem Schreibtisch in einem Großraumbüro still zu halten.

Wie gelingt einem das, wieder sesshaft zu werden nach so langen Jahren als Globetrotter?, fragte ich mich, während ich durch den Ort meiner Kindheit streifte. Das Wegenetz schien geschrumpft zu sein seit damals, genauso wie die Häuser. Wie schaffte man es, aus der großen weiten Welt zurückzukehren in das Puppenstubenformat eines Kaffs wie Möckingen? Wie hatte es Rico geschafft? Falls er überhaupt hierher zurückgekehrt war.

In der Hegelstraße, einer Seitenstraße mit Jugendstilhäusern, fand ich das Schuhgeschäft, das wir neulich auf der Suche nach neuen Schuhen für Maman nicht gefunden hatten. In der Auslage lachte mich ein Paar brauner Herrenschuhe an, Sneakers, kompakte Treter, ohne plump zu sein, mit weißen Sohlen und weißen Schnürsenkeln. Oft gefallen mir Männerschuhe besser als Damenschuhe. Als kleines Mädchen wollte ich viel lieber ein Junge sein, so wie Severin. Bis zu meinem sechsten Lebensjahr trug ich einen Bubikopf mit Igelhaarschnitt und war stolz darauf. Und ich weiß auch noch, dass ich mich in jener Zeit mit Altersgenossen des anderen Geschlechts anlegte und mit ihnen raufte; und dass ich einmal einen Gleichaltrigen, der eine höhnische Bemerkung über Mädchen gemacht hatte, versohlte, dass ihm Hören und Sehen verging. Andere Kinder, auch solche, die älter waren als ich, hatten Respekt vor mir. Auch ein paar Jahre später, als mein Stern gesunken war, ich vor der »Gäng« zitterte und bei Severin Schutz suchte, verlor ich das Jungenhafte nicht. Ich trug stets kurze Haare und ließ sie mir zum ersten Mal wachsen, als meine Ehe mit Cornelius in die Brüche ging. Manchmal habe ich den Verdacht, dass es das Knabenhafte in meiner Erscheinung war, weshalb sich Cornelius überhaupt von mir angezogen fühlte, und dass er erst später begriff, dass das, was er brauchte, am wenigsten mit der Länge der Haare zu tun hatte. So jedenfalls legt es der Schluss nahe, zu dem ich hätte kommen müssen, als ich ihn eines Abends beim Nachhausekommen mit einem langhaarigen Geschöpf überraschte, das in eindeutiger Stellung vor Cornelius auf dem Wohnzimmerteppich kniete. Ich hielt den Jemand zunächst für eine Frau und, als ich eines Besseren belehrt worden war, das Geschehen für einen Ausrutscher. Ich spielte seine Bedeutung vor mir herunter, und selbst als die Ausrutscher mehr und zur Gewohnheit wurden, schob ich den Gedanken an eine Trennung längere Zeit von mir. Stattdessen liebäugelte ich mit einer Dreiecksbeziehung, vielleicht sogar mit allem Drum und Dran. Ich war damals nicht weit weg von Tucholskys Dreier, und einmal wäre es fast so weit gekommen. Cornelius' langhaariger Freund gefiel auch mir; als wir eines Abends zu dritt auf dem Sofa saßen, fingen wir an zu fummeln und zu knutschen. Doch die Sache bekam Schlagseite und kippte: Nach einer Weile fand ich mich übrig geblieben neben den beiden Männern sitzend, die es miteinander trieben, stöhnten und keuchten und mich vergessen hatten. Da schnappte ich meine Klamotten, zog mich an und verließ die Wohnung. Cornelius entschuldigte sich kurz darauf, jedoch nicht ohne mir zu eröffnen, dass er sich entschieden hatte – und zwar nicht für mich. Auch diesmal, wie schon bei Harry, trauerte ich nicht; stattdessen ließ ich mir die Haare wachsen, deckte mich im Secondhandladen mit Kleidern ein, die meine Weiblichkeit betonten, kaufte mir hochhackige Pumps und wurde auch äußerlich die Frau, die ich immer gewesen war.

Die braunen Sneakers mit weißer Sohle und weißen Schnürsenkeln in der Auslage des Schuhgeschäfts in der Hegelstraße kaufte ich nicht, probierte sie nicht einmal an. Bevor ich den Weg zu unserer Siedlung auf dem Berg einschlug, machte ich einen Abstecher zum Lortzing-Gymnasium, meiner alten Schule. Weil Herbstferien waren, lag das Gelände verwaist da. Ich ging über den kastanienbestandenen Hof zum Haupteingang mit der mächtigen Glastür, um einen Blick ins Innere der Schule zu erhaschen. Die Eingangstür führte direkt in die Aula, einen großen, mit Waschbeton ausgekleideten überdachten Innenhof, in dessen Mitte zur Weihnachtszeit ein stattlicher blinkender Christbaum stand. Ob immer noch, wie früher, dann auch die jährliche Ausstellung mit den besten Bildern stattfand, die die Schülerinnen und Schüler während des Schuljahrs im Kunstunterricht gemalt hatten? Nie hatten damals bei diesem Anlass Gemälde von Ate gefehlt. Während ich, die Stirn gegen die Scheibe gepresst, den Blick durch die Halle schweifen ließ, tauchte in meiner Erinnerung Ates schlanke Mädchengestalt auf: Ate, wie sie an einer Wand lehnte, die Hände in die Hosentaschen gegraben und die Augen zu Schlitzen verengt, was ihr etwas Gefährliches gab. Es war der Abend der Vernissage in der Weihnachtszeit 1976. Ates mit Farbe überladene feuerrote Leinwände waren in der Aula ausgestellt. Bei der Eröffnung ging mir nicht aus dem Kopf, was Ate mir über Niki de Saint Phalle und ihre Schießbilder erzählt hatte. Darauf gefasst, sie jeden Moment einen Colt zücken zu sehen, ließ ich sie keine Sekunde aus den Augen. Auch wenn ich erst zwölf war, spürte ich, dass man auf Ate aufpassen musste. Ich spürte, dass etwas in ihr gärte, das ihr Handeln unberechenbar machte und sie von uns entfernte.

Ich löste mich von der Fensterscheibe und sah meiner Schuhspitze zu, die unsichtbare Kreise auf den Asphalt malte. Tatsächlich war Ate weit über Weihnachten 1976 hinaus und auch noch im neuen Jahr 1977 verschlossen und launisch geblieben, hatte uns angefaucht und ihr Gift versprüht, sodass man ihr besser nicht zu nahe kam. Einmal hörte ich, wie unsere Mutter zu Ate sagte: »Du musst vergessen. Man muss vergessen können.«

Aber ihr Allheilmittel war nicht Ates, und Ate zischte: »Vergessen, ich soll das vergessen? Machst du Witze?«

Später fragte ich Ate schüchtern: »Warum kannst du Rico nicht vergessen, Ate? Es ist doch schon so lang her.«

Ate sah mich nur an mit einer Mischung aus Mitleid und Verachtung und sagte: »Du hast einfach keine Ahnung.«

Und ich begann zu begreifen, dass da etwas war, von dem ich tatsächlich keine Ahnung hatte.

Der Gedanke, dass Ate damals im Sommer 1976 schwanger gewesen war, kam mir, wie gesagt, erst lange danach, und noch viel später verdichtete er sich zur Gewissheit. Parallel dazu keimte ein fürchterlicher Verdacht in mir, der sich auf die Reise von Maman und Ate nach Holland richtete. War Maman in Wirklichkeit mit Ate dorthin gefahren, um Ates Schwangerschaft ein Ende zu machen, bevor sie überhaupt richtig begann? Die Niederlande waren damals das einzige Land, in dem Abtreibung legal möglich war. War das, was sich nach außen hin als eine harmlose Urlaubsreise nach Holland getarnt hatte, eine Aktion gewesen, um Ates Kind loszuwerden? Hatte Maman Ate überredet, ihr Kind abzutreiben? Eigentlich konnte ich mir kaum vorstellen, dass unsere prüde, überängstliche Mutter zu so etwas fähig wäre. Sie liebte uns doch. Auch uns Töchter, auch Ate, wenngleich Severin ihr Augapfel war. Mit diesen Gedanken schob ich meinen dunklen Argwohn im Kopf hin und her, versuchte ihn in die Ecke zu drängen und klein zu knüppeln, aber es gelang mir nicht. Denn falls Maman Ate doch zur Abtreibung genötigt hatte, hätte das die Distanz erklären können, die Ate nach jenem Sommer zu unserer Mutter suchte und seitdem jahrzehntelang gepflegt hat, bis jetzt. Irgendwie passten die Dinge besser zusammen, als mir lieb war.

Ich habe Ate nie auf meinen ungeheuerlichen Verdacht angesprochen. Habe mit überhaupt niemandem darüber geredet. Nicht mit Maman. Auch nicht mit Severin, der mir allerdings eines Tages, als wir längst erwachsen waren, erzählte, dass Ate ihm das Geheimnis ihrer Schwangerschaft anvertraut habe, noch bevor Maman davon erfahren hatte. Damals lag mir die Frage mit der Abtreibung auf der Zunge; dann verschluckte ich sie. Ich entschied, dass es mir besser bekäme, wenn ich im Unklaren darüber bliebe, wie es sich verhielt; ich mochte mir Maman nicht als Mörderin von Ates Kind vorstellen und wusste nicht, was ich tun sollte, falls sich herausstellte, dass mein Verdacht stimmte.

8

»Hallo, Süße«, sagte Lenny. Mein Handy hatte geklingelt, als ich noch vor dem Eingang des Gymnasiums gestanden hatte. Mir war kalt gewesen bei meinen Gedanken, und der Klang von Lennys Stimme war wie eine Zuflucht, bei der ich mich sofort zu Hause fühlte. Ich verzichtete auf einen Kosenamen für ihn, dennoch hatte ich das Gefühl, als wäre in der Zeit seit unserem letzten Telefonat etwas zwischen uns gewachsen, etwas, das die Abwesenheit von Aufmerksamkeit braucht, um sich zu entwickeln, ein Same, der in der Dunkelheit keimt. Lennys Stimme war mir schon vertraut, und ich konnte mir seinen Gesichtsausdruck und sein Lächeln vorstellen, während er sprach. Wenn es weiterging mit uns beiden, würde sich irgendwann ein Bild der Umgebung dazugesellen, in der er redete, seine Wohnung, die ich dann kennenlernen würde, seine Küche, vielleicht sein Schlafzimmer.

Lenny sagte, er sei ein bisschen erkältet, ob mir das was ausmachen würde, ob ich Sorge hätte, mich anzustecken.

»Nein«, sagte ich, und er schob nach, es könnte ja sein, dass wir uns küssen würden.

»Nein«, wiederholte ich, und er meinte, doch, es wäre sehr wahrscheinlich, und er hoffe, dass wir uns küssen würden.

»Nein«, sagte ich zum dritten Mal, »du hast mich falsch verstanden, nein, es macht mir nichts aus, dass du erkältet bist, dass wir uns küssen, was auch immer.«

»Gut.« Lenny klang sehr zufrieden.

Wir verabredeten, wo und wie wir uns am Abend treffen sollten. Mir war es lieber, wenn mich Lenny nicht von zu Hause abholte, sondern direkt in den Irish Pub kam. Ich teilte ihm die Adresse mit und beschrieb den Weg.

»Ich freue mich«, sagte Lenny. Ich gab ihm den Satz wie ein Echo zurück.

»Ich freue mich.«

Erst nachdem wir das Gespräch beendet hatten, kamen meine Zweifel wieder. Ja, ich freute mich. Aber.

Ich freue mich, aber es bleibt dabei – er ist so jung. Jünger als Severin, und sogar von Vinz, meinem kleinen Bruder, trennen ihn über sechs Jahre.

Wie weit ist es von einem Mann zu einer Frau? Das hatte ich bei Tucholsky gelesen. Jetzt drehte ich die Frage aus *Schloss Gripsholm* um: Wie weit ist es von einer Frau zu einem Mann? Wie weit ist es von mir zu Lenny? Was ist das Maß, mit dem man die Distanz zwischen Frau und Mann und Mann und Frau misst – oder die Nähe? Zählt die Sehnsucht, die gegenseitige Anziehung, mit der es einen zueinander drängt? Die Summe der Gedanken, die man miteinander teilt? Oder doch die Anzahl der Lebensjahre, die einen trennen? Und hatte es je nachdem nicht doch etwas Lächerliches, wenn ich mich am Abend mit einem Mann zeigen würde, der fast mein Sohn sein könnte? Würden mich meine Geschwister belächeln? Sich ihren Teil denken, ohne es mich spüren zu lassen?

Andererseits – hatte nicht jeder von ihnen sein eigenes Drama mit dem anderen Geschlecht? Ate, Vinzenz und neuerdings auch Severin, wie ich seit vorhin wusste. Keins meiner Geschwister passte in die Schablone, die man gemeinhin an Paarbeziehungen anlegt.

Wie weit war es von Ate zu Rico? Oder von Vinzenz zu Diana?

Wie weit war es von Maman zu Paps und umgekehrt? Selbst die Ehe unserer Eltern war infolge von Mamans Demenz aus dem Raster des Herkömmlichen gefallen. War der Abstand zwischen den beiden größer geworden durch Mamans Vergesslichkeit? Wuchs die Distanz zwischen Menschen umgekehrt proportional zum Schrumpfen eines Gehirns? Und war die Distanz immer ein Abgrund? Mamans Liebe zu Paps, zu uns Kindern war nach wie vor fühlbar, ganz ohne Abstriche. Es mochte sein, dass sie unsere Geburtstage, unsere Berufe, unsere Namen nicht mehr wusste, ihre Vertrautheit mit uns würde nicht so rasch ins Vergessen rutschen, vielleicht nie. Auch ihre Ängstlichkeit, ihre Bereitschaft zu lachen, ihre zickige Art, wenn etwas nicht nach ihrem Kopf lief, war noch da. War der Graben, der sich auftat, manchmal nur weit, nicht immer aber auch tief?

Ich hoffe es, sagte ich zu mir selbst, während ich den Hang zur Villa Fröhlich hochschnaufte, ich hoffe, dass es so ist.

9

»Wo kriegt man das?«, fragte Vinzenz beim Kaffee und deutete auf meine Frisur.

»Im Salon Gisela in der Hauptstraße«, erklärte ich. Ate hob eine Augenbraue, sagte aber nichts. Fragte mich auch nichts. Keinen Ton.

Wir nippten aus unseren Tassen und aßen Napfkuchen aus dem Supermarkt. Draußen war es trüb, und Vinzenz hatte die beiden Kerzen vom Vormittag angezündet. Maman fragte, ob Weihnachten sei.

»Ida hat Geburtstag«, sagte Severin und zwinkerte mir zu.

»Sssisssisss, wunderplups. Ida hat im Frühling Geburtstag, im Monat Maier«, widersprach Maman. »Ihr wollt mich wohl verflixen. Verkatern. Verjuxen. – Advent, Advent«, zwitscherte sie, »ein Lichtlein brennt. Simbel feist. Funx leibel sitz.«

Auf Mamans Stichwort hin begannen wir Erinnerungen auszukramen. Wie es früher war, wenn sich das Jahr dem Ende zuneigte. Wie wir uns über den Winter brachten. Wie wir uns von Fest zu Fest und dabei über die dunkle Jahreszeit hangelten – mit unserer Vorfreude auf jede Kerze mehr, die am Adventskranz brannte, auf jedes neue Türchen im Adventskalender. Mit Weihnachtsbasteleien am Esszimmertisch, während der Duft von Mamans Zimtsternen durchs Haus zog, die in der Küche im Backofen fertig wurden. Eines Morgens beim Erwachen war das Licht im Zimmer anders als sonst, und man wusste, dass es geschneit hatte. Erster Schnee! Er kam zuverlässig in Mengen und, anders als heute, immer vor Weihnachten. An Adventssonntagen spielten wir Weihnachtslieder, wobei unsere Eltern darauf achteten, dass es nicht nur die kitschigen waren (»Am Weihnachtsbaum die Lichter brennen«), sondern auch solche aus dem Kirchengesangbuch. Am Klavier arbeitete ich mich ab an »Ich steh an deiner Krippen hier«, das drei b hatte, und Ate begleitete mich mit der Querflöte. So schlimm, wie ich es Lenny am Samstagabend geschildert hatte, war es nicht, wir hatten oft viel Spaß, selbst wenn Severin sich über uns lustig machte, weil es schräg klang.

Mein Handy trällerte *Ring, ring*, es war heute erstaunlich lebendig. Lenny, dachte ich, er ruft an, um mir mitzuteilen, seine Erkältung sei schlimmer geworden und er könne doch nicht kommen heute Abend. Wie eine heiße Welle schossen Furcht und vorweggenommene Enttäuschung durch meinen Körper. Doch als ich auf das Display blickte, war es Rouven, und ich war so was von erleichtert. In diesem Moment wusste ich, dass ich mich verlieben wollte. Mit Haut und Haaren, Leib und Seele. Und dass mein Körper nicht wahllos nach irgendeinem Mann gierte, dass es nicht irgendwer war, in den ich mich verlieben wollte, sondern Lenny.

Rouven war auf dem Rückweg von Köln und kündigte an, dass er in etwa zwei Stunden in der Villa Fröhlich aufschlagen würde.

»Wunderbar«, flötete ich. »Du kommst uns wie gerufen. Hör zu, wir machen einen Deal: Du kriegst Asyl bei uns, wenn du dafür nach Grandmaman siehst, damit wir anderen alle ausgehen können.« Ich erzählte ihm von dem geplanten Gig im Irish Pub.

»Soso, ich bin also euer Retter in der Not«, stellte Rouven fest und fügte hinzu, dass er seinen Onkel Severin eigentlich auch gern spielen hören würde. Rouven mag Severin, sein Onkel ist ein wenig Vaterersatz für ihn; und Severins Anhang, seine Kinder und Gretchen, die mit ihrer rundlichen Mütterlichkeit so eine ganz andere Art Mutter ist als ich, sind der Ersatz für die Familie, die Rouven, seit er elf Jahre alt war, nicht mehr hatte. Einmal in jenem Jahr, als es mit meinem Sohn und mir nicht gut klappte, schlüpfte Rouven für mehrere Wochen bei Severin und Gretchen unter. Severin nahm ihn mit ins Restaurant und lehrte ihn kochen: Braten, Pfannengerichte, Eintöpfe und vor allem Saucen.

»An den Saucen erkennt man den guten Koch«, ließ Rouven mich eines Abends wissen, als er wieder zu Hause und wir zusammen in der Küche waren. Ich rührte gerade in einer mit wenigen Zutaten, wenig Überzeugung und noch weniger Lust zusammengemixten Flüssigkeit, von der ich hoffte, dass sie sich vielleicht doch noch zur Sauce béarnaise mausern würde. »Gib mal her«, sagte Rouven. Er übernahm den Kochlöffel und von diesem Abend an in der Küche das

Zepter. Mir überließ er das Tischdecken, eine Arbeitsteilung, in die ich mich gern fügte und bei der es bis heute geblieben ist.

»Wenn du dich beeilst«, sagte ich zu Rouven am Telefon, »kannst du mit Severin, bevor er ins Irish Pub geht, Kürbissuppe machen. Und sie zusammen mit uns essen. Das steht heute Abend auf dem Speisezettel.«

»Ist ja Halloween, stimmt!«

»Du kennst dich aus. Weißt du noch – heute vor zwei Jahren?«, erinnerte ich ihn.

Rouven wusste noch. »Greenwich Village«, sagte er. »Bist du eigentlich schon verkleidet, Mama? Als was staffierst du dich aus? Zombie-Braut, Spinnenfrau oder blutige Krankenschwester?«

»Du kennst dich aus«, sagte ich wieder, »ich freu mich, bis gleich!«

»Sollen wir uns zu dem Spektakel im Irish Pub verkleiden?«, fragte ich meine Geschwister, nachdem ich die frohe Botschaft verkündet hatte, dass wir für Maman einen Babysitter gefunden hätten.

»Wir schauen in der Kiste mit den Faschingsklamotten in der Einliegerwohnung nach«, schlug Ate vor. »Severin und ich könnten in unseren Marienkäferkostümen gehen wie früher.«

Severin winkte ab. »Kein Kopf für Verkleidung«, sagte er, er müsse sich auf den Abend vorbereiten. Er verschwand nach unten, wo wir ihn seine alte Fender Stratocaster stimmen hörten, die er immer hier in Möckingen gelassen hatte.

Er spielte »Watching the River Flow« von Joe Cocker – für sich.

Dann spielte er zwei, drei Titel von Elvis. Ich bildete mir ein, er tat es für mich. Wie früher. Früher spielte Severin Elvis stets für mich. Weil ich doch Elvis-Fan war. Ich jagte einem Autogramm von Elvis hinterher und schlief eine Nacht lang nicht, als ich es endlich bekommen hatte. Hellwach lag ich in meinem Bett und hörte nicht auf, die Postkarte mit seinem Bild und dem Schriftzug zu küssen, die er mir geschickt hatte. Ich presste die Lippen auf seinen Namen und stellte mir vor, es sei seine Haut oder ein Tattoo. Ich mochte nicht nur, was und wie Elvis sang. Ich liebte seinen Humor und war vernarrt in sein Lachen. Einmal bekam ich mit, wie er bei einem Auftritt wegen der Starallüren einer Hintergrundsängerin einen derartigen Lachanfall bekam, dass er den Titel, den er gerade präsentierte, kaum zu Ende brachte. Außer seinem Lachen gefiel mir, was und, vor allem, wie Elvis redete. Ich mochte seine lockere Art, mit der er bei Konzerten Songs ankündigte, seine flockigen Sprüche. Severin machte es später genauso, wenn er bei Gigs im Irish Pub oder in irgendwelchen Kneipen im Umkreis von Möckingen spielte. Einmal sprang er für den erkrankten zweiten Gitarristen einer bekannten Band ein und trat in der Stadthalle auf. Gegen Schluss der Session ergriff er das Mikrofon und verkündete, mit dem folgenden Titel grüße er seine kleine Schwester Ida. Es war »Don't Be Cruel« von Elvis; ich, damals fünfzehn oder sechzehn, stand zusammen mit meinem Freund Harry ziemlich weit vorne im Publikum und freute mich schrecklich.

IO

Von draußen war Severins Gitarrenspiel nur noch undeutlich zu hören. »You were always on my mind«, sang er. Ich war auf den Balkon gegangen. Das Laub auf den Bäumen schien mir seit dem Morgen schon wieder lichter geworden, dünner und heller wie die Schöpfe von Menschen, wenn sie alt werden. Ein Flugzeug zog den rasch ausfransenden weißen Wollfaden seines Kondensstreifens über den Himmel. Darunter präsentierte sich Möckingen mit unterscheidbaren Quadern und Kuben noch im Tagesgewand, doch das schwächliche Licht des Spätnachmittags würde seinen Kampf gegen die Nacht bald verlieren. Der Balkon war in den letzten Tagen einer meiner Lieblingsplätze geworden. Von hier oben aus war die Welt in ihrer ganzen Kleinteiligkeit doch übersichtlich; mit der Gegenwart in meinem Rücken hinter der Balkontür blickte ich auf meine Vergangenheit, als hätte sie der liebe Gott in Bauklötzchenformat vor mir ausgebreitet wie eine Einladung: Ich durfte aus der Ferne darauf schauen, ohne mich in ihr zu verlieren.

Wie damals, als ich meinen Laternenumzug plante, dachte ich, und doch ganz anders. Ich sah mich plötzlich, vierzig Jahre jünger, auf diesem Balkon stehen, im gleichen Nachmittagszwielicht wie heute …

Ich bin zwölf Jahre alt, und wir haben bis eben, um den Esszimmertisch sitzend, »mein Spiel« gespielt. Ich bin mit meinen Sorgen herausgerückt, dass mir Enno, Eduard und Jürgen, alias die »Gäng«, alias die »Schwarzen Rächer«, mein Fest kaputtmachen werden. Nachdem Maman mit der Polizei angefangen hat, hat Severin hinter Ate das Zimmer verlassen, keiner von beiden ist zurückgekehrt. Wir haben »mein Spiel« weggeräumt, Maman ist in die Küche gegangen, Vinz in sein Kinderzimmer, ich bin rausgeschlichen auf den Balkon. Ich klage den Tannen im Garten mein Leid und frage sie um Rat, aber sie bleiben stumm. Ich beuge mich über das Geländer und stelle mir vor, wie es wäre hinabzuspringen, dann wäre ich die Angst, die mir im Nacken sitzt, los. Später beim Abendessen ist die Luft so dick, dass man sie mit dem Messer in Würfel schneiden könnte. Von meinen Nöten ist nicht mehr die Rede. Niemand verständigt die Polizei, aber es hebt auch niemand den Finger, um mir, der kleinen Schwester, zu helfen. Ate und Severin schweigen sich aus, und Mamans und Paps' Aufmerksamkeit wird von anderen Dingen in Anspruch genommen. Maman, hochschwanger, hat vorzeitig Wehen bekommen und muss immer wieder das Bett hüten. Demgegenüber sind meine Sorgen Peanuts, sage ich mir. Und verordne mir fortan Schweigen, das ich eisern halte. Nicht einmal meine Freundin Heike Ukaritsch weihe ich ein, selbst als Enno und Jürgen mir fast täglich nach der

Schule auflauern und einmal ein Bein stellen, sodass ich hinfalle und mir das Knie aufschlage; dabei droht Enno hämisch, das sei nur ein Vorgeschmack auf das, was beim Laternenfest geschehen werde. »Wer's glaubt, ihr Wichser«, schnaube ich verächtlich und stolziere, so würdevoll es mir mit meinem blutenden Knie möglich ist, davon. Nachmittags bastle ich zusammen mit Vinz trotzig Laternen aus Käseschachteln und Pergamentpapier, das ich mit gepressten Herbstblättern beklebe. Erst abends im Dunkeln wachsen die Gespenster. Mit bis über die Ohren hochgezogener Bettdecke verharre ich in Embryonalstellung, denke an das Baby in Mamans Bauch und wünsche mich an seine Stelle, zurück in jenen schützenden Uterus, in dem ich vor Widersachern mit großen Klappen und Schweißfüßen und ihrem boshaften Treiben gefeit bin.

Es muss in dieser Zeit gewesen sein, dass mein Glaube, Eltern könnten ihren Kindern aus der Patsche helfen und wüssten immer und für alles einen Ausweg, Risse bekam. Später, als Ate ausgezogen und in unserem Zuhause wieder Ruhe eingekehrt war, heilten diese Risse, doch es blieben Narben, die ich noch lange auf der empfindlich gewordenen Haut meiner Seele spürte.

Ich stand im Drama des spätnachmittäglichen Lichts, das keines mehr war, das nur noch heimlich da war und bald unheimlich, sich aber noch nicht aufgeben mochte. Der ungemütliche Ostwind war stärker geworden. Ich war ähnlich nervös wie damals in der Zeit vor dem Laternenumzug und doch ganz anders. Nervosität ist immer eine Mischung aus Angst und etwas anderem. Damals vor dem Laternenfest hatte ich Angst, vermischt mit ein bisschen Trotz. Die Mischung des heutigen Tages war eine aus Angst und Freude. Ich freute mich auf den Abend genauso, wie ich Angst davor hatte.

Wovor habe ich Angst?, fragte ich mich. Ich habe Angst davor, mich zu verlieben. Ich habe Angst davor, mich nicht zu verlieben. Ich habe Angst davor, dass es nach diesem Abend weitergehen wird. Genauso wie ich Angst davor habe, dass es nicht weitergehen wird. Und gleichzeitig mit meinem Leben weitergehen wird wie bisher. Nicht lieblos, aber liebelos, männerlos. Der erste Abend vor zwei Tagen hat alles offengelassen. Ein zweiter Abend wird die Weichen stellen, Daumen rauf, Daumen runter.

Als ich endlich nach drinnen zurückkehrte, hatte Severin aufgehört zu üben. Er stand vor Paps' Plattenspieler und legte eine Schallplatte auf. Glenn Miller. »In the Mood«. Heute war die Villa Fröhlich voll Musik. Jeder von uns hatte diesbezüglich seine Vorlieben, Percy Sledge, Joe Cocker, Elvis. Glenn Miller war der Tribut an Maman. Sie saß ein wenig verloren in der Sitzlandschaft, war aber sofort ganz Ohr, als die Musik ertönte. Maman hat früher gern getanzt. Standardtänze mit Paps. Damals tanzte man nur mit Partner. Zu zweit ging man zur Tanzschule, um es zu lernen, und wenn man es konnte, tanzte man weiter, um das Erlernte zu pflegen und nicht wieder zu verlernen. Man tanzte um silberne und goldene Tanznadeln, und wenn es keine Nadeln mehr zu ertanzen gab, machte man trotzdem weiter, es war zu spät, um aufzuhören. Ich habe Maman nie für sich allein tanzen sehen, wie wir Jungen es gemacht haben und nichts dabei fanden.

Severin ging zu Maman, verbeugte sich vor ihr und sagte: »Darf ich bitten?«

»Bitten? Ritterlings?« Sie blickte ihn ratlos an.

»Komm, altes Mutterherz«, sagte Severin, ergriff ihre Hand und zog sie vom Sofa hoch. »Komm, wir tanzen.«

Sie ließ sich hochziehen, Severin legte den Arm um sie und begann sich im Takt mit ihr zu bewegen. Maman tat es ihm nach. Setzte Schritte. Zuerst wie im Dunkeln auf einem unsichtbaren Weg, dann immer sicherer. Tanzen verlernt man nicht. Auch wenn man dement ist. Man mag die Erinnerung verlieren, wie man kocht, wäscht, bügelt oder sich wäscht; man mag die Räume im eigenen Haus vergessen und die Namen der Menschen, die man liebt, Tanzen aber verlernt man nicht. So wenig, wie man das Lieben verlernt.

Fasziniert schauten wir dem ungleichen Paar zu, Severin, dem Kavalier, der unsere Mutter führte, sie dazu verführte, Pirouetten zu drehen, als wäre sie zwanzig, und Maman, die sich, geführt von Severins sicherer Hand, im Takt wiegte und fast zu ihrer alten Form zurückfand.

Mamans Mund lachte. Sie blickte hinauf zu ihrem zwei Köpfe größeren Lieblingssohn, himmelte ihn an, ihr Gesicht leuchtete, ihre Augen hinter der Brille glitzerten.

Wieder, wie vorhin auf dem Balkon, stieg eine Erinnerung in mir hoch, und das Bild vor mir verwandelte sich in ein anderes. Ich hatte Maman schon einmal so glückselig strahlend mit Severin tanzen sehen. Das war an Severins Hochzeit mit Gretchen gewesen und fast dreißig Jahre her. Zur Feier des Tages hatte sich Maman herausgeputzt, sie trug ein tiefrotes, weit ausgeschnittenes langes Seidenkleid und hatte das dunkle Haar zu einer kunstvollen Frisur hochgesteckt. Wie sie da mit ihrem Lieblingssohn über das Parkett wirbelte, wirkte sie auf einmal flott, selbstsicher, gar frivol – lange nicht so bieder wie Severins Angetraute.

»Günter«, sagte Maman jetzt zu ihrem Sohn, während sie mit ihm an uns vorbeitanzte, und wir horchten alle auf, »Günne, mein lieber Brudeldings, bist du endiglich doch groß geworden und tust prinztanzen, brauttanzen. Wenn das unsere liebe Mutter noch erleben könnte. Simbel feist.« Sie lachte, ein solch ausgelassenes, fast freches Lachen, dass ich wieder einmal denken musste, Maman verkohlt, veräppelt, foppt uns, sie ist gar nicht dement, sie tut nur so, sie bindet uns einen Bären auf; auch was die mysteriösen Umstände von Günters Tod angeht, spielt sie uns etwas vor. Für einen Moment blitzte mein Morgentraum vor meinem inneren Auge auf, als Günters Name fiel, der Junge mit den dunklen Locken, der Ate und mich in der Sauna besucht und sich zwischen uns gesetzt hatte. Die vertane Chance, dass ich ihn im Traum nicht gefragt hatte, was sich in der Nacht vor dem Todestransport ereignet hatte. Ob mir Günter geantwortet hätte?

Severin warf uns über Mamans Kopf hinweg einen Blick zu. »Es ist Zeit für die Kürbissuppe«, sagte er leichthin und tanzte mit Maman in die Küche.

11

An diesem Abend kochte nicht Severin allein, die Kürbissuppe wurde ein Gemeinschaftswerk. Ate und ich schnitten die beiden Hokkaido-Kürbisse klein, von denen Severin sagte, dass man sie mitsamt der Schale essen könne. Den dicken curryfarbenen Kürbismond höhlten wir aus. Ate, die Künstlerin, nahm sich seine bauchige Fassade vor und schnitzte mit einem Küchenmesser ein Gesicht hinein. Kugelaugen, buschige Brauen, Nasendreieck, riesiger Mund mit einzelnen Zahnstümpfen und vielen Zahnlücken.

»Deine Geduld hätte ich nicht«, sagte ich bewundernd zu ihr, »sieht schaurig gruselig aus.«

Während Severin und Vinz das Kürbisfleisch verarbeiteten, gingen Ate und ich nach draußen und setzten den Kürbisgeist in die Nische neben der Haustür. Ich kramte nach Teelichtern in einer Haushaltsschublade und holte ein Windlicht mit schwarzen Wänden und Glasfenstern, das ich am Nachmittag zuvor beim Saunieren gesehen hatte, aus dem Hausarbeitsraum im Untergeschoss. Maman hatte es immer in der kalten Jahreszeit vor die Haustür gestellt und angezündet. Früher war der Platz neben der Eingangstür nie leer gewesen. Maman hatte ihn, je nach Jahreszeit, mit den unterschiedlichsten Accessoires bestückt. Sie arrangierte Stillleben, die ebenso stimmungsvoll wie originell waren. Wenn Paps und Ate mit ihrem Maltalent die Künstler in der Familie waren, so war sie die Kunsthandwerkerin. Sie liebte diese Arrangements und konnte sich an ihnen verlustieren; oft blieben Menschen auf dem Gehweg stehen und bewunderten sie. Seit Maman dement ist, ist die Nische neben der Haustür verwaist. All die Dinge, mit denen Maman im Haus und ums Haus herum für Behaglichkeit und Wohnlichkeit sorgte, fehlen: der Adventskranz im Advent, der Weihnachtsbaum an Weihnachten, die bunten Ostereier in der Forsythie vor dem Haus, der Osterschmuck kurz vor Ostern. Paps hat für all das weder ein Händchen noch Herz oder Kopf; er hat im Haus das übernommen, was Pflicht ist, und damit genug zu tun.

Als wir die Kerzen in den Kürbissen und in der Laterne angezündet und die Nische zu neuem Leben erweckt hatten, war es fast ein wenig wie früher, so, als wäre Maman auferstanden oder ihr Geist, wie er vor dreißig oder vierzig Jahren war – rechtzeitig zur Nacht vor Allerheiligen. Ate und ich blieben andächtig stehen wie vor einem Altar. Ich wollte gerade nach drinnen gehen, um Maman zu holen und ihr unser Werk zu zeigen, als Rouvens weißer Renault Clio den Berg heraufgeschnurrt kam. Der Wagen wendete auf dem Parkplatz schräg gegenüber unserer Villa und hielt hinter Vinzenz' kleinem rotem Auto.

Die Fahrertür öffnete sich, und dahinter erstand

Rouvens Silhouette. Mein Sohn, wie er auf uns zukam, ähnelte dem jungen Königssohn aus Rapunzel oder Dornröschen, wie ich ihn mir als Kind ausgemalt hatte, wenn Maman mir Märchen vorgelesen hatte. Immer hatte ich mir Königssöhne so vorgestellt, und nun habe ich einen – einen Prinzen mit strahlenden hellblauen Augen und blondem Haar, blond und lang wie meins, aber fester, fest wie Ates.

Rouven beugte sich zu mir herunter und hielt mir seine Wange hin, damit ich sie küssen konnte.

»Hallo, mein Schatz«, sagte ich und freute mich, dass ich das durfte – ihn Schatz nennen und küssen, in aller Öffentlichkeit.

»Geil, deine Sturmfrisur«, meinte Rouven mit Blick auf mein Haar, und ich freute mich noch viel mehr.

Ate und Rouven hatten sich schon so lange nicht mehr gesehen, dass ich drauf und dran war, die beiden einander vorzustellen.

»Wie die Zeit vergeht!«, seufzte Ate und blickte an Rouven hinauf. »Als wir uns das letzte Mal begegnet sind, gingst du mir bis zum Bauchnabel. Heute ist es umgekehrt.«

»Das war bei Grandmamans Fünfundsiebzigstem«, erinnerte sich Rouven, »ihr habt Schokohexe mit mir gespielt, du und dein Freund.«

»Bruno«, sagte Ate.

»Er hat die ganze Zeit kein Wort geredet«, erzählte Rouven, »nur am Schluss hat er mich gefragt, ob ich nicht mit euch nach Berlin kommen wollte. Er sagte, ich sehe dir«, er blickte Ate an, »so ähnlich, dass man mich für deinen Sohn halten könnte. Du hättest gerne ein Kind, meinte er, aber er sei krank, er könne keins machen.«

»Du liebe Zeit«, murmelte ich, unschlüssig, ob ich lachen oder entsetzt sein sollte. »Das hat er zu dir gesagt?« Mein Blick wanderte von Rouven zu Ate und wieder zurück, und ich platzte heraus: »Ihr beide seht euch wirklich ähnlich. Vielleicht ähnlicher als Rouven und ich.« Das Letzte klang kläglich. Als fühlte ich mich in meinem Mutterstatus untergraben.

»Familienähnlichkeit«, sagte Ate achselzuckend. »Wenn ich ein Kind hätte«, fuhr sie fort, »wenn ich ein Kind hätte, dann wäre es heute …«, sie stockte, schaute vor sich hin. »Ach, lassen wir's.«

Rouven begrüßte Maman, die im Esszimmer am Tisch saß. Allein. Maman saß oft allein am Tisch, wie ein auf einem Stuhl vergessener Gegenstand, übrig geblieben nach unseren Essensrunden oder viel zu früh in Erwartung der nächsten Mahlzeit. Jetzt wartete Maman am gedeckten Tisch aufs Abendessen und unterhielt sich mit Geschirr und Besteck, mit Teller, Löffel und Gabel.

»Minsk ssississ Wackeldackel meinst größtenteils dass?«

»Rouven ist da, Maman«, sagte ich, »Rouven, dein Enkel. Sag mal ›Rouven‹.«

»Warum soll ich ›Rouven‹ sagen?« Maman schaute verständnislos von mir zu meinem Sohn.

Ich ärgerte mich. Über mich selbst. Meine bevormundende Art, meiner Mutter ihren Enkel vorzustellen, als hätte sie ihn noch nie gesehen und wäre zudem des Sprechens nicht mächtig.

»Lass mal, Mama«, sagte Rouven nachsichtig. Er schlang die Arme um seine Großmutter und küsste sie auf beide Wangen. Ich kenne das. Es fühlt sich warm und anheimelnd an – wie ein Geschenk. »Hallo, Grandmaman.«

Maman schnurrte wie ein Kätzchen. »Bist schon wach, mein Schätzeldings?«, seufzte sie wohlig. »Feinstliebel schnitz? Knusperplups?«

»Kiel bela vidi vin, kara avino«, antwortete Rouven.

»Fängst du jetzt auch so an?«, fragte ich misstrauisch. Ich war sicher, Rouven verkohlte mich. Was er von sich gab, war weder Italienisch noch Französisch, auch kein Spanisch.

»Mi ne certas, kion vi volas diri«, sagte Rouven.

»Greifst du jetzt auch zu Fantasiesprachen?«, bohrte ich. »Was redest du da?«

»Esperanto.« Rouven grinste.

In der Küche hatten die Köche Severin und Vinz nun einen Dritten im Bunde. Auf Geheiß von Severin sollte Rouven die Suppe kosten und mit Gewürzen abschmecken.

»Ingwer«, sagte Rouven, »habt ihr Ingwer drin?«

»Eine halbe Knolle«, versicherte Vinz.

»Kann mehr rein«, meinte Rouven und band sich eine Schürze um. »Man schmeckt ja nichts. Und Koriander?«

»Ist drin.«

»Aber kein frischer. Frisch wäre besser. Safran?«

»Haben wir keinen.«

»Könnte ein bisschen salziger sein, das Ganze.«

»Woher, mein Sohn«, fragte Severin, »woher hast du diesen Gaumen?«

»*Mein* Sohn«, krähte ich, »und den Gaumen – auch den Gaumen hat er von mir.«

12

Kaum hatten wir uns zum Essen niedergesetzt, klingelte es draußen an der Haustür. Es schellte, nicht einmal, sondern mehrmals, ungeduldig. Nur Kinder und Hausierer klingeln so.

»Draußen stehen zwei Heilige Drei Könige«, meldete Vinz. »Wieso sagen die jetzt ›sweets or tricks‹, warum reden sie Englisch, anstatt dass sie ein deutsches Weihnachtslied singen?«

»Es heißt ›treats or tricks‹«, belehrte ich ihn, »du hast dich in der Jahreszeit geirrt, es ist nicht Dreikönigstag, sondern Halloween. Sie sammeln Leckereien ein, gib ihnen was.«

Nachdem die beiden an der Tür, von Vinz mit Schokoriegeln eingedeckt, von dannen gezogen waren, klingelte es noch sehr oft. Heerscharen schwarzer Umhänge, in denen Kinder mit Schminke im Gesicht und spitzen schwarzen Hüten steckten, wehten an unsere Haustür. Einige der zwei Heiligen Drei Könige, die manchmal vier oder fünf oder mehr waren, riefen statt ›Trick or treat‹ ›Süßes oder Saures‹.

Vinz freute sich, dass sie Deutsch sprachen, fragte, was das Saure wäre, und sie zuckten die Schultern.

Sie wussten es nicht, sie bekamen immer Süßes, auch bei uns. Wir plünderten die Vorräte an Süßigkeiten, die Paps im obersten Fach im Küchenschrank hortet, Schokolade, Kekse, keine Bonbons.

»Wieso bist du eigentlich dauernd an der Tür?«, fragte ich Vinzenz einmal. »Ständig treibst du dich in der Nähe der Haustüre rum.«

»Ich erwarte jemanden«, sagte Vinz.

Es war Diana, die Vinzenz erwartete, wie sich bald herausstellte. Vinz verriet es uns, während wir in einer Klingelpause Kürbissuppe in uns hineinlöffelten.

»Die weltbeste Kürbissuppe, seit es einen Diplom-Abschmecker namens Rouven gibt«, schmunzelte Severin. Rouven wehrte ab, abschmecken könne schließlich jeder, ebenso wie kochen.

Es war dann doch nicht Vinz, der die Tür öffnete, als Diana klingelte, sondern ich war es.

Ich starrte die Frau mir gegenüber auf der Schwelle mit offenem Mund an. Ich rieb mir die Äuglein. Wenigstens fast. Da stand sie, Vinzenz' Sternenfrau, die so schön war, dass es mir sofort wieder die Sprache verschlug – wie schon früher, wenn Vinz sie mitgebracht hatte.

»Hallo«, lächelte sie aus ihrer weißen, fellbesetzten Kapuze, die zu einem schneefarbenen Anorak gehörte, der zu warm aussah für diesen Spätherbstabend, auch wenn es windig war.

Bei Dianas Anblick musste ich an ein Polartier denken, eine Schneefüchsin oder ein Hermelin, das aus dem arktischen Winter in eine andere Jahreszeit gelaufen war.

»Hal-lo«, stotterte ich, und dann spürte ich Vinz' großen Schatten hinter mir, ohne ihn zu sehen.

»Hallo«, dröhnte mein Bruder, ohne zu stottern. Seine Stimme flog zu Diana, ehe der ganze Vinz sein Polartier, seine Sternenfrau ans Herz drückte.

Wir legten ein weiteres Gedeck auf. Diana gehört zu den Frauen, bei denen es still wird, wenn sie einen Raum betreten. Gehirnwindungen entleeren sich wie Gedärm, Sätze, die gerade den Mund verlassen wollen, verdorren einem auf den Lippen. Nur Maman redete weiter und ließ sich auch nicht stören, als Vinz ihr Diana vorstellte.

»Guten Dingsbums«, sagte Maman und streckte Vinz' Freundin mit huldvoller Gebärde die Oberseite ihrer Hand hin, als müsse sich Diana darüberbeugen und sie küssen. »Hab länglicherweise Fruchtsuppe als alle Welt.« Sie unterbrach sich, schob die Brille, die ihr von der Nase gerutscht war, nach oben und fragte: »Sind Sie neu im Club? Wundermax! Freundlicherseits willkommen. Die Umkleiden sind im Untergeschoss.«

Ich platzte los, Rouven und Ate stimmten ein, schließlich lachten wir alle. Wir konnten kaum aufhören. Maman fragte, wo der Witz sei, und wir fanden endlich die Sprache wieder.

»Bei dir, Maman«, gluckste Ate, »bei dir.«

Maman blickte an sich hinunter, als wäre der Witz als Brosche auf ihrer blau-weiß gestreiften Bluse befestigt. Wir kicherten wieder. Das Eis war gebrochen, und ich musste nicht wie früher, wenn Diana da war, einen Impuls niederringen, in ihrer Gegenwart spritzig oder gar geistvoll zu sein. Ich war mir ziemlich sicher, dass Diana nicht studiert hatte. Soweit ich mich erinnerte, arbeitete sie als Krankenschwester in einer Klinik. Vielleicht hatte sie nicht mal Abitur. Dafür womöglich aber einen Ehemann, von dem mein kleiner Bruder bis vor Kurzem nichts gewusst hatte. Ob Vinz sie darauf angesprochen hatte?

13

Vor dem Irish Pub leuchtete an diesem Abend ein Kürbisgesicht mit flackernden Augen wie bei uns zu Hause. Wir hatten uns in Vinz' Boxauto gezwängt, das in der Dunkelheit keine Farbe hatte, Diana vorn neben Vinz, Ate und ich auf den Rücksitz.

Im Innern des Lokals sah es aus wie früher. Alles war dunkel und massig: der Schanktisch, das dicke Klavier. Sogar die Uhr mit einer verschnörkelten Einfassung aus grünem Metall war noch die Gleiche, und wie in unserer Jugend waren die Getränke auf das Glas eines großen Spiegels geschrieben. Die Wände waren ein wenig bedeckter mit Fotos aller Lokalgrößen, die je hier gespielt und gesungen hatten. Joy Fleming, die Mannheimer Blues- und Soulmama zum Beispiel. Einmal, als er noch sehr jung und kaum bekannt gewesen war, hatte sich sogar Konstantin Wecker hier die Ehre gegeben. Ich war bei seinem Auftritt nicht dabei gewesen, obwohl ich meinem Idol Elvis damals den Abschied gegeben hatte.

Severin hatte für uns reserviert. Wir nahmen links seitlich der Bühne um einen der schweren Holztische ohne Tischdecken Platz, die zur Feier des Abends mit buntem Plastiklaub und Teelichtern geschmückt waren.

Der Pub war mäßig besetzt. Ein paar Gäste hatten sich geschminkt und in Verkleidungen geworfen. Das Ganze hatte etwas von einer Familienfeier.

Ate und ich ließen uns zusammen eine Flasche Wein kommen. Wir einigten uns auf roten. Vinz bestellte Bier für Diana und sich. Als Diana ihren Halbe-Krug an die Lippen setzte, fand ich, es passte nicht zu ihr. Ein so graziles Geschöpf müsste aus langstieligen Gläsern trinken, die jedoch auch Ate und ich für unseren Wein nicht bekamen.

Ich betrachtete Diana. Keine Kindfrau, dazu waren ihre Glieder zu lang. Dennoch ging etwas Reines, fast Jungfräuliches von ihr aus. Manchmal bewirkt die Aura des Geheimnisvollen eines Gesichts, dass man es schön findet. An Dianas Gesicht war nichts Geheimnisvolles. Auch nichts Falsches oder Gekünsteltes. Glich Rouven einem Königssohn aus Rapunzel oder Dornröschen, so erinnerte mich Diana mit ihrem seidigen dunklen Haar an Schneewittchen. Ihr Haar war kein Vorhang, sondern mit zwei schmalen Kämmen hinter die Ohren gesteckt, ihre Haut rein und hell, fast wie Milch, ihr Blick aus klaren Augen gerade. Nirgendwo in diesem Gesicht stand geschrieben, ob es wirklich stimmte, dass Diana Vinz nicht heiraten wollte, weil sie schon verheiratet war. Weder auf ihrer Stirn noch ihren Wangen konnte ich lesen, und wenn das Tattoo, das aus dem Ausschnitt ihres weißen T-Shirts lugte, etwas davon verriet, so vermochte ich den Geheimcode nicht zu entziffern. Ob ich mit einem Menschen hätte leben wollen, der eine Blackbox in sich trug?

Vinzenz wollte es offenbar. An diesem Abend schien

ihn das Ungereimte, das Diana umgab, nicht zu kümmern. Lange nicht mehr hatte ich ihn in so aufgeräumter Laune erlebt. Seine Laune war anders aufgeräumt als sonst. Nicht so, als müsste er sich mit seinen Witzen und Running Gags, die er zuweilen in unsere Unterhaltungen streut, selbst aufmuntern.

»Es kann losgehen«, grinste er.

Für mich konnte es noch nicht losgehen. Für mich fehlte noch jemand. Ich war aufgeregt.

Als Lenny dann kam, lächelten ihn alle an. Jeder schien Bescheid zu wissen. Vinz zog ihn in ein Gespräch, ehe ich es tun konnte. Ich beobachtete, wie Lenny sich vorbeugte, um ihn zu verstehen. Dazwischen bewunderte er meine Frisur. Sein Saxofonkoffer stand neben ihm. Severin kam zu ihm her und fragte, ob er einen Verstärker dabeihabe.

»Brauche ich nicht«, meinte Lenny. »Ich bin auch so laut genug.« Die beiden lachten sich an mit dem Einverständnis von Musikern, die dieselbe Sprache sprechen und sich in ihrem Metier tummeln wie Fische im Wasser. Ich betrachtete Lenny. Er trug heute ein rotbraunes Hemd, darüber eine braune Lederweste, unter der ein fester breiter Cowboygürtel in wieder einem anderen Braun hervorlugte. Sein Haar hatte er zu einem Pferdeschwanz zusammengefasst, was vielleicht der Grund war, dass sein Gesicht weniger sanft wirkte als die Male zuvor.

»Wo habt ihr eigentlich eure Mutter gelassen?«, fragte Lenny.

Wir machten große Augen.

»Ich habe gedacht, ich lerne sie kennen.«

»Zu Hause«, sagte Ate. »Wo sonst?«

»Warum habt ihr sie nicht mitgebracht?«

Ja, warum eigentlich nicht, fragte ich mich. Paps hätte es getan, er hätte Maman ins Auto gepackt und mitgenommen, notfalls gegen jeglichen Widerstand und alles Gezeter.

»Vielleicht … vielleicht weil Rock und Pop nicht so ihr Ding ist.« Vinzenz zuckte die Schultern.

»Klassik ist auch nicht ihr Ding, und doch schleift Paps sie immer mit«, widersprach ich. Zu Lenny sagte ich: »Maman steht auf Tanzmusik. Gershwin, Sinatra, Glenn Miller.«

»Ist niemand bei ihr, jetzt?«

»Doch. Rouven, mein Sohn.«

»Wenn du ihn anrufst?«

Mit schlechtem Gewissen kramte ich nach dem Smartphone und wählte Rouvens Nummer. Fragte ihn, ob er mit Maman nachkommen wollte.

Rouven überlegte kurz und meinte dann Nein. Er hatte die Holzkiste mit den Gesellschaftsspielen aus dem Gästezimmer, in dem er übernachtete, nach oben geholt und spielte mit Maman Mühle. »So wie früher«, sagte er. »Wir sind schon beim fünften Spiel, und Grandmaman hat vier davon gewonnen.«

»Sag bloß! Echt jetzt?«

»Gelernt ist gelernt«, meinte Rouven. »Sie baut permanent Zwickmühlen, und ich merke es nicht. Viel Spaß euch, wir bleiben hier. Ich mag Grandmaman nicht aus ihrem Siegestaumel reißen. Und zur Abwechslung habe ich es an Halloween auch gern mal ganz ruhig.«

»Es geht ihr gut«, sagte ich zu Lenny, nachdem ich aufgelegt hatte. »Gott sei Dank, es geht ihr gut.« Als er mich fragend anschaute, fügte ich leise hinzu: »Ich habe manchmal solches Mitleid mit ihr. Angst, dass sie unglücklich ist. Keine Freude mehr am Leben hat, wenn sie schon keinen Spaß hat. Sie versteht keine Witze mehr. Andere lachen über sie oder mit ihr, aber sie nicht mit uns, ist das nicht schrecklich? Sie, die so gerne gelacht hat. Sie hätte so nicht alt werden wollen, weißt du!«

Und Lenny, obwohl er Maman noch nicht kannte und nicht wusste, wie sie alt wurde, fragte: »Wer will das schon?«

»Als Maman jünger war«, erzählte ich, »hat sie sich manchmal darüber lustig gemacht, wenn ältere Leute keine Zähne mehr haben und ihre künstlichen über Nacht in ein Glas legen. Die Vorstellung, sie würde ohne Gebiss neben ihrem Mann liegen, fand sie unerträglich. Heute denke ich, ach Maman, ich wünschte, du würdest ohne Gebiss neben ihm liegen anstatt ohne Gedächtnis.«

Ate meinte, Gebiss oder Gedächtnis, das seien doch keine Alternativen.

Lenny lachte. Ein amüsiertes, aber auch verständnisvolles Lachen. Ich wusste nicht, wem von uns beiden sein Verständnis galt. Sein Lachen galt mir.

Auf der Bühne machten sich die Musiker bereit. Es waren vier, allesamt männlich: außer Severin an der Gitarre der Bassist, der Drummer und der Mann am Klavier. Sie stimmten die Instrumente.

»Psst«, sagte ich, »es fängt an.« Als wäre die Musik ein Vortrag, der unseres Schweigens bedurfte, um sich durchzusetzen.

Es fing an und bedurfte unseres Schweigens nicht. Es war sehr schnell sehr laut.

Anfangs saß Lenny neben mir. Mit meiner Hand in seiner.

Nach dem dritten Titel nahm Severin das Mikro und begrüßte den Mann an meiner Seite als Special Guest. Von da an war Lenny auf der Bühne.

Sie spielten »Autumn Leaves«, »Take the A-Train« und »Georgia on My Mind«. Lenny bediente sein Tenorsaxofon wie ein Schlafwandler, er presste es an die Brust wie eine Geliebte und hielt die Augen geschlossen bei seinem Spiel, das etwas Intimes hatte, fast ein bisschen obszön wirkte, wie etwas, das nicht für die Augen aller bestimmt war. Ob er so ähnlich beim Sex aussieht, schoss es mir durch den Kopf. So wie Lenny dort oben auf der Bühne stand, machte er den Eindruck, als wäre er der Musik und sich selbst genug und brauche niemand. Auch mich nicht. Es fehlte nicht viel, und ich wäre eifersüchtig geworden. Gleichzeitig machte seine Unerreichbarkeit Lenny noch anziehender für mich. Mir gefiel seine Fähigkeit, sich selbst in der Musik ganz zu vergessen, etwas, das mir, wenn ich früher Klavier gespielt hatte, nie gelungen war.

Zwischen den Titeln tauchte Lenny aus seiner Trance. Er krempelte die Ärmel seines rotbraunen Hemdes hoch. Auf seinem linken Unterarm die Tätowierung, wie eine Leuchtschrift. Welches Wort würde ich mir auf den Körper gravieren lassen? In mein dickes Fell, das gar nicht so dick ist? *Schwesterblüte? Prinzengerangel?* Ein Wort, das mit mir zu tun hat? Oder mit meiner Familie? Mit meinen Reisen? Ein Substantiv? Oder ein Verb? Eine Konjunktion?

Die Band spielte »Sloop John B«, »Sweet Home Chicago«, »Sweet Home Alabama«, »Green Green Grass of Home«. All diese Lieder vom süßen Zuhause, in das wir gerade zurückgekehrt waren auf Zeit.

»Das Klavier ist verstimmt«, sagte Severin, als er und Lenny in der Pause an unseren Tisch kamen. Ich sah seiner Miene an, dass er litt. Misstöne waren ihm seit jeher ein Gräuel.

Vinz zuckte die Schultern. »Solange die Stimmung sonst gut ist … Übrigens – wie schießt man einen grünen Elefanten?«, fragte er.

»Grüne Elefanten gibt es überhaupt gar nicht«, meinte Lenny.

»Halt bloß die Klappe«, blökte Vinz, »dieser Witz überlebt schon seit drei Tagen, du wirst ihn mir doch nicht unter die Erde schicken!«

Lenny entschuldigte sich, und Diana sagte schnell: »Mit dem grünen Elefantengewehr.«

»Falsch, Prinzessin«, dröhnte Vinz. »Ich habe mir gedacht, dass ihr es nicht wisst. – Also«, fuhr er nach einer Kunstpause fort, »man erschreckt ihn, bis er bleich wird …«

»… stellt ihn in die Sonne, bis er braun wird«, fielen wir ein, »würgt ihn, bis er blau wird, erzählt ihm einen dreckigen Witz, bis er rot wird, und erschießt ihn mit dem roten Elefantengewehr.«

Lenny und ich lachten uns an.

»Hört mir auf mit Gewehren! Die haben hier keinen Zugang.« Roland, der Wirt, stellte eine Flasche Silvaner auf den Tisch, die Severin hatte kommen lassen. Dazu Henkelgläser und Knabberzeug. Lenny langte hastig abwechselnd mit der einen, dann mit der anderen Hand in die Kartoffelchips, legte den Kopf in den Nacken und warf sie sich in den Mund. Er sah aus wie ein Seehund im Zoo. Ein Tier, das sich selbst fütterte. Die Chips krachten unter seinen Zähnen, die Schale auf dem Tisch war im Nu leer.

Als Lenny nicht mehr beide Hände zum Sattwerden brauchte, rückte er zu mir heran und legte den Arm um meine Schulter. Lenny roch jetzt anders als zu Anfang, als er mich mit Wangenküssen begrüßt hatte. Weniger frisch und doch angenehm. Wie einer, der eine anstrengende, aber befriedigende Arbeit hinter sich gebracht hatte und sich jetzt ausruhen durfte.

»Wenn du spielst, gibst du alles«, stellte ich fest.

Eine Frau mit langstieligen roten Rosen trat an unseren Tisch.

Wir taten so, als stünde sie nicht da, wir machten es, wie es alle machen bei diesen ungebetenen Blumenverkäufern, die abends die Lokale abklappern, wir schauten ein bisschen verlegen halb an ihr vorbei, halb durch sie hindurch, wie sie da am Tisch stand mit ihrem Arm voll Rosen, und ignorierten sie. Nur Vinz warf ihr einen Blick zu und schüttelte unmerklich den Kopf. Die Frau wandte sich ab und ging weg. Ich folgte ihr und dem Strauß, der ihr über die linke Schulter wogte, mit den Augen, ein leises Bedauern im Herzen. Sie war schon fast aus der Tür, da fragte Lenny: »Möchtest du eine?«

Und dann wartete er mein Kopfschütteln gar nicht erst ab, sprang auf, rannte der Frau hinterher. Wenig später kam er zurück, eine der riesigen roten Blüten am längsten aller Stiele, die ich jemals an Rosen gesehen habe, vor sich hertragend. Wie eine dieser großen bunten Laternen an Stäben. Er überreichte mir die Wunderblume. Alle schauten auf uns, und ich wurde so rot wie die Rose in meiner Hand. Die Situation hatte etwas Peinliches, und dennoch konnte ich kaum verbergen, wie sehr ich mich freute. Es war, als wäre dieser Halloween-Abend erst in diesem Moment endgültig zum Feiertag geworden. In Dianas Blick las ich etwas wie Neid, obwohl sie mir zulächelte.

»Ich danke dir«, flüsterte ich in Lennys Ohr und verschloss meine Worte mit einem Kuss. Noch nie im Leben hatte ich von jemandem eine solch wunderbare, riesengroße Rose bekommen.

Nach der Pause blieb Lenny bei mir sitzen, seine Hand locker um meine Schulter gelegt. Du hast alle Freiheit, sagte die Hand.

Lennys Hand hält mich anders als sein Instrument, dachte ich, das Instrument muss machen, was er will, ich nicht.

Wenn ich mich Lenny zuwandte, mochte ich die Kuhle an seinem Hals inmitten des Dreiecks, das die geöffneten Knöpfe seines Hemdes freigaben, und hatte Lust, sie zu küssen. Ob wir an diesem Abend so weit kommen würden?

Die Band spielte jetzt »Highway to Hell«, »Always On My Mind« und »Country Roads«. »Take me home«, schmetterten wir, »to the place I belong, West

Virginia, Mountain Mama, take me home, country roads…« Lenny hatte eine angenehme, nicht allzu tiefe Singstimme, den Text konnte er aus dem Effeff.

Nach dem Song griff Severin wieder nach dem Mikrofon. »Es ist die Nacht vor Allerheiligen, Halloween«, sagte er feierlich, »die Nacht, in der die alten Geister aufwachen. In dieser Nacht spielen wir für meine große Schwester Beate ›It Hurts Me Too‹ von Chuck Berry. Früher hat sie diesen Titel mit mir zur Gitarre gesungen, einmal sogar vor Publikum. Sie bekam Standing Ovations.«

»Stimmt das?«, fragte ich erstaunt. Ich hatte Ate als Mädchen nie singen gehört. Doch Ate nickte. »Im Gartenhaus an der Flims. Ich war gar nicht schlecht.« Sie grinste verlegen. Summte die Melodie mit, während Severin spielte.

»Das nächste Stück«, verkündete mein Bruder, »ist für meine kleine Schwester Ida, die früher ihr Zimmer mit Elvis-Postern vollgekleistert hat: ›Can't Help Falling in Love‹.«

Es gab Beifall, von mir, für mich, für Elvis, für Severin, die Band. Vor dem Titel, bei den Solos, nach dem Titel noch mal. Ich musste an den Abend vor vielen Jahren denken, als ich mit meinem ersten Freund Harry bei einem von Severins Konzerten im Publikum gestanden und Severin »Don't Be Cruel« für mich gespielt hatte. Ein Déjà-vu. Ob Severin sich noch daran erinnerte?

14

Die Nacht vor Allerheiligen war sehr dunkel. Das Kürbisgesicht vor dem Lokal leuchtete nicht mehr, als wir aufbrachen. Vinz und Diana fuhren in Vinz' kleinem Auto. Ate wollte auf Severin warten und beim Abbauen helfen. Ich stieg in Lennys Skoda und ließ mich von ihm nach Hause bringen.

Vor der Villa Fröhlich stellte Lenny den Motor ab und zog mich in seine Arme.

Wir küssten uns. Lange.

»Du riechst nach Liebe«, sagte Lenny.

»Ja? Wie riecht das denn?«

Lenny murmelte etwas, das ich nicht verstand. Er strich über meine Wange und mein Haar, seine Finger berührten meine Stirn und die Linie meines Haaransatzes. Ich streichelte Lennys Brauen, seine Wangen und sein Kinn. Der Rücken seiner Nase war glatt und gerade, die Haut über der Oberlippe ein bisschen rau.

Sogar jetzt, in diesem zärtlichen, intimen Moment, musste ich daran denken, ob ich das, was ich tat, einmal und nie wieder tat, ob ich Lenny also zum ersten und gleichzeitig zum letzten Mal streichelte.

»Wann sehe ich dich wieder?«, fragte er zwischen

zwei Küssen. Ich roch das Leder seiner Weste. Ein Geruch, in dem ich heimisch werden könnte.

»Ich weiß nicht«, sagte ich. »Wir haben zu wenig miteinander geredet heute Abend, findest du nicht?«

»Eben deshalb.«

»Du bist zu jung für mich. Du könntest mein Sohn sein.« Ich verbesserte mich. »Ich bin zu alt für dich. Wenn ich fünfzehn Jahre jünger wäre, wärst du meine Nummer eins.«

»Du bist meine Nummer eins«, sagte er. »Ganz gleich, wie alt du bist.«

»Willst du keine Kinder?«, fragte ich.

Lenny zuckte die Schulter. Er meinte, dass Kinder nicht sehr weit oben auf seinem Lebenswunschzettel stünden.

»Trotzdem«, sagte ich, »ich werde älter. Eines Tages werde ich eine alte Frau sein, eine Oma, und du bist ein Mann in den besten Jahren.« Meine Befürchtungen vom Abend zuvor, mit fortschreitendem Alter könnte mich die Alzheimer-Krankheit in die Fänge kriegen, äußerte ich erst gar nicht.

»Du wirst nie eine Oma sein«, widersprach Lenny. »Du bist nicht der Typ dafür.«

»Wart's ab«, sagte ich düster. Wand mich aus seinen Armen.

»Es wäre immer eine Beziehung auf Zeit.«

»Ist eine Beziehung nicht immer auf Zeit?«

»Du weißt, was ich meine. Ich möchte nicht für eine Jüngere verlassen werden.«

»Ich möchte dich nicht für eine Jüngere verlassen.«

»Ich möchte auch nicht, dass du bei mir bleiben

und mich pflegen musst, wenn ich eines Tages dement werde wie meine Mutter.« Nun sagte ich es doch.

»Du wirst nicht dement.«

»Als ich so alt war wie du, habe ich das auch gedacht. Es ist das Privileg der Jugend, sich für unverwundbar zu halten. Zu meinen, es kann einem nichts passieren. Alles, was passiert, passiert stets nur den anderen.«

»Du bist gnadenlos.«

»Und wenn schon. Gnade ist was für das Alter. Ich werde sie noch früh genug brauchen.«

»Noch lange nicht«, meinte Lenny.

»Wart's ab.«

»Du wiederholst dich.«

»Siehst du«, sagte ich mürrisch, »so fängt es an.«

Lenny lachte. Er wollte nicht abwarten. Er wollte mich haben. Jetzt. Vor allem jetzt.

»Wenn du solche Angst hast, dass du mir eines Tages zu alt bist«, sagte er, »dann ist das ein Grund mehr, möglichst bald anzufangen. Am besten sofort. Auf der Stelle.«

»Wenn es umgekehrt wäre«, sagte ich.

»Wie – umgekehrt?«

»Du die Frau und ich der Mann«, sagte ich. »Dann ginge es. So geht es nicht. Lass uns Schluss machen, bevor es ernst wird.«

»Das ist es doch schon«, sagte Lenny. »Ernst.«

Ich wusste nicht, ob ich ernst meinte, was ich sagte. Warum sagte ich es? Wollte ich Lenny wirklich loswerden, noch bevor es richtig mit uns begonnen hatte? Oder wollte ich ihn nur testen? Ihn auf die Probe stellen, herausfinden, wie lange es dauerte, bis er sich entmutigen, sich von mir abwimmeln lassen würde?

Ich öffnete die Beifahrertür und setzte einen Fuß auf den Gehsteig. Er holte mich zurück. Umarmte mich, hielt mich sehr fest. Suchte wieder meine Lippen. Wir küssten uns. Lange. Sehr lange. Lennys Arme waren ein Zuhause. Sein Mund war es auch. Schließlich machte ich mich los.

»Du bist nicht zufällig schon verheiratet?«, fragte ich.

Er lachte. »Sehe ich so aus?«

»Das sieht man nicht«, sagte ich. »Übrigens – ich bin Reiseleiterin. Viel zu viel unterwegs für eine feste Beziehung.«

»Welche Vorbehalte gibt es denn noch?«, fragte Lenny.

»Mir werden schon noch welche einfallen«, drohte ich.

»Ich rufe dich morgen an«, sagte Lenny.

»Lieber nicht.«

Er lachte.

15

In der Villa Fröhlich war es still. An der Garderobe fand ich keinen freien Haken mehr; sie hing voller Jacken und Mäntel, darunter die bunte Leinenjacke von Rouven und der schneefarbene Anorak von Diana. Auf der Kommode unter dem funzeligen Tischlämpchen, das immer die ganze Nacht brennt, lag ein von einem Block abgerissener Zettel, bedeckt mit Rouvens unordentlicher Schrift, Lettern, die schwankten wie Betrunkene und mal nach rechts, mal nach links kippten: *Hab mit Grandmaman zirka 100 Partien Mühle gespielt. Sie hat 99 davon gewonnen. Hab sie ins Bett gebracht. Sie wollte die Brille nicht ablegen. Schaut noch mal nach ihr, wenn ihr heimkommt.*

Das tat ich. Maman lag mit offenem Mund auf dem Rücken und schnarchte. Ich nahm die Brille von ihrer Nase, faltete die Bügel zusammen und legte sie auf den Nachttisch, damit Maman sie, wenn sie aufwachte, gleich finden würde. Dann zog ich leise die Schlafzimmertür hinter mir zu.

Im Bad im Untergeschoss putzte ich mir die Zähne und ging dann in mein Zimmer. Ich war froh, allein zu sein. Mit *Schloss Gripsholm* machte ich es mir im Bett gemütlich. Ich war jetzt im vierten Kapitel, an der Stelle, an der Peter und die Prinzessin Besuch von der Mädchenfrau Billie bekommen. Vielleicht schaffte ich es vor dem Einschlafen noch bis zu Tucholskys flottem Dreier. Wenn mir nicht vorher die Augen zufielen. Peter, Lydia und Billie führten ein frivoles Gespräch unter Bäumen und lachten unaufhörlich.

Nebenan in Vinzenz' Zimmer wurde auch gelacht. Wenn auch nicht so laut und fortwährend wie in meinem Buch. Vinz und Diana fingen dort drüben an, sich zu unterhalten, und ich horchte plötzlich auf.

»Wann wirst du mich endlich heiraten?«, sagte Vinz halblaut. Keine Frage. Eine Aufforderung.

»Lass doch, Vinz. Wir haben schon so oft darüber gesprochen.«

»Eben. Es wird Zeit, dass wir es tun.«

Ich spitzte die Ohren. War das die Nacht der Grundsatzdebatten?

Dianas Stimme: »Ich kann nicht.«

»Du willst nicht.«

»Doch, ich will. Aber ich kann nicht.«

»Du bist verheiratet, stimmt's?«

»Wie kommst du darauf?«

»Severin vermutet das. Stimmt es etwa nicht?«

Pause.

»Doch.« Ganz leise. »Doch.«

Pause.

Vinz, tonlos: »Wie lange schon?«

»Zehn Jahre. Lange bevor wir uns kennengelernt haben.«

Pause.

»Wer ist es?«

Die Unterhaltung drüben wurde noch leiser, fast zum Geflüster. Ich verstand nur noch einzelne Worte.

Mann. Montenegro. Ehe eingegangen, Abschiebung.

»Du hast ihn zum Schein geheiratet?« Vinz' Bassstimme klang etwas lauter. »Weil er sonst abgeschoben worden wäre?«

Dianas Antwort war ein undeutliches Gemurmel, ich hörte nur den Nachsatz: »Das musst du mir glauben.«

»Und er würde sein Aufenthaltsrecht verlieren, wenn du dich von ihm scheiden lassen würdest?«

»Nein. Nein, das nicht.« Pause. Dann: »Man kann schon nach drei Jahren Ehe nicht mehr abgeschoben werden.«

Daraufhin war es drüben still. Eine unausgesprochene Frage von Vinz hing im Raum, ich spürte es durch die Wand bis zu mir her.

Diana räusperte sich. »Er hängt an mir«, verstand ich. »Er ist wie ein Kind. Ich kriege es nicht fertig, ihn im Stich zu lassen.«

»Darüber reden wir noch, ob du das musst«, sagte Vinz, »und über alles andere auch.« Er klang entschlossen. Gar nicht resigniert und auch nicht, als wäre er bereit, irgendetwas kampflos hinzunehmen.

Kurz darauf war von drüben Musik zu hören. Die Scorpions mit »Wind of Change«. Nur einmal dazwischen vernahm ich noch Vinzenz' Stimme. Er sagte: »Du könntest ihn zum Beispiel adoptieren. Wir könnten ihn adoptieren. Was hältst du davon?« Diana kicherte.

Mit dem Dreier in *Schloss Gripsholm* wurde es in dieser Nacht nichts mehr. Mit dem Buch in der Hand döste ich bei brennender Nachtlampe ein. Und wachte kurz darauf wieder auf. An unterdrückten Geräuschen nebenan. Keuchen. Schnellem Atem. Stöhnen. Einem leisen Aufschrei. Wo war ich? Doch nicht etwa mitten in Peters, Billies und Lydias Liebesspiel hineingeraten? Eine Liebesszene zu lesen ist etwas anderes, als live eine zu hören. Ich zog mir die Bettdecke über den Kopf. Hielt mir vorbeugend die Ohren zu. So fest ich konnte. Schon früher war ich manchmal unfreiwillig Zeugin vom Liebemachen geworden – insbesondere was Severin anging, der nach Konzerten zuweilen Mädchen abschleppte und zu Hause anschleppte. Da Maman, Paps und Vinzenz meist längst schliefen, wenn er spätnachts in Begleitung hier aufschlug, war ich die Einzige, die in den Genuss eines zweifelhaften Ohrenschmauses kam, bei dem sich mein Bruder und seine Herzdamen meist wenig Zwang antaten. Damals schwor ich mir, dass mir Derartiges in meinem Elternhaus nicht passieren würde. Unter keinen Umständen. Als Harry und ich einige Jahre danach in meinem Zimmer miteinander vögelten, taten wir es stets mucksmäuschenstill; die Vorstellung, dass man draußen zweideutige Laute aufschnappen konnte, die darauf hindeuteten, dass Harry in mir herumrubbelte, war mir fast peinlicher, als wenn jemand ins Zimmer geschneit wäre und uns in flagranti überrascht hätte.

Paps' Haus ist zu hellhörig für fast alles: für die Zwiesprache seiner Standuhren, für Geräusche aus Leidenschaft, auch für die sich in oftmals lautstarken Emotionen Bahn brechenden Dramen des Lebens. Damals 1976, als die Ereignisse sich überschlugen und unser Familienboot ins Schlingern brachten, überwanden Wut, Jammer und Trauer, vorgebracht in allen möglichen Stimmfärbungen und Tonlagen, mühelos Stockwerke, drangen durch Türritzen, tunnelten quantengleich Wände. Dass im Nachhinein trotzdem so vieles aus jenem Jahr ungeklärt und im Dunkeln blieb, wundert mich bis heute.

Dienstag, 1. November 2016, Spätnachmittag

I

Wie lang kann ein Tag werden, wie lang sich eine einzige Stunde dehnen, die man mit Ungewissheit verbringt? Unsere Erleichterung, nachdem sich herausgestellt hat, dass es sich bei der Frau, die von einem Auto angefahren wurde, nicht um Maman handelt, ist gewichen. Hat sich in etwas verwandelt, das einem zähen Kaugummi gleicht, der allen Geschmack verloren hat und den man trotzdem nicht ausspucken darf. Das Warten auf die Polizei am Tag von Mamans Verschwinden hat uns mürbe gemacht. Als es endlich an der Haustür der Villa Fröhlich klingelt, rennen wir alle hin wie Kinder, Vinz mit Diana an der Hand, Severin, Ate, Rouven und ich, getrieben von der irrwitzigen Hoffnung, die Polizei, die sich angesagt hat, hätte Maman gleich mitgebracht. Vinz reißt die Tür auf wie damals als kleiner Junge, wenn er früher von der Schule zu Hause war als ich, mir auf mein Klingeln hin öffnete und vor Wiedersehensfreude jauchzte: »Halllllloo Iiiiidaa!« Ich bin fast enttäuscht, dass nur uniformierte Männer vor der Tür stehen.

Es sind zwei Polizisten, und schräg hinter ihnen

steht noch einer mit einem Hund. Ein Mann, an dem alles dunkel ist außer dem rot-zitronengelben Blouson, unter dem eine schwarze Lederjacke hervorschaut. Auch der Hund ist dunkel, ein großes schwarzes Tier an einer schwarzen Leine.

Wie wir uns gegenüberstehen, die drei vor der Tür, wir sechs in der Haustür, passieren verschiedene Dinge gleichzeitig, ohne Reihenfolge. Zum Denken ist keine Zeit.

Vinz hat das Wort ergriffen und schildert den Beamten etwas ausführlicher, was er ihnen kurz zuvor am Telefon gesagt hat. Dass Maman seit dem Morgen weg ist, ihr Gehwagen aber hier, dass wir schon gesucht haben und wo. Dass wir nicht mehr weiterwissen, guter Rat teuer ist, wir aber so ziemlich alles geben und notfalls jeder eine Niere spenden würden, um den besten zu bekommen.

Während Vinz spricht, sehe ich, dass Ate bleich geworden ist. Nicht wegen der beiden Polizisten in blauen Uniformen, auch nicht wegen des Hundes, an dem mein Blick hängen geblieben ist. Ate schaut auf den Mann in dem rot-gelben Blouson.

»Rico«, sagt Ate mitten in Vinzenz' Monolog hinein.

Mein Blick wechselt zwischen Ate und dem Blouson-Träger hin und her, ich beobachte die blitzschnelle stillschweigende Kommunikation zwischen den beiden Gesichtern.

Ich habe kein genaues Bild mehr aus Kindertagen von Rico, schon gar keins, das ich mit der Erscheinung des Mannes zur Deckung bringen könnte, den Ate Rico nennt. Aber ich sehe, dass das Erkennen zwischen den beiden gegenseitig ist. Einvernehmlich. Gleich darauf höre ich es auch; und alle anderen hören es ebenfalls. Vinzenz hat aufgehört zu reden und schaut verblüfft vom einen zum anderen.

»Bea«, sagt der Blouson-Träger. »Lang, lang ist's her.« Auch die Iris seiner Augen ist dunkel, und auf seinem Kinn und den Wangenpartien sprießen die Stoppeln eines Dreitagebarts. Ein Mann mit einem männlichen Gesicht, so männlich, dass es ein wenig unnahbar wirkt.

Wie weit ist es von Ate zu Rico? Das habe ich mich gestern gefragt. Und werde nun Zeugin, wie die Distanz eines halben Lebens, die sich zwischen Ate und ihren ersten Freund geschoben hatte, mit einem Blick und drei, vier Worten zusammenschnurrt und sich in nichts auflöst. Der eine Polizeibeamte ist ein wenig beiseitegetreten, und Ate und Rico stehen einander so nah gegenüber, dass nur einer von ihnen für eine Berührung die Hand ausstrecken müsste. Doch Ricos eine Hand hält die Hundeleine, die andere steckt in der Hosentasche seiner Jeans. Ates Hände ragen aus den Ärmeln ihres rot-orange-grünen Strickpullovers und hängen schlaff herunter, wie zwei kleine Tiere, die man mit einem Narkotikum schachmatt gesetzt hat.

Ich sehe die Verwirrung in Ates Augen, die Fragen, und ich würde gern den Vorsprung mit ihr teilen, den ich gestern in Gisela Wildes Friseursalon gewonnen habe. Auch wenn er nicht groß ist, würde er jene andere Art von Abstand tilgen, jene Fremdheit, die nichts mit der Zeit zu tun hat, die man ohne einander verbracht hat, sondern mit Wissen, solchem, das einem fehlt. Die

Jahrzehnte, in denen Ate und Rico sich aus den Augen verloren haben, mögen überbrückt sein, sowie sie hier stehen und sich anschauen; der Spalt, der Abgrund, der sich nach Ricos Verschwinden zwischen ihm und Ate aufgetan hat, klafft immer noch.

»Du bist doch nicht etwa Polizist geworden?«, platzt Ate heraus, und ich sehe die ungläubige Fortsetzung der Frage in ihren Augen, ehe sie aus ihrem Mund kommt: »Das kann doch nicht sein, das ist nicht möglich!«

Einer der Beamten sagt: »Herr Wilde ist Rettungshundeführer bei den Johannitern und unterstützt uns.«

»Im Fall von vermissten, hilflosen Personen wie eurer Mutter arbeitet die Polizei mit Hilfsorganisationen zusammen«, schiebt Rico erklärend nach.

In Ates Gesicht malt sich Erleichterung ab, und auch in ihrer Stimme entspannt sich etwas.

»Ach so«, sagt sie.

»Sie kennen Herrn Wilde von früher?«, fragt der jüngere der beiden Beamten mit freundlichem Interesse.

»Ja«, druckst Ate, ohne Rico aus den Augen zu lassen, »wir sind alte … Bekannte.«

»Sollen wir eine Suchmeldung nach Ihrer Mutter im Radio ausgeben?«, erkundigt sich der andere Kollege, ein Mann in den Vierzigern mit einer blonden Bürste auf dem Kopf.

Wir sehen uns an.

»Lieber nicht«, sagt Vinz, »unser Vater liegt im Krankenhaus. Bis jetzt haben wir ihn rausgehalten, damit er sich nicht aufregt. Stellen Sie sich mal vor, er kriegt auf diese Weise Wind davon.«

»Was hatte Ihre Mutter denn an?«

»Also – blau-weiß gestreifte Bluse, beige Hose, dunkelblaue Strickjacke«, zähle ich auf. »Darüber einen blaugrünen Trenchcoat, der allein schon deshalb auffallen dürfte, weil er vollkommen aus der Mode ist.«

Der mit der Bürste tippt meine Beschreibung in sein Handy.

»Wir brauchen ein Bild von Ihrer Mutter«, sagt der andere.

»Und eins ihrer Kleidungsstücke«, ergänzt Rico. »Also eins, das sie nicht anhat.«

Wir gucken alle ziemlich blöd.

»Wofür denn das?«, fragt Severin.

»Wegen des Geruchs. Für den Hund, es erleichtert die Suche.«

Ich muss schlucken. Ein Kleidungsstück für den Suchhund.

»Das klingt, als hätte die Polizei Maman bereits aufgegeben und würde nach ihrer Leiche suchen«, sage ich.

»Das ist ein Rettungshund«, stellt Rico richtig. »Rettungshunde suchen nicht nach Leichen. – Sie dürfen auch nicht zur Kriminalitätsbekämpfung eingesetzt werden.« Letzteres sagt er zu Ate, als wollte er ihr auch damit noch einmal signalisieren: »Siehst du, ich spiele nicht den Handlanger für die Polizei, ich habe nicht die Seite gewechselt, kein Gedanke daran.«

Während Severin nach einem Foto von Maman sucht, gehe ich ins Schlafzimmer und grabe im Korb mit der Schmutzwäsche. Ich finde den roten Nylonpullover, den Maman am Donnerstag bei meiner Ankunft getragen hat. An dem dürfte doch genügend Maman-Geruch sein, denke ich, wenn auch nicht der frischeste.

»Mamans Geldbeutel liegt nicht mehr auf dem Nachttisch, wo ich ihn vor zwei Tagen hingelegt habe«, sage ich, während ich Rico draußen das Kleidungsstück überreiche.

»Das heißt, sie hat Geld dabei?«

»Das könnte es heißen, ja«, nicke ich. »Allerdings – viel ist es nicht, nur Münzen, keine Scheine.«

Severin streckt den Beamten ein Foto von Maman entgegen. »Es ist nicht mehr ganz neu. Sie ist ein bisschen kleiner, faltiger und hutzeliger geworden.«

»Okay, wird schon gehen«, sagt der mit der Bürste, »das wär's erst mal, wir schauen, was wir tun können.« Er macht eine Kopfbewegung in Richtung Rico mit Hund. »Beziehungsweise er.«

»Rico, altes Haus«, sagt Severin, als realisierte er erst jetzt, dass es sein Freund aus seiner Gartenhaus-Jugendzeit an der Flims ist, der uns an der Haustür gegenübersteht, »meldest du dich, wenn du eine Spur hast?«

»Klar«, sagt Rico. Er wirft Ate einen Blick zu und fragt zögernd: »Magst du mitkommen?«

Ate schüttelt den Kopf. Aber sie tauscht mit Rico die Handynummer. Dann lässt Rico den Hund an Mamans Nylonpullover schnuppern und sagt: »Such!«

2

»Sachen gibt's«, sagt Severin und schüttelt den Kopf, »steht da Rico vor unserer Tür.«

Wir haben dem Hund nachgeblickt, wie er an Ricos langer Leine Fährte aufgenommen hat, rechts die Straße hinunter, bergabwärts Richtung Stadt. Kann es sein, dass der Hund wirklich Mamans Spur erschnuppert hat, obwohl sie schon seit heute Morgen weg ist? Hunde müssen wirklich einen phänomenalen Geruchssinn haben.

Ate ist, nachdem Rico um die Kurve verschwunden ist, sofort auf den Balkon gegangen. Vom Esszimmer aus beobachte ich sie, wie sie da steht, im ersten Novembernachmittag, der bereits sein Licht verliert. Soll ich ihr nach draußen folgen? Aber sicher will Ate allein sein nach dem, was sich gerade an unserer Haustür abgespielt hat.

»Woher kennt ihr Rico?«, will Diana wissen.

»Aus der Schule«, erklärt Severin. »Also, ich hätte ihn nicht wiedererkannt. Jedenfalls nicht so rasch.«

»Na ja«, sage ich, »zwischen dir und Ate ist ja auch ein Unterschied.«

Rouven will wissen, was für einer, was für ein Unterschied, und Severin meint: »Eine lange Geschichte. Oder vielleicht auch eine ganz kurze.«

»Er war Ates erster Freund«, sage ich. »Maman, Grandmaman … sie war nicht begeistert von ihm.«

»Nicht begeistert ist gut«, korrigiert Severin mit etwas Kratzigem, Beißendem in der Stimme. »Nicht verknusen konnte sie Rico. Himmel und Hölle hat sie in Bewegung gesetzt, um die zwei auseinander- und Rico zum Verschwinden zu bringen.«

»Wieso hat sie das getan?«, fragt Rouven.

»Na jaaaaa«, sagt Severin gedehnt und wirft Rouven einen vielsagenden Blick zu. »Er hat Hasch geraucht und so.«

»Kenne ich«, sagt Rouven und gibt den Blick, der jetzt ein bisschen verlegen ist, an mich weiter.

»Na ja«, erwidere ich, »es war nicht nur das Hasch. Es war Ricos ganzer ausgeflippter Lebensstil, der Maman nicht gefallen hat.«

»Vorhin an der Tür wirkte er aber ganz bürgerlich«, wirft Diana in die Runde. »Nett und solide.«

»So wirken Menschen meistens, wenn sie eine Uniform tragen«, entgegnet Severin. Der Blick ist einmal im Kreis herumgegangen und wieder bei ihm gelandet. »Nichtsdestotrotz«, verkündet er, »die Zeiten ändern sich. Ich hätte nie gedacht, dass sich Rico, wie ich ihn kannte, mal in den rot-gelben Blouson einer Organisation stecken lassen würde.«

»Was Maman wohl sagen würde, wenn sie sich noch an ihn erinnern würde?«, dachte ich laut vor mich hin.

»Sie hat sich damals ganz umsonst angestrengt«, sagt Severin. »Umsonst Sabotage betrieben. Umsonst ihre kindischen Verbote verhängt. Ate konnte einem leidtun. Sie hatte wirklich nichts zu lachen.«

Rouven kann sich Grandmaman nicht vorstellen, wie sie ihrer Tochter verbot, den Freund zu haben, den sie wollte, und er kann sich seine Tante Ate nicht vorstellen, dass sie es sich verbieten ließ.

»Grandmaman ist doch sanft wie ein Lämmchen«, wundert er sich.

»Nur zu dir, mein Sohn«, sage ich. »Weil du ihr Enkelsohn bist. Enkel werden gehätschelt, Kinder erzogen, und Eltern verstehen da manchmal keinen Spaß.«

»Hättest du versucht, mir Sara auszureden, wenn sie dir nicht gefallen hätte?«, fragt er mich.

»Nein, das hätte ich nicht«, antworte ich. »Ich hätte versucht, mich rauszuhalten. Mir eher die Zunge abgebissen, als meinen Senf dazuzugeben. Ob es mir leichtgefallen wäre, steht auf einem anderen Blatt.«

»Maman, Grandmaman hat sich nie rausgehalten«, fängt Severin wieder an. »Sie hatte genaue Vorstellungen, wie und vor allem was unsere Freunde zu sein hatten. Sie hat mit ihrem Urteil nie hinterm Berg gehalten und war im Handumdrehen damit fertig. – Kannst du dich noch an Rosy erinnern?«, wendet er sich an mich.

»Deine Freundin, bevor du Gretchen kennengelernt hast.«

»Ich war zwanzig und sie siebenundzwanzig«, sagt Severin, »sie kam aus der Werbebranche und war ab und zu im Fernsehen in einem Spot über Filterkaffee zu sehen. Ich kam mit ihr hierher zum Mittagessen – ein einziges Mal und dann nie wieder. Maman nannte sie windig und unseriös, damit war der Fall erledigt.«

»Immerhin war dein Gretchen später immer ihre Lieblingsschwiegertochter«, versuche ich Severin zu besänftigen, doch er winkt ab.

»Hältst du das wirklich für eine Kunst?«, fragt er unwirsch. Ich schüttele den Kopf, fast muss ich lachen. Gretchen hat Mamans Gnade gefunden und auch gebraucht, mollig und ein wenig hausbacken, wie sie ist. Ganz abgesehen von der Tatsache, dass sie Mamans bislang einzige Schwiegertochter und damit konkurrenzlos ist.

Was würde Maman wohl zu Lenny sagen, geht es mir einen Moment lang durch den Kopf, wenn sie ihr Gedächtnis und ihr Urteilsvermögen nicht im Stich gelassen hätte? Ida, bist du noch bei Trost, der ist viel zu jung für dich? Oder: Er ist nett, aber such dir lieber einen Mann in deinem Alter?

Severin hat sich inzwischen in Fahrt geredet: »Das ist es, was dabei herauskommt. Mamans Interventionen haben uns dazu gebracht, dass wir irgendwann alles, was in unserem Liebesleben nicht konform war, schön für uns selbst behalten haben«, resümiert er. »Maman hätte bestimmte Konstellationen weder gebilligt noch verstanden. Manchmal ist es die beste aller Lösungen, Dinge ganz für sich zu behalten und mit sich selbst abzumachen. Andernfalls wirbelt man nur Staub auf. Versteht ihr – man hat ein Problem, lässt etwas davon verlauten, und dann hat man noch eins.«

»Ich verstehe es«, murmelt Diana halblaut.

Einen Moment ist es still, ehe sich Vinz einmischt: »Manchmal ist es aber auch die allerschlechteste Lösung, Kompliziertes mit sich allein abzumachen.« An

Diana gewandt, fährt er fort: »Ich habe nachgedacht, Liebste. Adoption scheint mir eine gute Möglichkeit zu sein.«

Diana wird rot. »Vinz, das … das ist nett, dass du darüber nachdenkst, aber … Adoption – ich meine … Lass uns in Ruhe darüber reden«, sagt sie und blickt zu Boden.

»Gerne«, sagt Vinz, »aber lass es uns bald tun.« In seiner Stimme ist etwas Klares, Unbeirrtes, das keinen Widerspruch zulässt, kein Wenn, kein Aber, überhaupt keinen Kommentar. Ein paar Augenblicke sagt niemand etwas. In die Stille hinein schlagen Paps' Standuhren ihr Duett. Immer noch hat niemand die Uhren umgestellt. Als sie verstummt sind, sagt Severin: »Also, ich kann nicht behaupten, dass ich irgendwas verstehe. Ambages narratis … ihr sprecht in Rätseln – so heißt es doch, oder?« Er sieht sich nach Ate um. Aber die steht immer noch auf dem Balkon. Rauchend. Ich bin ein bisschen besorgt. Ate muss schon halb erfroren sein. Im nächsten Augenblick dreht sie sich um, sucht durch die Fensterscheibe unsere Gesichter. Ich gehe zu ihr nach draußen.

»Alles okay mit dir?«, frage ich.

Ate starrt auf einen Punkt in der Ferne, ihr Körper zittert. Ich überlege, ob ich ihr den Arm um die Schulter legen soll, traue mich nicht. Ich traue mich immer noch nicht, selbst jetzt nach den vergangenen Tagen, in denen Ate und ich zusammengerückt sind.

»Du frierst«, sage ich, »soll ich dir deinen Mantel holen?«

Ate antwortet nicht. Aus der Nachbarvilla von Familie Knecht tönt Musik, irgendetwas Strenges, Klösterliches, ein hoher, von schrillen Frauenstimmen dominierter Chor, der in die Stille des Allerheiligen-Abends schneidet. November, der Monat der geistlichen Musik, der Oratorien und Messen. Der Monat, in den die schweren religiösen Themen verbannt sind, Schuld und Vergebung, Sterben und Tod, Erinnern und Vergessen.

»Wenn ich eins nicht geglaubt hätte«, spricht Ate in das Plärren des Chors hinein, »dann, dass ich Rico in diesem Leben noch mal wiedersehen würde. Schon gar nicht in so einem Zusammenhang. Er war so weit weg. Er hätte auch auf dem Mond sein können. Ich hatte mich damit abgefunden, dass er sich in Luft aufgelöst hatte.«

»Woran hast du ihn erkannt?«

Sie zuckt die Schultern. »An allem. An seiner Statur. Seiner Haltung. Der Art, wie er einen an- und mit einem halben Auge beiseiteschaut, als müsste er vor irgendetwas auf der Hut sein und dafür alles im Blick haben. – Musste er wohl auch … früher.«

Darauf gibt es nichts zu sagen. Ich schweige.

»Verrückt«, fährt Ate nach einer Weile fort.

»Was?« Ich blicke sie von der Seite an.

»Dass Maman nun ausgerechnet von einem Menschen gesucht wird, den sie immer abgelehnt hat.«

Ich bin überrascht, wie bitter ihre Stimme immer noch klingt, nach so vielen Jahren.

»Ja, das ist verrückt«, sage ich, und nach einer Weile, sehr sanft: »Maman hatte Angst um dich damals. Sie wollte dich schützen.«

»Sie wollte vor allem ihre heile Welt schützen«, platzt Ate heftig heraus, »ihr heiles Familienleben, in dem Probleme keinen Platz hatten, nichts und niemand, der anders war, der in ihr kleinbürgerliches Moralschema nicht reinpasste.«

Da möchte ich ihr nicht widersprechen. Ate hat wahrscheinlich recht. Genauso wie ich recht habe. Ich bin sicher, dass Maman Angst um Ate hatte und sie vor Schwierigkeiten bewahren wollte. Wir schweigen eine Weile. Bevor das Schweigen zu einem Abgrund wird, der uns wieder trennt, nachdem wir uns in den letzten Tagen so viel nähergekommen sind, nehme ich Anlauf für die Frage, die sich mir gerade jetzt auf die Lippen drängt, nachdem ich sie mir all die Jahre verkniffen habe. Jetzt oder nie.

»Ate«, frage ich, und mein Herz klopft, »Ate, ist Maman damals in jenem Sommer mit dir nach Holland gefahren, um dir behilflich zu sein, dein Kind … abzutreiben?«

Ate schaut mich an. Vollkommen überrascht. Ich selbst bin auch überrascht. Überrascht von der Überraschtheit ihres Blicks. Innerlich hatte ich mich auf einen anderen Blick von Ate vorbereitet. Einen gelangweilten, einen Guten-Morgen-Ida-na-hast-du-es-endlich-kapiert-Blick, einen Bist-du-endlich-auf-den-Trichter-gekommen-Blick, einen Ist-der-Groschen-endlich-gefallen-Blick. Nichts von alledem. Ates Überraschung ist nicht gespielt, sie ist echt. Ganz ohne Zweifel.

»Wie kommst du auf die Idee?«, fragt Ate zurück. »Nein, natürlich nicht, kannst du dir vorstellen, Maman hätte ein Kind abtreiben lassen?«

»Gott sei Dank«, rutscht es mir heraus.

»Sie war doch selbst schwanger zu jener Zeit«, fährt Ate fort. »Nein, Maman wollte, dass ich mich erhole, da oben in Holland. Dass ich zur Ruhe komme, auf andere Gedanken komme. Sie hat mich auf Händen getragen.« Dazu zieht sie eine Grimasse, die ich zunächst gar nicht richtig zur Kenntnis nehme, so erleichtert bin ich. Die Erleichterung breitet sich in meinem Körper aus wie ein Meer.

Mein Gehirn braucht eine Weile, um mir in diese Erleichterung hinein die nächsten Fragen zu diktieren, auf die ich mir nun, da Maman keine Mörderin ist, keinen Reim mehr weiß.

»Aber du warst doch schwanger damals«, sage ich.

»Ja«, sagt Ate.

»Hast du …«

»Ich habe es nicht abgetrieben«, beteuert Ate.

Ich warte.

»Ich habe das Kind verloren«, sagt Ate.

»Damals in Holland?«

»Nein, später. Im September.«

»Ach.« Mir fällt nichts ein. Und dann doch.

»Das war damals, als du ins Krankenhaus musstest. Mit Blinddarm.«

Ate grinst schief. »Mein Kind war ein Blindgänger. Ein Blindgängerchen.«

»Wolltest du es haben?«

Sie zuckt die Schultern. »Ich weiß nicht. Ich wusste damals gar nichts. Nur dass ich Rico zurückhaben wollte und dass das nicht ging.«

Eine Frage drängt sich vor, macht sich wichtiger als

alle vorherigen. »Wenn das so ist«, sage ich, »wenn du nicht wusstest, ob du das Kind haben wolltest, wenn Maman dich nicht gedrängt hat abzutreiben, wenn sie dich auf Händen getragen hat, dann ... dann verstehe ich nicht, warum du dich so von ihr distanziert hast.«

Ate räuspert sich. »Maman hat Rico abgelehnt«, sagt sie wie zuvor schon einmal, »vom ersten Tag an. Ohne ihn zu kennen.«

»Trotzdem, Ate«, sage ich, »das reicht nicht, um von jemandem so sehr abzurücken, wie du es getan hast. Ein ganzes Leben lang, Ate.«

»Sie hat alles kaputtgemacht«, sagt Ate.

»Wie – alles?«

»Weißt du noch, als die Polizisten in die Schule kamen und Rico mitgenommen haben?«

Ich nicke.

»Das war Mamans Werk«, sagt Ate. »Sie steckte dahinter, sie hat ihn angezeigt.«

»Nein«, sage ich.

»Doch«, sagt sie. »Ich hatte es von Anfang an geahnt. Aber sie hat es erst zugegeben, als wir zusammen in Holland waren. Sie meinte, ich sollte das Kind trotzdem bekommen. Es war ihr recht, dass Rico nichts davon wusste. Sie wollte nicht, dass er etwas davon erfuhr. Sie nahm es in Kauf, dass mein Kind ohne Vater aufwachsen würde. Sie meinte, es wäre besser, wenn das Kind in einer guten Familie, nämlich unserer, groß werden würde. Sie wollte Rico einfach nicht akzeptieren, auch nicht, als ich schwanger war. Im Gegenteil, da erst recht nicht.«

Ich schweige. Alle möglichen Gedanken, ungeordnet, durcheinander, purzeln in meinem Kopf herum. Ich denke an die roten Bilder, die Ate damals gemalt hat, nachdem sie im Krankenhaus war. Nachdem sie ihr Kind verloren hat, wie ich jetzt weiß. Bilder, rot wie Blut. Ich denke daran, wie mir Ate von Niki de Saint Phalle und ihren Schießbildern erzählt hat, und an den Abend der Vernissage im Lortzing-Gymnasium. Niki de Saint Phalle hat, indem sie die Pistole auf ihre Bilder richtete, auf ihren Daddy geschossen, das habe ich später nachgelesen. Sie hat auf alles geschossen, was sie in ihrem Leben behinderte.

»Hättest du damals, wenn du eine Pistole gehabt hättest und auf deine Bilder hättest schießen können, auf Maman geschossen?«, frage ich Ate.

Sie lächelt.

»Leider hatte ich keine. Keine Pistole. Vielleicht wäre manches leichter gewesen.«

Ich stelle mich dichter neben Ate und lege nun doch den Arm um sie. Wir zittern beide in der Kälte des ersten Novemberabends.

Ate raucht. Die x-te Zigarette.

»Gib mir auch eine«, sage ich, obwohl ich sonst nie rauche.

Wir paffen beide Wölkchen in den wolkenverhangenen Abend.

Stille zwischen uns, in die die Chorkonserve aus der Nachbarvilla nervenzerfetzend hineintrifft, mal laut, mal leise.

»Warum muss geistliche Vokalmusik eigentlich immer im Sopran stattfinden?«, fragt Ate. »Sogar die

Tenöre singen meistens so hoch, dass man meint, es sind Eunuchen am Werk.« Wir lachen.

»Ricos Stimme ist so tief«, sagt Ate, »viel tiefer als früher. An der Stimme hätte ich ihn nicht erkannt. Sie klingt, als wäre er erwachsen geworden. Wie auch immer.« Sie lacht, diesmal für sich allein, und fährt fort: »Wie das gekommen ist, dass er bei einer Hilfsorganisation angedockt hat? Ich habe gedacht, mich tritt ein Pferd, als ich ihn da neben den Bullen stehen sah. Es passt nicht zu Rico, wie ich ihn früher kannte. Und irgendwie passt es doch. Rico hat immer alles ausprobiert. Warum nicht auch das?«

»Ate …«, sage ich und räuspere mich.

Sie hebt fragend die Augenbrauen, als ich nicht fortfahre: »Ja?«

»Ich habe mich gestern, als ich im Friseursalon war, ein bisschen mit Ricos Schwester unterhalten.«

»Ja?« Ihre Stimme klingt belustigt.

»Ich hätte dir sagen können, dass Rico bei den Johannitern ist.«

»Ach ja? Was hättest du mir denn sonst noch alles sagen können?«

Ich erzähle Ate, was ich weiß.

3

»Dein Lenny ist nett«, sagt Ate, als wir endlich nach drinnen gehen. Ohne Anlass sagt sie das, ohne dass ich ein Stichwort gegeben oder sie gefragt hätte, sozusagen aus heiterem Himmel, der heute bewölkt ist. Ob Ate meint, dass wir nun, da wir so lange über Rico gesprochen haben, auch ein paar Takte über den Mann reden müssen, der mich gestern Abend begleitet hat? Ob ihre Worte also rein formeller Natur sind, ob sie nur höflich ist und aus Höflichkeit nichts über Lennys Alter sagt und auch nichts in dieser Richtung fragt? Aber, wie gesagt, Höflichkeit war noch nie Ates Ding.

»Es ist nicht *mein* Lenny«, sage ich. Es klingt schroffer, als ich möchte.

»Ach. Nicht?« Ate schaut mich komisch an. »Gestern Abend sah es aber so aus. Schade.«

Ihr Handy klingelt.

»Rico«, sagt sie zu uns nach einem Blick auf das Display und dann, in das Gerät: »Hallo.« Wir anderen hängen an ihrem Gesicht, versuchen an ihrer Mimik abzulesen, was am anderen Ende gerade gesagt wird.

»Mhm. Mhm. Mhm«, sagt Ate. »Mhm. Mhm. Mhm.« Schließlich fragt sie: »Und jetzt?«

Und brummt dann noch einmal: »Mhm. Mhm. Mhm.«

»Von wegen, Maman kann nicht laufen«, knurrt sie, als sie das Gespräch beendet hat. »Sie ist den Berg runter und in die Stadt gegangen. Bis zum Bahnhof.«

»Sag bloß! Unglaublich!«

Wir staunen Bauklötze. Unsere Mutter, die sich in der Wohnung nicht mehr zurechtfindet und vor zwei Tagen ihre eigene Küche nicht erkannt hat, soll den Weg ins Stadtzentrum und bis zum Bahnhof gefunden haben? Ich kann es nicht fassen.

Die Spur ende dort, wo die Busse abfahren, sagt Ate, und ich weiß nicht gleich, wie ich diese Information deuten soll. Heißt es, dass Maman irgendwohin gefahren ist? Kann es sein, dass Maman, unsere demente Mutter, in einen Bus gestiegen ist? Dass ein Busfahrer sie mitgenommen hat?

»Vielleicht ist Grandmaman mit dem Bus nach Bad Schennau gefahren«, lässt sich plötzlich Rouven vernehmen.

»Nach Bad Schennau?«, fragt Vinz.

»Na ja, immerhin kommt sie von dort und ist da groß geworden«, sage ich. Rouvens Vermutung ist alles andere als abwegig. Mir kommt plötzlich die Nacht in den Sinn, als ich Maman nach meinem Rendezvous im Hausflur antraf und sie zum Bahnhof gehen wollte. Wieso erinnere ich mich erst jetzt daran? Bin ich blöd!

»Meinst du, sie weiß das noch, dass vom Bahnhof aus Busse nach Bad Schennau starten?«, fragt Severin skeptisch. »Es ist doch schon so lange her, dass sie diese Reisen mit uns gemacht hat.«

»Grandmaman ist auch mit mir ein paarmal dorthin gefahren, wenn ich als Kind bei ihr und Großpapa zu Besuch war«, erklärt Rouven. »Wir sind mit Tüten voller Brotresten aufgebrochen und haben am Ententsee die Enten gefüttert.«

»Ihr seid Bus gefahren?« Meine Verwunderung nimmt kein Ende. Niemand von uns hat gewusst, dass Maman die Busreisen von früher nach Bad Schennau zusammen mit ihrem Enkel wieder aufgenommen hat.

»Wieso Bus?«, frage ich. »Grandmaman hatte doch längst ein Auto, wieso Bus?«

»Es war aufregend«, sagt Rouven, als wäre das eine Antwort, »ich bin doch sonst nie Bus gefahren, nur Stadtbahn, ich wusste gar nicht, wie das ging.«

Severin bleibt pessimistisch. »Wer sagt, dass es gerade der Bus nach Bad Schennau war, in den sie gestiegen ist? Es fahren noch andere Busse da unten ab, sie kann jeden Bus genommen haben. Sie kann an jeder Haltestelle ausgestiegen sein. Es ist die Suche nach der Stecknadel im Heuhaufen.«

»Nicht ganz«, widerspricht Vinzenz, »der Rest einer Möglichkeit, dass Maman nach Bad Schennau gefahren ist, besteht. Und wenn es nur der Hauch eines Hauchs ist, dann sollte die Polizei es wissen.«

»Ich sage Rico Bescheid«, meint Ate und zückt ihr Handy.

»Der Suchhund durchsucht jetzt nach und nach alle Busse, die im Lauf des Tages die Haltestelle angefahren haben«, berichtet sie nach dem Telefonat. »Gott sei Dank sind es wenige. Wegen des Feiertags fällt der Berufs-Pendelverkehr weg.«

Diana ergreift Vinzenz' Hand und sagt: »Ich muss fahren, Schatz. Die Arbeit ruft. – Nachtschicht in der Klinik«, erklärt sie, an uns alle gerichtet. »Lasst was hören, wenn es Neues gibt, ja?« Sie streicht Vinz über die unrasierte Wange und steht auf.

»Überleg dir das mit der Adoption«, erinnert Vinz und tut sich keinen Zwang an, es leise zu sagen, während er Diana hinausbegleitet.

»Adoption«, echot Severin, »ich höre immer Adoption. Hat Vinzenz ein Kind, ohne dass wir es wissen? Oder will er Diana adoptieren? Ich dachte, er will sie heiraten.«

»Er kann sie nicht heiraten«, platze ich heraus. »Diana ist schon verheiratet. Wie du es gesagt hast, Severin. Du hattest recht.«

»Woher weißt du das?«, fragt Severin misstrauisch.

»Ich habe es erlauscht«, sage ich verlegen. »Gestern Nacht. Die Schrankwände zwischen unseren Zimmern sind zu dünn.«

»Naseweise Ida. Und was hat das Ganze mit Adoption zu tun?«

»Das soll dir Vinz besser selbst erklären«, sage ich.

4

Wir haben uns um den Esstisch niedergelassen. Vinz hat »es« Severin erklärt, nun tippen beide Brüder in ihre Handys, SMS, WhatsApp, chatten mit Leuten, die wir anderen kennen oder auch nicht, tippen die Nachricht von Mamans Verschwinden in ein Display, schweigsame Unterhaltungen.

Ich werfe einen Blick auf mein Smartphone. Lenny hat weitere zwei Male angerufen. Zwei Nachrichten von ihm sind auf der Mailbox, die ich nicht abhöre. Fotos vom Gig am vergangenen Abend, die er mir geschickt hat, mache ich auf.

Es sind fast nur Fotos von mir, Fotos, während ich der Musik zuhöre, wie ich Beifall klatsche, mit den Füßen wippe, mich mit Ate unterhalte. Wann hat Lenny die bloß alle gemacht? Er schien so versunken in seine Musik! Ein Foto zeigt Ate und mich, beide von der Seite. Unsere Profile gleichen sich wie ein Ei dem anderen.

»Haben wir einander eigentlich schon immer so ähnlich gesehen?«, frage ich Ate und zeige ihr das Bild.

Ate zuckt mit den Schultern, scrollt die übrigen Fotos entlang und antwortet auf eine Frage, die ich nicht gestellt habe: »Er liebt dich.«

»Wer?«

»Lenny.«

»Stimmt«, Vinz blickt von seinem Handy auf, aber nur kurz.

Ich werde rot. Bin froh, dass Rouven gerade nicht bei uns sitzt, sondern im Wohnzimmer die Standuhren seines Großvaters auf Winterzeit umstellt. Ich bin nicht in der Stimmung, mich zu erklären, irgendwas zu erklären, von dem ich noch überhaupt nicht weiß, was es ist oder werden soll und ob es das soll. Auch wenn Rouven wahrscheinlich gar nicht nachfragen würde.

»Wie kommt ihr darauf?«, frage ich. »Wegen der Rose, die mir Lenny geschenkt hat?«

Ich habe die rote Rose gestern Abend beim Nachhausekommen angeschnitten, in eine hohe blaue Glasvase gestellt und diese auf dem Servierwagen im Esszimmer platziert. Ich habe befürchtet, dass die Wunderblume nach einer Nacht den Kopf hängen lässt, aber die voluminöse rote Blüte sitzt frisch und kerzengerade wie eine Eins auf dem langen Stiel.

»Nicht wegen der Rose«, sagt Ate. »Man sieht es auf den Fotos.«

»Wieso?«, wiederhole ich. »Woran? Lenny ist doch gar nicht auf den Bildern.«

»Man sieht es an der Art und Weise, wie er dich fotografiert hat. Der Blick, das Auge, mit dem er auf dich schaut, spricht Bände.«

Ich weiß nicht genau, was Ate meint. Muss man Künstlerin sein, um zu sehen, was sie sieht? Oder sieht man das, was Ate sieht, nur von außen, aus einer gewissen Distanz?

»Ich kenne Lenny seit drei Tagen«, sage ich. »Da kann man doch nicht von Liebe reden.«

»Was du nicht sagst«, amüsiert sich Ate. »Nach wie vielen Tagen kann man das denn? Du sprichst wie eine Hundertjährige.«

»Besser als wie eine Sechzehnjährige«, murmele ich. Bei mir denke ich: Liebe hin oder her, der junge Mann bringt mich ganz schön durcheinander.

»Schick ihm Grüße«, sagt Ate, »ich meine, Grüße auch von mir.«

»Von mir auch«, echot Vinz. »Ich wollte, ich hätte Diana gestern Abend auch eine Rose geschenkt.«

»Und von mir«, grinst Severin. »Netter Typ, dein Lenny. Die Session von gestern Abend schreit nach Wiederholung.«

Ich schicke Lenny keine Grüße, weder von Ate noch von Vinz und Severin noch von mir. Noch nicht mal einen Gruß. Eine halsstarrige Stimme in mir buchstabiert wieder und wieder, was ich Lenny bereits gestern Abend gesagt habe: besser aufhören, ehe es ernst wird. Ehe es richtig beginnt. Auch wenn ich Lenny bereits jetzt die ganze Zeit im Kopf habe, auch wenn mein Körper in Aufruhr und da ein Theater in meinem Bauch ist, das mir sagt, ich habe mich verliebt, auch wenn das alles der Fall ist – jetzt kann ich Lenny noch vergessen. Man muss vergessen können. Die Saat, die Maman mit dem Stereotyp ihres Satzes in unserer Familie gestreut hat, ist aufgegangen – auch in mir.

Bereits eine ganze Zeit lang, während wir um den Tisch sitzen, spukt mir durch den Kopf, dass es schon einmal so einen Abend gab, an dem wir uns die Zeit vertrieben und zu Hause gewartet haben, hier an diesem Tisch. Meine Erinnerung hat fast den Charakter eines Déjà-vus, in welches nur Rouven nicht passt, der sich mittlerweile zu uns gesellt hat. Auch an jenem Abend, der mir vor Augen steht, ist Maman das Subjekt unserer Beunruhigung. Sie ist verschwunden oder doch weggegangen; ein paar Wochen nach Ates »Blinddarm« ist sie in die Klinik gefahren, um ihr fünftes Kind zur Welt zu bringen. Sie hat eine Tasche mit Stramplern und Jäckchen und ihren eigenen Sachen gepackt, und nach dem Mittagessen, das sie noch für uns gekocht hat, ist sie in ein Taxi gestiegen, worauf wir den ganzen Tag nichts mehr von ihr gehört haben. So wenig wie von Paps, der direkt von der Arbeit ins Krankenhaus gefahren ist. Es wird spät, und Paps ist immer noch nicht da. Ate, Severin und ich packen unsere Schultaschen für den nächsten Morgen und bringen Vinz ins Bett. Wir drei Älteren mögen nicht schlafen gehen, selbst Ate nicht, die zu jener Zeit häufig in ihrem Bett liegt, auch tagsüber.

Wir warten am Esstisch unter der Deckenleuchte. Es gibt keine Handys, mit denen wir chatten und irgendjemandem tonlos unser unruhiges Herz ausschütten könnten. Jeder von uns ist mit sich selbst beschäftigt. Severin schläft schließlich am Tisch ein. Ate und ich lesen, ich *Rasmus und der Landstreicher* von Astrid Lindgren. Ate hat sich in eins dieser schreiend bunten Suhrkamp-Taschenbücher vertieft, ein violettes, vielleicht ist es *Der Steppenwolf* oder *Siddharta* von Hesse. Ate liest zu der Zeit viel Hesse, er ist ihr Guru, so wie er Ricos

Guru gewesen ist. An diesem Abend erzählt sie mir von Hesses Gedichten.

»Hesse hat geglaubt, dass er das Leben, das er leben würde, selbst gewählt hat und dass ihm vorher gezeigt worden ist, wie er es leben würde«, sagt sie zu mir. Und dann erklärt sie, dass sie das auch glaubt und dass sie das tröstet.

Nachts um zwei dreht sich der Hausschlüssel im Schloss. Gleich darauf steht Paps im Türrahmen. Er sieht sehr müde aus, auf eine andere Art müde als sonst, wenn er von der Arbeit kommt, und wir erschrecken. Es ist dieses Erschrecken, das unseren Impuls, Paps entgegenzustürzen, auslöscht; stattdessen bleiben wir wie Ölgötzen am Tisch sitzen.

Paps öffnet den Mund, um zu sprechen, und klappt ihn wieder zu. Das macht er zwei, drei Mal. Wie ein Fisch, der nach Luft schnappt. Paps räuspert sich. Mehrmals. Schließlich sagt er: »Ein kleines Mädchen.« Rasch, noch bevor wir lächeln und uns freuen können, fährt er fort: »Eine Totgeburt. Das Kind ist tot geboren worden.«

Daraufhin schiebt Ate den Stuhl zurück, auf dem sie gesessen hat, und marschiert an Paps vorbei in den Flur, treppab. Ich folge ihr, gehe aber nur bis zu Paps und nehme seine Hand. Ich spüre sie gern, diese Hand, weil sie sich so weich anfühlt, viel weicher, als Paps im Allgemeinen ist und wenn er mit uns spricht. Ich mag es, dass etwas an Paps in dieser weichen Hand endet, und lauere auf Gelegenheiten, sie um meine Kinderhand zu fühlen. An diesem Abend gleicht Paps' Händedruck einer Umklammerung, mit der sich ein Ertrinkender irgendwo festkrallt, um nicht weggespült zu werden. Paps' Verzweiflung fließt durch seine Hand in mich hinein und breitet sich in mir aus wie der steigende Wasserspiegel nach einem Starkregen.

Später in meinem Bett denke ich an meine kleine tote Schwester, frage mich, wo sie nun ist und ob sie ihr kurzes Schicksal gewählt hat, wie Ate glaubt. Ob es ihre Wahl gewesen ist, nur in Mamans schützendem Bauch zu leben und ihn vor der Zeit tot zu verlassen. Anders als Ate finde ich keinen Trost in dem Gedanken.

Wir haben das tote Kind nie gesehen. Das war damals nicht üblich. Es bekam auch keinen der Namen, über die sich Maman und Paps abends miteinander unterhalten, manchmal gestritten hatten, aber nur im Spaß: Ruben, Valentin, Mareike, Leonie. Namen, Trauerfeiern, Bestattungen für vor der Zeit tot geborene Kinder, all das gab es damals nicht.

Auf meine Frage hin erklärte mir Paps, dass unsere kleine Schwester eingeäschert und in einem Sammelgrab bestattet werden würde. In aller Stille, sagte er, was immer das heißen mochte. Von da an stellte ich mir immer ein stummes Feuer vor, das den kleinen Körper meiner tot geborenen Schwester in Asche verwandelte. Ich weinte bei diesem Gedanken, doch ohne Tränen und ohne ein Geräusch, als dürfte ich die still züngelnden Flammen nicht stören.

Maman kam aus der Klinik, ohne ihren Bauch, allein, so wie sie damals nach Severins Unfall allein nach Hause gekommen war. Sie ging ins Schlafzimmer und packte ihren Koffer aus, den sie drei Tage zuvor mit Babykleidung gefüllt hatte.

Die Strampler verschwanden, und alles war wie zuvor. Es kam mir vor, als wäre Mamans Schwangerschaft ein Phantom gewesen – es fehlte etwas, das nie richtig da gewesen war. Maman redete nie über die Geburt und das tote Kind, und wir wagten sie nicht zu fragen. Man muss vergessen können. Das schien auch in diesem Fall Mamans Programm zu sein. Sie ging zur Tagesordnung über, stürzte sich in die Hausarbeit. Endlich kümmerte sie sich um meine Sorgen, die sich auf das Laternenfest richteten, das kurz bevorstand. Sie wollte wissen, was es mit den Drohungen der »Gäng« auf sich habe, und regte sich auf über das wenige, das ich ihr erzählte. Sie sprach auch wieder von der Polizei, die man informieren müsse; schließlich jedoch besann sie sich eines Besseren, nahm stattdessen Severin und Ate ins Gebet und ordnete an, dass die beiden mich an dem Abend des Laternenumzugs begleiten sollten. Sie sprach mit ihnen in einem Ton, der keinen Widerspruch duldete. Das Laternenfest wurde ein voller Erfolg. In einer Schar von fast vierzig Kindern drehte ich, flankiert von meinen beiden größeren Geschwistern, die gebastelte Herbstlaterne in der einen, Vinzenz an der anderen Hand, unbehelligt eine große Runde durch unser Viertel. Bis auf den in Flammen aufgegangenen Lampion eines Nachbarjungen gab es keine Zwischenfälle. Zum Schluss erwartete uns an unserer Haustür Speis und Trank. Maman hatte den gelben Kindertisch aus Vinzenz' Zimmer in die Tür gestellt; sie verteilte Lebkuchenmänner, die sie eigenhändig gebacken hatte, und goss Punsch in die Weihnachtsbecher aus dem mittleren Fach im Küchenschrank.

Sie war liebevoll und freundlich. Nichts erinnerte daran, dass sie kurz zuvor in der Klinik unter Schmerzen einen kleinen Menschen hatte hergeben müssen, der unter ihrem Herzen gewachsen und gestorben war, ehe er ganz ihr Kind geworden war.

Wie hat es Maman wohl damals geschafft, zur Tagesordnung überzugehen, wie ist es ihr gelungen, für uns, ihre übrigen vier Kinder, da zu sein, ohne Jammer, ohne sichtbaren Schmerz? Hat sie das Erlebte in ihrem Kopf und ihrem Herzen mit Tüchern verhängt? Hat sie einen Pakt geschlossen mit jenem Sog, der Erinnerungen löscht? Hat sie sich diesem Sog so sehr überlassen, ist sie mit der Zeit so geübt, so gut im Vergessen geworden, dass sie ihre Geschichte mit all den Geschichten darin irgendwann ganz verloren hat?

5

Die Zeit ist eine Schnecke an diesem Abend, sie schleicht, und wenn sie nicht schleicht, schläft sie. Bewegungslos. Sie hat nichts zu tun. Die anderthalb Stunden, die seit Ricos Anruf vergangen sind, kommen mir vor wie eine Ewigkeit. Wir sehen alle naselang auf die Uhr, als könnten wir dort ablesen, wo Maman gerade ist und wann wir endlich etwas über sie erfahren. Ate und Rouven verbringen viele Minuten draußen auf der Terrasse und rauchen. Die Brüder streichen sich über ihr stoppliges Kinn, wenn sie auf die Uhr blicken; sie haben sich nicht rasiert am Morgen, und auch jetzt, da sie alle Zeit dieser Welt hätten, es zu tun, rasieren sie sich nicht.

Endlich, gegen 20 Uhr, ein Anruf. Diesmal zückt Vinz sein Handy. Stellt laut. Die Polizeiwache in Bad Schennau. Eine Frauenstimme teilt uns mit, dass sie Maman gefunden haben. Auf einer Bank am Entensee. Eine Streife hat unsere Mutter sitzen und vor sich hin plappern sehen und sie eingesammelt. Sie sei unterkühlt, kein Wunder, der alte dünne Parka, aber sonst okay.

»Danke«, sagt Vinz, »wir kommen und holen sie. In vierzig Minuten sind wir da.«

Als er aufgelegt hat, sagt kurze Zeit niemand etwas. In meiner Kehle sitzt ein Kloß, der mir das Sprechen schwer macht. Erst jetzt, nachdem es vorbei ist, wird mir das ganze Maß meiner Anspannung in den letzten Stunden bewusst. Den anderen wird es nicht besser gehen.

Severin findet als Erster die Sprache wieder. »Das kann doch nicht wahr sein«, murmelt er, »dass Maman es wirklich und wahrhaftig bis nach Bad Schennau geschafft hat. Allmählich habe ich Zweifel, dass sie wirklich so dement ist, wie sie uns glauben macht. Könnte es nicht sein, dass sie uns an der Nase rumführt und nur so tut?«

»Diesen Verdacht habe ich schon lange«, sage ich. »Vielleicht vergickst uns Maman dauerlings, wie sie sagen würde.« Daraufhin kichern wir alle.

Zu viert, ohne Rouven, steigen wir in Severins Landrover.

Auf der Fahrt telefoniert Vinz mit Paps. Erst jetzt, nachdem Maman wiederaufgetaucht ist, erzählt er von ihrem Verschwinden. Wir spitzen die Ohren und folgen der Unterhaltung, von der wir nur den Teil hören, den Vinz beisteuert.

»Alia iacta sunt«, sagt Vinz. »Deine Aufregung kommt zu spät, lieber Papst, wir haben Maman ja wieder.«

»Wie bitte? Est? Ach so, okay, iacta est.«

»Mmmh.«

»Mmmh.«

»Mmmh.«

»Mmmh.«

»Mmmh.«

»Okay.«

»Mmmh.«

Paps am anderen Ende hat viel zu sagen. Hat zu einer längeren Rede, einer Art Lektion angesetzt. Wir alle kennen das. Schon früher hat er manchmal diese endlosen belehrenden Monologe gehalten, was ihm neben dem Papsttitel einen weiteren Spitznamen eingebracht hat: »Der Dozent«. Kein Thema war vor ihm sicher, ob es nun um Politik oder akademische Bildung ging, um Musik oder um Bücher, die wir lasen oder hätten lesen sollen, um die unbotmäßige Jugend oder den Moralkodex zwischen jungen Männern und jungen Mädchen. Immer wenn Paps am Mittags- oder Abendbrottisch, am Weihnachtsabend im Wohnzimmer oder sonst wo in der Familienrunde zu dozieren begann, galt es, beizeiten den Absprung zu finden; es galt, mit einer guten Entschuldigung das Weite zu suchen, ehe es die anderen taten, denn als Letzter hatte man verloren. Man musste dann sitzen bleiben, bis Paps mit seinen Ausführungen zum Ende kam, was manchmal sehr lange dauerte und alles andere als vergnügungssteuerpflichtig war. Da ich mich mit Ausreden schwertat, höflicher war als Ate und weniger redegewandt als Severin, hatte ich häufiger als meine beiden älteren Geschwister den Schwarzen Peter und fand mich in der Rolle der übrig gebliebenen Zuhörerin wieder.

Ich bin froh, dass Paps' Standpauke an diesem Abend auf seinen Lieblingssohn niedergeht, der zu Kinderzeiten meist davon verschont blieb: Als der Jüngste, der von den väterlichen Moralpredigten eh noch nichts verstand, hatte er Narrenfreiheit und durfte aufstehen und zu seinen Spielsachen gehen, wann es ihm passte. Als Erwachsener gelang es ihm besser als uns anderen, die Lektionen unseres Vaters abzubiegen und zu beenden.

»Ist gut, Paps«, sagt Vinz jetzt, »bon vir semper tiro. Ich melde mich später noch mal, wenn wir wieder zu Hause sind. Grüße von allen.«

»Du liebes Lottchen, war er angepisst«, sagt er, als er endlich aufgelegt hat, »ich glaube, er hatte Schaum vor dem Mund. Unser Papst hätte am liebsten seine virtuellen Flügel angeschnallt, um zur Villa Fröhlich zu segeln und uns allen rechts und links eine zu scheuern.«

Das Polizeirevier in Bad Schennau befindet sich in einem Jugendstilgebäude mit Backsteinfassade und zwei Türmchen. Wir traben einen langen gefliesten Gang entlang, auf dem unsere Schritte widerhallen, und dann noch einen und landen schließlich in einem Großraumbüro mit dicken Außenmauern und darin eingeschnittenen, tief in den Höhlen liegenden Fensteraugen. Es riecht nach Kaffee und einer frisch gestrichenen Wand, die ich nicht sehe. Maman sitzt mit dem Rücken zu uns, eingemummelt in einen Plaid, unter dem der Kragen ihres türkisen Trenchcoats hervorlugt, an einem Schreibtisch voller Aktenberge. Vor ihr stehen eine Tasse Tee, nicht Kaffee, und ein Teller mit zwei belegten Käsewecken, beide angebissen. Eine junge Beamtin mit dunklem Pferdeschwanz und einem Pony, der bis über ihre Brauen reicht, bemüht sich um sie, versucht sie zum Trinken zu bewegen. Wie ich sie da sitzen sehe, mit ihrem schütteren grauen Haar, klein und verhutzelt wie stets, ergreift mich eine stürmische Zärtlichkeit.

»Mami!« Ich werfe von hinten die Arme um sie, reibe meine Wange an ihrer. »Mami, was machst du für Sachen?«

»Endlich seid ihr da«, gurrt sie, kein bisschen überrascht, »typisch Lehrer. Wie lächerlicherdings muss man denn auf euch warten? Der Elternabend fängt gleich an.« Und dann: »Wo ist denn mein lieber Mann?«

»In seinem Krankenhausbett«, sagt Vinz, »ganz still und friedlich. Nicht so wie du.« Er streichelt ihre andere Wange. »Altes Mutterherz!«, seufzt er. »Hattest du wenigstens einen interessanten Tag? Wo gibt's das denn, Reise ins Blaue, Individualprogramm, Maman! Nächstes Mal sagst du uns bitte Bescheid, bevor du Tagesausflüge in deine Geburtsstadt antrittst«, flapst er.

»Warrrum?«, sülzt Maman mit rollendem R.

»Warum, warum, ist die Banane krumm?«, antwortet Vinz.

»Nehmt Platz, Kinderlein, bin fertig mit Kochkoch, Bananenpuddeling.«

»Es sind nicht genug Stühle da, Mami«, sage ich.

»Mach fix«, beharrt Maman, »möcht wupsen.«

»Was möchtest du?«, fragt Severin. Er steht breitbeinig im Raum und bohrt die Fäuste in die Hosentaschen. »Okay, denn mal los. Lasst uns wupsen.«

»Lugel faust wims. Ssississ. Sssassass. Hab allerdings Trödeltrudel Jubeljubel, dass.«

»Dass was?« Vinz hebt fragend die Augenbraue.

Maman unterhält sich selbst. Wie meist. Ihre Redseligkeit hat trotz Unterkühlung nicht gelitten. »Ssississ. Simbel feist wolaz. Lambel wein. Weißt wolaz weshalb?« (Fragend.) »Hab weinerlicherseits.« Ihrem Mund entfährt etwas, das sich halb wie ein Seufzer, halb wie ein Aufschluchzen anhört. Dann mündet ihr Kauderwelsch plötzlich in die Silben eines ganzen verständlichen Satzes. Ich horche auf. »Ich hab Angst«, sagt Maman. »Also sind wir wieder hier.« Ihre Stimme klingt auf einmal rostig. Sie blickt um sich wie Dornröschen, nachdem es aus hundertjährigem Schlaf geweckt worden ist, ohne Prinzenkuss allerdings. Sie mustert die Einrichtung, die sie umgibt, mit etwas wie Erkennen im Blick. Darauf schaut sie uns, ihre Kinder, und die junge Polizistin der Reihe nach an. Schließlich sagt sie: »Der arme Kleine. Psssst!« Sie legt den Finger an die Lippen und wiederholt: »Pssssst.« Dabei zieht sie den Kopf ein, blickt misstrauisch in die Runde, als könnte sie jemand belauschen. Im Flüsterton fährt sie fort: »Er war ein Kind, so klein, so klein. Er sollte nicht allein verdingsen, ver…reisen. Nein, nein! Psssst! Simbel feist. Mama wollte ihm nur helfen. Pssssst!«

Wir schauen uns an. Vinz zuckt die Schultern.

»Ich will heim«, sagt unsere Mutter und blickt auf einen Punkt, als sähe sie dort jemanden, »komm, Mama, ich habe Angst, wir gehen Heimweh.«

»Ja, mein Kind«, erwidert Severin väterlich, »ja, wir fahren heim. Schluss mit Trödeltrudel. Lasst uns wupsen.«

Die Situation hat etwas Groteskes, aber niemand lacht.

In meinem Gehirn arbeitet es. Fieberhaft. Es ist, als hätte Maman ein paar Teilchen eines verloren gegangenen Puzzles auf einen Tisch gelegt und forderte uns auf: Macht was damit! Mein Gehirn probiert aus, welche Teile es sind, wie sie zusammengehören – und welche Teile fehlen, sich aber aus den von Maman auf den Tisch gelegten erschließen lassen.

6

Auf dem Heimweg haben Ate und ich, die wir hinten sitzen, Maman in unsere Mitte genommen. Ihr Kopf ist auf meine rechte Schulter gesunken, sie schnarcht ein wenig. Während draußen schlafen gegangene Dörfer und Scherenschnitte von Baumreihen an uns vorbeiziehen, denke ich nach.

Wir waren in Bad Schennau, Mamans Heimatort. Wer war der arme Kleine, das Kind, das nicht allein verreisen sollte und dem ihre Mutter, Oma Ida, nur helfen wollte? Hat Maman von Günne, ihrem jüngeren Bruder, gesprochen? Was hat sie gemeint, als sie sagte: Also sind wir wieder hier? Den Ort? Oder gar die Polizeiwache? War sie schon mal dort, auf genau dieser Wache? Hat sie in einem ihrer lichten Momente etwas wiedererkannt? Das Mobiliar wohl kaum. Aber zum Beispiel die Borte aus roten Klinkern, die sich unter der Decke an den Wänden entlangzog? Oder erinnerte sich Maman an gar nichts Gegenständliches, sondern nur an die Atmosphäre dieses Raums, eine Stimmung von bürokratischem Ernst, von Strenge und Kontrolle, die darin gefangen war?

In Gedanken gehe ich Ates Erzählung in der Sauna

über Oma Ida durch. Oma Ida ist ein paar Tage, nachdem Günne gestorben war, von der Gestapo vorgeladen worden und musste aufs Polizeirevier. Laut Ates Aussage hat Maman einmal erzählt, dass Oma Ida sie damals mitgenommen hat.

Draußen fliegen brach liegende Äcker vorbei. Penetranter Gestank von Kuhmist dringt zu uns herein – durch die geschlossenen Autofensterscheiben.

In der Villa Fröhlich empfängt uns Rouven. Er nimmt seine Großmutter in die Arme und drückt sie, als wäre sie von den Toten auferstanden. »Bonvenon hejme, kara avino«, sagt er und gibt ihr einen Kuss auf die Wange.

»Feinstliebel schnack«, säuselt Maman und schmiegt sich an ihn. »Ssissississ schnickschnack melst.«

»Bela, ke vi estas reen, mi estas malpezigita«, antwortet Rouven und schält sie aus ihrem türkisen Trenchcoat.

»Mogel wups pennpenn ssississ.«

»Mi satas kredi tion«, sagt Rouven in einfühlsamem Ton, und Maman nickt.

»Esperanto«, erkläre ich meinen Geschwistern, die den Dialog von Enkel und Großmutter amüsiert verfolgen. »Woher kannst du das, Rouven?«

»Sara und ich haben einen Kurs besucht«, grinst mein Sohn. »Wir dachten, es kann nie schaden, eine Sprache zu lernen, die von allen verstanden wird. Und wie ihr seht: Es funktioniert.«

»Jedenfalls besser als Latein«, meint Severin.

Seinen nächsten Satz »Estas Mangajo« übersetzt Rouven für uns.

»Es gibt Essen«, sagt er, »ich habe die Kürbissuppe von gestern aufgewärmt und noch ein bisschen verfeinert. Mit dem Zitronengras, das im Kühlschrank war.«

»Ein dickes Danke an unseren angehenden Sternekoch«, dröhnt Vinzenz.

Rouven hat auch den Tisch gedeckt und führt seine Grandmaman zu ihrem Platz wie eine Königinmutter.

Bevor wir anderen uns zum Essen hinsetzen, telefonieren alle. Außer mir. Jeder mit den Menschen, mit denen er die Sorge um Maman, als sie verschwunden war, geteilt hat. Severin redet mit der Frau, die er Sweetheart nennt und die nicht Gretchen ist, und dann redet er auch noch mit Gretchen. Seine Stimme klingt warm und schmeichelnd bei Sweetheart, sie klingt auch warm bei Gretchen. Ich höre keinen Misston. Vinz spricht mit Diana, und auch Ate telefoniert. Ihre Augen haben einen Glanz wie damals vor vierzig Jahren, als sie zum ersten Mal verliebt war. Nur ein einziges Mal im Leben habe ich mitbekommen, wie Ate aussieht, wenn sie verliebt ist, und der Ausdruck, der jetzt in ihrem Gesicht steht, ist dem sehr ähnlich.

»Danke«, sagt Ate, bevor sie ihr Gespräch beendet, »danke für alles, was du für uns getan hast.« Das klingt wie ein Abschied. Wenn das Rico ist, mit dem Ate redet, sind die beiden dann, nachdem sie sich gerade wiedergetroffen haben, bereits dabei, einander Lebewohl zu sagen? Bei der Vorstellung wird mir weh ums Herz. Ich, die gläubige Ida, möchte an ein Happy End für Ate glauben oder, noch besser, an ein Happy Beginning, einen Neuanfang. Ich möchte, dass in Ates Leben endlich mal was anfängt, anstatt immer nur zu enden, scheiße zu enden wie der Rest vom Eishörnchen.

Und du selbst, große Ida?, fragt es in mir. Wie ist das mit dem Eishörnchen deines Lebens? Lässt du das Eis, die Süße im Hörnchen nach Zweimal-mit-der-Zunge-Kosten zerlaufen, über deine Finger ins Leere laufen, ohne sie im Mund zu spüren und dir einzuverleiben? *Aufhören, ehe es ernst wird, ehe es richtig begonnen hat.* Ich, die gläubige Ida, glaube nicht an mein eigenes Glück. Nicht an ein Happy Beginning mit Lenny, ans Happy End schon gar nicht. Und auch an nichts dazwischen. Oder doch?

Ich zücke mein Handy. Lenny hat dreimal angerufen. Die Mailbox zeigt mittlerweile fünf Sprachnachrichten an. Ich rufe sie ab.

Die erste (um 14.32 Uhr): »Süße, hier ist Lenny – hast du gut geschlafen? Ausgeschlafen? Ich habe schon eine Stunde geübt für das Konzert heute Abend. Möchtest du kommen?«

Die zweite (um 16.16 Uhr): »Ich bin's, Lenny, hab Lust auf einen kleinen Telefon-Kaffeeklatsch mit dir.«

Die dritte (um 17.20 Uhr): »Lässt du mich schmoren, Süße? Hm. Muss jetzt los nach Heilbronn.«

Die vierte (um 19.14 Uhr): »Hm. Ich probiere es später noch mal. So schnell wirst du mich nicht los. Gruß aus der Harmonie in Heilbronn.«

Die fünfte (um 21.03 Uhr): »Hm. Ich probiere es weiter. Das wäre doch gelacht. Gruß aus der Pause.«

Der Mann hat wirklich einen langen Atem! Ich speichere alle Nachrichten ab und schaue auf die Uhr. Viertel nach zehn. Ob das Konzert schon zu Ende ist?

Da ich Lenny nicht stören will, schicke ich ihm eine WhatsApp: »›Haben wir Angst vor dem Gefühl?‹«, schreibe ich. »›Manchmal, vor seiner Form. Kurzes Glück kann jeder. Und kurzes Glück: Es ist wohl kein anderes denkbar, hienieden.‹«

Diesmal sind, anders als vorgestern Abend, zwei Häkchen an meiner WhatsApp, ehe ich zweimal mit den Wimpern gezuckt habe. Blaue Häkchen. Fünfeinhalb Sekunden später kommt Lennys Antwort.

»Schloss Gripsholm«, schreibt er, »Kurt Tucholsky. Ein kluger Mann.«

Noch mal fünf Sekunden später ruft er an. Einen Moment lang blicke ich auf das schweigsame Display mit seinem Namen, zaudernd, zögernd. *Was uns bleibt, ist jetzt.* Warum schießt mir gerade jetzt Vinz' Satz von gestern Morgen durch den Kopf? Ich fasse einen Entschluss: Zum Teufel mit zu jung oder zu alt, sage ich mir, zum Teufel mit Konvention und Mann fürs Leben und ewiger Liebe. Besser ein kurzes Glück als gar keins, besser eine Liebe auf Zeit als den Rest meiner Zeit ohne Liebe. Scheiß auf alle beschissenen Eishörnchenenden, ich nehme das, was davor kommt, Angstdukannstmichmal.

Ich tippe aufs Display, um das Gespräch anzunehmen, und halte den Apparat ans Ohr.

»Hallo?«

»Du klingst, als hättest du eine Odyssee hinter dir und würdest dich auf sehr einfache Dinge wie ein Essen, ein Bier oder ein Bett freuen«, sagt Lenny.

»Bier trinke ich nur in Ausnahmefällen«, sage ich, »ansonsten Volltreffer.« Ich erzähle Lenny von unserem

Tag, von Mamans Reise in die Vergangenheit und wie wir nach unserer Suche nach ihr wieder in der Gegenwart gelandet sind. Lenny hört zu, stellt ab und zu eine Frage. Als ich fertig bin, erzählt er von seinem Konzert, ruhig, unaufgeregt, und ich fange an, mir vorzustellen, dass wir in Zukunft oft so reden werden, an Tagen, an denen wir uns nicht sehen. Wir werden einander anrufen oder miteinander skypen wie so viele andere Paare, die nicht zusammen wohnen, aber zusammen leben, wir werden uns WhatsApp schicken, uns gegenseitig fragen: »Wie war dein Tag, Liebster?«, und unsere Fragen und später die Antworten mit vielen Smileys, Küsschen und Herzchen garnieren.

»Ich habe mit deiner Rose geredet«, eröffne ich Lenny, als wir uns alles über den vergangenen Tag erzählt haben.

Das habe ich tatsächlich getan, gestern Abend vor dem Schlafengehen, nachdem ich die Rose in die blaue Glasvase gestellt habe. Mal sehen, ob Lenny mich auslacht, weil ich, die gläubige Ida, mit Pflanzen rede, als könnten sie mich verstehen. Ich habe Lennys Rose erzählt, wie wunderbar der Moment war, als Lenny der Blumenverkäuferin hinterherrannte und kurz darauf zurückkam, mit der Rose in der Hand. Dass ich diesen Augenblick niemals vergessen werde, egal ob es mit Lenny und mir weitergehen wird oder nicht.

»Was wird das, wenn es weitergeht mit uns?«, frage ich. »Was wird das, wenn es was wird mit uns? Was wird, wenn du eines Tages doch noch wissen willst, wie alt ich bin?«

»Fängst du wieder damit an?«, fragt Lenny. »Nun

gib doch mal Ruhe mit dem blöden Alter. Die Vorstellung, dass das Alter uns trennt, ist nichts als ein alter Einrichtungsgegenstand im Mobiliar deines Gehirns. Ein Möbelstück, das du schleunigst aussondern solltest. Ein Popanz. Das Alter ist nichts als eine Zahl. Bloße Arithmetik.«

»Nein, mein Lieber«, sage ich energischer als beabsichtigt, »das stimmt nicht. Das Alter ist alles andere als eine Zahl. Man wird bucklig oder faltig oder beides. Alter – das ist Hexenschuss, Hüftgelenksarthrose und Harninkontinenz. Es ist dünnes Haar, Zahnprothese und grauer Star. Oder grüner, wenn man Pech hat. Man mutiert zum Ersatzteillager – wenn man Glück hat. Im schlimmsten Fall muss man sich mit seinem morschen Körper abfinden. Zufrieden sein, wenn man noch jeden Tag aufstehen kann. Und es muss, weil man nach maximal sechs Stunden Liegen alle Gräten spürt. Man erinnert sich wehmütig an die Zeit, in der einem morgens beim Aufwachen nichts wehtat. Falls man sich noch erinnern kann.«

»Sonst noch was?«, lacht Lenny. »Du langst aber zu. Klingt fast wie Kabarett. Ist das nicht die Domäne deines jüngeren Bruders?«

»Es ist alles viel weniger lustig, als es sich jetzt anhört, und ich fürchte mich davor.«

»Das teilen wir dann«, sagt Lenny, »wir teilen es – miteinander und mit allen Menschen dieser Welt. Früher oder später trifft es alle. Und es hängt nicht unbedingt an der Zahl von Jahren, die man auf dem buckligen Buckel hat. Das war es, was ich sagen wollte. Wann treffen wir uns, Süße? Ich habe sooooo große

Lust darauf, dich in die Arme zu nehmen, zu spüren, zu riechen, und auf alles, was danach kommt. Ich möchte es möglichst lange tun – bevor wir alt werden.«

»Ich auch«, sage ich. »Ich habe auch Lust darauf. Ich möchte es auch lange tun. Übrigens, damit ich das nicht vergesse – wenn ich eines Tages nicht mehr nach Liebe rieche, sondern einen Alte-Leute-Geruch annehme, dann lass mich das bitte wissen.«

7

Unser Abendessen gleicht dem Mahl einer Ordensgemeinschaft in einem Refektorium; es hat etwas Ruhiges, Gesammeltes, in sich Gekehrtes. Ohne viel zu reden, löffeln wir die Reste von Severins Kürbissuppe, die mittlerweile Rouvens Kürbissuppe geworden ist. Das Abenteuer dieses Tages mit einem Schluss, den man fast ein Happy End nennen könnte, hat uns zusammengeschweißt, es hat uns einander nähergebracht. Vielleicht waren wir einander nicht mehr so nahe, seit wir Kinder waren, vielleicht überhaupt noch nie.

Als es einmal ganz still ist am Tisch, legt Maman den Löffel beiseite und fängt an zu reden. Anders als sonst. Nicht ihr übliches Kauderwelsch, nicht diesen Wortsalat mit durcheinandergeratenen und frei erfundenen Silben. Sie redet mit uns, unzusammenhängende, aber verständliche Worte, nachdenklich gesprochen mit leiser, fast meditativ klingender Stimme. Sie macht Pausen zwischen Halbsätzen, nach den nächsten Wörtern suchend. Mamans Rede hat etwas Feierliches, sie klingt, als wollte sie uns etwas mitgeben, ein Vermächtnis mit Worten. »Wiedersehen … gebautes Leben, geschenkt und kostbar schönstensbunt … gebt acht, meine Kinderlein, jeder auf alle und alle auf jeden.« Wir sind alle still, wagen nicht, sie zu stören, zu unterbrechen. *Miteinander,* höre ich, *zusammen. Traurig, aber nicht mehr weinen. Weitergehen. Hören und gehören. Ruhe.* Das Wort *Vergessen* kommt nicht vor.

Es ist Rouven, der schließlich aufsteht, um den Tisch herum zu seiner Großmutter geht, sich zu ihr hinunterbeugt und sagt: »Ich bring dich ins Bett, Grandmaman, kara avino.« Widerstandslos lässt sich Maman von ihrem Lieblingsenkel ins Schlafzimmer führen.

Wir anderen bleiben am Tisch sitzen. Noch immer schweigsam nach dem Essen und der kontemplativen Ansprache unserer Mutter. Vielleicht ist das ein günstiger Moment, um noch einmal die Situation in Bad Schennau auf der Polizeiwache anzureißen.

»Denkt ihr manchmal an die Geschichte von Mamans Bruder, von Günne?«, frage ich.

Niemand sagt etwas. Ich nehme das Schweigen für Zustimmung. Dafür, dass meinen Geschwistern, ebenso wie mir, noch oder wieder die Szenerie von vorhin auf der Polizeiwache von Bad Schennau vor Augen steht. Dass diese Szenerie ihnen ähnliche Rätsel aufgegeben hat wie mir.

»Wenn es also kein Zufall war, dass Günne ausgerechnet in der Nacht vor dem Euthanasie-Transport gestorben ist?«

»Natürlich war es kein Zufall«, sagt Severin. Er spricht laut, aber milde.

»Weißt du etwas, was ich nicht weiß?«, frage ich.

»Ich glaube nicht«, meint Severin. »Aber wer zwei und zwei zusammenzählen kann …«

Wir schweigen. Zwei und zwei zusammenzählen, das können wir alle.

»Was Maman da geredet hat heute Abend …«, fange ich an, »dass Oma Ida Günne helfen wollte …« Ich weiß nicht weiter. Aber Vinz weiß weiter. »Vielleicht war es so«, sagt er, »vielleicht hatte Oma Ida, die ich nicht gekannt habe, bei Günnes Tod ihre Hände im Spiel. Das ist doch wahrscheinlich, oder? Vielleicht war es eine schreckliche, aber gnädige Tat mit der Absicht, Günter vor noch Schrecklicherem zu bewahren.«

»Es war der Abend vor dem Euthanasie-Transport«, sage ich. »Maman und Günne sind zu Bett gegangen, die Schultüte war gepackt und lag neben Günnes Bett.«

»Welche Schultüte?«, fragt Severin.

»Oma Ida hat für Günter eine Schultüte gefüllt an dem Tag, bevor er gestorben ist«, meldet sich Ate. »Er durfte nicht zur Schule gehen, aber er wollte so gerne. Da hat sie eine Schultüte gepackt, hat zu ihm gesagt, morgen kommst du in die Schule, morgen ist dein erster Schultag, und ist mit ihm zum Fotografen gegangen, vielleicht war es so.«

Severin wechselt einen Blick mit Vinz, der neben ihm sitzt. »Was wisst ihr, was wir nicht wissen?«, fragt er.

Ich erzähle von dem Foto, das ich in Mamans Geldbörse, und von der Todesanzeige, die ich in der Kommode in der Küche der Einliegerwohnung gefunden habe. Davon, dass Günne auf dem Foto quicklebendig aussah.

»Wieso sollte Oma Ida für Günter eine Schultüte besorgen, wenn sie zugleich den Termin für den Euthanasie-Transport am nächsten Tag vor Augen hatte?«, wirft Vinz, wie neulich Ate, dazwischen.

Und wie neulich zu Ate sage ich: »Vielleicht deshalb. Vielleicht, weil sie wusste, dass Günne diese Einschulung nicht erleben würde, so oder so. Vielleicht wollte sie ihm eine letzte Freude bereiten.«

Severin neigt skeptisch den Kopf nach rechts und links, Vinz dagegen sagt: »Das könnte sein.«

»Und zum Fotografen«, fügt Ate nachdenklich hinzu, »zum Fotografen ist Oma Ida mit Günter gegangen, um später eine Erinnerung an ihn zu haben.«

Es läuft mir kalt über den Rücken. Ates Satz lässt mich schaudern. Gleichzeitig weiß ich, dass sie recht hat. Die Fotografie ist wohl die letzte, die Günne lebend zeigt, und ich habe sie nicht von ungefähr in Mamans Geldbeutel gefunden. Vielleicht trug Oma Ida das Andenken an ihren Sohn in ihrer eigenen Geldbörse mit sich, ehe es nach ihrem Tod in Mamans Besitz überging.

»Und dann hat Oma Ida dafür gesorgt, dass Günne den Morgen, als er abgeholt werden sollte, nicht mehr erlebt hat«, sage ich. »Dass er diese Reise nicht antreten musste. Dass sie ihn nicht hergeben musste. Irgendwas hat sie getan in dieser Nacht, und Maman hat es mitbekommen oder später davon erfahren.«

»Vielleicht hat Oma Ida Günne etwas verabreicht, Gift oder eine Überdosis von einem Schlafmittel oder etwas dergleichen«, sagt Vinz.

»Es war ein Kissen.« Rouvens Stimme hinter mir.

Ich fahre herum. Mein Sohn steht in der Esszimmertür. Ich weiß nicht, wie lange er dort schon steht. Die anderen haben ihn gesehen, ich nicht, weil ich die Tür in meinem Rücken habe. Rouven kommt an den Tisch, setzt sich auf seinen Platz. Wir alle sehen ihn an, stumm. Wir warten, dass er weiterspricht. In den Abgrund aus Schweigen hinein sagt Rouven: »Uroma Ida hat Grandmamans Bruder ein Kissen aufs Gesicht gedrückt.«

Wir starren Rouven an. Entgeistert. Als hätte jemand ohne Vorwarnung uns allen rechts und links eine geknallt. Keiner sagt etwas.

Ein Kissen aufs Gesicht gedrückt. Ich bin Rouven dankbar, dass er sich auf diese Formulierung beschränkt und nicht mehr gesagt hat, dass er das Wort, das wir jetzt alle denken, nicht benutzt hat. Es ist, als wäre das Ungeheuerliche, das wir soeben erfahren haben und das auf Oma Idas Konto geht, auf diese Weise ein bisschen weniger wahr.

»Woher weißt du das?«, fragt Severin schließlich.

»Grandmaman hat es mir einmal erzählt, als wir zusammen in Bad Schennau waren«, sagt Rouven. »Ich war zehn oder elf. Grandmaman hat von ihrem Bruder erzählt, dass er behindert war und es schwer hatte als Kind und dass ihn um ein Haar die Nazis abgeholt hätten, wenn Uroma Ida ihnen nicht zuvorgekommen wäre. Sie hat Günter am Abend vor dem Transport beim Schlafengehen ein Mittel in den Tee getan und ist spät in der Nacht wiedergekommen.« Rouven verstummt, schluckt. Schließlich fährt er mit belegter Stimme fort: »Sie kam also wieder … mit dem Kissen in der Hand. Grandmaman ist wach geworden. Sie hat durch einen Lidspalt alles beobachtet, auch, dass Günter sich gewehrt hat.«

»Und das hat sie dir einfach so gesagt?«, staunt Severin.

»Nein«, sagt Rouven und blickt zu Boden. »Ich habe nachgefragt. Wir saßen am Ententeich und schauten einer Entenmutter mit ein paar Küken zu. Eins hatte ein lahmes Bein und kam im Wasser nicht so schnell voran. Die anderen haben es gepiesackt und nach ihm gehackt, es war übel zugerichtet und blutete. Ich habe mich gewundert, dass es im Tierreich derart brutal zugeht. Grandmaman hat gesagt, im Tierreich ist es nicht anders als bei den Menschen, das Leben ist manchmal grausam, und es ist besser, solche Dinge zu vergessen. Ich habe gefragt, welche Dinge, und da hat sie vom Dritten Reich und von ihrem Bruder angefangen. Von diesem Euthanasie-Transport und dass Uroma Ida zuvor zweimal versucht hat, Günter aus der Gefahrenzone und zu Verwandten aufs Land zu bringen. Dass Uroma unter Beobachtung der Gestapo stand und beide Male daran gehindert und zurückgeschickt worden ist.« Rouven überlegt. »Ich hatte den Eindruck, Grandmaman wollte das eigentlich alles gar nicht erzählen. Aber sie wollte es auch nicht für sich behalten.«

»Warum hast du mir das nie gesagt?«, frage ich.

Rouven zuckt die Schultern. »Ich dachte, du wüsstest das, ihr wüsstet das.« Er nagt an seiner Unterlippe und fügt dann leiser hinzu: »Ich dachte, es sollte vergessen werden.«

Severin steht auf. Weil nach Rouvens Eröffnung Einfach-so-sitzen-Bleiben unmöglich ist. Er geht zur Hausbar wie zu einer Zuflucht. Er stellt den Glennfiddich auf den Tisch. Dazu fünf Kristallgläser, die er zu einem Drittel füllt. Whisky – die einzige Hilfe, die es jetzt gibt. Wir schauen alle zu, verfolgen jede von Severins Bewegungen. Dankbar. Severin tut das Richtige. Auf das Hochprozentige hin, das wir gerade erfahren haben, gibt es nur Hochprozentigeres, um es hinunterzuspülen.

Ich blicke in die bernsteinfarbene, durchsichtige Flüssigkeit wie in die Vergangenheit, die plötzlich durchsichtig geworden ist, glasklar. Von Rouven jetzt genau zu erfahren, für alle Zeiten zu wissen, was sich damals zugetragen hat – das ist noch einmal etwas ganz anderes, als etwas zu ahnen, im Ungewissen zu stöbern und Vermutungen anzustellen, Thesen, immer umkleidet mit einem gnädigen »Vielleicht«. Vielleicht war es so, vielleicht aber auch ganz anders.

Auch wenn ich wissen wollte, was damals geschah, auch wenn ich das Geheimnis lüften wollte, weiß ich nicht, ob mir jetzt, da ich Gewissheit habe, leichter ist. Wie groß muss Oma Idas Verzweiflung gewesen sein, dass sie sich zu diesem Schritt entschloss, dem letzten aller Schritte, nachdem alle vorherigen in Sackgassen geführt hatten.

»Auf Oma Ida«, sagt Severin und erhebt sein Glas.

Wir tun es ihm gleich und trinken auf Oma Ida, unsere mutige Großmutter, die in einer Zeit, in der ein behindertes Kinderleben weniger zählte als nichts, die beste aller schlechten Möglichkeiten gewählt hat, um ihren Sohn zu retten. Dass sie das getan hat, darüber sind wir uns alle einig. Wir sind uns einig, ohne ein einziges Wort darüber zu verlieren. Oma Ida hat Günne in den Tod geschickt und ihn dennoch gerettet. Als sie sein Leben nicht mehr schützen konnte, hat sie eine Abkürzung genommen und kurzen Prozess gemacht, wo ein langer grausamer, aber nicht weniger tödlich endender Prozess vorgesehen war. Ein besonders beschissener Rest vom Eishörnchen. Der beschissenste von allen beschissenen Eishörnchenresten. Um ihm zu entgehen, behalf man sich mit Kissen oder, wenn man Beziehungen hatte, mit Zyankali, mit winzigen Kapseln, in die etwas so Großes wie der Tod eingeschlossen war. Oma Ida hatte keine Beziehungen, sie musste selbst Hand anlegen, ihre warmen Mutterhände missbrauchen, um zur Unzeit etwas zu beenden, das seine eigene Zeit hat.

Nachdem wir auf Oma Ida, unsere Großmutter, getrunken haben, trinken wir auf Günne, unseren Onkel. In den vergangenen Tagen ist mir dieser Onkel, der ein Kind geblieben ist, um so viel näher gerückt, ja, geradezu ans Herz gewachsen. Inkognito hat er all die Jahre und Jahrzehnte in unserer Familie gelebt und unsere Geschichte mitgeschrieben, ein kleiner Junge, den sein Leiden knebelte, der davon träumte, ein Held zu sein wie das tapfere Schneiderlein, und der trotz allem am Leben hing, dem mehr oder weniger beschissenen Eishörnchenrest, den ihm die Krankheit übrig ließ.

Schließlich trinken wir auch noch auf Maman. Wir trinken auf unsere Mutter, die als Kind Dinge beobachtet hat, mit denen ein Mensch kaum fertigwird, ein junger schon gar nicht.

»Ich möchte nicht wissen, wie ich mich verhalten hätte, wenn ich hätte miterleben müssen, dass meine Mutter einem meiner Geschwister ein Kissen aufs Gesicht drückt.« Vinz spricht aus, was wir alle denken.

»Wahrscheinlich hätten wir uns auch ins Vergessen geflüchtet wie Maman«, sage ich. Manchmal wird das Gedächtnis zu einem Folterinstrument, zu einem großen Gefängnis, und das Vergessen ist die einzige Freiheit, die wir haben.

Ich denke an Mamans Verhältnis zu Severin, der mir schräg gegenübersitzt und sein Whiskyglas in der Hand dreht. Severin mag Mamans Lieblingssohn geworden sein, weil er Günter so ähnlich sieht, viel mehr aber noch deswegen, weil Günne eines frühen, unnatürlichen Todes starb. Maman glaubte Severin hüten und beschützen zu müssen wie ihren Augapfel, nachdem sie ihren Bruder nicht schützen konnte, sondern zusehen musste, wie er einen Tod zur Unzeit starb.

8

Im Wohnzimmer brennen alle Stehlampen, dazu Kerzen. Ate hat den Kürbisgeist aus der Haustürnische geholt, ein neues Teelicht darin entzündet und ihn auf einem Teller in die Mitte des Wohnzimmertischs gesetzt. Wir sind vom Esstisch in die Sitzlandschaft umgezogen. Drei verschiedene Flaschen Wein stehen vor uns. Ate trinkt herbstgoldenen Muskatwein aus einem beschlagenen Glas, Severin hat sich Weißburgunder eingeschenkt, ich nippe Rotwein von einer angebrochenen Flasche Trollinger. Vinz trinkt Bier und Rouven mit ihm. Hefeweizen.

Nachdem wir schon den Whisky intus haben, lösen sich mit dem Wein unsere Zungen, und mit unseren gelösten Zungen vertreiben wir die Bedrückung, die sich nach Rouvens Eröffnung zwischen uns breitgemacht hat.

»Was für ein Glück, dass wir in einer anderen Zeit groß geworden sind als Maman und Paps«, sagt Ate, und wir nicken alle. Wir fühlen uns, als wären wir mit knapper Not einer Katastrophe entgangen. Als hätten wir, indem wir Maman wiedergefunden haben, ein letztes Mal unsere heile Welt gerettet. Unsere heile

Kinderwelt, auch wenn wir schon lange keine Kinder mehr sind.

Nach Mitternacht gewinnt die Erleichterung.

»Man lebt doch jeden Tag in der Illusion, dass alles immer so weitergeht wie bisher«, sagt Severin mit Wehmut in der Stimme, »dass das Zuhause hier in Möckingen immer weiter besteht; dass wir kurz nach Weihnachten Paps' Geburtstag feiern, dass Maman dazu eine große gefüllte Pute brät und mit einem Tuch um den Kopf eimerweise Kartoffelsalat macht.«

»Dass wir an Heiligabend alle bis auf Severin in die Kirche gehen und Paps dann bei der Bescherung seine Päckchen zuletzt auspackt, während Maman schon den großen Tonteller mit einem Berg Gutsle auf den Tisch stellt«, fahre ich fort.

»Ich bin irgendwie noch nicht mal darüber hinweg, dass wir im Herbst mit unseren Laternen durch die Siedlung laufen, ich an Idas Hand«, sagt Vinz. »Dass wir ›Laterne, Laterne‹ singen und an Sankt Martin von Haus zu Haus ziehen. Irgendwie fehlt mir das immer noch.« Er lacht. »Übrigens – fast hätte ich es vergessen: Wie schießt man einen gelben Elefanten?«

»Mit dem gelben Elefantengewehr«, rät Rouven. »Den Witz habe ich schon mal gehört.«

»Falsch, ganz falsch«, trompetet Vinz.

»Man drückt, man quetscht ihn«, raten wir, »man füttert ihn mit Spinat, keine Ahnung, was man tut, damit ein gelber Elefant grün wird …«

»Blödsinn, alles Blödsinn«, sagt Vinz und lässt sich Zeit, ehe er fortfährt: »Habt ihr schon mal einen gelben Elefanten gesehen?«

In unser Gelächter hinein läutet es draußen an der Haustür.

»Du meine Güte«, sagt Severin, »halb eins in der Frühe, wer ist denn um diese Zeit noch unterwegs?«

»Zwei Heilige Drei Könige, die sich in der Jahreszeit geirrt haben«, feixt Vinz, »oder Halloweengeister, die die falsche Nacht erwischt haben.«

Ich rapple mich aus Paps' Lesesessel auf, gehe in den Flur.

»Ja bitte«, sage ich in die Sprechanlage und bin nach Vinzenz' Flapserei darauf gefasst, dass jemand »Treats oder Tricks« quiekt.

Stattdessen vernehme ich ein Räuspern, dann eine Männerstimme: »Ich möchte was abgeben.«

»Moment.« Ich gehe zur Haustür, öffne.

Rico steht vor mir, die Hände in den Hosentaschen wie vor zwei Tagen in meinem Traum, nur sein Gesicht, das ich im Traum noch nicht oder nicht mehr kannte, ist jetzt scharf gestellt. Rico steht da, in seiner Lederjacke wie heute Nachmittag, aber ohne rot-gelben Blouson jetzt und ohne Hund. Er entschuldigt sich für die späte Störung, nimmt die Hände aus den Hosentaschen und reicht mir eine Stofftasche, die er unter den Arm geklemmt hatte.

»Der Pullover eurer Mutter«, erklärt er, »zu deinen treuen Händen.« Er habe den Beutel an die Türklinke hängen wollen, aber gesehen, dass bei uns noch Licht ist.

Nachdem mir Rico die Tasche mit Mamans rotem Nylonpullover überreicht hat, bleibt er stehen. Unschlüssig, aber doch so, dass ich weiß, er ist noch nicht fertig, da kommt noch was.

Rico zögert einen Moment. Dann sieht er mich an und fragt geradeheraus: »Ist Bea da?«

Dabei lächelt er, ein Lächeln, das mich verstehen lässt, warum Ate sich damals in ihn verliebt hat. Auch wenn er jetzt vierzig Jahre älter ist. Ich würde mich auch in ihn verlieben, denke ich – wenn ich nicht schon verliebt wäre.

»Ja«, sage ich und erwidere Ricos Lächeln, »ja, sie ist da, komm rein!«

Danksagung

Danke, liebe Schwester, für einen guten Tipp!

Danke, lieber Julian, du bist und bleibst mein bester und wichtigster Probeleser! Simbel feist!

Danke, liebe Schwester, für einen guten Tipp!

Danke an meine Agentinnen Elisabeth Ruge und Lina Dieckmann von ERA, für das ungebrochene Zutrauen in meinen Roman und sein Potenzial bis zur Vermittlung an Random House.

Danke, liebe Kathrin Wolf, für die großartige Betreuung, die klugen Empfehlungen, für alle Unterstützung und Beratung. Von Anfang an wusste ich meinen Roman beim Blanvalet/Limes Verlag in den allerbesten Händen.

Danke, liebe Angela Kuepper, für den intensiven vertrauensvollen Austausch über Maman, Ida, Ate, Severin und Vinzenz auf ihrem Weg in die Öffentlichkeit. Eine einfühlsamere, kompetentere und wohlmeinendere Redakteurin hätte ich mir nicht wünschen können!

Und – danke an meine Eltern und Geschwister. Unsere Familiengeschichte und die meiner Romanfamilie sind bis auf das Phänomen der Demenz der

Mutter zwei Paar Stiefel. Wenn die Krankheit unserer Mutter etwas Positives bewirkt hat, so die Tatsache, dass sie uns als Familie eng hat zusammenrücken lassen.

Ella Cornelsen
Stuttgart, 01. August 2021